Hoe ver ga je voor de liefde?

De tweeëndertigjarige Margot Heijne heeft een nare scheiding achter de rug. Ze probeert haar leven op orde te krijgen en haar zelfvertrouwen terug te winnen. Haar nieuwe leven komt in een gevaarlijke stroomversnelling terecht als ze Leon Wagner ontmoet, een mysterieuze, dominante man met een bijzondere vriendenkring, die wel erg veel invloed op haar krijgt...

Close-up werd bekroond met de Zilveren Vingerafdruk 2007, en genomineerd voor de Gouden Strop 2007 en de NS Publieksprijs 2007.

'*Close-up* heeft alles in zich om de boekhandels uit te vliegen.' – vier sterren in *de Volkskrant*

'Een thriller zoals thrillers geschreven dienen te worden.' – *GPD*

'Esther Verhoef hoort duidelijk tot de schrijvende elite in ons land. Haar nieuwste boek, *Close-up*, is met voorsprong de beste thriller die in jaren door een Nederlandse vrouw is geschreven.'
– *Algemeen Dagblad*

'Beklemmend en verrassend. Een pageturner van begin tot eind.'
– *Jackie*

Van Esther Verhoef verscheen eveneens bij uitgeverij Anthos

Rendez-vous
Wonen op vakantie
Alles te verliezen
Erken mij
(verschenen bij de Stichting CPNB als geschenk van
'Juni – Maand van het Spannende Boek', 2009)

Onder de naam ESCOBER verscheen

Onrust
Onder druk
Ongenade
Chaos

Esther Verhoef

Close-up

Anthos|Amsterdam

Eerste druk 2007
Dertiende druk 2009

ISBN 978 90 414 1446 5

Omslagontwerp Roald Triebels, Amsterdam
Omslagillustratie Vanessa Munoz/Trevillion Images
Foto auteur Merlijn Doomernik

Verspreiding voor België:
Veen Bosch & Keuning uitgevers n.v., Wommelgem

www.auteurestherverhoef.hyves.nl

1

Het maakte het makkelijker dat we elkaar zo goed kenden. Daardoor werkte ze, zonder het te weten, mee, en werd het intiem, geborgen bijna.

Drie maanden heb ik me erop voorbereid. Eerst heb ik het plan aan alle kanten belicht. Geprobeerd het voor mezelf te visualiseren. Toen ik zeker wist dat het mogelijk moest zijn, was het geen gedachtespinsel meer, maar werd het een deel van mezelf. Het was heerlijk om ermee bezig te zijn, vanaf de voorbereidingen, die bestonden uit gesprekken met haar en de mensen om ons heen, tot aan het aanschaffen van de spullen die ik nodig had.

Toegegeven, veel was dat niet. Ze bracht me zelf op het idee.

Edith kon niet zo goed tegen gebroken nachten, dan waren haar ogen de volgende ochtend dik en rood. En hoewel ze veel meer in huis had dan schoonheid alleen, wilde ze vóór alles mooi zijn. Wat mij betreft was ze dat altijd, of ze nu in vol ornaat op een receptie de show stal of net uit bed kwam en, zich verontschuldigend voor haar slonzige verschijning, in badjas thee voor me zette. Een slaapmiddel was voor haar de enige manier om niet steeds wakker te worden van het gerommel 's nachts.

Ik keek ernaar uit, voelde me als een kind dat in de rij stond voor de achtbaan. Steeds een stapje vooruit, steeds dichterbij. De toenemende opwinding, die zijn hoogtepunt bereikte op de avond dat alles als een perfect passende puzzel in elkaar viel.

We hadden samen een fles wijn leeggedronken en het gehad over dingen die ons boeiden. Over kunst en kunstenaars, die de ondoordringbare en onbegrijpelijke wereld van de fantasie en emotie tastbaar maakten voor het grote publiek. Kunstschilders, beeldhouwers, schrijvers, muzikanten. Ze was heel relaxed en leunde tegen me aan. Meer dan eens zei ze dat ze zich bij mij zo op haar gemak voelde, dat ze me helemaal vertrouwde. Ze was al aan het wegzakken, het middel werkte opvallend snel.

Ik drukte haar tegen me aan en zei dat ze beter even in bad kon gaan. Ze was moe, ze had te veel meegemaakt, en na een verkwikkend bad en een goede nachtrust zou ze minder zwaarmoedig tegen alles aan kijken. Morgen zou ze zich vast beter voelen.

Ik begeleidde haar naar de badkamer, zette haar op het toilet en duwde haar al slap wordende lichaam naar de zijkant, zodat het steun vond bij de muur. Daarna pakte ik latex handschoenen uit mijn broekzak en trok ze aan. Ze zag het niet eens, haar ogen waren gesloten en ze haalde oppervlakkig adem. Ik deed de kraan open. Warm en koud. Draaide de afvoer dicht, en wachtte. Het water vulde traag de badkuip. Een gigantisch bad, ontworpen om met twee of drie mensen in te baden. Ik trok een kastje open en vond badolie, waarvan ik een beetje in het water goot. Zette de fles daarna terug. Om de tijd te doden keek ik naar mezelf in de spiegel, een enorme wand achter de wastafels, en ik grijnsde naar mijn spiegelbeeld. Op de achtergrond leunde Edith tegen de betegelde muur, als een in elkaar gezakte paspop. Misschien mompelde ze iets, dat weet ik niet meer, ik was te vol van mezelf, van het hele plan.

Toen het water de badkuip tot over de helft had gevuld, viel mijn oog op het scheermes in de houder. Geen wegwerpdingetje, maar een handgemaakt scheermes zoals je die weleens ziet bij Italiaanse barbiers. Vlijmscherp. Mijn hart begon onregelmatig te kloppen bij het gevoel dat het scherpe mes me gaf, de ideeën – nieuwe ideeën – die in me opkwamen. Daarna schudde ik mijn hoofd. Nee. Blijf bij het plan. Geen improvisaties. Er kan altijd nog een volgende keer zijn.

Maar niet voor Edith.

I

'Hè, getver, Margot, róze!'

Ik kijk op naar Anne en vervolgens om me heen alsof ik mijn nieuwe woonkamer voor het eerst zie. Roze, inderdaad. En dat niet alleen: rood, paars, lila. Elke muur zijn eigen kleur.

Haar gebrek aan opmerkzaamheid verbaast me. Roze zou niet als een verrassing moeten komen. Rood en paars evenmin. Mijn handen, kleding en haar zitten al wekenlang onder de felgekleurde spetters.

'Ik vind het mooi,' zeg ik, en dat is totaal overbodig, want iedereen die hier aanwezig is en de zware dozen en pakken naar binnen sjouwt, weet dat er niemand anders verantwoordelijk kan worden gehouden voor het kleurenbeleid dan ikzelf.

Het appartement was grauw toen ik het aantrof. Groezelig bijna. Het had veel kopers afgeschrikt, maar mij niet. Het deed me sterk denken aan het huis van mijn oma's zus, die ik in mijn jeugd regelmatig bezocht. Daardoor had het meteen iets eigens en gaf het me een ondefinieerbaar gevoel van luxe, maar ook van veiligheid, geborgenheid.

Mijn oudtante woonde hier vlakbij, in eenzelfde soort oud herenhuis in de binnenstad en op loopafstand van de kathedraal en de historische vismarkt. Niet omdat dat trendy was of om cafés, restaurants en winkels bij de hand te hebben, maar omdat ze er was geboren en opgegroeid en ze niet beter wist.

Vanuit mijn kinderlijk perspectief deed haar huis aan als een museum of een tempel. Schoorvoetend liep ik aan mijn moeders hand naar binnen, sprak haar aan met mevrouw en viel stil, geïmponeerd door de hoge plafonds met kroonluchters en de krakende trappen, en schilderijen die zo donker waren dat het moeilijk te bepalen was wat erop was afgebeeld. Zo lang als het bezoek duurde, bleef ik staren naar al die bijzondere voorwerpen, zoals het glanzende orgel bij het raam, waarop ik zo graag wilde spelen maar waar ik nooit aan mocht komen. De klok leek er ergens in de jaren twintig, dertig te zijn stilgezet en ik werd als kind in beslag genomen door wat ik zag, rook, hoorde, ervoer en in me opzoog, netjes op de bank, knieën tegen elkaar en een lauw glaasje ranja mijlenver van me vandaan op de sierlijke notenhouten salontafel.

Ook in mijn nieuwe appartement heeft een oude vrouw gewoond. Ik heb haar nooit ontmoet. Ze was al naar een bejaardenhuis overgeplaatst toen haar woning door haar kinderen werd leeggehaald en te koop gezet.

Ik heb haar wel een beetje leren kennen doordat ik elke hoek en elk oppervlak in deze tweekamerwoning onder handen heb genomen. Ik zoog de spinnenwebben weg die achter de radiatoren stof hadden verzameld. Gebruikte ammoniak om de vette bovenzijde van de keukenkastjes af te schrobben. En ik schilderde felle kleuren over de gelige muren in de woonkamer. De vloerbedekking lag er nog toen ik de sleutel kreeg, op latten gespannen beige bouclé dat op verschillende plaatsen uitgesleten, maar op andere plekken nog als nieuw was. Daaronder lag een prachtige onbewerkte houten vloer, die ik heb geschuurd en waar ik verder van af ben gebleven. De bruinmarmeren schouw met dramatische bruine en witte patronen heb ik weggestopt achter zilver geschilderd mdf. En elke dag heb ik de ramen tegen elkaar opengezet, of het nu regende of niet, en geboend, geschrobd, gesausd en geschilderd totdat de geur van boenwas, stof, sigarettenrook en wol plaatsmaakte voor die van een nieuwe, frisse start: verf, terpentine en schoonmaakmiddel.

'Nou, ja,' mompelt Dick. 'Het zou mijn kleur ook niet zijn. Niet voor een woonkamer tenminste. Eerder voor een tienerkamer.' Buiten het blikveld van Anne zendt hij me een vette knipoog toe. 'Maar ons Margootje is dan ook altijd al een aparte geweest.'

Ik trek mijn gezicht in een onhandige grijns en zet de doos met keukenspullen op het aanrecht in de smalle keuken. Naast de spoelbak staan flessen chloor en terpentine en er liggen dikke kwasten verpakt in aluminiumfolie. Op het gestippelde werkblad zitten nog steeds verfvegen.

Terwijl ik borden en mokken uit het pakpapier haal en ze in de keukenkastjes stapel, zie ik een verdieping lager het blauw geribbelde dak van Dicks busje. Het staat met twee banden op de stoep geparkeerd. De open schuifdeur geeft zicht op de inhoud: dozen, een opgerold kleed, rieten stoelen, een oude witte ventilator. Mijn spullen. Op de zijkant van het busje staat in witte plakletters DAK- EN LOODGIETERWERKEN DICK HEIJNE. Mijn vier jaar oudere broer was vroeger een overtuigende pestkop, maar heeft zich naarmate de jaren verstreken steeds meer een baken van licht en warmte getoond in kille, donkere tijden.

Zeer donkere tijden.

Ergens diep vanbinnen voel ik een steek, alsof er zich iets met kracht samenknijpt. Het is een soort pijn die je niet kunt aanwijzen, niet kunt laten wegsnijden of met medicijnen kunt verhelpen. En er is geen tijdsduur aan verbonden.

Ik haal een keer diep adem en loop de woonkamer in. Anne staat met haar armen over elkaar om zich heen te kijken. 'Weet je, hoe langer ik ernaar kijk, hoe minder lelijk het wordt. Misschien is het gewoon een kwestie van wennen.'

'Het werd tijd voor kleur,' reageer ik zonder veel enthousiasme. De knoop in mijn maag is nog niet weg.

Jan zet met een bonk een doos op de houten vloer. 'Wat een achterlijke hoeveelheid boeken heb jij, zeg.'

Zwijgend volg ik hem het smalle trappenhuis in, de trap af. Het is schemerig en langs de muur zitten vuile vegen. De uitgesleten houten treden kraken onder ons gewicht. Ik laat mijn hand over de gladde, walnotenhouten trapleuning glijden en besef dat voor mij duizenden mensen dit oude hout hebben aangeraakt. Mensen die ruim voor mijn geboorte op deze plek een leven hebben gehad, familie, werk, zorgen en geluk, maar die al eeuwen niet meer bestaan.

In de hal beneden hangen metalen brievenbussen, sommige met naam, bij andere ontbreekt het naamkaartje. Bij die laatste groep hoor ik: er is nog geen tijd geweest om er een te laten maken en misschien doe ik het wel nooit. De overige bewoners – dit huis telt acht appartementen – heb ik nog niet ontmoet. Ik heb wel naar ze geluisterd tijdens de uren dat ik aan het schilderen en schoonmaken was. Geluisterd naar hun muziek, hun voetstappen in het trappenhuis en hun geruzie.

'Neem jij deze?' Jan duwt me een rood kasjmieren woonkussen toe dat ik vorige week op de markt heb gekocht. Ik grijp het met beide armen beet en buk naar een in kranten verpakte kandelaar die bijna uit het busje valt. Leg dan mijn hoofd in mijn nek. Er hangt een egaal grijze hemel boven de stad. Kleurloos, mat. Nog nooit heeft het weer zo goed mijn gemoed weerspiegeld als nu.

In de woonkamer stapt Dick van het bierkrat af dat hij als trap gebruikt. Hij keurt de barokke spiegel boven de schouw met zijn handen in zijn zij, alsof het een kunstwerk is. Het ding helt gevaarlijk ver naar voren. Geërgerd klimt hij weer op het krat, haalt met veel omhaal de spiegel los van de muur en begint aan het visdraad te peuteren. Terwijl de lijst op de neuzen van zijn gympen balanceert, werpt hij een vluchtige blik op zijn horloge. 'Ik hoop wel dat we het redden voor vijven. Ik moet vanavond nog naar een klant. Een reparatie.'

'Als alles maar boven staat,' antwoord ik. 'Dan kan ik de rest zelf wel doen.'

Jan komt binnen met twee op elkaar gestapelde dozen. Ik zie alleen zijn vingers en zijn benen. 'Waar moet dit heen?'

'De keuken, alsjeblieft.'

Anne duwt me een mok koffie toe en ploft neer op de bank. Ik ga naast haar zitten en steek een sigaret op. Wat gisteren nog een extravagante toonzaal leek, is door de vier mensen die erin rondlopen, de meubels en de stapels met dozen teruggebracht tot de reële vijfentwintig vierkante meter die het telt. Toch oogt het nog steeds niet klein, en al zeker niet benauwd, vanwege het hoge plafond en de grote ramen in vakverdeling. De woonkamer kijkt uit op de achterzijde. In de aangrenzende tuinen staan enorme bomen en hun bladeren, die al wat herfstig zijn verkleurd, nemen het zicht op de huizen hierachter voor een groot deel weg. Als ik op de bank lig en naar buiten kijk, kan ik me gemakkelijk voorstellen dat ik in een bos woon, in plaats van in de binnenstad.

Dick en Jan voegen zich met koffie bij ons, in kleermakerszit tegen de schouw geleund.

'Ik heb de wasmachine en droger aangesloten, en naar je leidingen gekeken,' merkt Dick op. 'Het ziet er allemaal nog redelijk uit, al heb je waarschijnlijk niet veel waterdruk met die ouderwetse leidingmaat. Mocht dat nou lastig zijn, dan moet je het zeggen, oké? Dan moeten we daar een dagje voor uittrekken.'

Ik knik en neem een slok van de koffie. Anne is vergeten er melk in te doen, maar ik voel me te gammel om op te staan. Mijn spieren protesteren van het gesjouw en traplopen.

'Ik kom van de week nog even langs met een andere kraan,' gaat Dick door. 'Dat ding in de badkamer is nog uit het stenen tijdperk. Volgens mij heb ik ergens in het magazijn nog een keramische kraan liggen die een keer te veel is besteld.'

'Dank je,' zeg ik.

Ik ben alweer een paar uur alleen als ik merk dat het schemerig begint te worden. Ik sta op van de bank en knip het licht aan. Een kroonluchter met rode, paarse en transparante kegeltjes. Toen ik hem kocht vond ik hem hartstikke exotisch en warm, maar nu is het licht van de zes lampjes wel erg fel. Ik ga op mijn tenen staan en draai er twee van los. Het scheelt iets, maar niet veel. Het appartement voelt nog lang niet mij, het ruikt opdringerig naar verf en elke stap die ik zet weerklinkt tegen de kale muren. Rusteloos loop ik naar de keuken. In de koelkast staat alleen een blikje koffiemelk. Ik zou naar een van de restaurantjes in de buurt kunnen gaan, er zijn er genoeg, maar het vooruitzicht om alleen aan een tafeltje plaats te moeten nemen staat me niet aan. Afhaalchinees dan maar? Een pizzakoerier bellen?

Ik staar uit het raam, mijn handen rusten op de vensterbank. De lantaarnpalen langs het smalle kanaal verspreiden een zacht oranje gloed en plassen regenwater glinsteren op de keien. Aan de overkant van het water stroomt warm licht uit de ramen over de straatklinkers en geparkeerde auto's. Achter de ramen bewegen mensen. Over de kleine ophaalbrug die de binnenstad met de brede weg naar het station verbindt rijden scooters en een paar auto's, de lichten aan.

Ik zou me prima moeten voelen. Gelukkig zelfs, bevrijd misschien. Het is achter de rug. Ik heb een eigen optrek. Geen tijdelijk chaletje op een rommelig vakantiepark, geen uitzichtloze flat in een van de nieuwe wijken, maar iets heel moois en authentieks in de Brabantse provinciehoofdstad, die vierentwintig uur per dag bruist en leeft.

Alleen ik bruis niet.

2

De hele ochtend heb ik me beziggehouden met klussen waaraan ik nog niet was toegekomen. Telefoon en een internetaansluiting aanvragen bijvoorbeeld, en regelen dat mijn post de komende drie maanden wordt doorgestuurd. Daarna ben ik boodschappen gaan doen om die lege koelkast en de voorraadkast te vullen. Terwijl ik een boterham smeer en luister naar de nieuwe omgevingsgeluiden, dringt het tot me door dat er alweer twee van de vier weken onbetaald verlof voorbij zijn. Binnenkort moet ik weer vol aan het werk.

In de maanden die aan het verlof voorafgingen functioneerde ik op een gebrekkige automatische piloot, verdoofd door de weinige uren slaap en een vol hoofd waarin het maar bleef gonzen en bonken. Dat combineerde niet zo prettig met de vloedgolf aan klachten die ik te verwerken kreeg. Het is mijn werk om de wensen van de klanten op te nemen, ze te adviseren, de order te noteren en de diverse afdelingen binnen het bedrijf dusdanig aan te sturen dat alles tegelijkertijd en op de afgesproken datum wordt afgeleverd. Gaat er in dit proces iets mis, dan is dat een regelrechte ramp voor de eigenaars van de restaurants, bungalowparken, tijdelijke exposities, asielzoekerscentra en conferentieruimten. Zij moeten hun deuren openen, ze kunnen niet wachten op een nalevering. En raad eens wie er dan wordt gebeld en de volle laag krijgt? Het vereiste een onmenselijke hoeveelheid zelfvertrouwen om de foeterende klanten te woord te staan, zelfvertrouwen dat ik steeds heb kunnen opbrengen door mezelf voor te houden dat ze niets tegen mij persoonlijk hadden, maar tegen de spreekbuis – of klaagmuur – van All Inclusive Projectmeubilair.

Ik ben altijd goed geweest in mijn werk, dat geloof ik echt. De verkoopcijfers en een groot aantal tevreden klanten hebben me in dat geloof gesterkt. Maar ik weet dat ik de afgelopen maanden ver beneden mijn niveau heb gepresteerd. Heel veel verkeerde leveringen zijn een rechtstreeks gevolg geweest van fouten die ik maakte, omdat ik er met mijn hoofd niet bij was.

Nog niet zo lang geleden dienden de dagen zich aan als tunnels zonder licht aan het einde, waarin ik alleen maar doelloos heen en weer liep, schreeuwend, huilend, uit elkaar barstend van frustratie. Het gat dat John in mijn vertrouwen had geslagen, heeft alles aangetast: mijn humeur, mijn zelfbeeld en mijn professioneel functioneren, en het had uiteindelijk een vernietigende uitwerking op mijn sociale leven. Aan het einde van de rouwperiode, toen ik versuft en nog wat zwakjes op mijn ellebogen steunend, knipperend tegen het felle zonlicht als een verdwaasde mol uit de donkere aarde kwam gekropen, bleek mijn vriendenkring geminimaliseerd te zijn. Die bestond niet meer, op een handjevol mensen na. De meesten hebben partij gekozen voor John. Die vormt tenminste wel goed gezelschap. Hij heeft dan ook alle reden om opgewekt te zijn.

Mijn mobieltje gaat. De ringtone die me veel te vrolijk in de oren klinkt, snerpt door het appartement. Het kan niemand anders zijn dan Claudia. Ze is twee jaar geleden bij de binnendienst van All Inclusive komen werken. We zijn nooit close geweest. Ik kreeg van haar de indruk dat ze me niet mocht omdat ik in haar ogen kon gaan en staan waar ik wilde terwijl zij elke dag aan haar bureau gekluisterd zat. Dat vooroordeel heb ik een paar weken geleden moeten laten varen. Toen ik na sluitingstijd nog wat administratie te verwerken had, trof ik haar tot mijn verbazing in een verlaten kantoor aan. Huilend. Na aandringen vertelde ze me dat haar vriend haar had ingeruild voor een jonger exemplaar. Dat smeedde een band. Omdat er van werken toch niets meer kwam, opperde ik wat te gaan drinken. Na een drankovergoten avond waarin we allebei ons hart konden luchten, zijn we bij haar thuis achter de pc beland waar we in een opwelling een weekend Londen hebben geboekt. *Winkelen, stappen, vergeten.*

De laatste keer dat ik met een vriendin op vakantie ben geweest was ruim voor ik met John ging samenwonen. John hield er niet van. 'Het is niet zo dat ik jou niet vertrouw,' zei hij altijd. 'Maar je moet de kat niet op het spek binden. Huwelijken waarbij de man of vrouw apart op vakantie gaat of gaat stappen, die stranden. Allemaal.' Achteraf gezien was ik niet degene geweest die hij niet vertrouwde. Hij had het over zichzelf gehad. Maar dat wist ik toen nog niet.

'Hi Clau,' zeg ik.

'Margot? Ik vind het heel vervelend, maar...' Zo snel als ze begint te ratelen, valt ze stil.

'Wat is er?'

'Jee, ik baal hier echt van.' Opnieuw stilte.

'Waarvan?'

'Ik sta gigantisch rood.'

Mijn hart begint sneller te kloppen. Ik voel meteen aan waar dit gesprek toe gaat leiden. 'Dus?'

'Ik weet hoe ongelooflijk lullig dit is, en het is ook echt niets voor mij, maar ik kan niet mee naar Londen. Het komt financieel niet uit.'

'Clau, we hebben geboekt. Je hebt al betaald voor de vlucht en het hotel.'

'Dat verlies moet ik pakken. Want als ik meega, Margot, dan blijft het daar niet bij. Eten, drank, shoppen... Ik heb er weinig zin in om niet eens wat leuks voor mezelf te kunnen kopen. Of om alleen maar bij McDonald's te kunnen eten... Als ik een weekend wegga, dan wil ik ook nergens naar hoeven kijken, snap je? En dat gaat nu dus niet.'

Er zit een brok in mijn keel die me verhindert te spreken.

'Ik had er eerder over moeten nadenken,' gaat ze door. 'Ik vind dit echt heel lullig. Het was misschien nog net gegaan als ik vanochtend niet de eindafrekening van de Nuon had gekregen. Ik moet vierhonderd euro bijbetalen. Ik weet gewoon zeker dat als ik er nu een weekend tussenuit knijp, de puinhopen bij thuiskomst niet meer te overzien zijn.'

'Ik schiet je voor,' zeg ik, zonder aarzelen. Ik kan me geen betere bestemming voorstellen voor het laatste restje van mijn spaargeld.

'Da's heel lief van je, maar dat wil ik echt niet... Heb je niet iemand anders die met je mee wil?'

'Niet op zo'n korte termijn... Iedereen werkt. Shit, ik baal hiervan.'

'Ik ook, geloof me.'

Waarom klinkt het dan niet zo? 'Heb je nog iets van Alex gehoord?'

'Eh... ja. We zijn een keer wezen eten.' Ze laat een stilte vallen. 'Margot? Ben je boos?'

'Nee hoor.'

'Even goede vrienden?'

Zonder antwoord te geven druk ik haar weg. Ik leg de telefoon met een klap op de keukentafel. Blijf vervolgens minutenlang naar het schermpje staren.

Ze belt niet terug. Geen sms. Niets.

Was het kinderachtig van me om mezelf zo te laten kennen, egoïstisch dat ik kwaad op haar ben, of heb ik juist alle recht om pissig te zijn? In het verleden had ik daar makkelijk op kunnen antwoorden, en was ik zeker geweest van mijn eigen perceptie. Nu niet meer. Ik weet niets meer zeker.

Je leert jezelf kennen door je te spiegelen in de ogen van je vrienden, de reacties op jouw uiterlijk, je daden en uitspraken. En hoewel ik rationeel wel weet dat ik me moet focussen op de positieve dingen, elke dag opnieuw, kan ik niet voorkomen dat de negatieve de overhand nemen. Omdat ze eenvoudigweg veel harder aankomen.

Anne maakte gisteren een opmerking over de hoge trappen, zoiets als: 'Het kan geen kwaad voor de lijn, toch, Margot?', en ze wierp me een veelbetekenende blik toe. Maar niet alleen Anne heeft me ongewild gekwetst. Jan – nota bene iemand die ik amper ken, hij werkt voor Dick – vond het nodig mijn hoeveelheid boeken *achterlijk* te noemen. Dick wreef me nog eens fijntjes in hoe anders ik ben dan de rest van de familie: *een aparte* – Brabants eufemisme voor gestoord.

Ik klem mijn kaken op elkaar en begin te trillen. Een dwingende stem fluistert me in dat het aan mij ligt dat ik het me zo aantrek, niet aan hen. Dat moet wel. Dick en Anne hebben me in de afgelopen tijd elk op hun eigen manier gesteund. Ook als ik volstrekt onredelijk was en lamgeslagen van verdriet, onmacht en woede, maar bleef schreeuwen en er geen einde kwam aan de huilbuien: ze bleven geduldig luisteren. Gisteren hebben ze vrij genomen om mijn spullen, die verspreid over drie adressen stonden opgeslagen, op te halen, te vervoeren en op hun nieuwe plaats te zetten. Dat hebben ze echt niet gedaan omdat ze me niet mogen.

Ik ben te zwaar op de hand momenteel. Alsof die onzichtbare laag, die normaal gesproken om me heen ligt en alles filtert en in perspectief zet, buiten gebruik is zodat alles even hard en genadeloos doorkomt. Alle opmerkingen, hoe luchtig en onbelangrijk ook, slaan in als brandende kogels en blijven daar diep vanbinnen smeulen. *Gestoord. Achterlijke hoeveelheid boeken. Te dik.* Daar kan ik zelf nog aan toevoegen: instabiel, lichtgeraakt en emotioneel. O ja, en afgedankt, natuurlijk. Toe maar.

Er rolt iets over mijn gezicht. Het is vochtig en warm. Mijn neus loopt vol. Ik leg mijn voorhoofd op mijn bovenarmen en staar naar het tafelblad. Mijn blik wordt troebel terwijl het plasje zout water onder me steeds verder uitdijt.

Ik had me de eerste dag van mijn nieuwe leven anders voorgesteld.

II

Edith was ver heen. Heel ver heen.

Ik ondersteunde haar lichaam en legde haar voorzichtig op de grond. Het rode haar waaierde over haar gezicht en de natuurstenen vloer. Ik nam de tijd om haar uit te kleden. Eerst haar blouse en bh, daarna haar rok. Haar grote borsten zakten opzij, de tepels groot en zacht, en haar vlezige heupen toonden putten in het harde licht in de badkamer. Ze had haar schaamstreek geschoren, helemaal, alles weg, en het vlees was er roze. Langzaam liet ik mijn gehandschoende hand over haar lichaam glijden. Ik had haar al zo vaak naakt gezien dat een lichamelijke reactie uitbleef. Als laatste trok ik haar sokken uit. Gepedicuurde teennagels met lichtblauwe nagellak.

Ze mompelde zacht, ik kon haar niet verstaan.

'Kom,' fluisterde ik. 'Je moet je wassen. In bad.'

Ik sloeg haar arm om mijn nek en trok haar een beetje omhoog. Het gewicht viel me tegen. Ze was zwaar. Erg zwaar, gewicht dat niet meewerkte. Futloos, gedrogeerd vlees.

Het duurde even, maar het lukte me Edith in het bad te laten zakken zonder haar te verwonden. Ze mocht geen kneuzingen of blauwe plekken krijgen.

Ik liet haar los, haar gezicht naar boven, maar het bleef als vanzelf boven water, net als haar borsten. Vreemd is dat.

Mijn hand drukte op haar gezicht. Mijn vingers spreidden zich en duwden haar hoofd onder water. Ze reageerde door te schokken, maar het waren niet meer dan vage, zwakke bewegingen. Ik ging op de badrand zitten, greep haar haren vast en trok haar hoofd achterover, verder onder water.

Ze opende haar ogen, ze staarde me aan, vol afschuw, in paniek, alsof ze wist wat er gebeurde, maar ze verzette zich amper. Ze was in een schemergebied, tussen droom en slaap. Even kwamen haar knieën boven water. Even maar. Haar mond opende zich. En nog een keer. Luchtbellen dwarrelden uit haar mond. Het duurde lang. Langer dan ik had verwacht.

En ik genoot van elke seconde.

Ik bracht mijn gezicht dichter bij het wateroppervlak. Ik wilde kijken hoe ze wegzakte, het water in haar longen zoog, en naar die ogen die me aanstaarden, verzacht door de waterlaag die ons scheidde. Ik wilde elk detail in me opnemen en ik kan me niet herinneren ooit zo opgewonden te zijn geweest.

Totdat ze zachtjes weggleed. De spierspanning verdween uit haar lichaam, haar ogen bleven wijd open. Ik tilde haar hoofd boven het water uit en sloot ze. Liet haar weer terugglijden. Haar haren golfden in het water, de armen en benen waren een beetje gespreid. Alsof ze zweefde. Vredig. Dood. Ze had er nog niet eerder zo mooi, zo sereen uitgezien.

Ik heb mijn operatiehandschoenen uitgetrokken en een ander paar aangedaan. De strip met pillen op het nachtkastje naast het bed gelegd. Ik ben naar de woonkamer gelopen, heb mijn wijnglas gepakt, het schoongewassen en achter in de kast bij de rest van de glazen gezet. Daarna heb ik Ediths glas omgespoeld en tot de helft gevuld met het laatste restje wijn uit de fles. Zowel de fles als het glas heb ik op de badrand neergezet. Daarna vouwde ik haar kleding losjes op en legde de bundel op de rand van de wastafel.

Ik keek om me heen. Prima zo. Meer hoefde ik niet te doen.

Het was voorbij.

Ik had geen hekel aan Edith. Integendeel. Daarom heb ik mijn uiterste best gedaan de overgang voor haar zo vloeiend en comfortabel mogelijk te maken. Dat is me gelukt.

Alles wat ik wil, lukt. Ik faal niet. Nooit.

3

Mijn ouderlijk huis staat aan de rand van het dorp, een bescheiden twee-onder-een-kapwoning van rode baksteen, met grote ramen voor en achter, gebouwd in de jaren vijftig. Het is klein en onopvallend, maar het is vijfentwintig jaar mijn thuis geweest.

Ik parkeer de auto langs het trottoir en loop de smalle, met betontegels bestrate oprit op. Die ligt links van het huis en grenst zonder merkbare overgang aan de oprit van de buren. De Passat van mijn ouders staat er niet.

Ik graai naar de bovenkant van de groen geschilderde poort en vind op de tast de haak die hem gesloten houdt. Loop dan de tuin in.

Wat het huis binnen aan ruimte te kort komt, maakt de diepe, ommuurde achtertuin meer dan goed. Het voorste gedeelte is het domein van mijn moeder. Een terras van vierkante bruine klinkertjes en een kleine vijver waarin goudwindes rondzwemmen, als schichtige gele strepen in het groenige water. Aansluitend ligt een klein gazon met bloemborders erlangs. Daar achter heeft mijn vader een pergola gezet, weelderig begroeid met hedera en goudenregen, die de tuin in twee gedeelten scheidt. Op die manier hoeft mijn moeder op de weinige dagen dat ze buiten zit en van de zon en de rust geniet, niet uit te kijken op zijn rommelige verzameling houten schuurtjes en gazen rennen die hij met golfplaten aan elkaar heeft verbonden. De bouwsels staan achter in de tuin, in de schaduw van een enorme els.

De achterdeur staat open. Ik loop in een paar passen door de halfopen keuken naar de woonkamer. Vervolgens naar de gang. Blijf onder aan de trap staan. 'Mam?'

Geen reactie. Ik loop terug naar buiten, in de richting van de schuurtjes. Daar hoor ik een radio spelen. Mijn vader is ervan overtuigd dat zijn dieren minder schrikachtig worden als ze gewend zijn aan allerlei soorten geluid, dus vergast hij ze met arbeidsvitaminen en belspelletjes, van 's ochtends vroeg tot de laatste controle 's avonds, voor hij gaat slapen.

De bekende geur van hooi, stof en mest komt me tegemoet als ik de schuurdeur opentrek, de hordeur van me af duw en naar binnen stap.

Mijn vader fokt al dieren zolang ik me kan heugen. Zijn sociale leven beperkt zich vrijwel tot de weekenden, meer specifiek tot het verenigingshuis van fokkers uit de regio en sporthallen in alle uithoeken van het land waar kleindiertentoonstellingen worden gehouden. Toen ik op de kleuterschool zat was hij nog in de weer met kleurkanaries, later stapte hij over op kippen met heel grappige kuifjes, maar toen de nieuwe buren begonnen te klagen over het hanengekraai is de kippenschuur omgebouwd tot konijnenverblijf. Stille dieren, je merkt nauwelijks dat ze er zijn, en de schuurtjes mogen dan wel verweerd zijn en gammel, mijn vader houdt de hokken schoon met militaire precisie. De buren hebben niet meer geklaagd.

Binnen is het een beetje schemerig. Het komt door de boom, ondanks dat die al wat blad heeft verloren, en de kleine ramen die door het vuil en het spinrag nauwelijks nog licht doorlaten.

Mijn vader merkt me niet op. Hij wordt volledig in beslag genomen door zijn karweitje; het uitspoelen van drinkflessen in een emmer. Zijn warrige haar begint flink uit te dunnen, valt me op. En hij draagt sinds een paar weken een bril, ook als hij niet aan het lezen is. De smoezelige blauwe stofjas waarmee hij lijkt te zijn vergroeid beschermt zijn kleding en zijn voeten steken in een paar grijze sokken en zwarte leren klompen. Ik ken hem niet anders dan zo. Mijn vader was graag boer geworden, maar zijn leven is anders verlopen.

De transistor staat op een houten plank langs de wand en zit onder het stof. Ik steek mijn hand uit en draai het volume wat zachter.

Hij kijkt op. Een verwarde glimlach op zijn gezicht. 'Jij hier?'

Ik buig voorover en kus hem op zijn wang. 'Waar is mam?'

'Is ze niet binnen?'

Ik schud mijn hoofd. 'De auto staat er niet.'

'Dan zal ze boodschappen aan het doen zijn. Ik kom er zo aan, maar ik moet dit eerst even afmaken.'

'Ik heb geen haast,' zeg ik, afgeleid door een wit konijn dat in een van de onderste hokken mijn aandacht trekt. Ik laat me op mijn knieën zakken en haal het gazen front uit de houten omkadering. Het dier, duidelijk nog jong, hopt nieuwsgierig naar me toe en snuffelt voorzichtig aan mijn uitgestoken hand. Zijn fluweelzachte oren staan een beetje van zijn bolle kopje af, wat hem samen met zijn donkere ogen een koddige uitstraling geeft. Bijna een animatiefiguurtje uit de Pixar-studio. 'Dit is een leuke,' zeg ik. 'Hoe oud is hij?'

'Van juli.'

Ik aai het dier, dat duidelijk geniet van de aanraking, zijn kopje wat laat zakken en zijn ogen langzaam open en weer dicht doet. Zijn roze neusje wipt op en neer.

'Die zit daar voor de dood,' hoor ik mijn vader zeggen.

Ik kijk op.

Mijn vader staat inmiddels met een sigaret in zijn mondhoek, zijn ogen onafgebroken gericht op de drinkflessen, zijn handen geen moment stil. 'Die oren, die zijn niet goed. Ze willen niet gaan hangen. Zonde, de rest is wel prima.'

Na een laatste aai sluit ik het hok weer af en ga staan. Kijk naar de rijen hokken, naar al die konijnen in wit en zwart en beige, die reikhalzend naar mijn vader en mij loeren, wachtend in hun schemerige kooien op een schone drinkfles met vers water en wat groenvoer. Een golvende zee van zachte, harige kopjes met grote, bruine ogen en flapoortjes.

Als ze dezelfde kleur hebben, zie ik amper verschil tussen het ene en het andere dier. Het zijn minieme afwijkingen die ervoor zorgen dat de één een koosnaam krijgt en zich in de speciale, persoonlijke zorg van mijn vader kan verheugen, terwijl de ander naamloos in de diepvries eindigt. Als kind heb ik er mijn vader vaak genoeg om gehaat.

Ik was hier regelmatig te vinden als de jongen na een week of drie voor het eerst uit het nest kropen. Ik verheugde me altijd als er eentje bij was die iets grappigs had, iets eigens. Eentje die afweek van de rest. Maar ik heb geleerd me niet te veel aan de buitenbeentjes te hechten. De wereld is hard voor huisdieren die van de norm afwijken. Bij mensen is het niet veel anders, schiet het door me heen.

Door het raam zie ik mijn moeder onze kant op lopen. Haar gebloemde rok wappert om haar stevige benen en ze heeft haar handen diep in de zakken van haar driekwartjas gepropt. Ik heb mijn figuur van haar geërfd. Ze heeft volle heupen, een flinke cupmaat en is in haar geheel fors. Ze tekende tevens voor mijn haarkleur, stem en gezichtstrekken, zo sterk dat mijn vader zich meer dan eens hardop heeft afgevraagd of mijn moeder het klonen niet al lang voor de eeuwwisseling heeft uitgevonden en in de praktijk gebracht.

'Hoi schat, ik zag je auto staan.' Met mijn moeder komt een koude wind de schuur in. Ze duwt de hordeur stevig achter zich dicht en kust mijn wangen. 'Heb je al koffie gehad?' Ze werpt een donkere blik op mijn vader die onverstoorbaar doorgaat met zijn karwei, en ze geeft zelf antwoord: 'Nee, natuurlijk niet. Kom mee naar binnen, het is fris hier.'

'Ben je al een beetje geaard in de stad?'

Ik laat mijn pakje sigaretten kantelen op het tafelblad. 'Amper. Ik woon er pas een paar dagen. Maar ik denk dat ik het wel naar mijn zin ga krijgen. Alles is lekker dichtbij.' Ik zeg niet dat ik nog geen tijd heb genomen om de omgeving te verkennen. Eigenlijk heb ik me de afgelopen dagen opgesloten en heel erg veel medelijden met mezelf gehad. Ik wilde niemand zien. Pas vanochtend voelde ik aandrang om naar buiten te gaan en reed ik zonder erbij na te denken naar het huis van mijn ouders. Er waren ook niet veel andere opties over.

'Papa en ik hadden het gezelliger gevonden als je weer hier in het dorp was komen wonen. Je kunt daar nergens parkeren en met de fiets is het mij te ver. Maar vooruit, dat wist je al.'

Ik knik alleen maar en neem een slok van mijn koffie.

'Dick zei dat je alles roze hebt geverfd.'

'Niet alles,' zeg ik mat.

Mijn moeder doet haar best haar afkeuring niet al te hard door te laten klinken, maar de boodschap is duidelijk. In het huis van mijn ouders is amper wat veranderd sinds ik ging samenwonen met John. Het is alleen maar doorleefder geraakt. De muren waren oorspronkelijk wit gestuukt. Nu zijn ze beige uitgeslagen door de sigarettenrook, net als het plafond. Er hangen nog steeds dezelfde schilderijtjes. Het bruinleren bankstel is wel recent, maar dat kan ik niet zeggen van de donker eiken kasten en dressoirs.

'Heb je er rekening mee gehouden dat je huis moeilijker te verkopen is met zulke uitgesproken kleuren?' gaat ze door.

Het Perzisch tafelkleed op de eettafel waar we aan zitten prikt in mijn blote onderarmen. Afwezig volg ik met mijn duimnagel de hoekige patronen die zich vuilwit aftekenen in het donkerrood en groen. 'Het is maar verf, mam. Je kunt er zo weer overheen schilderen. En ik ga voorlopig nergens anders heen.'

'Dat weet je nooit. Wanneer ga je weer werken?'

'Over een week of twee.'

'Denk je dat je het weer aankunt?'

Ik haal mijn schouders op. 'Ik zal er toch een keer aan moeten geloven. Dat thuiszitten is ook niets.'

'Wist je dat het dit weekend braderie is? Ik weet zeker dat heel veel mensen het leuk zouden vinden om je weer te zien.'

Wat konijnen betekenen voor mijn vader is de jaarlijkse dorpsbraderie voor mijn moeder. Alle winkels in het centrum zetten het hele weekend hun deuren open en plaatsen kraampjes op straat met aanbiedingen. Er komen bands spelen, kinderen worden geschminkt. Het hele dorp en de verre omgeving stromen ervoor hun huis uit. Mijn moeder is bestuurslid, dus meestal laat ik mijn gezicht wel even zien. Het zijn van die evenementen waar je als het even kan onderuit probeert te komen. Als je er eenmaal bent, blijkt het vaak best mee te vallen. 'Wanneer is die, zei je?'

'Dit weekend.'

Mijn maag krimpt even samen. Dit weekend zou ik in Londen zijn. Ik heb niet eens de moeite genomen om vervangend gezelschap voor Claudia te zoeken. Eigenlijk heb ik het alleen maar voor me uit geschoven, net gedaan of het er niet was. 'Ik weet nog niet of ik kan. Ik zou naar Londen gaan, weet je nog?'

'Heb je iemand anders gevonden dan, die meegaat?'

'Nog niet.'

'Nou, je kijkt maar wat je doet. Het zou fijn zijn als je kwam. Ik hoop trouwens dat we volgende week de kans krijgen om bij jou langs te komen. Het is er nog niet van gekomen, hartstikke druk momenteel. Je weet wel hoe dat gaat.'

Mijn vader komt binnen, zet zijn klompen op de mat en draait de keukenkraan open om zijn handen te wassen. Hij kucht een paar keer luidruchtig. 'Is er ook koffie?'

Mijn moeder staat op en rommelt in de keukenkastjes om een kop koffie in te schenken. 'Ik zeg net tegen Margot dat we volgende week eens moeten gaan kijken hoe ze erbij zit.'

'Ik hoorde van Dick dat hij er helemaal knettergek werd van de felle kleuren.'

Normaal gesproken zou ik nu grinniken, maar ik blijf steken in een zure grijns. Ik kan het niet nalaten te reageren. 'Ik ben voor mijn werk elke dag met interieurs bezig. Dan zie je te veel denk ik, het stompt af. Ik wilde eens iets anders.'

'Da's op zich niets nieuws,' zegt mijn vader, terwijl hij aanschuift aan tafel en mijn moeder koffie voor hem neerzet met een plastic onderzetter eronder. 'Als kind was je altijd al zo apart. Weet je nog wat voor kleren Margot aan wilde naar school?'

Mijn moeder knikt instemmend. 'Een gouden prinsessenjurk en tuinlaarzen. Meid, je wil niet weten hoe vaak ik je tegen jezelf in bescherming heb genomen. Iedereen had je uitgelachen als ik je zelf keuzes had laten maken.'

Dat deden ze toch al, denk ik, ongeacht wat ik aan had, maar ik spreek het niet uit.

'Je maakte ook altijd schilderijen, weet je nog? Dat doe je al jaren niet meer, hè?'

'Nee, geen tijd meer.'

'Zie je, je groeit er op een gegeven moment overheen,' hoor ik mijn moeder de plank volledig misslaan.

'Doe maar gewoon, dan doe je al gek genoeg,' valt mijn vader haar mompelend bij.

Ik sta op en kus mijn moeder op beide wangen, loop om de tafel heen en knuffel mijn vader.

'Ga je nu al weg? Ik had nog taart.'

'Sorry, ja, ik moet er echt vandoor. Ik heb het hartstikke druk,' lieg ik.

'Kan ik op je rekenen zaterdag?'

'Misschien,' roep ik, maar ik sta al buiten.

Ik ga alleen. Het besef dat ik dat echt ga doen, dat ik over een paar dagen in een vliegtuig zal stappen dat me naar Londen brengt, waar ik niemand ken en waar niemand mij kent, vervult me met opwinding. Een positief gevoel dat ik lang niet meer heb gehad. Dit is goed, zeg ik tegen mezelf. Het is de eerste aanzet om mijn oude zelf terug te vinden, degene die ik was of wilde zijn voor ik John leerde kennen. Of misschien wel de nieuwe Margot te ontdekken. In elk geval is dit iets wat ik zelf moet doen.

Dick zei me gisteren dat hij het gezellig zou vinden om met me mee te gaan. Hij was de nieuwe kraan bij de wasbak aan het monteren. Ik keek in zijn ogen en las er iets heel anders uit. Hij had helemaal geen zin om mee te gaan. Waarschijnlijk had hij er niet eens tijd voor.

De enige reden dat hij het voorstelde, was omdat hij het idee had dat broers zoiets over zouden moeten hebben voor hun instabiele, beschadigde zussen. Lief, zonder meer, maar diep vanbinnen schrok een oude rebel wakker. Ik ben geen kind meer, geen puber met puisten en te lange armen die beschermd moet worden tegen de boze buitenwereld. Ik ben tweeëndertig, volwassen, ik heb een prima opleiding en baan en ja, ik ben misschien wel iets te dik – lelijk ben ik zeker niet. Daarbij: ik heb me nooit in de problemen gewerkt en dat zal ik ook nu niet doen. Ik zit alleen maar tijdelijk in een dip, wat vrij normaal is gezien de recente ontwikkelingen. En ik heb sterk het gevoel dat het donkerste, het diepste zwart al achter me ligt.

Ik ga alleen. En ik heb er zin in.

III

Het was niet zozeer de moord zelf waarvan het gemak me verbaasde. Het is niet moeilijk een mens om het leven te brengen. Dat vermoedde ik daarvoor al, maar dat weet ik nu. Het is kinderlijk eenvoudig. Ik had alles tot in de details uitgedacht en ging ervan uit dat als de perfecte moord bestond, ik die op de bewuste, met drank overgoten avond had gepleegd. Toch bleef ik alert.

Moordenaars die worden gepakt, hebben dat vrijwel altijd aan zichzelf te wijten. Arrestaties vloeien voort uit slordigheden. Een kleine veronachtzaming, een imperfectie in het plan of de uitvoering ervan, een impulsieve improvisatie.

Het scheermes op de richel bij de spiegel dat me naar zich toe zoog en me verleidde met zijn glanzende, vlijmscherpe randen, had me kunnen verraden. Het gebruik van een mes zou alles over mij zeggen, niets over Edith. Het kortstondig genieten van het toegeven aan een gril zou zich tegen me hebben gekeerd, omdat het niet paste in het plaatje dat ik wilde achterlaten, het beeld dat ik wilde schetsen. De snijwonden zouden een afwijkend puzzelstukje hebben gevormd dat de recherche uiteindelijk op mijn spoor had kunnen zetten.

Regel één voor de perfecte moord: zorg dat de forensische puzzel klopt. Dat alle stukjes voor het grijpen liggen en dat ze vervolgens, na een beetje hersengymnastiek, naadloos op elkaar aansluiten. Dan is het mooi rond, duidelijk. Maar maak niet de fout het de recherche al te gemakkelijk te maken, want ook dat veroorzaakt argwaan.

Nee, wat me werkelijk verbaasde was de nasleep, of beter gezegd het volslagen gebrek daaraan. Een paar persoonlijke gesprekken bij mij thuis, met rechercheurs die me met vermoeide ogen aankeken, slonzige pakken droegen en hun al te voorspelbare vragen op me afvuurden. Routinematig.

Ik antwoordde gedwee, met matte stem en veelvuldig in mijn ogen wrijvend. Ja, Edith had het weleens over de dood gehad. Op de vraag of dat vaak was voorgekomen, reageerde ik bevestigend. Wat ik mijn ondervragers onthield, was de kale waarheid die slechts enkele mensen in haar omgeving kenden: voor Edith waren zulke gesprekken puur analytisch, spielerei, ze abstraheerde graag. Maar voor de buitenwereld konden haar uitspraken makkelijk worden geïnterpreteerd als een voorzichtige uiting van sluimerende suïcidale gedachten.

Ik keek triest. Mijn ogen waren rood en gezwollen, mijn haar ongekamd. Veel moeite kostte het me niet. Ik voelde me ook verdrietig, ik had om Edith gegeven en nu was ze dood. Zelfmoord. Vreselijk dat ik zoiets niet had zien aankomen, er niet alerter op was geweest. Dan had ik misschien iets kunnen doen om het te voorkomen, en dan had ze nu nog geleefd.

Ik speelde het goed en ik kwam ermee weg met een aan onwaarschijnlijkheid grenzend gemak.

Omdat alles aan het plaatje klopte.

4

Ik zit aan het raam en staar naar buiten, waar in de stromende regen volgeladen karren over het asfalt af en aan rijden met koffers die in de buik van het toestel worden geladen. Verderop taxiën vliegtuigen naar de startbaan. Het is schemerig en er valt amper licht door het grauwe wolkendek. De hele weg naar Rotterdam Airport reed ik met de lichten aan. Oktober is ons dit jaar niet zo vriendelijk gezind. Het lijkt wel januari.

Uit de stoelleuning voor me haal ik een tijdschrift. Ik blader het afwezig door, zonder de Engelse tekst in me op te nemen. Het is zeker zes jaar geleden dat ik voor het laatst in een vliegtuig heb gezeten. Dat was met John, een weekend naar Barcelona. Toen was het nog gezellig, we gingen in elkaar op en er was nog geen sprake van de verwijdering die onze laatste jaren zo hebben overschaduwd.

Ik kijk op van het tijdschrift. De zitplaatsen naast en voor me zijn nog vrij. Het zou me helemaal niet verkeerd uitkomen als de stoel naast me vrij bleef, maar dat zal me wel niet gegund zijn. Er stromen nog steeds reizigers naar binnen, hun instapkaarten in de hand, zoekend naar hun plaats.

De braderie is morgen en ik ben er niet bij. Dat wist ik al toen mijn moeder het ter sprake bracht. Zelfs als ik niet naar Engeland zou zijn gegaan, zou ik een smoes hebben verzonnen. De breuk met John is nog te vers. Ik heb geen trek om nieuwsgierige dorpsgenoten van sappige achtergrondinformatie te voorzien. Tien tegen één weet iedereen precies hoe de vork in de steel zit. Ze willen het alleen nog eens uit mijn mond horen. Aan meewarige blikken en al dan niet oprechte bedoelingen heb ik echt geen behoefte. Dus heb ik Dick vlak voor vertrek gebeld om te zeggen dat ik toch naar Londen ga. Ik had al betaald voor het ticket, het hotel was geregeld en bovendien zou ik eraan moeten wennen dat ik dit soort dingen voortaan alleen zou moeten doen. Uit zijn reactie kon ik opmaken dat hij opgelucht was. Hij zou het doorgeven aan onze ouders.

Dat telefoontje was een uitgesproken laffe daad van me. Ik had hen zelf kunnen bellen, móéten bellen misschien, maar ik kon het niet opbrengen. Ik hou van die twee mensen, maar we zijn te verschillend – altijd al geweest. Dick is hun gedroomde zoon. Hij woont drie straten verderop, en zijn vrouw Anne gaat met de kinderen minstens twee keer in de week bij hen op de koffie. Ik daarentegen heb mijn ouders de laatste maanden verwaarloosd, omdat ik ze niet met mijn boosheid wilde confronteren en ik tegelijkertijd weinig trek had om open kaart te spelen.

Ze bedoelen het niet slecht, dat weet ik echt wel, maar hun opmerkingen komen meer dan eens kwetsend over. Terwijl ik nooit kritiek zal leveren op hun keuzes en levenshouding. Mijn handen beginnen te jeuken als ik hun interieur zie: het is met een paar potten verf en wat lappen van de markt om te toveren tot een modernere, veel ruimer en vriendelijker ogende woning. Maar ik durf het niet eens aan te bieden, bang dat ik ze ermee tegen het hoofd stoot. Mensen in hun waarde laten, heet dat. Zij vinden het mooi, dat wat in mijn werkkringen als 'belegen boerenchic' wordt afgedaan. Maar waarom, vraag ik me af, laten ze míj dan niet in mijn waarde? *Doe maar gewoon, dan doe je al gek genoeg* – ik kan me niet heugen hoe vaak ik die kleinerende opmerking uit de mond van mijn vader heb horen komen. Mijn moeder is minder krachtig in haar manier van uiten, maar mijn naïeve schilderijen heeft ze nooit kunnen waarderen en ze denkt nog steeds dat ze me 'behoedde' voor mijn kledingkeuze.

In principe ben ik vanbinnen in niets veranderd. Ik geef nog steeds uiting aan een innerlijke drang om emoties om te zetten in iets tastbaars – alleen is de uitingsvorm ervan in de loop van de jaren gewijzigd in iets wat brood op de plank brengt: een keurige, respectabele baan.

Desondanks, als ik een lege zaal binnenloop waar een restaurant of een tentoonstelling is gepland, kleur ik in gedachten alles in.

Daar hoef ik niets voor te doen, de ideeën komen vanzelf in me op. Een lege ruimte heeft zoveel potentie. Soms lukt het me om een klant mee te krijgen, worden ze enthousiast van mijn voorzichtige voorstel om stoelen met tijgerprint te kiezen in combinatie met knalrode muren. Veel vaker niet. De doorsnee klant wil zijn vingers niet branden en speelt op safe. Net als mijn ouders en vrijwel iedereen die ik ken, John voorop. Ik zie zijn gezicht nog voor me, toen hij van zijn werk thuiskwam en ik hem meenam naar onze nieuwe, appelgroene slaapkamer. Ik was er mijn hele vrije dag mee bezig geweest en wilde hem verrassen. Zijn geschokte, bijna boze reactie maakte me duidelijk dat ik niet goed bij mijn hoofd moest zijn geweest om zoiets idioots te ondernemen zonder zijn toestemming. Hoe kon ik dat ordinaire groen over een patroonbehang heen strijken? Maar die boosheid viel in het niets bij de schokgolf die volgde op mijn voorzichtige toespelingen dat ik erover dacht om dreads te nemen, en misschien wel een tatoeage op mijn onderrug. 'Neem dan maar meteen een andere vent,' was zijn onderkoelde reactie. 'Ik ga niet naast een vrouw met een spoiler en nephaar liggen.' En hij zei nog veel meer dan dat alleen.

Achteraf gezien had ik diezelfde dag nog moeten vertrekken. Maar ik ben gebleven, en heb in de jaren erna de ongewenste kanten van mezelf zoveel mogelijk afgesloten, weggestopt, deksel erop. Totdat hij míj buiten spel zette.

Was dat wel zo erg, vraag ik me nu af. Maandenlang heb ik mezelf lopen pijnigen, tegen de muren lopen schreeuwen, mezelf in slaap gehuild en me afgedankt gevoeld, lelijk, dik, beláchelijk zelfs. Maar nu ben ik onderweg naar Londen. Alleen.

Misschien is de breuk met John wel het perfecte moment om mijn leven een richting in te sturen die beter bij me past. Ik zou me zelfs kunnen laten omscholen tot stylist, etaleur of binnenhuisarchitect – zoiets dergelijks. Waarom niet?

Er fladdert iets rond in mijn buik, het buitelt en giechelt en er breekt een glimlach door op mijn gezicht. De eerste van vandaag. Zie je wel Margot, je bent nog niet lang en breed onderweg of je toekomst lijkt al niet meer inktzwart, maar knalrood, fuchsia en knetterend geel.

Ongemerkt is het vliegtuig volgestroomd. Naast me zijn twee mannen komen zitten. Ik bekijk ze vluchtig en wend dan weer voor verdiept te zijn in het tijdschrift. Contact maken, en zeker met mannen, blijft toch lastig. Want knoop ik uit mezelf een praatje aan, dan kom ik misschien over als een naïeve babbelkous. Zoals ik me nu voel is de kleinste afwijzing al voldoende om me terug de put in te duwen waarin ik maandenlang watertrappelend heb rondgesparteld. Maar blijf ik stug voor me uit staren, dan worden het zeker te weten een paar heel eenzame dagen. Dat wil ik al helemaal niet. Dit weekend moet bijzonder worden. Ik zou graag leuke, nieuwe mensen leren kennen. Energie opdoen.

Mijn directe buurman is rossig. Hij draagt een donkerblauw pak en een wit overhemd en ik schat hem een jaar of vijftig. Hij leest een Nederlandse krant en heeft zich afgesloten van alles en iedereen. Zijn brede postuur neemt zoveel plaats in beslag dat ik mijn linkerarm tegen mijn lichaam geklemd moet houden om hem niet te hoeven aanraken. Mijn handen liggen in mijn schoot op het tijdschrift en ik leun lichtjes naar rechts.

Als de stewardess langskomt en met een professionele glimlach controleert of iedereen zijn gordel heeft vastgegespt, en hier en daar de bagagekleppen boven onze hoofden dichtduwt, kijk ik nog eens naast me.

De andere man, bij het gangpad, is duidelijk langer, slanker en een stuk jonger dan mijn directe buurman. Hij draagt een spijkerbroek en een zwarte coltrui. Een deel van zijn gezicht wordt afgeschermd door een lok donker haar. Hij wordt in beslag genomen door zijn mobiele telefoon.

De stewardess legt haar hand op de rugleuning van zijn stoel, buigt zich naar hem toe en verzoekt hem zijn gsm uit te zetten. Hij doet net of hij het niet hoort, kijkt niet eens op, maar na enige seconden zie ik hem het klepje dichtschuiven en het mobieltje wegstoppen. Hij heeft slanke handen valt me op, krachtig, een beetje benig, met kleine zwarte haartjes op zijn vingers.

Het vliegtuig zet zich in beweging en taxiet naar de startbaan. Ik kijk onafgebroken naar buiten, naar de lampjes op de startbaan, naar de bedrijvigheid van de luchthaven die langzaam maar zeker steeds verder van ons weg komt te liggen.

Nog geen vijf minuten later raken de wielen voor het laatst de Rotterdamse bodem en zet het vliegtuig koers in westelijke richting.

5

Hij staart naar me. De man met het donkere haar die aan het gangpad zit. In de afgelopen twintig minuten heb ik een paar keer zijn richting in gekeken omdat ik nieuwsgierig was naar het gezicht dat bij die mooie handen hoorde, en steeds kruisten onze blikken elkaar. Ik voel me er ongemakkelijk onder, omdat hij niets zegt, alleen maar naar me kijkt. Niet op een intimiderende manier, eerder wat gesloten, in gedachten verzonken, alsof hij steeds op het punt staat iets tegen me te zeggen en zich constant bedenkt. Nee, sterker nog, heel even maakt die blik een vertrouwde indruk, alsof we elkaar al jaren kennen en door een fout van de grondstewardess iemand tussen ons in geplaatst hebben gekregen. Een buffer, belichaamd door het rossige zakenpak dat inmiddels in slaap is gevallen. Zijn kin rust op zijn borst. Het *NRC Handelsblad* waarin hij zojuist nog verwoed zat te bladeren, ligt slordig opgevouwen op zijn schoot en dreigt er elk moment van af te schuiven.

Onzeker onder zijn blik wend ik mijn hoofd af en kijk naar buiten. Grijze lucht.

'Je hebt iets...' hoor ik naast me zeggen. Een prettige stem waarin ik een licht Brabants accent meen te herkennen.

Ik draai mijn gezicht naar links om me ervan te verzekeren dat hij het was die de woorden uitsprak, en niet mijn slaperige buurman. Maar daar is geen twijfel over mogelijk. Ik produceer een vluchtige glimlach, wachtend op wat er komt.

Hij schudt zijn hoofd. Lachrimpels rond zijn ogen. Kijkt dan weer voor zich.

Dwars door de verwarring heen denk ik dat ik weet waar hij op doelde en het heeft direct een negatieve uitwerking op mijn humeur. Reacties van deze strekking krijg ik te pas en te onpas van vreemden.

Ik heb verschillende kleuren ogen. Een is blauw en het andere is bruin. Er is een officiële benaming voor: *heterochromia iridis*. Sommige mensen die dit hebben, zijn aan één oor doof of ze hebben het overgehouden aan een ongeluk, met als overbekende vertegenwoordiger David Bowie. Dat is bij mij niet het geval. Ik ben zo geboren en aan mijn gehoor mankeert niets. Was ik een konijn geweest, dan had mijn vader me ingezet als stammoeder voor een nieuw ras waarvan hij de trotse uitvinder zou zijn geweest, of ik was geëindigd in de stoofpot omdat ik niet aan de norm voldeed. Dat is me meer dan eens door het hoofd geschoten als ik mijn vader in de schuur de jonge dieren zag selecteren. Maar ik was geen konijn, ik was een mens, een kindje, hún kindje, dus vonden ze me prachtig zoals ik was – wat konden ze anders? Op school en in de buurt werd die mening niet altijd gedeeld. Sommige kinderen en zelfs volwassenen bleven me maar aanstaren, net zoals deze man, op het onbeschofte af. Sommigen dachten dat mijn blauwe oog van glas was. Ze konden niet geloven dat iemand van nature twee verschillende kleuren ogen kon hebben. Ik ben meer dan eens voor heks uitgemaakt, of buitenaards wezen. Later, in mijn tienertijd, raakten in het uitgaansleven kleurlenzen in de mode en werd het daarop gegooid. Toen was mijn bruine oog weer nep. In werkelijkheid heb ik regelmatig een bruine kleurlens gebruikt om het verschil te verdoezelen. Je wordt het op een gegeven moment moe om steeds weer uitleg te moeten geven, om hetzelfde verhaal keer op keer te moeten vertellen aan wildvreemden. Als je van de norm afwijkt, dan zijn er maar twee mogelijkheden: mensen vinden het aantrekkelijk, of het stoot ze af. De show of de stoofpot.

Ik kan niet inschatten bij welke categorie deze man hoort en in welke groep hij mij heeft ingedeeld. Hij kijkt voor zich uit. Gewoonweg onbeschoft. Iemand lange tijd aanstaren, uiteindelijk aanspreken en vervolgens volledig negeren. Het steekt, misschien omdat ik van alle mensen die hier om me heen zitten juist met hem graag een gesprek had gevoerd. Hij ziet er bijzonder uit, als iemand met een verhaal. Niet verpletterend knap, maar eerder interessant, met zijn donkere, in rommelige lagen geknipte haar dat bijna tot aan zijn schouders komt en zijn scherpe gezichtstrekken voor een deel aan het oog onttrekt.

Hij draait zijn hoofd weer naar me toe. Ik besluit terug te staren en hef mijn kin lichtelijk defensief op.

'Ik blijf hier moeite mee houden,' zegt hij uiteindelijk, zo zacht dat zijn stem amper uitkomt boven het lawaai van de motoren en het indringende gejengel van een baby achter in het vliegtuig.

'Waarmee?' Misschien leg ik net iets te veel verdediging in mijn stem, klinkt het net iets te hard, maar op dit moment maakt het me niet uit. Als hij ook maar één vervelende opmerking durft te maken, zal ik hem precies zeggen wat ik ervan vind. Dan krijgt hij de volle laag. Ik heb er tweeëndertig jaar op kunnen oefenen.

Hij zwijgt en kijkt een andere kant op. Heeft hij me niet gehoord? Ongemakkelijk met de situatie leg ik mijn handen in mijn schoot en begin aan mijn nagelriemen te peuteren.

'Vrouwen denken meteen dat er iets achter zit als ik het vraag.'

Ik draai mijn hoofd naar links. 'Wat wilde je vragen dan?'

Hij maakt een kort gebaar met zijn hand. 'Niks. Laat maar. Vergeet het.'

Om de dooie dood niet. 'Wat wilde je zeggen?'

'Als je me niet aanvliegt.' Hij trekt een mondhoek op. Mijn reactie amuseert hem alleen maar en het maakt me razend. 'Je hebt een open gezicht. Mooie ogen, groot, helder. Maar tegelijkertijd afgesloten. Begrijp je? Alsof er iets is gebeurd wat zo ingrijpend en pijnlijk was dat het ervoor heeft gezorgd dat je jezelf afsluit voor de wereld om je heen. Je veinst desinteresse omdat je bang bent om opnieuw gekwetst te worden. En je doet dat zo goed, dat weinig mensen zien hoe mooi je eigenlijk bent.'

Ik staar hem ademloos aan. Niets over mijn ogen, in elk geval niet over hun kleur. Daar heeft hij dwars doorheen gekeken. Zomaar.

'Dat is wat ik doe,' verduidelijkt hij mijn onuitgesproken vraag.

'Ben je psychiater of zo?' weet ik uit te brengen.

Hij grinnikt, gespt zijn riem los en loopt zonder verder nog iets te zeggen door het gangpad naar achteren.

Ik wurm me los uit de gordel, draai een kwartslag en kijk hem na.

Hij is echt lang, zeker één meter vijfentachtig. Zijn haar ziet er op het eerste gezicht nonchalant uit, maar dit soort nonchalance zie je in glossy magazines. Hetzelfde gaat op voor zijn kleding. Toch lijkt hij me geen verwaand type uit een oud-geldfamilie. Hij heeft iets rauws over zich; de manier waarop hij uit zijn ogen kijkt en zich beweegt doet me eerder denken aan een straatvechter dan aan een psycholoog, advocaat of arts.

Geschrokken van mijn eigen reactie graai ik het tijdschrift weer uit het vak van de rugleuning voor me en begin erin te bladeren. De plaatjes en tekst kunnen mijn aandacht niet vasthouden. Onwillekeurig dwaalt mijn blik af naar buiten, waar alles onveranderlijk grauw en grijs is. Voor hetzelfde geld, en dat bedoel ik letterlijk, had ik nu in een vliegtuig naar Barcelona of Malaga gezeten. Daar had me in elk geval de zon opgewacht, en blauwe luchten. Het was Claudia's idee om naar Londen te gaan. Zij is dol op die stad en ik vond het eigenlijk wel best, ik ben er nooit geweest. Even voel ik een steek van spijt door me heen gaan.

Vergis ik me, of begint het toestel al te dalen? De wolken glijden als mistflarden langs het kleine raam en af en toe zie ik een grijze zee met witte koppen. Ik druk mijn slaap tegen het plastic en laat mijn hoofd zakken. Ja, land, even verderop. We zijn er bijna.

'Ga je naar iemand toe?'

Ik kijk op. Mijn gesprekspartner zit weer op zijn plaats. Tegelijkertijd knippen de lampjes aan en begint iedereen zijn gordel vast te gespen. Door de speakers klinken krakend onverstaanbare woorden van de gezagvoerder.

Ik doe mijn riem vast en schud mijn hoofd. 'Nee, ik ga op vakantie. Een weekendje weg, eigenlijk... Stappen,' voeg ik eraan toe.

'Alleen?'

'Ja. Alleen.'

'Ben je al vaker in Londen geweest?'

'Nee, nog nooit.'

Hij trekt zijn wenkbrauwen op. Mooie, dunne, licht gehoekte wenkbrauwen boven twee donkere ogen. 'Dus je gaat alleen naar Londen, om uit te gaan, maar je bent er nog nooit geweest en je kent er niemand?' Hij klinkt gealarmeerd, alsof ik zojuist heb toegegeven dat ik in bikini naar Afghanistan afreis.

'Precies.' Ik erger me aan zijn houding. Een totaal onbekende man van mijn leeftijd die zijn uiterste best doet op mijn vader te lijken. Waar bemoeit hij zich mee?

'In welk hotel zit je? In welke wijk?'

Ik haal mijn schouders op. Claudia en ik hebben het hotelletje via internet geboekt. Het was een van de weinige betaalbare die we konden vinden, twee sterren of minder geloof ik. We zouden er toch alleen maar slapen. Volgens de site moet het midden in het bruisende centrum liggen, alle winkels, pubs, discotheken en restaurants op loopafstand, dus wie heeft dan een superhotel met internet en roomservice nodig? De naam van het hotel is me ontschoten en waar het precies ligt weet ik evenmin. Ik ben van plan dat zo meteen uit te puzzelen, als ik er ben. De Londense ondergrondse schijnt het hele centrum met elkaar te verbinden. Zo moeilijk kan het allemaal niet zijn.

'Op de naam kan ik even niet meer komen,' zeg ik uiteindelijk. 'Het ligt in elk geval in het centrum.'

'Heb je geboekt via een reisorganisatie?'

'Nee. Hoezo?' Weer die defensieve toon in mijn stem. Waarom verdedig ik ten opzichte van een volslagen onbekende mijn keuzes?

Hij wendt zijn blik af en lijkt in gedachten verzonken te zijn.

Tussen ons in schiet de buurman wakker. Hij kijkt verstoord om zich heen, graait naar de krant, legt zijn rossig behaarde hand er bezitterig op en sluit zijn ogen weer.

Mijn gesprekspartner buigt zich voorover en rommelt in de zwarte rugzak die hij de hele reis al tussen zijn knieën geklemd houdt. Hij trekt er een folder uit, scheurt er een stuk af en begint te schrijven. Dan stopt hij het me toe. 'Hier, mijn mobiele nummer. Ik zit de komende vier, vijf dagen in Londen. Als er iets is, of wanneer je gezelschap wilt, wat dan ook, dan kun je me bellen. Moet je me bellen, zelfs.' Hij grijnst breed. 'Ik ben een heel goede gids. En ik bijt niet.'

Ik staar hem verbaasd aan maar mijn hand grijpt automatisch naar het uitgestoken papiertje en ik prop het in mijn broekzak.

6

Ik ben vergeten te vragen naar zijn naam. Dat is het eerste dat me te binnen schiet als ik hem weg zie lopen, op die lange benen van hem, zijn rugzak achteloos over een schouder geworpen. Alle medepassagiers weten waar ze heen gaan of wekken in elk geval die indruk. Ze worden opgewacht door mensen die borden omhoog houden met hun naam erop, of ze lopen rechtstreeks door de glazen schuifdeuren naar buiten.

Centraal in de lichte hal staat een zuil met een lichtkrant die informatie spuit over openbaar vervoer, gegevens die voor iemand die hier bekend is waarschijnlijk heel bruikbaar zijn, maar mij zeggen al die namen niets. Uit de zuil steken toeristenkaarten van het centrum van Londen en uitvouwfolders met metrolijnen. Ik graai ze uit hun plastic houders en ga op een bankje zitten met mijn rugzak naast me. Uit de flap haal ik het boekingsbewijs dat me per e-mail is toegestuurd. Die bevat een wel heel summiere routebeschrijving. Niet erg duidelijk allemaal. In elk geval moet het hotel ergens in, of in de buurt van Soho liggen. Die naam zegt me wel iets. Het zou de Chinese wijk kunnen zijn, maar zeker ben ik er niet van.

De groene, blauwe, rode, roze, bruine en grijze lijnen waarmee de routes van de Londense metro worden aangegeven dansen voor mijn ogen. Oxford Circus, City Line, Camden Town, Marylebone... Geen van de metrolijnen loopt door tot aan het vliegveld. Als ik het goed begrijp, dan zou ik een trein moeten nemen tot aan het dichtstbijzijnde metrostation en dat heet Canning Town. Vanaf daar moet ik een metro pakken die me in de buurt van het hotel brengt. De grijze lijn – Jubilee Line – gaat vanaf daar naar het noorden en het zuiden, maar ik kan er ook voor kiezen bij Canning

Town te blijven zitten en door te reizen naar Tower Hill. Dat klinkt sterk als Londen centrum.

Ik houd het gesimplificeerde plattegrondje ernaast om uit te knobbelen waar ik precies moet wezen. Het is niet te zeggen. Ongeveer kan ik er wel uitkomen en natuurlijk kan ik de weg vragen, maar dan nog zal ik een paar keer moeten overstappen. Er zijn stations waar wel zes metrolijnen bij elkaar lijken te komen. Het duizelt me. Ineens bekruipt me het gevoel dat de metro in Londen misschien wel helemaal niet veilig is voor een alleenreizende vrouw die overduidelijk de indruk wekt de weg niet te kennen. Vorm ik geen makkelijk slachtoffer voor zakkenrollers, met toeristenfolders in de hand geklemd, turend naar borden en zoekend naar in- en uitgangen?

Door de glazen schuifdeuren zie ik ouderwetse zwarte taxi's af en aan rijden. Misschien moet ik het mezelf op de eerste dag niet al te moeilijk maken. De metro kan ik vanmiddag in alle rust nog gaan verkennen, nadat ik een douche heb genomen en wat heb gegeten en gedronken. City Airport ligt vlak bij het centrum, dus erg begrotelijk kan zo'n ritje niet zijn.

Ik graai mijn spullen bij elkaar, sta op en loop via de glazen schuifdeuren naar buiten. Even verderop, aan de linkerzijde voor het gebouw, zijn taxistandplaatsen. Het zijn opvallend ouderwetse auto's, met een hoog dak, die de indruk geven uit de jaren twintig of dertig te stammen. De chauffeur van de eerste taxi oogt vriendelijk, een oudere man met grijs haar en een gebreide V-halstrui met een geblokt overhemd eronder.

Ik buig me voorover naar zijn geopende raam en lees het adres en de naam van het hotel op, gevolgd door de vraag wat het tarief is als hij me er naartoe brengt. De man fronst, kijkt schuin naar mijn papier. Het gaat me ongeveer twintig pond kosten, schat hij in.

Thuis heb ik tweehonderdvijftig pond van de bank gehaald – mijn budget voor de komende dagen. Het taxitarief slaat er meteen al een behoorlijk gat in, maar het alternatief wordt steeds minder aanlokkelijk nu het is gaan regenen. Ik neem achterin op een leren bank plaats. Met een meter vrije ruimte voor mijn voeten, de platte, zwarte laadvloer en de vele folders en mededelingen die op het tussenschot zijn geplakt, doet de taxi me nog het meeste denken aan een kleine stadsbus. Precies zo'n geluid maakt hij ook als hij met een bochtje naar de weg rijdt.

De regen klettert tegen de voorruit en op het dak en trekt diagonale strepen over het glas, die het zicht vertroebelen. Met mijn armen om mijn rugzak geklemd kijk ik naar de gebouwen in bruin, beige en grijs, die we in hoog tempo voorbijrijden. Het is ontzettend druk. Overal lopen mensen, rijden scooters, auto's, motoren. Hier en daar wordt het verkeer opgehouden door bestelbusjes en kleine vrachtwagens, die hun bestellingen afleveren bij winkels en restaurants. Eén op de drie, vier auto's in het centrum is een exacte kopie van mijn vooroorlogs vormgegeven taxi. Sommige zijn niet zwart, maar geel of knalroze en zijn bestickerd met reclame. Het is een heel andere wereld dan die ik vanochtend achter me liet.

In de verte vang ik een glimp op van een middeleeuwse vesting of kasteel. Ik krijg de neiging om de chauffeur te vragen wat voor gebouw het is, want het is vast een toeristische attractie, maar er zit een dikke ruit tussen ons in en de man zit zeker anderhalve meter bij me vandaan. Ik probeer oogcontact te maken via de binnenspiegel. De chauffeur kijkt me niet aan. Hij is niet van het spraakzame type dat onwennige toeristen graag wegwijs maakt in zijn stad. Ik peuter aan de rits van mijn jas en kijk naar de zwarte bodem van de auto. Ik wil het niet aan mezelf toegeven, maar ik voel me kaal zonder iemand naast me. Er is niemand om mee te praten, mee te lachen, een blik van verstandhouding mee te wisselen of te overleggen – zelfs niet iemand om me aan te ergeren. Alleen reizen is bij lange na niet zo leuk als ik hoopte.

IV

Edith bleek kwetsbaar, terwijl dat het laatste was dat ze uitstraalde. De meeste mensen, zelfs vrienden die haar goed kenden of dachten te kennen, typeerden haar als 'sterk'. Dat was ook het woord dat veelvuldig viel tijdens de speeches op haar crematie.

Een sterke vrouw.

Toch was ze net zo sterfelijk als ieder ander. Broos.

Iedereen heeft een zwakke plek. De meesten zelfs meer dan één. Als je de tijd neemt om die uit te zoeken, een goed oog hebt voor sociale verhoudingen, luistert en kijkt en je openstelt, dan vind je ze.

Bij Edith was het ijdelheid. Omdat ze mooi wilde zijn kon ze zich geen gebroken nachten veroorloven en dus gebruikte ze slaapmiddelen. Daar kwamen haar ongenuanceerde uitspraken bij, de abstracte, theoretische en afstandelijke kijk die ze voorwendde en die ze losliet op allerlei onderwerpen, ongeacht hun zwaarte. Edith kon makkelijk afstand doen van wat ze zelf voelde of vond, ze genoot vooral van het debat. Als tijdens een discussie iedereen tegen de doodstraf was, kon je er zeker van zijn dat ze met ijzersterke argumenten kwam om die juist terug in te voeren. Dat soort dingen, daar was ze sterk in. Ze pookte het vuur op, hield haar gesprekspartners een spiegel voor die zelden flatteerde en hen vaak een ongemakkelijk gevoel gaf. Dat waardeerde ik in haar. Het was haar kracht, absoluut haar talent, en tegelijkertijd haar tweede zwakte.

Mensen luisteren zelden naar de betekenis achter de woorden, is me opgevallen. Er zijn er maar weinig die de stilte achter de schreeuw herkennen, het zachte huilen dat zich verschuilt achter harde uitspraken. Ze horen alleen maar de woorden, de zinnen. Terwijl er zoveel meer is waar te nemen. Mensen zijn te veel met zichzelf bezig om anderen op te merken, daadwerkelijk te zíén, te doorgronden.

Ze kennen zichzelf vaak niet eens.

7

Mijn knusse hotel in Victoriaanse stijl in het bruisende centrum van Londen ligt in een nauwe, donkere steeg en blijkt de verschijningsvorm van een verlopen pension te hebben. Dat zou kunnen komen door het slechte weer. Er hebben zich donkere wolken boven de stad samengepakt waardoor alles er somber uitziet.

Ik werp mijn brandende sigaret weg en duw met mijn platte hand tegen de dikke houten deur. Hij geeft niet mee. Pas als ik mijn schouder ertegen zet, laat hij zich met tegenzin openen.

Eenmaal binnen moeten mijn ogen wennen aan het gebrek aan licht. Er komt nauwelijks daglicht binnen door de ruit in de deur. Ik sta in een kleine hal met een versleten donkerrood tapijt op de vloer. Het is stil en het ruikt sterk naar stof en schimmel. De hal komt uit op een smalle trap die is bekleed met hetzelfde tapijt. In de linkerhoek van de entree is een balietje getimmerd, afgewerkt met gemarmerd plakplastic dat op de naden naar buiten krult. Achter de balie is niemand te bekennen.

Ongelovig kijk ik om me heen. De werkelijkheid die ik hier aantref komt in het geheel niet overeen met wat ik heb gezien op de internetsite. Of toch wel? Rechts van me staat een fauteuiltje naast een marmeren bistrotafel onder een portretschilderij. Die combinatie herken ik – met moeite – van een van de priegel-foto's die bij de wervende beschrijving op internet waren geplaatst. Het schilderij blijkt een reproductie te zijn en iemand heeft een snor op het bleke negentiende-eeuwse vrouwengezicht gekrast. Op het tafeltje staat een overvolle asbak en er ligt een colablikje en een plastic bekertje waarin koffie heeft gezeten. Het fauteuiltje zelf wordt vrijwel aan het zicht onttrokken door een oud faxapparaat en een stapel mappen die op de zitting zijn gestapeld.

Als ik omhoog kijk zie ik een spookachtige lachspiegelversie van mezelf gereflecteerd in een laag plafond. Plastic spiegelplaten, zo ver doorgebogen dat ze de indruk wekken elk moment uit hun smoezelige messing profielen naar beneden te storten.

Tegen beter weten in trek ik het A4'tje uit mijn zak en lees nog een keer het adres en de hotelnaam, maar ze zijn niet als bij toverslag gewijzigd. Ik haal diep adem en sluit heel even mijn ogen. Misschien valt de kamer wel mee, probeer ik mezelf moed in te praten. Echt geloven doe ik het niet.

Bezorgd loop ik naar de balie. Er ligt een blocnote waarop in een mij onbekende taal allerlei aantekeningen zijn gekrabbeld. Het schrift lijkt me Pools of Tsjechisch, in elk geval iets oostblokkerigs met een heleboel c's en z'en. Ik schraap luidruchtig mijn keel. Heeft niemand me binnen horen komen? Is er überhaupt wel iemand?

In het schemerduister bij de trap zwaait een deur open die me niet eerder is opgevallen, omdat die is beplakt met hetzelfde bruin-met-groene behang als de muur. Iemand heeft er met een stanleymes een kader uitgesneden, zodat de deur open en dicht kan zonder de rest van het papier mee te nemen.

Er komt een enorme man tevoorschijn met kortgeknipt blond haar en kleine, dicht bij elkaar staande ogen in een breed gezicht. Zijn huid is bezaaid met pukkels en littekens en er zitten vlekken op zijn poloshirt. In zijn hand – drie tatoeagepuntjes tussen duim- en wijsvinger – zit een sigaret geklemd. Achter de geopende deur wordt een woonkamer zichtbaar met een smoezelig bankstel en een tv die is afgestemd op een sportkanaal.

Timide leg ik het boekingsbewijs op de balie, stamel in het Engels mijn naam en leg uit dat ik via internet voor twee nachten heb geboekt.

Terwijl hij me met een vreemde blik bekijkt, graait hij achteloos mijn papier van de balie en pakt er de blocnote bij. Dan richt hij zich pas op de boeking, krabbelt iets op het papier, draait zich om en rukt met kracht een houten kastje open. Zijn enorme lichaam leunt zwaar over de balie als hij me de sleutel aanreikt en me aan blijft staren, openlijk, alsof ik een dier ben in een dierentuin – een bezienswaardigheid. Ik heb al een pas teruggedaan en neem de sleutel met gestrekte arm aan, om zoveel mogelijk afstand te houden. Het metaal voelt zwaar in mijn hand. Zulke sleutels worden gebruikt voor tuinpoorten en zijn vrij te koop in ijzerwarenzaken. Er hangt een plastic labeltje aan waarop met blauwe pen nummer 18 is geschreven.

De man, die nog steeds geen stom woord heeft gesproken, wijst met zijn kin naar de trap en steekt twee vingers omhoog.

Ik draai me van hem weg en loop de trap op, me bewust van zijn starende blik. Mijn hart bonkt achter mijn ribben en ik ril onwillekeurig. Dit hotel is gewoonweg griezelig en de portier, of wat hij ook is, maakt de indruk van een doofstomme crimineel. Niet iemand bij wie je eens uitgebreid je beklag gaat doen over de afwezigheid van schone handdoeken.

Ik vind kamer achttien op de tweede verdieping aan het eind van een lange, onverlichte gang met een druk gedessineerd tapijt. Het ruikt hier nog sterker naar schimmel dan beneden en de vloer onder het tapijt veert mee bij elke stap. Ondanks dat de sleutel eenvoudig genoeg oogt, lukt het me pas na minutenlang morrelen de deur te openen.

Meteen slaat de hitte me in het gezicht, een prikkende droogte die me doet denken aan een ouderwetse droogkap bij de kapper. De centrale verwarming moet op hol zijn geslagen. Ik zet mijn tas neer en trek mijn jas uit. Het is hier werkelijk om te stikken. De warmtebron blijkt een oude radiator die onder het raam hangt. Er zit geen regelknop op. Ik duw de gordijnen opzij en zet mijn handen onder het houten schuifraam, dat na krakende protesten meegeeft.

Ik wrijf mijn vingers schoon aan mijn broek en neem mijn onderkomen in me op. Veel te ontdekken is er niet. De kamer is nauwelijks groter dan het bed. In de hoek naast het raam, amper dertig centimeter van het voeteneind, is een smalle, kunststof douchecabine. De plastic harmonicadeur staat open en toont een doucheslang zonder kop. De ongelukkige hotelgast voor me had zwart krullend haar. De bewijsstukken ervan plakken nog tegen de douchebak en hangen rond bij het putje. Naast de douche is een wastafel die er al niet veel beter aan toe is. Twee kranen: één voor koud, één voor warm. Een stop ontbreekt.

Ik schuif langs het bed en loop naar de andere kant, waar twee kastdeuren zijn. De ene kast is leeg, in de andere blijkt een toiletpot verstopt te zitten en er ligt een kleine, roze handdoek naast. 'Geweldig,' zeg ik hardop. 'Echt, helemaal geweldig.'

Vanaf het vliegveld is alles misgegaan. De chauffeur, die in eerste instantie best vriendelijk leek, bleek een oplichter te zijn. Tegen de tijd dat we op de plaats van bestemming kwamen, stond de meter op drieëndertig pond, dertien meer dan hij me op het vliegveld had gezegd in rekening te brengen. Hij verontschuldigde zich niet eens voor zijn misrekening, maar beriep zich kortaf op overmacht: veel stoplichten op rood, veel straten die waren afgezet waardoor hij om moest rijden.

En nu dit.

Ik laat me op het bed vallen en staar bewegingloos naar de vochtplekken boven de douchecabine, die zich als beige en zachtgroene Rorschachtests aftekenen tegen het spaanplaten plafond.

Wat dacht ik in hemelsnaam toen ik alleen naar Londen wilde gaan? Dat het géénsterrenhotel stiekem toch hartstikke gezellig en comfortabel zou zijn? Dat de zon hier alle dagen scheen en het er zou wemelen van de leuke mensen die me zouden omhelzen zodra ze me zagen? Misschien, heel misschien, lopen er zulke mensen wel rond, maar om daar achter te komen zal ik naar buiten moeten, langs de portier. Wie verzekert me dat hij me niet berooft – of erger? Het slot op de deur vertrouw ik al helemaal niet. En buiten dat, die kerel heeft vast een loper. Hotelkamers moeten immers worden schoongemaakt, hoewel dat in dit hotel waarschijnlijk geen topprioriteit heeft. Ik ril nog na als ik denk aan de blikken die hij me toezond.

Ik doe geen oog dicht vannacht, zoveel is zeker.

De regen tikt tegen de ruit en op de vensterbank. De hitte trekt langzaam uit de kamer en maakt plaats voor een vochtige kilte die de geur van nat beton meebrengt.

Terwijl ik met mijn nagel aan een brandgat in de sprei peuter, vecht ik tegen de aandrang om te gaan huilen en er niet meer mee op te houden.

Voor twee nachten in Hotel California heb ik honderdtachtig euro vooruitbetaald. Ga ik op zoek naar een betere slaapplaats, dan ben ik daar bovenop nog eens het dubbele kwijt.

Dit vreselijke pension is mijn uitvalsbasis voor de komende dagen. Ik zit hier vast, gevangen, als in een nare droom.

Dit had míjn weekend moeten worden en ik heb er zo naar uitgekeken. De stad verkennen, even alles vergeten: stappen, lekker eten, winkelen...

Ik geloof er niet meer in dat het nog gaat gebeuren. Zoals ik me nu voel, zou ik het liefste teruggaan naar de luchthaven en de eerste de beste betaalbare vlucht naar huis nemen.

8

John en ik leerden elkaar zeven jaar geleden kennen op een bedrijvenbeurs in Utrecht. Het bedrijf waar ik tijdelijk voor werkte had er een stand en ik hield me een kleine week bezig met de ondersteuning van het verkoopteam – wat er in de praktijk op neerkwam dat ik koffie schonk, folders uitdeelde en regelmatig werd weggestuurd om broodjes, marsen en sigaretten te gaan halen. We verkochten ingewikkelde heteluchtverwarmingssystemen voor grote gebouwen, niet erg spannend dus, en ik kon er werkelijk niets van mijn opleiding, de reclamevakschool, in kwijt. Maar dat maakte me toen nog niet uit. Ik hield mezelf in elk geval nuttig bezig, terwijl ik in de avonduren en weekenden de kranten uitspitte op personeelsadvertenties en me helemaal suf solliciteerde.

Wat ik in die week heb geleerd en later alleen maar bevestigd heb gezien, is dat standhouders gebukt gaan onder enorme stress. Het lijkt allemaal wel gezellig en vrijblijvend, maar dat is schijn. Iedereen staat onder een onmenselijke druk. Niet zelden hangt een bedrijfsresultaat af van de orders die op zo'n vakbeurs worden genoteerd en de nieuwe contacten die er worden gelegd. Dus is iedereen op zijn qui-vive, in zijn beste kleding en gewapend met een geforceerde glimlach, gespitst op elke toekomstige klant – *prospect* in jargon – die het verschil kan maken.

Onze stand vormde daarop geen uitzondering. Alles en iedereen stond op scherp. Op de stand zelf werd toneelgespeeld, gesnoefd en er werden moppen getapt, terwijl buiten het oog van de beursbezoekers, in de pantry oftewel het keukentje voor het personeel, stoom werd afgeblazen. Daar kwamen de uitbarstingen, het gescheld op de concurrentie of op lastige klanten, de pijnlijk vertrokken gezichten en het gefrutsel met pleisters tegen de blaren en heel soms – als alles in het honderd was gelopen – de tranen.

Ik was vijfentwintig, het was allemaal nieuw voor me en ik vond het niet erg dat mijn taak zo weinig om het lijf had. De hooggespannen verwachtingen, de oplopende emoties en de mensen, al die tienduizenden bezoekers met hun dialecten uit alle delen van het land, die quasi-ongeïnteresseerd langs de stands schoven en door de standbemanning als wandelende kraskaarten werden gezien... Het was een wereld op zich, een enerverende kosmos die gonsde van de energie. In die week ben ik gaan begrijpen dat werken op beurzen voor sommige verslavend kan zijn, zoals anderen hun kicks zoeken in het uitgaansleven of in gevaarlijke sporten. Ook ik werd er lichtelijk door meegesleept. Later heb ik nog veel meer beurzen gedaan en ik doe ze nu nog steeds, maar het werd nooit meer zo gekmakend spannend als toen, op die eerste beurs in Utrecht.

En dat had alles te maken met John.

Hij werkte bij een concurrerend bedrijf in de stand pal tegenover die van ons en viel me al snel op omdat hij zoveel rust uitstraalde in de zoemende hectiek in die grote hal. Iedereen bewoog zich snel, maakte contact, rende heen en weer met formulieren en calculators, terwijl John de indruk wekte alsof het hem allemaal niet aanging en hij overal boven stond. Pas in tweede instantie viel me zijn uiterlijk op. Ook dat beviel me. John was ouder dan ik, nog net geen vijfendertig, hij droeg zijn pakken met flair en bewoog zich soepel en zelfverzekerd als een alfadier over zijn vijftig vierkante meter beursterritorium. Op de eerste en tweede dag hadden we al veel oogcontact. Op de derde dag sprak hij me aan bij het buffet in de restauratiehal en op de vierde dag nodigde hij me uit om na de beurs met hem in de stad te gaan eten. Die avond kon ik geen hap door mijn keel krijgen en bleef ik mijn voedsel maar van de ene naar de andere kant van mijn bord schuiven. Veel hoefde ik niet te zeggen: John deed het woord, hij zat vol met verhalen. Hij bleef slapen in een hotel in de buurt van het beursgebouw en ik ging naar huis, maar niet zonder vlinders. Op de vijfde dag realiseerde ik me dat ik verliefd was geworden op de pas gescheiden technisch manager van de concurrent-aan-de-overkant. Het vijandige kamp.

Vrij kort na de beurs ging ik werken bij een ander bedrijf waar ik meer verantwoordelijkheden kreeg, maar John en ik bleven elkaar zien. Onze relatie verdiepte zich op een heel natuurlijke manier. Het bleek dat hij gescheiden was omdat hij pertinent geen kinderen wilde. Daar was hij heel beslist in. Zijn ex-vrouw Linda kon zich daar niet bij neerleggen en na een vruchteloze relatietherapie hadden ze besloten uit elkaar te gaan. John wilde niet alleen geen kinderen, hij wilde ook nooit meer trouwen. Daar zag ik geen probleem in. Mijn hoofd stond niet naar baby's, en trouwen vond ik ouderwets. Dat was iets wat je ouders deden. Samenwonen was prima. Ik was gelukkig, John was gelukkig. Zo zou het altijd blijven.

Het is opgehouden met regenen. De vochtigheid is in de hotelkamer blijven hangen en in de lakens en de sprei gekropen. Het bed voelt klam aan, maar de schimmellucht ruik ik vreemd genoeg niet meer. Ik kijk op mijn horloge. Ongemerkt is er meer dan twee uur verstreken, waarin ik alleen maar op bed heb gelegen en voor me uit heb liggen staren. Geen best begin van een wervelend weekend.

Onrustig peuter ik aan mijn nagelriemen en wrijf door mijn haar. Ik moet iets gaan doen, anders word ik gek. Ik trek de rugzak open en begin mijn kleding op te vouwen en in de kast te leggen. Twee truien, twee broeken, een blouse en rok en een plastic zak met ondergoed, waaronder een nieuw, rood lingeriesetje dat ik speciaal heb gekocht voor dit weekend – voor het geval dat. God, wat heb ik me allemaal in mijn hoofd gehaald.

Als ik daarmee klaar ben, leun ik tegen de kastdeur en leg mijn hoofd in mijn nek. De John die ik zeven jaar geleden heb leren kennen had hierom gelachen, om dit vreselijke hotel, de enge portier, de regen. Hij zou dit gammele bed en mijn lichaam op schokbestendigheid hebben getest en alleen maar hebben genoten van mij en van de vrijheid: geen werk, geen telefoontjes, geen deadlines. Maar John die de hele wereld aankon met zijn laconieke houding bestaat niet meer. Die ben ik lang geleden verloren. Ik raakte hem stukje bij beetje kwijt, en onder de afbladderende vernislaag werd een man zichtbaar die een vreemde voor me was. Hij begroette me alleen nog met een onduidelijk gemompel als ik thuiskwam en als ik naast hem in bed kwam liggen, keek hij niet eens op van het boek dat hij aan het lezen was. Geen attenties meer, geen knuffels, geen gevoel bijzonder te zijn. De vlinders fladderden een voor een weg uit het raam van onze twee-onder-een-kap, ze zochten hun heenkomen in de duisternis, tot er voor mij alleen nog een holle leegte restte.

Ik stop het rode setje terug en leg de zak achter mijn bescheiden stapel kleding. Langzaam dringt het tot me door dat het zinloos is waar ik mee bezig ben. John is voltooid verleden tijd. Maar toch. Ik krijg de gedachte niet uit mijn hoofd dat ik mogelijk zelf heb bijgedragen aan zijn afwijzende houding. Misschien zouden dingen wel heel veel beter zijn verlopen als ik me anders had opgesteld en beter mijn best had gedaan om aan zijn verwachtingen te voldoen. Ik had naar hem moeten luisteren, fanatieker kunnen gaan lijnen en sporten zodat ik mijn oude postuur misschien had teruggekregen.

Misschien is dat nog de ergste gedachte van allemaal: dat het niet John is, die onze relatie kapotmaakte, maar ikzelf. Omdat ik op allerlei fronten niet voldeed en hem er min of meer toe gedwongen heb zich van me af te keren.

Koude wind van buiten vermengt zich met de droge warmte die de radiator uitstraalt en me doet rillen. 'Hou hiermee op,' fluister ik voor me uit. 'Nu meteen.'

Ik kan hier nog wel uren blijven staan, mezelf gek maken met vragen waar ik het antwoord toch niet op weet. Het zal er echt niet beter van gaan worden. Ik moet naar buiten, wat gaan ondernemen, iets *doen*, om te voorkomen dat ik doordraai. Mijn jeans is nog steeds vochtig van de regen, en hetzelfde geldt voor mijn sokken. Gedachteloos haal ik mijn broekzakken leeg. Sleutels, kauwgom, mijn gsm, een papiertje. Ik vouw het open en staar naar het haastig gekrabbelde telefoonnummer dat al een beetje is uitgelopen door het vocht. Het lijkt wel twee dagen geleden dat ik het aannam van de man in het vliegtuig, maar het was echt pas vanochtend. Boven het nummer staat in krachtige letters 'Leon'. Mooie naam.

Ik sla het nummer op in mijn gsm.

V

Vorige week was ik uit eten met een vriendin in een nieuw restaurant. Klein en trendy, niet meer dan twaalf tafels die samen plaats boden aan zo'n veertig gasten. Alle zitplaatsen waren bezet. De mintgroene verf op de muren en het plafond was nog niet eens opgedroogd. Menukaarten waren er niet, wat er te eten was stond in zwarte drukletters op het plafond. Het gevolg was dat de gasten met hun hoofd in hun nek en hun mond dommig openhangend naar het plafond zaten te staren. Verontschuldigend, gegeneerd gegrinnik. De mensen om ons heen vonden het wel grappig, geloof ik. Vernieuwend, fris.

Zij zat ook zo te kijken. Een jonge vrouw, schuin tegenover ons, samen met een kerel van dezelfde leeftijd en twee oudere mensen. Ze had half-lang rood haar, dat er zacht uitzag, met een lok over haar voorhoofd en een bijna rond, blozend gezicht. Haar volle, roze mond vormde een perfecte O terwijl ze de menukaart bekeek.

'Is er wat?' zei mijn vriendin.

Ik keek haar strak aan en glimlachte. 'Wat zou er moeten zijn?'

'Je kijkt alsof je een brandende struik ziet.'

'Het zijn stressvolle tijden,' zei ik, en schonk haar mijn allervriendelijkste glimlach. Ze wendde zich weer tot haar carpaccio.

De rest van de avond ging als een roes aan me voorbij. Ik wendde buikloop voor en bezocht een paar keer het toilet om alleen te kunnen zijn met mijn gedachten.

Het is elf maanden geleden, mijn laatste nacht met Edith, maar ik herinner me elk klein, ogenschijnlijk onbenullig detail met een verbijsterende scherpte, alsof het pas gisteren heeft plaatsgevonden. Ik denk er regelmatig aan terug, en in het begin hielp het om de drang onder controle te houden, maar de effectiviteit ervan begint af te nemen. Het gevoel dat het me gaf om haar te laten sterven, precies zoals ik het had gepland en op juist die avond, alsof ik God was, is het beste gevoel dat ik ooit heb ervaren. Een cliché, vergeef me, maar het is met niets te vergelijken. De roes van alcohol of drugs of seks verbleekt erbij, verschrompelt tot een nietige, onbeduidende ervaring. De macht die ik over haar had die avond, had een euforische, bijna erotiserende werking.

Ik ken mezelf beter dan wie dan ook. Ik weet wat het is wat ik voel, en ik weet ook dat het steeds sterker wordt.

Honger.

Op het toilet ging ik tegen de betegelde muur staan en wreef met mijn handen over mijn gezicht. Ik visualiseerde de roodharige in het restaurant, stelde me voor hoe ze straks weg zou gaan en haar vriend en haar schoonouders – ik heb ze intensief genoeg geobserveerd om daarvan zeker te zijn – gedag zou zwaaien. Hoe ze alleen door het stadspark naar huis zou lopen en ik haar zou volgen, haar uiteindelijk zou aanspreken en haar vertrouwen zou winnen. Dat zou niet zo moeilijk zijn. Ik maak altijd een goede eerste indruk.

Ik liet de gedachte even toe, heel even maar, en duwde hem daarna weg. Gedachten worden woorden, woorden worden daden, daden worden je noodlot.

Ediths dood was zinvol. Ik gaf om haar, echt, maar uiteindelijk liep ze me in de weg.

Met deze vrouw zou alles anders zijn. Ik kende haar niet persoonlijk, wist niets over haar gewoonten en zwakke punten. En misschien nog belangrijker: haar dood zou volledig zinloos zijn – die zou puur en alleen worden uitgevoerd om dierlijke, lage instincten te voeden. Ik herken ze en accepteer ze in mezelf, maar ik ben geen dier. Ik weet heel goed wat er in mij huist en ook hoe het daar terecht is gekomen. Maar ik weet ook dat zodra ik eraan toegeef, alles mis kan gaan. Zál gaan. Dat weet ik zeker. Als ik die gedachten, die heerlijke, tintelende gedachten zou omarmen, daadwerkelijk mezelf zou toestaan alleen maar met het idee te spelen, dan zou het maar een heel kleine stap worden om als de eerste de beste getroebleerde 's nachts over straat rond te gaan zwerven om mensen van hun fiets te trekken en ze mijn wil op te leggen.

Niet mijn stijl. Dat is voor lagere levensvormen.

9

Soho moet wel de Chinese wijk zijn. Straat na straat zijn alle panden bezet door Chinese restaurants en gokhallen, waarvan de puien volhangen met uithangborden in Chinese tekens. De stad is dampig en mistig, alle auto's hebben hun verlichting aan.

Ik heb geen trek in Chinees, wil al zeker niet terug naar het hotel en ik voel me op een vreemde manier opgejaagd, zodat ik maar blijf lopen, een hand om de revers van mijn jas en zonder bewust iets van de omgeving in me op te nemen.

Voetgangers stromen langs me heen, ik hoor het verkeer voorbijrijden, het gesis van de stadsbussen en de stampende muziek die uit de winkels komt, maar het overheersende geluid is dat van mijn eigen voetstappen op de natte tegels en het bonzen van mijn hart.

Hoe drukker het wordt, hoe meer ik besef hoe alleen ik ben. Ik maak geen deel uit van deze krioelende mierenhoop met Londenaren, toeristen, straatkunstenaars, Pakistanen, Indiërs en daklozen, die kakofonie aan geluid en kleuren, knipperende lichtreclames en uitlaatgassen. Het heeft allemaal niets met mij te maken. Ik loop hier alleen maar, toevallig en doelloos, ik heb geen idee waar ik heen zou kunnen gaan. Hier en daar staan uitnodigend deuren open van bars en restaurants, maar als ik in het voorbijgaan naar binnen kijk en mensen met elkaar zie drinken en in gesprek zie, loop ik nog sneller door.

In gedachten verzonken kom ik in een ander deel terecht, waar de straten breder zijn en nog meer voetgangers me passeren, waarvan ik alleen de benen en voeten zie omdat ik mijn hoofd licht gebogen houd, alsof ik mezelf zo kan afsluiten en niets me kan raken.

Het geluid van een claxon haalt me uit mijn verdwaasde toestand. Ik schrik op van een witte bestelbus die zonder vaart te minderen op me in rijdt en ik kan nog net een stap terug nemen naar het trottoir. Opspattend water komt terecht op mijn jeans en jas. De chauffeur claxonneert nog een keer nijdig.

Naast me zoekt een oude vrouw in een grijze regenjas oogcontact. Ze glimlacht en haar heldere blauwe ogen staan vriendelijk. Ze zegt iets wat verloren gaat in het verkeerslawaai. Haar bibberige hand wijst naar de grond: LOOK RIGHT staat er met dikke witte letters op het asfalt, onderstreept met twee pijlen. Naar rechts kijken. Natuurlijk. 'Dank u,' zeg ik, maar als ik om me heen kijk is de vrouw al opgegaan in de massa.

Aan de overkant zit een pub in een zijstraatje, The Black Horse. Het klinkt gemoedelijk en heel erg Engels. Ik steek over en blijf al lopende naar links en rechts kijken tot ik de overkant heb bereikt.

In de pub is het prettig warm en een beetje schemerig. Glanzende eiken vloeren, donkergroene lambrisering tot bijna aan het plafond, donkerrood gestreept behang erboven en heel veel olieverfschilderijen en koperwerk. Er zitten voornamelijk kalende mannen in overhemd en met een flink glas bier. Ik neem plaats aan een tafeltje bij de lambrisering, trek mijn jas uit en pak de beduimelde menukaart erbij.

Mijn gsm piept. Een sms van Claudia. Mijn humeur daalt nog verder onder het nulpunt.

> Londen leuk? Al interessante mannen ontmoet? Ik denk aan je.
> Groetjes, C

Mijn eerste ingeving is om een flauw berichtje terug te sturen. Mijn duim hangt al boven de toetsen en ik formuleer in gedachten de meest waanzinnige antwoorden, maar ik bedenk me en prop het mobieltje terug in mijn broekzak. Claudia heeft wroeging, anders zou ze geen sms sturen. Mooi. Ze kan niet genoeg wroeging hebben, laat haar zich maar afvragen waarom ik niet reageer.

Er komt niemand een bestelling opnemen. Even verderop brengt de barman wijn en bier naar een jong stel, draait zich om en loopt rechtstreeks terug naar de bar, zonder op of om te kijken. Alsof ik onzichtbaar ben. Ik zou graag willen geloven dat de man een hork is, de zoveelste van vandaag, maar hij is spraakzaam tegen de andere gasten. Ik wrijf door mijn krullen, die springerig zijn geworden van de heiige atmosfeer in de stad. Oogcontact maken met de barman lukt niet. Het duurt nog eens tien minuten voor ik begrijp dat bij niemand een bestelling aan tafel wordt opgenomen.

Ik sta op met de menukaart in mijn hand. Zodra ik de bar nader heb ik inderdaad alle aandacht. De rossige barman buigt zich voorover en neemt mijn bestelling op. Hij houdt zijn gezicht afgewend, alsof hij hardhorend is.

'Klein of groot?' vraagt hij, en maakt een gebaar met zijn duim en wijsvinger.

'Sorry?'

'De wijn. Een klein of groot glas?' Een brede, ondeugende glimlach. 'Het is goede wijn, *love*.'

'Doe maar groot,' zeg ik. 'Groot is prima.'

Op mijn bord liggen alleen nog wat harde stukjes friet en een blaadje sla. De Schotse hamburger met pepersaus was een van de lekkerste dingen die ik ooit heb gegeten. Werkelijk hemels, die saus. Deze pub is tevens de allerleukste tent waar ik ooit ben geweest. Ik kan het niet laten om het interieur met professionele ogen te bekijken en bewondering te hebben voor degene die hier verantwoordelijk voor is, de consequent doorgetrokken, warme stijl die om je heen sluit als een comfortabele deken. Al dat koper en hout moet een fortuin hebben gekost. Er wordt muziek gedraaid die ik al eeuwen niet meer heb gehoord. Zojuist nog een nummer van Sade uit de jaren tachtig, nu Frank Sinatra, 'Fly Me to the Moon'. Ik neurie het zachtjes mee terwijl ik mijn bierviltje in stukjes buig en de ene na de andere sigaret opsteek. Ik drink dit glas wijn nog leeg, zeg ik tegen mezelf, en dan moet ik toch echt naar buiten, de straat op. Het idee staat me tegen. Ik voel me rozig en gelukkig en ik wil dit gevoel langer vasthouden, maar ik weet dat ik hier niet eeuwig kan blijven zitten. Mijn hotel terugvinden wordt op zich al een hachelijke onderneming, omdat ik me niet meer kan herinneren hoe ik hier terecht ben gekomen. Als ik mezelf toesta om dronken te worden – en dat gaat gebeuren als ik er nu nog een neem – dan zou het zomaar kunnen uitlopen op een ramp. Iets in me protesteert tegen die gedachtegang. Laat het maar een ramp worden, fluistert een sombere stem me in. Dronken door Londen zwalken, waarom niet? Misschien pas ik dan wel beter in het straatbeeld, heb ik niet meer zo het gevoel dat ik alleen ben, afwijkend van alles en iedereen.

Om mijn verblijf in de pub te rekken speel ik met mijn telefoon, lees oude sms'jes en wis er een aantal. Een trieste bedoening is het, mijn sms-geheugen. Naast de laatste sms van Claudia kom ik nog oude berichten van klanten en van Dick tegen. De schrale inhoud van mijn mobiele telefoon reflecteert nauwkeurig mijn armoedige na-Johnse sociale leven.

Ik neem nog een slok van de wijn en loop alle telefoonnummers na van familie, vrienden en bekenden. Ook dat blijkt geen overbodige luxe. Van Anne heb ik drie nummers, waarvan er maar één het juiste is. Tot mijn schaamte staat het telefoonnummer van mijn overleden opa er ook nog steeds in. Waarom heb ik dat niet eerder gewist?

De volgende naam in de telefoonlijst brengt een voorzichtige glimlach rond mijn mond. Leon. De man uit het vliegtuig, met zijn mooie handen, donkere ogen en lange benen, die ik moest bellen als ik een gids nodig had, in de problemen zat of alleen maar behoefte had aan gezelschap. Zoiets zei hij, met een air alsof hij ervan uitging dat ik zonder meer zou bellen.

Gebiologeerd blijf ik naar het schermpje staren. Is het niet verschrikkelijk onnozel en impulsief om op zo'n uitnodiging in te gaan, om zomaar een kerel te bellen die je amper kent? Is het niet op zijn minst onverstandig? Ik heb geen idee wat voor verwachtingen hij van me heeft. Is het gewoon een aardige kerel die het leuk vindt om toeristen wegwijs te maken in een stad die hij goed kent? Een psycholoog die een bijzondere karaktertrek in me heeft ontdekt en die graag verder zou uitdiepen? Wie weet is het een drugsdealer, en is dit zijn methode om klanten te werven. Dat ene, voor de hand liggende, wil ik niet helemaal uitsluiten, maar toch leek hij me er niet het type voor. Met zijn uiterlijk moet het hem weinig moeite kosten om vrouwen bereid te vinden hem van dienst te zijn. Dus waarom zou hij juist aan mij zijn nummer geven? Er is niet zoveel speciaal aan mij. Ik ben niet blond of mysterieus donker, niet slank – en goed gezelschap ben ik momenteel al helemaal niet. Speciaal ben ik weleens geweest, tenminste dat heb ik een poos geloofd, voor John dat denkbeeld genadeloos de grond in stampte.

Wat zit ik me allemaal in mijn hoofd te halen? Waarom zou ik hem überhaupt bellen? Als ik dat doe, is het voor hem duidelijk dat mijn weekend Londen meteen al de eerste avond op een fiasco is uitgedraaid.

En wat dan nog, hoor ik een boze stem in mijn hoofd zeggen. Wat maakt het uit? Ik ken die man niet, hij kent mij niet, het is een vreemde stad – mocht hij andere verwachtingen hebben, maak ik een blunder of klikt het voor geen meter, dan heeft dat geen verdere consequenties... Ik wilde toch een bijzonder weekend? Het weekend is allang begonnen, maar erg bijzonder is het tot nu toe niet bepaald geweest. Eerder droevig.

Ik graai naar het wijnglas en neem een slok. Het laatste restje wijn glijdt in mijn keelgat en verwarmt mijn slokdarm.

Voor ik me kan bedenken zet ik het mobieltje aan mijn oor.

10

'Met Margot.' Ik tik nerveus de as van mijn sigaret. 'Margot Heijne. We zaten vanochtend in hetzelfde vliegtuig. Je gaf me je nummer.'

Geroezemoes op de achtergrond. Leon zit in een bar of een restaurant. 'Margot... Mooie naam.'

'Dank je.'

'Wat kan ik voor je doen?'

Sommige mensen hebben een arsenaal aan doordachte opmerkingen en grapjes tot hun beschikking die ze schijnbaar moeiteloos kunnen opdissen. Ik behoor niet tot die uitverkorenen. Alleen achteraf, als ik 's avonds in bed lig en in alle rust de gesprekken die ik die dag heb gevoerd de revue laat passeren, komen de spitsvondigheden naar boven.

Zenuwachtig strijk ik voor de zoveelste keer door mijn haar. Als ik mijn mond open, komt er geen geluid uit.

'Hoe bevalt Londen?' verbreekt hij de stilte.

'Het gaat.'

'En je hotel?'

'Klote.'

'Definieer klote.'

'Een ontsnapte gevangene als portier en een smerige kamer met de uiterlijke verschijningsvorm van een bezemkast.' Dit valt me niet tegen van mezelf.

Gegrinnik. 'Klinkt heftig. Ik zou je willen uitnodigen om naar het mijne te komen, maar daar wek ik misschien een verkeerde indruk mee.'

'Is jouw hotel beter dan?'

'Ach. Waarschijnlijk minstens zo erg. Het wemelt van de zakenlui die heel hard praten, omdat iedereen moet horen hoe geweldig en bereisd ze zijn. Bovendien is de Entre deux mers op.'

Ik moet lachen. Ik kan het niet helpen.

'Dus ik was net van plan te ontsnappen en even weg te blijven. Moet je nog eten?'

'Ja.'

'Wat denk je, zullen we dat eens samen gaan doen? Da's gezelliger dan alleen, toch?'

'Maar hoe –'

'De Oxo Tower. O-X-O. De taxi's kennen het wel... Zie ik je daar zo rond halfnegen?'

Bedremmeld stem ik in. Met een kort 'ciao' neemt hij afscheid.

Trillerig druk ik mijn sigaret uit en kijk op mijn horloge. Zeven uur. Ik heb geen idee waar dat restaurant ligt en hoe ver het van hier is, maar ik ga ervan uit dat ik er niet al te enthousiast ontvangen zal worden in de oude jeans, makkelijke laarsjes en het gebreide vest die ik nu draag. Als alle taxichauffeurs het kennen dan zal het geen doorsnee restaurant zijn.

Ik moet terug naar mijn hotel, me omkleden en zorgen dat ik daar over anderhalf uur ben.

Als ik ga staan en mijn jas aantrek, merk ik dat de wijn me al te pakken heeft. Het waren dan ook drie flinke glazen. En ze waren alle drie onweerstaanbaar. De eiken vloer veert als rubber onder mijn voeten en dat is geen goed teken. Straks niets meer drinken, neem ik me voor. Geen druppel.

Ik betaal tweeëntwintig pond aan de bar en duik de lampverlichte avond in. Het is koud en het waait. In Oxford Street herinner ik me wonderwel waar ik ben overgestoken. Nu is het verkeer rustiger dan vanmiddag.

Ik glimlach als ik voorbij een groepje giebelende meisjes op hoge hakken en in korte rokjes loop. Het gaat door me heen dat ik er nu bij hoor. Ik heb een doel, een vooruitzicht, een plaats in deze stad waar ik op tijd moet zijn.

Met meer geluk dan wijsheid vind ik het hotel. In mijn kamer ligt en staat alles nog zoals ik het heb achtergelaten. De centrale verwarming staat nog steeds te loeien, alsof er een fabriekshal warm gestookt moet worden in plaats van een veredeld kippenhok. De warmte verdwijnt deels door het opengeschoven raam en de gordijnen waaien zacht op en neer in de luchtstroom.

Ik kleed me uit en draai de douchekraan open. Sputterend water spuit uit de doucheslang die meteen alle kanten op kronkelt. Ik graai naar mijn shampoo, maak mijn haar nat en leg de slang weer op de vloer, met mijn voet op het plastic uiteinde om hem op zijn plaats te houden. Daarna spoel ik de shampoo uit en herhaal de procedure met crèmespoeling. Drijfnat loop ik over de vuile vloerbedekking naar de kast waar het toilet in is weggewerkt, knijp mijn haar uit boven de toiletpot en droog me af met het roze handdoekje. Het is te klein om het om mijn hoofd te slaan, zoals ik thuis altijd doe. Ik hang het over de radiator. De handdoekenservice in Hotel California, daar maak ik me geen illusies over. Ik spray deodorant onder mijn oksels, een klein beetje parfum in mijn nek onder mijn haar, en trek de kledingkast open. Het rode setje? De alternatieven zijn een verwassen sport-bh en een huidkleurige voorgevormde, die ik onder witte kleding draag. Het setje is ongedragen en de labels hangen er nog aan. Ik bijt ze er ongeduldig af en kijk op mijn horloge. Tien over acht. Mijn haar drupt nog steeds. Het is dik en krullerig en droogt altijd heel langzaam. Geen probleem, omdat ik het altijd was voor ik ga slapen: de volgende ochtend is het droog. Een snelle, strakke staart dan maar? Met het elastiekje tussen mijn tanden ros ik een borstel door mijn haar en houd de staart vast met één hand. Het licht komt van een verkeerde kant, ik zie mezelf amper. Nee, geen gezicht die staart. Niet vandaag. Ik werk mousse door mijn haar om te voorkomen dat het straks, eenmaal droog, alle kanten op springt en neem de zijkanten op om ze op mijn achterhoofd vast te zetten. Kijk nog eens in de spiegel. Met een beetje geluk droogt het heel charmant op, met krullen die langs mijn gezicht vallen. Ik wurm me snel in een zwarte rok en de enige nette blouse die ik bij me heb. Die is zwart met rode rozen, lange, wijde mouwen in een dunne stof en behoorlijk gewaagd. De blouse verlegt de aandacht van mijn stevige bovenarmen en heupen naar het decolleté. Ik heb er vorig jaar een fortuin aan uitgegeven en vervolgens kwam er maar geen gelegenheid om hem te dragen. Te opzichtig. Nu is hij perfect. Koortsachtig rommel ik door de klerenhoop in de kast. Geen panty's, ik ben ze vergeten mee te nemen. Dan maar blote benen. De rok is lang, je ziet amper mijn enkels.

Kwart over acht. Make-up, ik was het bijna vergeten. Ik kan alleen maar heel erg hard hopen dat Oxo Tower niet te ver hier vandaan ligt, want halfnegen red ik niet. Shit. Ik moet echt voortmaken. Foundation, bruine mascara, blusher die ik op mijn wangen en mijn oogleden smeer, omdat er geen tijd is om het serieus aan te pakken. Een perzikkleurige lippenstift om het af te maken. Laatste blik in de spiegel. Voor de zekerheid wrijf ik met vochtige handen langs mijn kaak en in mijn hals. Als er een overgang zichtbaar was, is die nu weg. Klaar. Zeven voor halfnegen. Ik pak mijn tas van het bed en trek mijn jas aan terwijl ik de trappen af snel, naar buiten. Er is niemand in de hal. Achter de verborgen deur klinkt het geluid van een televisie. Een sportwedstrijd.

II

Het is kwart voor negen. Mijn hartslag is verdubbeld tegen de tijd dat de taxichauffeur me heeft afgezet. Het restaurant ligt volgens hem op de bovenste verdieping en de ingang is aan de achterzijde, je komt er via een van de liften. Ook vertelde hij dat het gebouw vroeger een fabriek was, waar bouillonblokjes gemaakt werden van het merk Oxo.

Het restaurant is van verre al herkenbaar, met zijn reusachtige reclameletters die per stuk bijna net zo breed zijn als de toren zelf, een rood oplichtend onaf boter-kaas-en-eierenspel tegen de donkere hemel. Er ligt een autovrije boulevard voor en daarlangs stroomt de Theems. Een prachtplek voor een restaurant.

Ik leg mijn hoofd in mijn nek en houd mijn revers strak tegen de blote huid van mijn decolleté. Boven in het gebouw zie ik mensen aan tafels zitten, obers in wit met zwarte kleding lopen af en aan. Ik loop door een corridor naar de achterzijde van het gebouw en vind de liften, waar een groepje mensen in uitgaanskleding staat te wachten. Naast de metalen liftdeuren hangt een kleurig bord waarop staat wat er allemaal te doen is op de diverse etages. Het gebouw wordt deels bewoond en is deels in gebruik als expositieruimte en showroom voor zowel interieur- als kledingontwerpers. Ik moet onthouden dat ik hier dit weekend nog eens langsga. Wie weet doe ik goede ideeën op. Dan rest me alleen nog een klant te vinden die ze wil uitproberen, denk ik zuur. Weinig kans.

Mijn medereizigers in de lift zijn vooral vrouwen met geblondeerd en perfect gestyled haar, hogere hakken dan waar ik op kan lopen, en een enkele man in een net pak. Als de liftdeuren openschuiven is er een smalle gang waarin je ofwel naar links, naar het restaurant, of rechts, naar de brasserie kan. Ik blijf wat onzeker staan. Restaurant of brasserie? Aarzelend loop ik in de richting van het restaurant. Bij de garderobe is het druk maar Leon zie ik nergens. Het was in elk geval een goede ingeving om me om te kleden. Dit is geen doorsnee restaurant. In de verste verte niet zelfs, met zijn glazen wanden van het plafond tot de vloer, die een adembenemend uitzicht bieden over de Theems, de bruggen en historische gebouwen aan de overzijde van het water, elk met hun eigen warme verlichting.

Als ik terugloop in de richting van de brasserie gaat een andere liftdeur open, waar Leon uit stapt. Nu pas bekijk ik hem goed. Ik schat hem een jaar of vijf, zes ouder dan ik en hij is goed in vorm. Hij draagt dezelfde lange jas als vanochtend, dezelfde westernlaarzen, maar nu onder een spijkerbroek en een zwart overhemd dat open is aan de boord. Weinig borsthaar, gladde, licht gebruinde huid. Maar zijn gezicht trekt meer de aandacht. Knap in klassieke zin is hij niet. Daarvoor is zijn gezicht net iets te smal en te hoekig. Maar hij heeft een prettige, donkere oogopslag, een rechte neus en iets wat ik heel belangrijk vind: een scherpe kaaklijn.

Voor ik iets kan zeggen slaat hij een arm om me heen en kust me op mijn wang. 'Goed dat je er bent. Sorry dat ik te laat ben. Ik moest nog wat doen.'

'Ik was ook te laat, ik kom net binnen.'

'Brabants kwartiertje?'

'Jij komt ook uit Brabant, of niet?'

Een grijns. '*It takes one to know one*... Het restaurant zat helaas al vol, die tent draait als een tierelier. Maar de brasserie is ook goed. Misschien wel beter.'

Alsof we al dertig jaar getrouwd zijn legt hij zijn hand op mijn onderrug en neemt me mee naar de brasserie, waar hij mijn jas aanneemt en die samen met de zijne afgeeft bij de garderobe. Aan een vrouw achter een kleine balie geeft hij zijn naam en telefoonnummer. Hij heet Wagner. Leon Wagner. Dat klinkt een paar treden hoger dan John van Oss. Inwendig moet ik glimlachen.

Een jonge gastvrouw gaat ons voor. Het plafond is meters hoog, een metalen constructie die schuin afloopt naar de glazen wand.

Vrijwel alle tafels zijn bezet. Ze zijn klein en wit, met aan weerszijden stoeltjes van chroom en lichtblauw leer. De tafels zijn in rijen opgesteld en staan dicht op elkaar. Pal aan het raam is er een vrij, waar de gastvrouw ons achterlaat. Een zwarte man van rond de vijftig met kortgeknipt grijs kroeshaar overhandigt de menukaarten.

'Doe je mee met een fles Entre deux mers?'

Ik wilde eigenlijk niet drinken. 'Is goed. Maar ik drink niet zoveel.'

'Hou je niet van witte wijn?'

'Ik hou van alle soorten wijn. Dat is het probleem.'

'Mooi zo. Dan hebben we de eerste overeenkomst te pakken.'

Er staat geen asbak op tafel. Ik kijk snel om me heen. Niemand rookt. Licht ongerust vraag ik: 'Is het hier verboden te roken?'

Geamuseerd kijkt hij me aan. 'Daar achter is een deur naar het terras, daar kun je roken als je wilt.'

'Niet echt gezellig, buiten roken zonder jas.'

'Ik loop zo wel met je mee. Of moet je nu al?'

Móét... 'Nee hoor. Ik vroeg het me alleen maar af.'

'Maakt niet uit. Mijn fout. Ik had het moeten vragen.'

'Het eerste verschil?'

Leon slaat de kaart open. 'Ik ben gestopt, twee jaar geleden. Maar ik heb er geen moeite mee, als je dat bedoelt. Ik zou de salade nemen. Die is hier echt geweldig.'

'Je komt hier vaker?'

'Als ik in Londen moet zijn, eet ik hier regelmatig.'

'En je moet vaak naar Londen?'

'Een keer of zes, zeven per jaar.'

'Voor je werk?'

'*Yes, lady,*' antwoordt hij zonder zijn ogen van de menukaart af te wenden. Dan klapt hij hem dicht. 'Ik ben er uit. Jij?'

Ik heb amper de kans gehad de gerechten in me op te nemen. 'Nog niet.'

'Hou je van pasta?'

Ik knik.

'Laat mij dan maar.'

Terwijl hij opkijkt, komt de ober al op onze tafel af.

Het valt me op dat Leon vrijwel accentloos Engels spreekt. Bij de meeste Nederlandstaligen hoor je pijnlijk duidelijk dat ze van overzee komen. Bij Leon niet.

'Je spreekt goed Engels,' merk ik op.

'Ik kom veel in Engeland, dan gaat het snel.'

Ik wil hem vragen naar zijn beroep, maar hij is me voor en ik leg uit wat ik doe, waarom, en welk deel van mijn werk me voldoening geeft en welk deel me tegenstaat.

'Als je commercieel bezig wilt zijn, ontkom je niet aan concessies,' is zijn korte beschouwing.

'Die gaan me anders steeds meer tegenstaan. Het begint te overheersen, lijkt het wel. Ik wil er niet over klagen, echt niet, maar ik voel me steeds meer een soort orderopnemer. Mijn inbreng doet er weinig toe. De klant weet meestal al wat hij wil, ik hoef alleen nog maar te kijken of we dat allemaal op tijd kunnen leveren.'

'Jouw klant staat op het punt waar jij jaren terug gestart bent. Jij bent dagelijks bezig met interieurs en inrichting en als het goed is, weet je wat er speelt. Je bezoekt beurzen, doet ideeën op in internationale vaktijdschriften en wilt die samen met je eigen ideeën in de praktijk brengen. Je wilt creëren, je handtekening achterlaten. Als ik het goed begrijp, zit je nu tegen het plafond van wat je kunt realiseren, omdat die klant niet van het geijkte pad wil afwijken, waar of niet? Het is goed als je je dat realiseert. Een teken dat je goed bent in je werk, dat je evolueert en een creatief mens bent en geen tweedimensionale verkooprobot. En dat het tijd wordt om wat anders te gaan doen.'

Ik staar hem een moment ademloos aan. Dat wat ik heb willen overbrengen op Claudia, Dick, Anne en ja, zelfs John, zo vaak dat ik er zelf moe van werd, begrijpt hij meteen, zonder dat ik met voorbeelden aan hoef te komen of hoef uit te leggen wat het inrichten van een lege ruimte voor me betekent, hoeveel voldoening ik eruit kan halen om een bijzondere, unieke sfeer te creëren alleen maar door kleuren, materialen en vormen met elkaar te combineren. Even val ik stil. Dan zeg ik: 'Je bent nogal op de hoogte, blijkbaar. Uit eigen ervaring?'

Hij haalt zijn schouders op. De ober verschijnt weer en schenkt een laagje witte wijn in Leons glas. Leon neemt een slok en knikt. 'Prima wijntje.' De ober schenkt ook mijn glas in en zet de fles in een met ijsblokjes gevulde koeler, voor hij weer geruisloos verdwijnt.

'Als het je echt tegenstaat,' zegt Leon, die zijn glas naar me opheft, 'dan moet je het roer drastisch omgooien, lady. Je gevoel volgen, anders verlies je jezelf.' Er zit geen spoor belering in zijn stem of houding. Deze man hier tegenover me, die een lok donker haar van zijn voorhoofd strijkt op een onwaarschijnlijk mannelijke manier, weet waarover hij praat. Hij geeft advies met een vanzelfsprekendheid alsof hij al jaren naast me meeloopt en precies weet wat ik denk en wat ik wil. Sterker: hij signaleert iets wat ik voor mezelf nog niet eens goed op een rij had.

Ik neem een slok van mijn wijn en merk dat mijn hand licht trilt als ik het glas weer neerzet op het gladde tafelblad. 'Ik heb er al over gedacht om misschien een cursus binnenhuisarchitectuur te gaan volgen. Of iets met etalages te gaan doen. Die kunnen vaak wel wat spannender, omdat ze tijdelijk zijn. En goedkoper.'

'Ook dan ben je gebonden aan de wensen van de klant. In de praktijk komt etaleren er vaak op neer dat je bepaalde producten op bepaalde plaatsen moet neerzetten, precies daar waar de klant ze wil hebben. De ketens waar je in hoofdzaak van afhankelijk bent omdat ze budget hebben voor een professionele etaleur, willen dezelfde etalages door het hele land. Komt net zo goed neer op productiewerk.'

Ik neem een hap van het brood dat de ober zojuist onopgemerkt heeft neergezet. Het is warm en geurig en smaakt naar walnoten. 'Nou, dat moet ik dan nog zien,' zeg ik, als ik het brood heb doorgeslikt. 'Etaleren is nieuw voor me, ook daarin zal ik nog moeten groeien. Bovendien heb ik een hypotheek.'

'Lastig is dat,' doet hij het af, alsof financiële verplichtingen zich buiten zijn belevingswereld afspelen. Misschien is dat ook wel zo. Voor de prijs van een eenvoudig voorgerecht in dit restaurant krijg je elders een compleet menu voorgeschoteld, inclusief drank en koffie toe.

Mijn blik dwaalt even af terwijl ik nadenk over wat hij daarnet heeft gezegd. Rechts van ons, zo'n zes vierkante tafeltjes verderop, is een open keuken. Achter een hoge balie van geborsteld staal staan koks in smetteloze kleding de gerechten klaar te maken in een hightech keuken. Het doet me denken aan Engelse kookprogramma's op tv, waarin bezielde mensen onder zware tijdsdruk het ene na het andere haute cuisinegerecht maken. Het zijn jonge mensen die hier staan te koken en ze doen serieus en geroutineerd hun werk. Zouden zij er nog plezier in hebben, vraag ik me af. In hoeverre kunnen deze mensen hun eigen creativiteit nog kwijt in de gerechten die ze maken, dag in dag uit, een seizoen lang?

Alsof Leon mijn gedachten leest zegt hij: 'Echte vrijheid heb je alleen in de kunst. Het probleem is dan wel dat je verschrikkelijk goed moet zijn. Nee, ik druk me verkeerd uit: je hoeft eigenlijk niet zozeer buitengewoon goed te zijn, je moet vooral beschikken over kruiwagens, wil je niet afhankelijk worden van allerlei overheidsfondsen die je ook weer hun denkbeelden en restricties opleggen. Het is onzeker in het begin, het vereist lef om alles los te laten. Maar lukt het, dan ben je vrij. Het is het proberen waard, lijkt me. Je hebt commercieel talent, als ik afga op wat je vertelt. Als je dat combineert met je creativiteit, kun je ver komen.'

'Ik kan me die vrijheid niet permitteren,' zeg ik, zacht.

'Kun je het niet, of wil je het niet? Ben je bang?'

Ik kijk op. 'Bang, ik? Nee. Het heeft niets met angst te maken, ik denk gewoon praktisch.'

'Je vindt je huis en je vakanties belangrijker, dat zeg je ermee. Het is een kwestie van prioriteiten en die liggen bij jou blijkbaar niet op het creatieve vlak. Jammer... Voor jezelf voornamelijk.'

Ik voel aandrang om hem te vertellen dat ik zover nog niet ben, dat het geen kwestie is van prioriteiten, maar dat hij te snel zijn conclusies trekt. Dat ik een rottijd achter de rug heb waarin het verleden een allesoverheersende rol speelde en ik er amper aan ben toegekomen om na te denken over een toekomst, en hij dus met zijn snelle evaluatie voor de muziek uit snelt, maar bij onze tafel verschijnt de ober met het voorgerecht.

De salades zijn in piramidevorm gestapeld, met gedroogde repen spek, pijnboompitten, spinaziebladeren en kaas als bindende factor. Het eten van een salade geeft me een goed gevoel. Ik zou ze thuis vaker moeten maken, maar het komt er gewoonweg niet van. Eens in de zoveel tijd koop ik me arm aan verse groenten en fruit, maar tegen de tijd dat ik de rust wil nemen om die om te toveren tot een verantwoorde hap, blijkt alles alweer beschimmeld, verlept en verrot.

De salade is amper op, of Leon schuift zijn stoel naar achteren en knikt naar me. 'Rookpauze, lady?'

Ik neem mijn tas mee en volg hem, langs de tafeltjes en de open keuken, achter een glazen stellage langs waarin kunst wordt geëxposeerd en via een schuifdeur naar buiten. Leon loopt prachtig, valt me op. Veel mannen lopen met hun voeten naar buiten, schouders naar voren of houterig, hij niet. Bij elke stap straalt hij een zelfbewustzijn uit dat door iedereen wordt opgepikt. Mannen stappen voor hem opzij, en ik zie de talloze geblondeerde vrouwen een voor een naar hem opkijken en daarna hun taxerende blikken over mij heen laten glijden, alsof ze me wegen, beoordelen, en zich afvragen of we bij elkaar horen en zo ja wat onze relatie is. Zou iemand als Leon bij mij kunnen horen? Hij lijkt in elk geval in niets op de mannen die ik tot voor kort in mijn leven heb toegelaten. Misschien is dat juist een pre.

Het terras ligt in het verlengde van de brasserie, is niet overkapt en biedt uitzicht over de verlichte bruggen en gebouwen aan de overzijde van de Theems. Het is er koud. Onbewust grijp ik naar mijn revers, maar besef dan pas dat ik geen jas aan heb. De wind waait dwars door de dunne stof van mijn mouwen heen en kippenvel springt overal op.

Ik rommel in mijn tas, vind mijn sigaretten en steek er eentje op. Als ik het pakje terug in mijn tas wil stoppen, legt Leon een hand op de mijne. 'Geef mij er ook maar een.'

Ongelovig kijk ik op. 'Je bent gestopt.'

'Ik kan het *handelen*.'

'Zeker weten?'

Hij kijkt me alleen maar geamuseerd aan, minzaam bijna. '*Trust me*.'

Zwijgend staan we naast elkaar te roken. De wind trekt aan mijn blouse en neemt de rook mee, richting het dak.

Dan kijkt hij me schuin aan. 'Koud?'

'Een beetje. Niet echt.'

Zijn grijns trekt naar één kant. 'Sterk zijn, Margot. Gewoon volhouden sterk te zijn.'

'Wat bedoel je daarmee?'

'Het is gewoonweg komisch. Je staat te blauwbekken maar geeft het niet toe. Wat wil je bewijzen?'

Verward wil ik door mijn haar wrijven, maar ik blijf steken in de spelden die ik er een paar uur geleden in heb gestoken. Ik ben verdorie nog niet naar het toilet geweest om het opgedroogde eindresultaat te controleren. De losse lokken worden door de wind alle kanten op getrokken. Ik kan er zomaar uitzien als een slonzig spook.

Leon vindt het alleen maar amusant. Zijn donkere ogen twinkelen.

'Doe je dit vaker?' vraag ik.

'Wat?'

'Vrouwen die je niet kent uitnodigen, puur als entertainment voor jezelf?'

Hij draait zich naar me toe en schermt de ergste kou af met zijn lange gestalte. Kijkt dan op me neer. 'Je bent topentertainment, lady, maar mijn avond is niet geslaagd als je er zelf ook niet een beetje plezier aan zou beleven.'

Daar heb ik niet van terug.

'Ben ik daar in geslaagd tot nu toe?' vraagt hij.

Ik kan het niet helpen dat ik in de lach schiet. Ik schud mijn hoofd en kijk naar de grond. Houten planken van het exorbitant dure, gladgeschuurde soort. Als ik weer omhoog kijk, staat hij dichter bij me, bijna tegen me aan, en buigt zich over me heen. 'Nou?' zegt hij, fluisterend.

'Je gaat snel, Leon.'

Voor ik kan reageren pakt hij mijn kaak vast en drukt een lichte kus op mijn mond. Het gaat te vlug om hem te beantwoorden of mijn hoofd weg te trekken. Dat laatste was overigens niet in me opgekomen.

'Kom, prinses, we gaan naar binnen voor je hier doodvriest.'

Hij loopt naar de schuifdeuren zonder om te kijken en tot mijn ergernis gooi ik de half opgerookte sigaret weg en haast me achter hem aan. De ergernis verdwijnt net zo snel als die was opgekomen als ik in het warme binnenste van het moderne gebouw bedenk dat ik me de hele avond al lekker voel. Los, verheven, licht – dartel bijna. Ik wil niet dat er een einde komt aan deze avond, met deze man, die me leest alsof ik een boek ben. Een interessant boek.

12

De avond gaat te snel voorbij. Tijdens het hoofdgerecht vertelde ik Leon over mijn ouders, hoe zij elkaar hebben leren kennen en dat ik ben opgegroeid als jonger zusje van een vervelende broer die ik pas bij volwassenheid ben gaan waarderen. Tijdens het nagerecht spraken we over de opleiding die ik heb gevolgd aan de reclamevakschool, en ik diste anekdotes op die ik al lang geleden dacht te zijn vergeten. Het onderwerp John omzeilde ik zo goed en zo kwaad als het kon. Als Leon me vragen stelde die te dicht in de buurt kwamen, wist ik het gesprek een andere richting op te draaien. John heeft veel kapotgemaakt, maar deze avond laat ik niet door hem besmetten. Hij hoort bij mijn geschiedenis, het verleden, hij maakt geen deel uit van mijn heden en al helemaal niet van mijn toekomst.

Leon praat makkelijk, maar hij luistert nog veel beter. Ik heb het idee dat we nog dagenlang door kunnen praten, wekenlang, maandenlang, zonder dat er ook maar een moment een stilte hoeft te vallen of we elkaar vervelen.

Waar ik het aan heb verdiend dat alles beter uitpakt dan ik ooit had kunnen denken, weet ik niet. Wel dat die kleinerende gedachte naar de achtergrond is verdreven en ik geniet van het hier en nu. Met volle teugen.

We staan buiten te wachten op een taxi. De fles wijn is tot op de laatste druppel leeggedronken en na het eten hebben we nog een cognac bij de koffie genomen. Ik kan tegenwoordig beter tegen drank, het komt waarschijnlijk door mijn toegenomen gewicht. Dat is nu mijn redding, want als ik deze hoeveelheden alcohol enkele jaren geleden had genuttigd, dan had ik naar buiten gedragen moeten worden. Lallend en wel. Dat is nu niet aan de orde. Ik sta stevig op mijn benen, maar de alcohol heeft het wel voor elkaar gekregen dat ik de snijdende kou amper nog opmerk en me licht in mijn hoofd voel. Leon steekt zijn hand omhoog en een taxi draait onze kant op.

'Ik breng je naar je hotel,' zegt hij, als hij me in de auto helpt. 'Kunnen we daar nog wat drinken.'

Ik was bijna vergeten hoe belabberd mijn hotel was. 'Er is geen bar,' reageer ik. 'Alleen een enge vent.'

'Die wil ik weleens zien. Hoe heet het en waar ligt het?'

Ik noem het adres en hij geeft het door aan de taxichauffeur, die op de weg keert en terug het centrum in rijdt. Zo'n achtenhalve pond later stopt hij met ronkende motor voor de ingang van de steeg.

'Wacht hier,' instrueert Leon de man, en duwt hem wat geld toe.

In de hal van het hotel staat de deur naar de woonkamer wagenwijd open. Mijn portier heeft gezelschap van twee dames met hoge, rode hakken en een man die zijn broer zou kunnen zijn. Hetzelfde postuur en eenzelfde oogopslag. De mannen nemen ons nieuwsgierig op, met opgetrokken wenkbrauwen. De vrouwen zitten op de grond voor de bank en zijn elkaars haar aan het vlechten.

'Lekker professioneel hier,' merkt Leon op. 'Weet je zeker dat het een hotel is, en geen verkapt bordeel? Op wat voor ranzige site heb je dit in hemelsnaam opgedist?'

'Ha, ha.'

'Het is niet grappig bedoeld.'

Mijn kamer is te klein voor twee personen. Hij is meteen gevuld zodra we de drempel over stappen en de deur piepend achter ons sluit. Tijdens mijn afwezigheid lijken de wanden alleen maar dichter naar elkaar toe te zijn gekomen. Er hangt een vochtige, opdringerige schimmelgeur die me bijna de adem beneemt. Heb ik hier vanmiddag nog liggen dommelen, zonder last van die stank te hebben gehad?

Leon kijkt rond met zijn handen in zijn jaszakken. Naar de douche, het plafond, het bed, het openstaande raam. 'Oké, zegt hij, zonder me aan te kijken. 'Hier ga jij dus niet slapen. Ik zou hier mijn hond nog niet in opsluiten.'

'Heb je een hond?'

'Gehad. Hij heette Dalí.'

'Wat een grappige naam.'

'Die paste bij hem. Hij was net zo gestoord en had een zwarte snor.'

Ik moet weer lachen.

'Nou, waar wacht je op? Pak je spullen. Ik loop alvast naar beneden om je uit te checken.'

Ik kijk hem verbaasd aan. Mijn spullen pakken? Uitchecken? Ik zou niets liever doen. Weg uit dit rovershol, het kan nergens erger zijn dan hier. Maar iets in me protesteert – is het gezond verstand? 'Luister, Leon...' begin ik. 'Als ik met je meega en het...' Mijn stem stokt.

Hij kijkt me zo intens aan dat ik elk moment verwacht dat hij me gaat kussen, niet vluchtig en vriendschappelijk zoals hij deed op het terras van het restaurant, maar langzaam en innig. Hij blijft echter staan. 'Wat wil je nou zeggen?' vraagt hij.

'Als... als ik met je meega en mijn entertainmentniveau niet helemaal je van het blijkt te zijn, morgen – of vannacht nog... dan wil ik toch een plek hebben waar ik... Jezus. Nou ja, waar het op neerkomt: ik ga niet zomaar even uitchecken, als je dat wilt begrijpen. Hoe vreselijk dit hotel ook is, ik heb ervoor betaald.' Ik kijk hem recht aan en vervolg, zachter nu: 'In jouw belevingswereld stelt honderdtachtig euro misschien niet zoveel voor, maar voor mij is het veel geld.'

Hij sluit even zijn ogen en wrijft met duim- en wijsvinger over zijn neus. 'Je hoeft niet uit te checken. Je moet doen wat je zelf wilt.' Hij tilt zijn handen op. 'Maar... met alle respect, ik was niet van plan je mee te nemen naar mijn kamer. Da's een beetje te cliché, vind je niet? Een vrouw mee uit eten nemen om haar aansluitend in natura te laten betalen... Ik was van plan je gewoon de rest van je verblijf een fatsoenlijke kamer aan te bieden in mijn hotel. Een aparte kamer.'

Daar is hij dan. Mijn eerste blunder. Ik heb er de hele avond op gewacht, maar nu dient hij zich dan ook aan in optima forma. De avond is prima verlopen, ik heb geen verkeerd woord gezegd, en nu dit. Hij ziet me als protegee, niet als minnares. Hij wíl niet eens met me naar bed, hij wil me alleen maar behoeden voor dit hotel, omdat hij op me gesteld is geraakt en hij blijkbaar niet wakker ligt van een hotelrekening meer of minder. Het moet voor hem zoiets zijn als wisselgeld aan een zwerver geven.

Ik kan wel door de grond zakken. Werktuiglijk begin ik mijn kleding uit de kast te halen en onhandig in mijn rugzak te proppen.

Van mijn goede humeur is weinig over.

'Maar dat wil niet zeggen dat er geen muziek in zit,' hoor ik ineens achter me zeggen.

Ik draai me om, de rugzak in mijn hand.

Hij leunt tegen het afbladderende behang en glimlacht breed. Zijn ogen lachen niet mee. 'Maar pas als jij er klaar voor bent, prinses, en liever nog later. Veel later.'

'Láter?'

Hij grijnst. 'Ik hou ervan een vrouw te zien lijden. Daar kan ik echt van genieten.'

13

Het kleine beetje intuïtie dat nog intact is, heeft me niet in de steek gelaten. Zo-even stopte de taxi voor een voornaam uitziend gebouw dat de naam Waldorf Hilton draagt en waarvan elke baksteen in de gevel luxe en historie uitademt. Binnen is de stijl anders dan je zou verwachten: strak, ruim en modern, met rustige kleuren. Terwijl ik rondkijk in de lobby en de talrijke details in me opneem, is Leon in gesprek met twee personeelsleden. Het hotel is volledig volgeboekt, zoveel wordt me duidelijk, en ook de gedienstige baliemedewerkers die het hem alleen maar naar de zin willen maken, kunnen niet speciaal voor hem een extra kamer uit de kast trekken. In mijn hotel zouden ze dat waarschijnlijk – letterlijk – wel hebben geprobeerd.

Een hotel van dezelfde keten heeft nog wel twee kamers beschikbaar, maar het is al bijna twaalf uur en het ligt nogal uit de richting. Leon ziet geen heil in een 'complete volksverhuizing' zoals hij het noemt, dus besluiten we er niet al te moeilijk over te doen en zijn kamer te delen. Of eigenlijk: twee. Zijn suite blijkt te bestaan uit een slaapkamer met een reusachtig wit bed en een volwaardige zitkamer met comfortabele meubelen en een plasma-tv.

'Jij slaapt hier altijd als je in Londen bent?' vraag ik als we naar binnen lopen. Ik doe enorm mijn best niet al te gretig of provinciaal over te komen.

'Niet altijd. Ik blijf ook regelmatig bij vrienden logeren. Of in het St James of Great Eastern. Maar dit is wel oké.'

Wel oké. Het understatement van het jaar. Alleen al de badkamer is bijna net zo groot als mijn woonkamer thuis, met dikke glazen deuren, indirecte verlichting en peperduur sanitair. Het schiet even door me heen dat één nacht in deze suite, want een hotelkamer kan ik het niet noemen, ongeveer gelijk moet staan aan ruim een week bivakkeren in Hotel California. Ik trek meteen mijn schoenen uit, hang mijn jas op en laat mijn rugzak bij de deur staan.

Leon beweegt door de kamer alsof het hele hotel van hem is, schopt zijn schoenen uit en schenkt whisky voor ons in. Met de afstandsbediening zet hij de tv op een muziekkanaal. Het geluid staat zacht, de muziek is nauwelijks hoorbaar. Hij ploft neer in een fauteuil en slaat me geamuseerd gade.

Zijn hele manier van doen bevestigt wat ik al vermoedde: hij is gewend aan dit soort hotels, net zoals hij eraan gewend is om in toprestaurants te eten. Voor hem is dit geen bijzonder cadeau dat je jezelf, als je geluk hebt, zo af en toe kunt veroorloven, maar een verworven recht.

Ik weet nog steeds niet wat voor werk hij doet – op een of andere manier is het gesprek vanavond zo verlopen dat we het alleen maar over mij hebben gehad – maar ik begin nu toch echt te twijfelen of het allemaal wel klopt. Ik heb in mijn leven kennisgemaakt met duizenden, tienduizenden mensen van allerlei komaf en oud geld van lange afstand leren herkennen. En één ding is zeker: Leon is geen telg uit een gegoede familie. Daarvoor is zijn manier van bewegen te ruw, te dierlijk, zijn huid te gehavend en zijn accent te boers. Voor mij is dat laatste een pre: hij heeft een heerlijke stem waarbij ik me op mijn gemak voel. Hoe dan ook, in de fauteuil tegenover me zit geen man die zijn hand ophoudt bij zijn pappie. Hij heeft het zelf verdiend. Psycholoog kan hij alvast niet zijn, het ligt tenminste niet voor de hand dat je daar echt rijk van wordt. De andere opties die ik eerder al had bedacht zijn drugsdealer, of eigenaar van een discotheek. Dat sluit ik nog steeds niet uit. Heel misschien, schiet het door me heen, is hij een van die zeldzame mensen die zijn binnengelopen met een internetbedrijf. Hij heeft er in elk geval de leeftijd voor. Maar zijn uiterlijk en manier van doen hangt tussen de voorgaande twee opties in.

'Je hebt me nog niet verteld wat voor werk je doet,' zeg ik, als ik schuin tegenover hem ga zitten en een glas aanneem.

'Dat vertel ik je liever morgen. Ik wil je niet op de vlucht jagen.'

'Drugsdealer dus,' gooi ik eruit. Ik schuif naar de uiterste rand van de fauteuil en observeer scherp zijn reactie. Verdient deze man op wat voor manier dan ook zijn geld in de illegaliteit, dan bedank ik hem voor de heerlijke avond en is het over en sluiten. De reden dat ik hem heb gebeld en met hem ben meegegaan is omdat ik ten volle bereid ben om in het diepe te springen, maar ik zal er wel voor uitkijken dat te doen als ik bij voorbaat weet dat de stroming verraderlijk is en er puntige rotsen onder het oppervlak schuilen.

'Interessante gedachte,' reageert hij. Dan schiet hij in de lach. Vervolgens betrekt zijn gezicht en valt hij stil. Hij draait het glas rond in zijn hand en kijkt me doordringend aan. 'Geen drugsdealer, lady.'

Opgelucht zak ik achterover in de fauteuil. Geen drugsdealer. Mooi. 'Maar wat dan wel?'

'Ik zal het je morgen zelf laten zien. Of heb je plannen?'

Ik schud mijn hoofd en besef tegelijkertijd hoe onnozel dit moet overkomen. Ik heb geen plannen. Geen doel, geen afspraken, ik ken niemand in Londen en hij weet zelf maar al te goed dat hij mijn avond heeft gered. Misschien wel mijn hele weekend.

Ik neem een slok van de whisky. Het vocht brandt in mijn slokdarm. Hoewel ik net nog het idee had dat ik weinig hinder ondervond van de drank, lijkt die me met terugwerkende kracht alsnog onderuit te halen. Resoluut zet ik het glas weg. 'Ik zou niet meer moeten drinken.'

Hij werpt een snelle blik op zijn horloge. 'Ga dan slapen.'

Ik kijk om me heen. Het enige bed staat in de belendende ruimte.

Leon volgt mijn blik. 'Neem jij het bed. Ik slaap hier wel.'

'Nee, neem jij het bed.'

'Ik zou het mezelf niet vergeven als ik dat zou toestaan.' Hij staat op en slaat een arm om mijn middel om me te steunen. 'Ik ga je in bed leggen. Jij hebt misschien vakantie, maar ik moet er over vijf uur weer uit... Het lijden van de bourgeoisie.'

Als vanzelfsprekend leg ik mijn arm op zijn schouder. Die voelt lekker hard en stevig. Leon ruikt heerlijk. Ik mag hopen dat er 'muziek in zit', zoals hij het verwoordde.

Half strompelend kom ik in bed terecht. Het is zacht en schoon en heel comfortabel. Mijn spieren ontspannen zich prompt en de vermoeidheid daalt als een deken over me neer. Ik draai als vanzelf op mijn zij en prop het kussen in de holte tussen mijn schouder en hoofd.

Leon strijkt over mijn haar en mompelt nog iets, maar ik versta het niet meer.

14

Het was niet Johns keuze om uit elkaar te gaan. Die beslissing heb ik weloverwogen genomen, twee maanden na de ontdekking, en daar sta ik nog steeds achter. Het was hij of ik, en ik koos voor mezelf. Had ik dat niet gedaan, dan was ik nog verder beschadigd geraakt. Ik had me, bewust maar vooral onbewust, al meer dan wenselijk was aangepast aan zijn eisen en verwachtingen. Deels uit onzekerheid en deels omdat ik hem niet wilde teleurstellen en de perfecte vriendin wilde zijn die hij voor ogen had. Ik was niet de enige die het hem naar de zin wilde maken. Mijn ouders waren dol op hem. Hij paste goed in de familie en nog beter in de vriendenkring. Als stel sloten we naadloos op onze omgeving aan. Misschien speelde dat op de achtergrond mee, of werkte ons drukke sociale leven als een soort lijm die de in wezen wrakkige relatie kunstmatig bij elkaar heeft gehouden. Er was onderhuids al een poos sprake van onvrede. Die kwam uitsluitend bovendrijven als we alleen waren, en vooral als we weinig omhanden hadden. Het was de niet hardop uitgesproken reden dat we nooit samen op vakantie gingen, maar steeds met vrienden, mijn ouders, zijn ouders – elk gezelschap was goed, als we maar niet alleen waren. Ik heb een hele poos gedacht dat het aan mij lag. Gaandeweg was ik steeds meer stukjes van mezelf kwijtgeraakt, en hetgeen nog over was van de basis begon stevige scheuren te vertonen onder zijn harde woorden, zijn kritische blikken en soms mokkende stilzwijgen. Die gaven me steeds sterker het gevoel dat ik minderwaardig aan hem was en daar begon ik hem stilletjes om te haten. Ondanks alles had de relatie misschien nog wel jaren kunnen doorsudderen voor we beiden echt hadden doorgrond wat we elkaar aandeden.

De onafwendbare breuk werd geforceerd doordat Mieke, die ik door en door vertrouwde en beschouwde als mijn beste vriendin, verliefd werd op John en hij op haar. Ergens in een duister moment in ruimte en tijd moeten ze hebben besloten wel elkaar, maar niet hun partners daarvan op de hoogte te brengen. Daarna volgde een periode van liegen en draaien, afspraakjes in zijn auto en zelfs in ons bed als ik op een beurs was, tot de tijdbom die ze zelf in elkaar hadden geknutseld afgelopen zomer ontplofte. Mieke had de verhouding opgebiecht aan haar man Tom, de vader van haar twee jonge kinderen. Na dagenlang praten en ruziën kwam een furieuze Tom bij ons verhaal halen. Hij had alles uit haar weten te trekken, elk ranzig detail, en die kreeg ik stuk voor stuk uit Toms mond te horen, terwijl John zwijgend en wit weggetrokken in zijn tuinstoel zat, niet in staat verweer te bieden omdat alles waarmee Tom hem confronteerde, gewoonweg waar was.

Opstappen leek de enige manier om nog waardigheid aan de hele situatie te kunnen geven en mijn laatste restje zelfrespect te behouden.

Maar makkelijk was het allerminst. John was ongemerkt een veel groter deel van mijn leven gaan uitmaken dan ik aan mezelf wilde toegeven. John was overal. Hij sloop rond op mijn werk, kroop in elke e-mail die ik verstuurde, mengde zich in elk gesprek dat ik voerde en ik voelde zijn aanwezigheid bij elke handeling die ik op een dag verrichtte. Johns woorden, blikken, stilzwijgen, daden, zijn complete erfenis is in me gekropen als een hardnekkige parasiet, die de hele dag door in mijn binnenste knaagt en er een onmetelijk plezier aan beleeft me toe te fluisteren dat ik tekort ben geschoten, dat ik heb gefaald, en hoe onaantrekkelijk ik ben, hoe naïef, impulsief, afwijkend en dom.

Ik knipper tegen het zonlicht dat door de grote ruiten naar binnen stroomt. De hele kamer is licht, ruim en modern zonder een zweem van steriliteit en ruikt bedwelmend naar gewassen lakens en lavendel. Het duurt even voor ik besef waar ik ben. Ik duw de deken van me af en ga rechtop zitten. Waldorf Hilton, ik heb het niet gedroomd. Ik heb hier geslapen vannacht. Ik zet mijn voeten naast het bed en geef mezelf een moment om wakker te worden. Mijn rok is verkreukeld en opgestroopt tot boven mijn knieën en mijn blouse zit scheef en toont de rode kanten bh.

Nog wat wankel sta ik op en trek de blouse recht. Het marmer voelt koel aan onder mijn blote voeten. Nergens een spoor van Leon.

In de badkamer ligt een natte handdoek in een wastafel en er liggen plasjes water op de vloer, als stille getuigen dat hij hier kort geleden nog gedoucht heeft. De lavendelgeur komt hier vandaan.

Pas als ik terugloop zie ik een kaartje op de salontafel liggen, met het logo van het hotel.

> Lady, je was gevloerd gisteren. Vanochtend nog steeds, trouwens. Pak een ontbijt beneden of bel roomservice en kom daarna naar The Photographers' Gallery, Great Newport Street. Zie je daar.
>
> L.

'Je bent nogal zeker van jezelf,' fluister ik naar het krachtige handschrift, maar mijn vingers die om de kaart gesloten zitten, trillen al weer net zo als gisteren.

Ik rommel in mijn tas naar mijn gsm om de tijd af te lezen. Kwart over elf. Honger heb ik niet, nog niet. Ik ontbijt 's ochtends vrijwel nooit, maar een douche zou welkom zijn.

Ik haal mijn toilettas uit mijn rugzak en loop de badkamer in. In de wastafel was ik de rode string uit en hang hem over de verwarming te drogen, met een handdoek eronder in de hoop dat het droogproces erdoor wordt versneld.

Mijn haar heeft de nacht goed doorstaan. Er is tenminste geen rode ragebol zichtbaar in de spiegel, maar acceptabele krullen die zowaar nog glanzen. Uit een wegwerpverpakking haal ik een dunne douchemuts en neem snel een douche.

Er is geen twijfel over mogelijk dat ik naar de Photographers' Gallery ga, wat het ook moge wezen. De naam werpt associaties op met musea, exposities, zoiets. Is Leon galeriehouder, kunstenaar? Ik spit in mijn geheugen of hij iets heeft gezegd wat me een aanknopingspunt biedt. Hij wist in elk geval opvallend veel van creatieve processen.

Geleidelijk komen er flarden terug van het korte gesprek in het vliegtuig. Ik kan me herinneren dat hij iets zei in de sfeer van: 'Als ik zoiets vraag, denken vrouwen dat er wat achter zit'.

Onwillekeurig vormt mijn mond een glimlach, maar die is trillerig en nerveus.

VI

Er kan prachtige kunst voortkomen uit ellende, ik ben de laatste die dat ontkent. Sterker nog: waarschijnlijk zijn de beste kunstwerken aller tijden voortgekomen uit diep menselijk verdriet of helse frustratie, gebouwd op het bloederige puin van een afwijzing, de dood van een geliefde of een scheiding – en ja: jaloezie. Hartzeer en onmacht als drijfveer om het oncontroleerbare controleerbaar te maken en het een gezicht te geven. Hoe romantisch, mooi en vooral ook nuttig kan pijn en ellende zijn.

Toch betrap ik mezelf er de laatste tijd op dat, hoewel kunst mijn wereld is en hoogstwaarschijnlijk zal blijven, er iets is wat me het afgelopen jaar meer is gaan boeien: mezelf, en meer specifiek het interessante proces waarin ik me blijkbaar bevind.

Vorige week kocht ik een boek dat mijn bijzondere aandacht trok. Ik heb het tussen de bedrijven door in een paar dagen uitgelezen, met toenemende ergernis. Een handjevol Amerikaanse wetenschappers heeft de koppen bij elkaar gestoken en het 'fenomeen seriemoordenaar' geanalyseerd. De hapklare brokken zijn bijeen vergaard door talloze interviews die de schrijvers hielden met hen die levenslang hebben gekregen, of op de doodstraf zitten te wachten. Daaruit vloeiden een heleboel sappige feiten, grafieken en definities voort plus geleuter over het intelligentiequotiënt. In een hoofdstuk staat dat seriemoordenaars – anders dan altijd gedacht – eigenlijk maar een gemiddeld tot laag IQ hebben. En dat durfden ze wetenschappelijk te noemen. De IQ-testen zijn gedaan door gevangenen, mensen dus die zich fouten hebben veroorloofd, zich hebben laten verleiden tot bijzonder domme improvisaties. Logisch dat die het gemiddelde naar beneden halen.

Toegegeven, dat deel in het boek irriteerde me een beetje. Maar ik betrok het niet op mezelf. Volgens de in dat boek gehanteerde richtlijnen ben ik namelijk niet eens een seriemoordenaar. Die eretitel krijg je automatisch na drie afzonderlijk gepleegde moorden binnen een redelijk kort tijdsbestek.

Edith is alweer een jaar geleden.

Zoals ik me de laatste tijd voel, weet ik dat ze niet de laatste zal zijn.

15

Mijn nervositeit heeft een hoogtepunt bereikt als ik eindelijk de zwart betegelde gevel van de Photographers' Gallery voor me zie opdoemen. Ik heb weer een taxi genomen in plaats van de metro en begin eraan te wennen dat je verplaatsen in een grote stad zijn prijs heeft als je jezelf geen tijd gunt om je het openbaar vervoersysteem eigen te maken. Ik voel me op een vreemde manier roekeloos. Mijn baan, appartement, Nederland, alles lijkt zo ver weg, alsof het geen deel meer uitmaakt van mijn leven.

De galerie is gevestigd in een smal gebouw, redelijk onopvallend samengeperst tussen andere. Drukke wegen kruisen elkaar bijna voor de deur. In de hal is rechts een balie, waar een jonge vrouw in een witte blouse in gesprek is met twee bezoekers, maar de uitvergrote foto's aan de muur trekken meteen alle aandacht. Het zijn delen van gezichten. Ik blijf staan, gebiologeerd door al die starende ogen op fotopapier die me niet alleen recht aankijken, maar ook tegen me lijken te spreken. Blauwe mannenogen met diepe rimpels eromheen, en grijze wallen. Grote, bruine kinderogen. Groene, zwaar opgemaakte ogen van een jonge vrouw. Donkere, bijna boos kijkende ogen in een verder gesluierd gezicht. Ze praten tegen me, ze communiceren. Ik krijg er de rillingen van. Onder de indruk loop ik van de ene naar de andere foto, en word zo in beslag genomen door de geportretteerden dat ik in eerste instantie de witte kaartjes onder de foto's niet opmerk. Uiteindelijk dwaalt mijn blik toch af.

LEON WAGNER (1968), THE NETHERLANDS
ALL PRINTS FROM THIS SERIES ARE AVAILABLE

Leon is fotograaf. Kunstfotograaf. En de prijzen die voor zijn prints worden gevraagd en de gretige blikken van de bezoekers om me heen, die driftig aantekeningen maken in hun brochures en zakcomputers, verklaren zijn voorkeur voor dure hotels en restaurants.

Het is prachtig, wat hij heeft gemaakt. Meer dan prachtig. Indrukwekkend.

'En?'

Ik draai me om.

Leon. Met diezelfde geamuseerde blik in zijn ogen die ik gisteren heb leren kennen. Dat, en nog iets: vertedering.

De vlinders die lang geleden een voor een uit mijn slaapkamerraam zijn weg gefladderd, zijn weer terug. Ik voel hun zachte vleugeltjes speels tegen mijn buikwand strijken. Ze buitelen om elkaar heen en het worden er steeds meer. 'Ja, prachtig,' zeg ik. 'Ze praten. Ze vertellen allemaal een ander verhaal. Vooral die,' ik wijs naar de foto van de oude man met zijn blauwe ogen, 'die is echt schitterend.'

'Maar uiteindelijk is het mijn verhaal,' zegt hij, terwijl hij zijn blik over de foto's laat glijden. 'Er is te veel pijn in de wereld, in allerlei vormen. Dat beelden deze mensen uit. Pijn omdat ze hun huis zijn kwijtgeraakt, een geliefde is gestorven, ze zijn gezakt voor een examen, een been moeten missen, geen verblijfsvergunning kregen na jarenlange hoop op een beter leven... Dat bindt ze, dat beelden ze uit. Pijn.'

'Je kent deze mensen – allemaal?'

'Ik ben ze tegengekomen, zag iets in ze, een bepaalde blik, een houding, heb ze aangesproken als de kans zich voordeed, en naar hun verhaal geluisterd.'

'Net zoals bij mij?'

Hij grinnikt. 'Ik neem niet iedereen mee naar mijn hotelkamer, als dat is wat je je afvraagt.'

'Zijn er weleens mensen die niet gefotografeerd willen worden?'

'Niet veel. Maar ze zijn er.' Leon praat tegen me, maar kijkt me niet aan. Zijn blik is gericht op een onzichtbare horizon, mijlenver weg. 'Fotograferen lijkt op stelen. Je steelt een moment van iemand, waarin iets wezenlijks van zijn karakter blootligt, zijn ziel zo je wilt. Je legt het vast en neemt het mee naar huis. Vanaf dat punt heeft de geportretteerde er niets meer over te zeggen. Er zijn mensen die zich daar sterk van bewust zijn, en die dat angst aanjaagt. Dat iedereen, vriend en vijand, zo dicht bij je kan komen, je recht in de ogen kan kijken en over je kan oordelen zonder dat je daar controle over hebt of erop kunt reageren. Een deel van hen is eigendom van de fotograaf geworden. En in mijn geval...' hij kijkt om zich heen, 'leg je jezelf open voor de halve wereld en wordt je ziel verhandeld. Wist je dat in sommige, niet-westerse landen mensen niet gefotografeerd willen worden omdat ze bang zijn dat hun ziel erdoor wordt weggenomen?'

'Er staat me iets van bij,' mompel ik.

Hij snuift. 'In deze maatschappij verkopen de meeste mensen maar al te graag hun ziel. Voor vijftig euro, soms honderd. Of alleen maar voor een kop koffie en een goed gesprek. Voor sommige van deze mensen hier ben ik de eerste in jaren geweest die luisterde naar wat ze te vertellen hadden. En ik luister graag. Ieder mens is uniek, iedereen heeft een verhaal.'

'En wat is mijn rol hierin?' denk ik hardop.

Hij kijkt me peinzend aan. 'Ik kan niet ontkennen dat ik in het vliegtuig in je zag wat ik ook in deze mensen herkend heb. Deze serie is nog niet helemaal uit mijn systeem, ook al ben ik begonnen aan een volgende. Je hebt heterochromia, daar zal ik je niets nieuws mee vertellen. Ik had je hier graag tussen gehangen. Je ogen staan wat verder uit elkaar dan bij de meeste vrouwen. In combinatie met die kleurafwijking geeft het een bijzonder beeld.'

'Je kent de term?'

'Heterochromia?' Even lijkt het alsof er een schaduw over zijn gezicht glijdt, heel even, dan herstelt hij zich. 'Ik heb iemand gekend die dat had.'

'Kon zij niet poseren voor deze serie?' vraag ik.

'Waarom denk je dat het een zij is?'

Ik haal mijn schouders op. 'Ik gokte het. De manier waarop je –'

'Je zat goed. Het was een zij. Maar ze leeft niet meer.'

'O,' zeg ik. 'Dat spijt me.'

'Mij ook.' Hij snuift en kijkt onrustig om zich heen. 'Nou, lady, je weet nu dat ik geen crimineel ben, maar een eervol beroep heb gemaakt van het stelen en verhandelen van andermans ziel in ruil voor een kop koffie. In elk geval heb ik de eigenaars hier beloofd tot zes uur te blijven om uitleg te geven, handen te schudden en te socializen. Ook in de kunst heeft vrijheid zijn grenzen, schijnt het, dus...'

Leon legt een hand op mijn schouder. Het voelt zo prettig dat ik zou willen dat de galerie om ons heen oploste, zodat ik me vrij kan voelen om tegen hem aan te leunen, mijn hand over zijn borst te laten dwalen en hem te kussen. Dat ik dat gisteravond al wilde, en nog veel meer dan dat, is verklaarbaar omdat ik wanhopig was, en mijn realiteitszin werd vertroebeld door de alcohol. Maar hier sta ik nu, licht katerig in het volle licht, en ik wil het nog steeds. Ik wil het zelfs nog sterker dan gisteren.

Hij knijpt zacht in mijn schouder en laat me los. 'Kijk gerust rond als je meer wilt zien. Zorg dat je om zeven uur in het hotel bent. Gaan we weer een hapje eten. Ik verheug me erop.'

Ik knik alleen maar. Net als ik wil weglopen, pakt hij mijn kin vast en drukt een kus op mijn lippen. Vluchtig en zacht, maar zijn kus, hoe onschuldig ook, brandt zich een weg door mijn huid en brengt allerlei reacties op gang.

'Ciao.' Hij knipoogt en loopt zonder om te kijken een zaal in die achter de entree ligt.

De vrouw achter de balie lacht schaapachtig naar me. Ik vermoed dat ik op dezelfde manier naar haar teruglach op weg naar buiten.

16

Die laatste avond hebben we een Italiaans restaurant opgezocht waar de pasta *homemade* was en de serveersters Italiaans spraken. Het eten was er hemels. Maar al hadden we tussen de schreeuwende jongeren op straat onder een luifel fish & chips weg staan schrokken, dan nog had ik niet minder van elke seconde genoten.

Ik ben me in een duizelingwekkend tempo gaan hechten aan Leons geruststellende aanwezigheid, aan het gemak waarmee hij zich tussen mensen beweegt en de innerlijke rust en zelfverzekerdheid die hij uitstraalt. Hij lijkt iedereen in een oogopslag te doorgronden en vervolgens voor zich in te nemen, van taxichauffeur tot serveerster. Het kost hem geen enkele moeite. Ik heb nooit een man ontmoet die zo extreem in balans is, die zo sterk uitstraalt dat hij weet wat zijn plaats is in het geheel. Alles lijkt om hem te draaien en het gaat hem volkomen vanzelfsprekend af.

Morgenmiddag gaat mijn vlucht naar huis. Daarvan ben ik me heel erg bewust en het jaagt me op, de tintelende, gehaaste energie giert door me heen. Ik wil niet terug, ik wil bij Leon blijven, me verstoppen in zijn wereld. Ik wil me met alle kracht die ik in me heb vastklampen aan het gevoel dat hij me geeft en nooit, nooit meer loslaten, omdat ik weet dat de afgrond waarin ik zal vallen diep is, bodemloos, leeg. Het gaat geen zachte landing worden.

Toen ik vanmiddag de Photographers' Gallery verliet ben ik meteen op zoek gegaan naar lingeriewinkels en heb veel geld uitgegeven aan een nieuwe set. Gewaagd paars, glanzend en stevig; de enige die ik kon vinden waarvan het effect niet teleurstelde. Geen elastische naden die in mijn vlees striemden en geen geplette of juist aan weerszijden uitpuilende borsten. De bh omvat ze daar waar het nodig is en maakt ze bovendien iets ronder dan ze zijn. Daarna heb ik een nieuwe rok gekocht. Hij is zwart, licht glanzend en aan de korte kant, een beetje elastisch en maakt mijn heupen vloeiend rond, alle oneffenheden worden gladgetrokken. De aankopen betekenen wel dat ik nog maar twaalf pond over heb om morgen op het vliegveld te komen, maar dat is van later zorg.

Ik heb erop gelet niet te veel te drinken. Twee glazen chianti en daarna nog een amaretto, steeds gevolgd door een glas water om de alcohol te verdunnen. Ik voel me een beetje licht in mijn hoofd, op een prettige manier.

We zijn weer in het hotel, waar Leon opnieuw whisky heeft ingeschonken. Ik heb het glas nog niet aangeraakt. Er zit een enorme ladder in mijn nieuwe panty, precies op mijn knie en bovenbeen. Ik sta op en achter de matglazen deur van de badkamer stroop ik de panty af en gooi hem weg. Was mijn handen en controleer of mijn haar en make-up nog goed zitten.

Als ik terugkom in de kamer zit Leon bedachtzaam met zijn glas te spelen. Hij walst het vocht rond en kijkt me dan over het glas aan. 'Heb ik een striptease gemist?'

'Er zat een ladder in.'

'Die zat er de hele avond al.'

'Ik merkte het net pas op.' Ik ga in de stoel zitten en zet het glas aan mijn mond. Ik bevochtig alleen mijn lippen, voor de vorm, en zet het glas terug. 'Leon,' zeg ik, en zoek zijn blik. 'Ik wil je bedanken. Voor alles. Voor dit weekend, voor het eten, voor je gezelschap. Morgenvroeg om elf uur moet ik op het vliegveld zijn en ik sta niet te trappelen om naar huis te gaan. Als ik jou niet was tegengekomen had ik waarschijnlijk twee dagen op mijn hotelkamer gezeten... Ik zou willen dat ik iets voor je terug kon doen, maar ik zou niet weten wat.'

'Je zou voor me kunnen poseren.'

'Je serie is toch al af?'

Hij knikt, langzaam. 'Die serie wel, ja. Ik ben bezig met de volgende. Daar pas je net zo goed in.'

'Wat voor serie is dat?'

Hij houdt zijn glas schuin en kijkt ernaar. 'Naaktportretten.'

Ik klem mijn kaken op elkaar en schud mijn hoofd. 'Dat gaat niet.'

'Waarom niet?'

'Dat gaat gewoon niet. Echt niet. Ik... ik ben te dik.'

'Zegt wie?'

Ik haal mijn schouders op en erger me tegelijkertijd aan het kinderlijke van mijn eigen reactie. Zeg niets.

Hij neemt een slok van zijn whisky. 'Ik meen het. Gemeten naar welke maatstaven?'

Ik rol met mijn ogen en wuif met mijn hand zijn richting in, alsof ik op die manier zijn woorden uit elkaar kan drijven en hun betekenis verloren gaat in de schemering van de avond. 'Ik...' begin ik. 'Jee, dat is toch wel duidelijk?' Ten overvloede wijs ik naar mijn middel, als een vogel met misvormde vleugels.

Hij blijft me onverstoorbaar aankijken. Bloedserieus. Er speelt niet eens een glimlach om zijn lippen. Zijn ogen lijken op donkere gaten in zijn hoekige gezicht. Er valt niets uit te lezen.

Het maakt me nerveus. Ik leg mijn handen in mijn schoot en staar langs hem heen, naar de lichten van de stad.

De stilte hangt tussen ons in. Een dwingende stilte, die me forceert een innerlijke dialoog aan te gaan.

Gemeten naar welke maatstaven? Goede vraag. De parasiet die John in me heeft geplant kwispelt met zijn staart. Hij giebelt erbij, knaagt in mijn binnenste.

Toen ik John ontmoette had ik een volstrekt acceptabele maat veertig. Nu is het vierenveertig. In winkels waar ik mijn kleding het liefste koop, is dat de absolute bovengrens.

Ik graai naar mijn glas en neem een flinke teug van de whisky. 'Ik heb maat vierenveertig.'

'En?'

'Als ik nog meer aankom, moet ik mijn kleding kopen in winkels waar ze gespecialiseerd zijn in grote maten.'

Hij trekt een wenkbrauw op. 'Je hangt je zelfbeeld op aan kledingzaken?'

Ik voel me opstandig worden. 'Daar komt het wel op neer, ja.'

Hij neemt een trek van zijn sigaret en kijkt me observerend aan. Afwachtend.

'Ik heb het gevoel dat ik er niet meer bij hoor, snap je?' ga ik door. Mijn stem klinkt harder dan ik van plan was. 'Dat ik met dit lijf niet meer in gewone winkels terecht kan, maar naar speciáálzaken moet. Dat is toch een teken aan de wand? Een maatstaf, zoals jij het noemt?'

'Confectiekleding wordt gemaakt voor de massa, lieve schat.' Hij tikt bedachtzaam de as van zijn sigaret. 'Het betekent alleen maar dat de massa, die grote groep vrouwen die veel kleding kopen, voornamelijk maat vierenveertig en daaronder hebben. Meer zegt het niet. Het zegt niets over wat mooi is, of hoe je eruit zou horen te zien. Het zegt alles over wat wordt gekocht en door wie. Massa is geen maatstaf.'

'En... en de mensen die de mode bepalen dan? Ze gebruiken echt geen slanke mannequins omdat de massa er ook zo uitziet. Dat doen ze omdat het mooier is.'

'Kerels worden niet wild van één meter vijfentachtig lange, graatmagere modellen met een arrogante blik op hun uitgeteerde smoelwerk. Ze zien mannequins niet eens als vrouw. Het heeft niets met de werkelijkheid te maken, het is een illusie, kunst. Het merendeel van de mannen is dol op vlees, neem dat van me aan: heupen, borsten, billen. Houvast. Echte vrouwen. Geen hoekige karikaturen.' Leon leunt niet meer achterover maar is op zijn stoel naar voren geschoven, en met zijn handen zet hij zijn woorden kracht bij. 'Mollig staat verdomme sinds mensenheugenis voor welvaart, voor vruchtbaarheid, dat is altijd zo geweest. Je hoeft alleen maar naar schilderijen van oude meesters te kijken om te zien hoe aantrekkelijk we met z'n allen volle vrouwen hebben gevonden. In landen waar de commercie nog geen voet aan de grond heeft gekregen, is dat nog steeds zo. Dat moet genoeg zeggen.'

Ik raak in de war van zijn betoog. Zoals hij het zegt, klinkt het zo eenvoudig, zo duidelijk. Maar het voelt niet zo. 'Het is algemeen bekend dat je af moet vallen als je te dik bent, dat het ongezond is, dat je lichaam er te veel door wordt belast. Dat is toch ook een maatstaf?'

'Voel je je ongezond dan?'

'Niet vanwege mijn gewicht.' Ik heb mezelf in een hoek gepraat waar ik helemaal niet wil zitten. Eigen schuld. Nu lijkt het net alsof ik een serieus probleem heb, tweehonderd kilo weeg en mezelf niet meer in of uit bed kan slepen. Of dat ik het echt heel vreselijk vind allemaal, zwaar gebukt ga onder mijn gewicht, terwijl ik alleen maar maat achtendertig zou willen hebben. Veertig is ook goed, zodat ook ik gewoon leuke kleren kan dragen. Merkkleding die me goed staat... Waarom ben ik hier überhaupt over begonnen?

'Vanwege wat dan wel?'

Ik staar naar mijn pakje sigaretten op tafel. 'Ik zou willen stoppen met roken. Ik voel dat het slecht voor me is. 's Ochtends word ik soms even moe wakker als ik 's avonds naar bed ben gegaan, en ik weet dat het van het roken komt, want ik ben al eens gestopt en toen voelde ik me prima. Of in elk geval beter. Lichamelijk dan.'

'En toch ben je weer begonnen.'

'Ik kwam acht kilo aan in twee maanden. Iedereen zegt dat het komt doordat ik meer at, ter compensatie van het niet-roken. Maar dat was het niet. Mijn stofwisseling vertraagde. Ik weet zeker dat het dat was.'

'Dus je rookt niet uit overtuiging, uit eigen keus, maar omdat het alternatief je meer angst aanjaagt: de angst dikker te worden. En dus lelijk. Of lelijker, in jouw perceptie.'

Ik hef mijn handen op. 'Ja.'

'Je richt je leven in naar wat "iedereen" van je vindt, of wat je denkt dat ze van je vinden, wie die iedereen ook moge wezen... Je buurvrouw? De verkoopsters in kledingwinkels? Kom op, Margot!'

Ik graai naar mijn pakje sigaretten, tik er een uit en steek hem aan met een wegwerpaansteker. De vlam verlicht mijn trillende hand.

'Omdat het niet meer in de mode is om naar een kerk te gaan,' gaat hij door, 'richt de westerse wereld zich nu naar de voorschriften van de commercie. Een verrekt veeleisende religie, als je het mij vraagt. De *do's and don'ts* wisselen per seizoen en jouw "iedereen" wil niet buiten de groep vallen, dus hollen ze zichzelf voorbij om te voldoen. Die continue verandering heeft een functie, één doel, prinses: zoveel mogelijk consumeren. Ze willen je blijven uitmelken, van de wieg tot aan het graf. *Face it*: je bent een gehersenspoelde, wandelende portemonnee, een robot, de brandstof waar de multinationals op draaien.'

Ik sla mijn blik neer. Deze discussie wil ik niet. Niet met Leon, die er spectaculair uitziet, zoals hij in het schemerdonker tegenover me zit. Zijn zwarte overhemd half open, die doordringende blik. De energie spat van hem af door de gedrevenheid die hij in zijn betoog legt. Alsof hij in een prime time praatprogramma zit, in plaats van in de beslotenheid van een hotelkamer.

Ik wil dit niet. Niet op deze avond. Het had een mooie avond moeten worden, moeten zijn. *Mijn avond.* Maar nu zijn we beland in een gesprek over mijn maat vierenveertig, mijn onmacht om te stoppen met roken en multinationals die mijn leven bepalen – en dat ik het belangrijk vind wat mensen van me denken.

Ik voel me klote. Ik kan wel wegkruipen.

Toch blijf ik zitten.

Leon staat op, zet de tafel die ons scheidt opzij en zakt op zijn knieën voor me. Zijn handen grijpen zich vast in mijn knieën, kneden, masseren, duwen de stof van mijn rok omhoog en eindigen op mijn heupen.

Mijn lichaam reageert heftig, maar de passie wordt genadeloos getemperd door een allesoverheersend gevoel van tekortschieten.

Leon kijkt naar me op. 'Een vrouw hóórt mollig te zijn. Mollige vrouwen zijn sexy. Verdomd sexy.'

'Ik voel me niet sexy.' Mijn stem klinkt zacht, gebroken bijna.

Hij kust de binnenkant van mijn benen. 'Je bent niet wijs, lady,' mompelt hij. 'Compleet gestoord. Zelden iemand met zo'n verknipt zelfbeeld ontmoet.'

Zijn kussen branden in mijn huid. Ongemerkt ben ik onderuit geschoven, beetje bij beetje, ik wil dat hij doorgaat. Doorgaat met dat kneden, die strelingen met zijn vingers en mond, hoger, dichterbij. Ik begin zacht te kreunen.

Ineens houdt hij op.

Verward open ik mijn ogen. Hij is opgestaan, heeft weer een sigaret gepakt en staat bij het raam, uit te kijken over de stad – of een horizon die alleen hij kan zien.

Ik trek mijn rok naar beneden en pluk ongemakkelijk aan mijn blouse. 'Wat...' begin ik, maar hij laat me niet uitpraten.

'Ik wil dat je erom smeekt.'

Ik kijk op. Verstond ik dat goed?

Hij heeft zich omgedraaid, de sigaret tussen duim en wijsvinger. Zijn ogen zijn koolzwart, hypnotiseren me, er gaat een zuigende werking van uit en ik kan hem alleen nog maar aankijken, alsof we ons aan weerszijden van een koker bevinden en er niets anders meer bestaat. Hij en ik.

'Smeken?' Mijn stem klinkt zacht en trillerig. 'Zei je dat?'

Hij bekijkt me van top tot teen, heel langzaam strijken zijn ogen over mijn gezicht, mijn hals, mijn decolleté, verder naar beneden. Zijn blik is bijna fysiek voelbaar, erotischer dan woorden of een aanraking kunnen zijn. Het is onmogelijk er niet op te reageren. Mijn hart begint sneller te kloppen, bijna hoorbaar in de stilte. Ik haal oppervlakkig adem. Mijn hele lichaam tintelt.

'Ik wil weten hoe graag je dit wilt.' Hij gaat weer tegenover me in de fauteuil zitten, neemt een trek en blaast de rook bedachtzaam uit. Zijn bewegingen doen me denken aan die van een kat die een rivaal nadert, of een prooi; taxerend, aftastend. Zijn ogen zijn geen moment van me afgewend. 'Laat zien hoe graag je het wilt, Margot.'

Ik haal nu hoorbaar adem door mijn mond, die een beetje openstaat. Even wil ik gehoor geven aan de impuls om in de lach te schieten of een luchtige opmerking te maken om die plotselinge geladenheid te doorbreken, maar ik weet tegelijkertijd dat het een kansloze poging is om mijn nervositeit te maskeren. Te doorzichtig. Dat weet hij net zo goed.

Van het ene op het andere moment zijn we in een andere dimensie beland, ik bevind me in zijn territorium, in een nieuwe fase die zich uitvouwt over zijn terrein. Ik speel er een rol in, een cruciale rol, maar alleen hij kent de grenzen.

'Je bent prachtig,' fluistert hij. 'Het mooiste wat ik in lange tijd heb gezien. Laat me jou zien. Helemaal.'

Ik weet nu wat hij bedoelt, waar hij me heen stuurt. In plaats van me angst aan te jagen, windt het me alleen nog maar meer op. Toch reageer ik niet op zijn aansturing. Nog niet. Mijn tenen klauwen nerveus in het gedessineerde tapijt terwijl ik koortsachtig nadenk. De omkadering is me duidelijk, de invulling ervan nog terra incognita. Onbekend terrein.

'Alleen jij en ik, prinses,' zegt hij zacht. 'De muren hebben geen ogen, geen oren. Het mag. Je wil het – ik weet dat je het wil. Volg je gevoel. Doe het. Maak dit mooi.'

Ik slik, maar mijn keel is droog als ik mijn rok een beetje opstroop en trillerig mijn benen iets uit elkaar laat gaan, zodat hij zicht heeft op de paarse string. En zoveel meer. Al dat vlees, mijn overtollige vlees.

'Explicieter. Dat windt me op.'

Ik ril nu over mijn hele lichaam. Laat me verder naar beneden zakken en leg mijn hand tussen mijn benen. Onder zijn donkere blik, de stilte, de ondraaglijke spanning, explodeer ik bijna onder mijn eigen hand.

Mijn onzekere bewegingen worden strak geregisseerd door Leon, wiens ogen afwisselend blijven rusten op mijn gezicht en mijn kruis. Zijn ene hand ligt op de leuning van de fauteuil, in de andere houdt hij de sigaret vast, nog steeds tussen duim en wijsvinger. Van zijn gezicht is niet veel af te lezen, maar lichamelijk is hij zichtbaar opgewonden. Hij absorbeert me, neemt elk detail in zich op, elke ademteug, de geringste oogbeweging, er ontgaat hem niets.

Het geeft me een vreemd gevoel van macht, van voldoening. Ik doe ertoe. Hij is de regisseur, maar zonder mij valt er niets te regisseren.

'Trek uit.'

Ik geloof dat ik hijg, maar ik weet het niet zeker. Ik trek mijn rok verder op en haak mijn duimen achter het kant om de string af te stropen. Hoewel ik probeer om het bevallig te doen, gaat het schokkerig.

'Ga door,' zegt hij, en hij blaast langzaam rook uit.

Mijn vingers liggen nu op mijn blote huid, die fluweelzacht en warm en glad is, en zo anders voelt dan anders, alsof mijn hand niet bij me hoort maar een eigen leven leidt, strelend, aftastend, vochtig, ritmisch.

Mijn god, wat gebeurt hier? Wat ben ik aan het doen? Ik hijg, kreun, kronkel, terwijl Leon me bijna onbeweeglijk gadeslaat vanuit zijn fauteuil, me in zich opzuigt en ik hem blijf aankijken, in zijn donkere ogen de bevestiging vind die ik zoek, de goedkeuring en aanmoediging die ik nodig heb om door te gaan, geen schaamte meer te voelen, maar toe te geven aan de druk die zich in me opbouwt, aanzwelt en bijna onhoudbaar wordt. Mijn linkerhand zoekt als vanzelf een borst, vingertoppen die door de zachte stof van mijn blouse en de satijnen bh een tepel vinden, hard en gevoelig.

Leon sluit kort zijn ogen en knikt, bijna onzichtbaar, als aanmoediging. Zijn hand ligt nu losjes op zijn kruis. Hij ziet er waanzinnig aantrekkelijk uit. Het is het hele plaatje dat hij vormt in die fauteuil en de wijze waarop hij me dingen laat doen alleen maar via subtiele lichaamstaal en zijn woorden beperkt tot het hoognodige.

Ik leg mijn hoofd in mijn nek. Dit is waanzin, schiet het door me heen, dit is regelrechte waanzin, maar ik stoot een kreun uit die aanhoudt, luider wordt, jammerend, terwijl elke spier in mijn lichaam zich spant, mijn bekken en borsten zich naar voren drukken, trots, bevrijd, in een laatste, heerlijke, overweldigende stuiptrekking, waarna ik huiverend terugzak in de zachte stoelbekleding.

Leon is in een paar passen bij me en slaat zijn armen om me heen. Hij trekt me overeind en duwt me tegen zich aan. Ik leun zwaar op hem, mijn benen willen niet. Ik leg mijn wang tegen zijn borst en voel het bonken van zijn hart.

Hij kust mijn kruin. 'Dat was heel mooi, meisje. Indrukwekkend.'

'Vond je?' mijn stem klinkt nog hijgerig.

Een hand duwt mijn kin omhoog. 'Ja, dat vond ik.' Zacht liefkozen zijn lippen de mijne, zijn tong, traag en liefdevol.

Nog nahuiverend beantwoord ik zijn kus, sla mijn armen om zijn nek. Het is de eerste keer dat hij zo dichtbij is, dat ik zijn tong proef, zijn geur ruik, zijn lichaam kan strelen. Lichte stoppels schuren langs mijn neus en wang als ik mijn gezicht langs het zijne strijk en zijn geur in me opsnuif.

'Dit heb je nooit gedaan, toch?' vraagt hij.
Ik schud mijn hoofd. 'Nee, nooit.'
'Geweldig.'

17

Tijdens mijn afwezigheid zijn de aanvragen voor vertegenwoordigerbezoek uit mijn rayon in een bakje op mijn bureau gelegd. Spoedeisende zaken zijn opgevangen door collega's. Ik blader hun rapporten door en vervolgens de stapel aanvragen – zowel uitgeprinte e-mails als handgeschreven notities van de binnendienst – die godzijdank weinig klachten bevatten. Al lezende maak ik alvast een grove weekplanning. Naast de prints ligt een map waarin ik mijn bezoekrapporten bewaar. Ik schrijf ze in de auto uit, na elk klantenbezoek. Het zijn aantekeningen over hoe het gesprek is verlopen, maar ook persoonlijke zaken van klanten zoals verjaardagen, geboortes en ziekenhuisopnames. Mensen waarderen het als ik interesse toon in dingen die ze me bij een vorig bezoek hebben verteld. Ze zijn niet zelden verrast als ik me ze nog weet te herinneren. Morgen wil ik naar een semigemeentelijke instelling in de regio, een vaste klant die regelmatig meubels afneemt voor asielzoekerswoningen. Jos van Dam, mijn aanspreekpunt, heeft me de vorige keer verteld dat zijn vrouw acht maanden zwanger was. Dat is twee maanden geleden, dus als alles goed is gegaan moet hij inmiddels vader zijn geworden. Ik maak een aantekening zodat ik hem ernaar kan vragen.

Mijn Siemens trilt in mijn broekzak. Even houd ik mijn adem in. Ik haal het kleine witte ding uit mijn zak en klap het open. Dick met een mededeling: vanavond om halfnegen is er nieuwe serie op tv, moet ik echt zien, is helemaal geweldig. Volgens Dick dan. De schat. Teleurgesteld verzend ik een kort bedankje en klap mijn mobieltje dicht. Neem vervolgens een slok van de inmiddels koud geworden koffie en trek er een vies gezicht bij.

Het is extreem rustig vanochtend. Ik zit alleen aan mijn bureau in een ruimte waar nog vier andere buitendienstmensen werken. Hun aanwezigheid hier is net zo onvanzelfsprekend als de mijne. Niemand is hier langer dan een paar uur en hooguit twee keer per week. Het is ook niet de meest aantrekkelijke ruimte in het pand. Ons rode meubilair komt uit de catalogus van zes jaar geleden en in de verrijdbare plantenbakken staan groepjes subtropische planten te verpieteren onder het genadeloze tl-licht. We kijken uit op de parkeerplaats en de brede toegangsweg van het industrieterrein.

Na elk verplicht kantoorbezoek staan mijn collega's en ik te trappelen om te mogen aansluiten in de files, die net zo min vrijheid bieden, maar in elk geval kunnen we roken en hardop meezingen met de radio. In wezen zijn de auto's ons kantoor.

Onrustig neem ik nog een slok van de koude automatenkoffie. Ik zit hier alweer ruim twee uur en had half en half verwacht dat er op zijn minst toch wel één collega naar me toe zou komen om me te vragen hoe mijn maand verlof is geweest. In elk geval Claudia, of de receptioniste. Blijkbaar hebben ze vanochtend andere prioriteiten.

Ik heb het ook wel een beetje over mezelf afgeroepen. Ik had zelf net zo goed even hun afdeling op kunnen lopen om mijn gezicht te laten zien. Dat was misschien collegialer geweest. Socialer. Maar in plaats daarvan heb ik me vanochtend zo snel mogelijk naar mijn bureau gehaast, in de hoop dat niemand me zou opmerken. Ik had geen zin om Claudia tegen het lijf te lopen. Hoewel ik haar nu dankbaar ben dat ze me heeft laten zitten, tekent het wel haar karakter. Ik heb niet meer gereageerd op haar bericht en zij heeft het niet nog eens geprobeerd. Dus was het een beleefdheids-sms'je, geen oprechte belangstelling. Ik was haar tijdelijke troostvriendin, en dat tijdelijke mag je dubbel onderstrepen.

Op de parkeerplaats stopt een kleine vrachtwagen van UPS. Ik zie een donkere, jonge man uit de cabine springen. Hij verdwijnt in het binnenste van zijn bruine vrachtwagen en loopt even later naar de receptie met een paar pakketjes in zijn armen.

Ik richt me weer op de rapporten en de aanvragen, en neem de telefoon erbij om de klanten te bellen en afspraken te plannen. Het loopt allemaal soepel en de agenda raakt steeds voller. Op zich is dit helemaal geen verkeerd werk, schiet het door me heen. Absoluut met stip de beste baan die ik tot nu toe heb gehad en het kost me totaal geen moeite. Daarin schuilt meteen het probleem. Het is niet genoeg. Niet meer.

Ik kan het niet helpen dat mijn gedachten afdwalen. Het is ruim een week geleden dat ik uit Londen vertrok. Er is niets meer gebeurd die avond. Leon stopte me in, ging achter me liggen met zijn arm om me heen en streelde mijn buik. Meer deed hij niet en hoefde hij ook niet te doen. Ik genoot van zijn warme lichaam tegen mijn rug, kneep in zijn hand en voelde me gelukkig. We hebben nog gepraat, in de stilte voor ons uit gefluisterd, maar daar bleef het bij. De volgende ochtend regelde hij een taxi, betaalde de chauffeur alvast dertig pond en wachtte, met zijn handen in zijn zakken, tot de auto uit het zicht was verdwenen.

Ik keek nog om, en dat was het dan.

Geen idee of ik hem nog eens zal zien. We hebben niets afgesproken, geen beloften gedaan en geen adressen uitgewisseld, maar Leon heeft me die laatste avond wel degelijk gezegd dat hij me wilde fotograferen voor zijn nieuwe serie. Hij vroeg het niet, hij bracht het als een mededeling. Maar waarom belt hij me dan niet? Hij moet inmiddels terug zijn uit Londen. Als ik me niet vergis afgelopen woensdag of donderdag al.

De afgelopen week ben ik nergens naartoe gegaan zonder mijn mobiele telefoon, heb er angstvallig op toegezien dat hij was opgeladen en hem zelfs mee naar bed genomen. Ik kan me niet heugen hoe vaak ik naar het schermpje heb gekeken, steeds opnieuw, in de hoop dat er een envelopje in oplichtte.

Terwijl ik mijn spullen bij elkaar graai en in de richting van de uitgang loop, neem ik me voor vanavond thuis echt werk te gaan maken van een cursus etaleren of binnenhuisarchitectuur. Misschien kan ik tevens het internet afspeuren naar vacatures. Wie weet zijn er wel mogelijkheden waar ik nog niet aan heb gedacht, banen die beter bij me passen en waarin ik meer van mezelf kan leggen. Echte uitdagingen. Zouden die bestaan?

'Margot?'

Ik kijk om. Achter me in de gang staat de receptioniste.

'Ik begon al te denken dat je nog steeds vrij had,' zegt ze. 'Ik heb je niet eens binnen zien komen.'

'Ik ben vandaag weer begonnen,' zeg ik, totaal overbodig.

'Er is net een pakketje voor je gebracht.'

'Voor mij?'

'Ja. Wacht even.' Ze loopt het kantoor in.

Ik blijf op de gang wachten. Door de geopende deur hoor ik het geroezemoes van de binnendienst en de inkoop. Ik vang flarden op van telefoongesprekken in gebroken Engels en Duits, bestelnummers, excuses.

Marlies komt weer tevoorschijn en overhandigt me een enorme koker van bruin karton.

Ik neem hem over en kijk naar de adreslabel. Het pakketje is gericht aan het bedrijf en daaronder staat in drukletters: PERSOONLIJK, MARGOT HEIJNE.

'Beetje vroeg voor een kerstpakket van een klant, vind je niet?' zegt Marlies. Uit haar hele gezichtsuitdrukking spreekt een oeverloze nieuwsgierigheid.

Ik haal mijn schouders op.

'Maak je het niet open?

'Dat doe ik vanavond thuis wel,' zeg ik. 'Het zal wel een kalender of zoiets zijn. Of een poster van een evenement.'

VII

Ik heb mijn huurauto bij de ingang van industrieterrein Keervliet neergezet. Het is een troosteloze opeenhoping van foeilelijke laagbouw, verdreven naar de rand van de stad. Een weinig inspirerende omgeving.

Zojuist ben ik uitgestapt bij het informatiebord en heb een beetje onnozel op de kaart staan kijken, met een reclamefolder in mijn hand. Uitsluitend voor de vorm, want ik weet precies waar ik moet zijn. Daar heb ik het informatiebord niet voor nodig. Ik ben gewoon iemand die de weg zoekt op een industrieterrein en tussendoor nog wat telefoontjes pleegt. Ik kan van alles zijn: een vertegenwoordiger, een IT'er, iemand met een eigen bedrijf misschien. Passanten merken niets vreemds aan me.

Voorbereiding is alles.

Mogelijk draaf ik nu wat door, dat sluit ik niet uit, maar ik ben liever voorbereid. Je kunt beter tien stappen vooruitdenken dan er op het laatste ogenblik achter komen dat je jezelf niet goed hebt geïnformeerd. Dan gaat het moment voorbij, en is de controle weg.

Het enige vervelende is dat ik hier geen uren kan blijven staan. Een halfuur kan, een uur is te lang.

Lastig.

Ik zorg dat ik de indruk wek dat ik bezig ben. Voor dat doel staat er een geopende laptop naast me op de bijrijderstoel. Het grappige aan de hele situatie is dat ik ook daadwerkelijk aan het werk bén. De telefoon heeft nog niet stilgestaan. Mijn mond vertelt hun wat ze willen horen, maar mijn ogen zijn strak gericht op het kantoorgebouw.

Het is een laag, wit blok met een bruine fries erlangs en alleen aan de voorzijde ramen. De parkeerplaats ervoor is met lage gemeentestruikjes van de doorgaande weg gescheiden.

Er is weinig beweging bij het pand. Ze zou vandaag voor het eerst weer aan het werk gaan, maar ik weet niet of ze dat doet in het bedrijf zelf. Ze kan vanuit huis werken, en in dat geval heb ik een probleem. Een tijdelijk probleem dan wel, omdat ik gauw genoeg meer over haar te weten kom. Maar ik ben nieuwsgierig geworden en ik wil het niet op zijn beloop laten. Voorbereiding is alles, had ik dat al gezegd? Je kunt er niet vroeg genoeg mee beginnen.

Zo weet ik inmiddels dat het niet makkelijk is om een vals paspoort te regelen. Mijn tweede identiteit – voor het geval dat. Goedkoop was het ook al niet. Ik mag hopen dat er nooit een moment komt waarop ik het nodig heb, maar mocht er, ondanks alle goede voorbereidingen, toch iets misgaan, dan weet ik nu dat ik er altijd op kan terugvallen.

Een geruststellende gedachte.

18

Het is een foto. Hij ligt uitgerold op de vloer in mijn appartement, glanzend en licht opgekruld, en ik sta ernaar te kijken met mijn armen om me heen geslagen. Blauwe ogen in een gegroefd gezicht. De foto die ik zo mooi vond. Misschien heb ik dat tegen Leon gezegd in de Photographers' Gallery, ik kan het me niet meer herinneren. Hij heeft het onthouden, of geraden. De foto is genummerd en zijn handtekening staat erop. Ergens in dat duizelingwekkende weekend moet ik hem de naam van het bedrijf waar ik werk hebben verteld. Ook die heeft hij onthouden.

De afgelopen week heb ik regelmatig op het punt gestaan om hem te bellen, maar ik heb het niet gedaan. Ik ben niet bestand tegen een afwijzing, niet nadat ik me letterlijk voor hem heb blootgegeven. Het kan voor hem weleens eenmalig zijn geweest; een weekendflirt, aangenaam tijdverdrijf. Dat het voor mij zoveel meer betekende, zo ontzettend veel meer, is mijn probleem. Als Leon nooit meer wat van zich zou laten horen dan zou ik dat heel erg vinden, maar het weekend op zich zal er in mijn herinnering niet minder mooi of bijzonder van worden. Ongemakkelijk stilzwijgen echter, een doorzichtige smoes of een botte afwijzing zou die voor altijd besmeuren. Ik durfde het niet aan. En nog weet ik niet wat ik moet doen.

'Wat nu?' zeg ik hardop tegen de blauwe ogen op de houten vloer. Ze staren gepijnigd naar me terug, niet in staat te antwoorden. Een momentopname van een onbekende man, een stukje van zijn ziel, gestolen door Leon.

Ik wrijf door mijn haar. Hoe moet ik dit cadeau interpreteren? Is het een dankjewel, zoals je iemand een bos bloemen stuurt als dank voor hulp tijdens een verhuizing of ziekte, of een indrukwekkende uitnodiging om alsnog contact op te nemen?

Heel voorzichtig rol ik de foto op en schuif hem terug in de koker. Ik ga er hoe dan ook dit weekend een lijst voor kopen en hem ophangen in mijn slaapkamer. Niet in de woonkamer. Het is te privé.

De kookwekker gaat af. Ik loop de keuken in om mijn pizza uit het oventje te halen. Met het bord op schoot ga ik op de bank zitten. De tv staat zacht aan, maar ik neem niets in me op.

Zal ik hem bellen? *Moet* ik hem bellen? Ik kan hem een sms sturen, dat is het veiligste. Maar stel dat hij niet reageert? Dan ben ik terug bij af. Het komt te vaak voor dat een sms op een of andere manier niet aankomt. En ja, ik wil zijn stem horen.

Ik schuif het besluit voor me uit en neem wat happen van de pizza. Hij smaakt me niet. Ik zet het bord terug op de salontafel. Terwijl ik rusteloos van het ene naar het andere kanaal zap, wordt mijn blik naar de spiegel gezogen, die nog net mijn voeten en onderbenen toont. Ik leg mijn hoofd in mijn nek. Bellen? Waarom eigenlijk niet? Ik kan hem toch gewoon *bedanken*? Luchtig, vrijblijvend, het zo kort mogelijk houden?

Dat luchtige gaat niet lukken, ik sta stijf van de spanning en dat moet hoorbaar zijn in mijn stem. Ik sta op en loop opnieuw naar de keuken, maar nu om een glas wijn in te schenken. Een beetje alcohol is welkom. Zonder er ook maar iets van te proeven drink ik het glas in een paar flinke teugen leeg. Onrustig loop ik terug naar de woonkamer, graai een pakje sigaretten van tafel en steek er een op. Klap mijn mobieltje open en zoek zijn naam in de telefoonlijst.

Stel dat hij met een andere vrouw is?

Stel dat hij net met iemand…

Stel dat…

Bellen, Margot, nu.

De telefoon gaat drie keer over. Vier keer.

'Leon?'

Ik ga rechtop zitten en omklem het mobieltje met twee handen. De alcohol helpt geen zier. Misschien had ik even moeten wachten tot die ging werken. 'Hai, met Margot,' zeg ik uiteindelijk. 'Ik hoop niet dat ik je stoor? Ik belde alleen maar even om je te bedanken.'

'Het was de goede, toch?'

'Ja, helemaal. Ik ben er superblij mee. Goed dat je dat hebt onthouden.' Er is iets mis met mijn ademhaling. Die stokt even.

'Zaterdag heb ik een expositie samen met een paar bevriende kunstenaars in Amsterdam. Het wordt leuk. Ik wil je daar voorstellen aan een paar mensen. Lijkt je dat wat?'

Ik val even stil. Ik had iets anders verwacht, of beter gezegd: in mijn belevingswereld had ik slechts twee mogelijkheden kunnen bedenken en deze zat daar niet bij. 'Ja,' mompel ik. 'Lijkt me leuk.'

'Mooi. Als je je e-mailadres geeft, laat ik je een routebeschrijving sturen.'

19

In eerste instantie had ik niet in de gaten dat er een vreemde sfeer in huis hing. Ik werd te veel in beslag genomen door mijn eigen gedachten om subtiele veranderingen in het doen en laten van mijn ouders op te pikken. Terwijl ik naar hen toe reed, ging het door me heen dat ik hen heel graag wilde vertellen dat ik een man heb ontmoet in Londen. Maar als ik daar iets over zou loslaten, dan zouden ze me vragen gaan stellen waarop ik het antwoord schuldig moest blijven. Het is ook moeilijk onder woorden te brengen wat ik voel, of wil, of alleen maar denk. Het is allemaal nog te vers, mijn gedachten sprongen alle kanten op.

Omdat ik bij binnenkomst nog was blijven steken in die afweging, viel het me niet op dat mijn moeder me wat nerveus begroette, veel over haar handen wreef en mijn blik ontweek. Pas toen mijn vader met veel omhaal thee voor me inschonk, gingen de alarmbellen rinkelen.

Mijn moeder is van de thee en koffie. Zij verzorgt de gasten, haar kinderen, mijn vader, iedereen. Dat is de rol die ze op zich heeft genomen en waar ze sterk aan hecht. De enige keer dat daarvan werd afgeweken, was toen ze in het ziekenhuis lag voor een baarmoederoperatie.

Op mijn hoede kijk ik om me heen, alsof het interieur aanwijzingen moet bevatten voor hun afwijkende gedrag, maar er valt me niets op. Alles is hetzelfde gebleven en staat nog op dezelfde plek. Het enige nieuwe is een flinke bos bloemen op de salontafel.

Mijn moeder kijkt me nog steeds niet aan. Ik neem het kopje over van mijn vader, laat een suikerklontje in het gloeiend hete vocht glijden en kijk verontrust naar mijn moeder, die nog steeds bij het raam staat met een afwezige blik in haar ogen. Even schiet de mogelijkheid door me heen dat ze bij de dokter of in het ziekenhuis is geweest en slecht nieuws heeft gehad. Typisch iets voor haar om een slepende ziekte verborgen te houden en er pas mee naar buiten te komen als ze op sterven na dood is.

'Is er iets, mam?'

Ze kijkt op, strijkt haar rok glad en komt in beweging. Neemt dan schuin tegenover me plaats aan tafel, naast mijn vader, haar handen in elkaar gevouwen op het tafelkleed.

'Mam? Is er iets met je?'

Ze schudt bijna onmerkbaar haar hoofd. 'Nee hoor. Met mij is alles goed. Heb je het leuk gehad in Londen?'

Ik frons mijn wenkbrauwen. Hebben ze ruzie gemaakt, net voor ik binnenkwam? Stoorde ik tijdens een heftige discussie? En waar ging die dan over? Ik kijk van de een naar de ander, maar ik zie geen bloeddoorlopen of roodomrande ogen die duiden op een huilbui of een slapeloze nacht. Geen een van de ander afgewende lichaamshouding die voor zich spreekt. Niets van dat alles, ze zijn nog steeds een team. Een zwijgend team.

Het heeft met mij te maken. Ik voel het gewoon.

'Het was leuk in Londen,' antwoord ik, zonder veel enthousiasme. 'Sorry dat ik niet eerder langs kon komen. Ik heb een paar drukke weken achter de rug.'

'Geeft niets,' zegt ze alleen maar. Ze neemt een slok thee en kijkt weer naar buiten.

Ik volg haar blik, maar er speelt zich niets belangwekkends af in de achtertuin.

Het blijft lang stil. Alleen de oude staartklok en de waakvlam van de geiser maken geluid.

'De braderie,' probeer ik de stilte te verbreken, 'is het een succes geworden?'

Mijn moeder knikt. 'Ja. Heel gezellig. Jammer dat je er niet bij was.'

Weer stilte.

Dit is te gek voor woorden. 'Gaan jullie me nog vertellen wat er aan de hand is?'

Mijn ouders kijken elkaar aan. Even, een fractie van een seconde, en dan, als afgesproken, zegt mijn vader: 'John was hier gisteren.'

John. Ik schiet onwillekeurig uit met mijn hand en mors thee. Het gloeiend hete vocht brandt op mijn huid en ik spring op, ren in een paar passen naar de keuken en draai de koude kraan open. Met mijn hand onder de kraan staar ik van de bloemen op de salontafel naar mijn ouders en weer terug. Mijn moeder slaat haar ogen neer.

Ik had de link niet gelegd. Nog niet. Ik ging ervan uit dat mijn moeder ze had gekregen van de organisatie, als dank voor haar inzet voor de dorpsbraderie. Zoiets. 'Die bloemen zijn van hem,' zeg ik hard, om boven het gespetter van het water uit te komen. 'Van John.'

Mijn moeder knikt berustend.

'En die zet jij in een váás?' Ik draai de kraan dicht. De pijn op mijn hand voel ik al niet meer.

'Het zijn mooie bloemen,' klinkt het, zacht. 'Zonde om weg te gooien.'

'Je hebt hem hier binnengelaten.' Tegen beter weten in hoop ik dat er een ontkennend antwoord volgt. Maar er volgt alleen nog maar meer stilte, die bevestigt wat ik vermoed. Ja, ze hebben hem binnengelaten. Dat niet alleen, mijn moeder heeft zijn bloemen aangenomen, ze met zorg afgesneden, in haar mooiste vaas gezet en ze een ereplaats gegeven op de salontafel. En ik weet zeker dat de gulle gever wat te drinken heeft gekregen, misschien zelfs een stuk taart weg heeft zitten werken. Bij mijn ouders. *Mijn* ouders.

John heeft mijn nest bevuild.

Ik sla mijn armen over elkaar en blijf demonstratief in de keuken staan, dicht bij de uitgang.

Mijn moeder haalt in een hulpeloos gebaar haar schouders op. 'Wat moest ik?'

'Hij heeft hier niets te zoeken,' reageer ik. Mijn stem slaat over van nijd en frustratie. 'Hoe dúrft hij hier zijn kop te laten zien! Waar haalt-ie het gore lef vandaan?'

Weer dat schouderophalen, alsof ze er allemaal niets aan kan doen. 'John is hier jaren over de vloer gekomen,' zegt ze, zo zacht dat ik moeite moet doen om haar te verstaan. 'Ik kan het niet goedkeuren wat hij heeft gedaan. Dat weet je. Je vader ook niet. Maar al die jaren vlak je niet zomaar uit. Het voelde niet goed om hem aan de deur te laten staan.'

'Hij belde aan,' vult mijn vader haar aan, alsof het daardoor allemaal veel minder erg is, hun verraad ermee wordt vergoelijkt. 'Hij kwam niet door de poort.'

'Nee, dat moest er nog bijkomen,' zeg ik. Mijn handen schieten omhoog. 'John die hier naar binnen stapt alsof hij nooit weg is geweest, alsof er niets is gebeurd. Hij heeft het recht niet. Niet meer!'

'Wil je even gaan zitten?'

Met kracht duw ik me van het aanrecht weg en neem met tegenzin plaats aan de eettafel.

'Hij zit een beetje met zichzelf in de knoop, momenteel,' zegt mijn moeder.

'Die jongen zit er helemaal doorheen,' vult mijn vader aan. 'Hij is...'

'Hij heeft Mieke toch?' Mijn stem druipt van het sarcasme. 'Dat wilde hij toch zo graag?'

Mijn vader schudt zijn hoofd. 'Zo zit het niet. Hij vertelde dat hij ons echt miste, niet alleen jou, maar ook ons. Hij heeft nooit de kans gehad om zijn verhaal te doen, en hij wilde ons graag vertellen hoe hij de hele situatie ziet. Hij zit er vreselijk mee, Margot. John wilde je niet kwijt.'

'Dat had hij dan eerder moeten bedenken.'

Mijn moeder wrijft met haar handen over haar gezicht. 'Lieverd... John heeft een fout gemaakt, dat weet hij nu. We maken allemaal weleens fouten in het leven. Momenten waarop je keuzes maakt waar je later spijt van krijgt, omdat je er dingen mee kapot hebt gemaakt, maar... waardoor je uiteindelijk wel groeit als mens. Soms is dat nodig om beter te kunnen begrijpen wie je bent en wat je wilt.' Iets in haar stem maakt me nog alerter dan ik al ben. Het is de manier waarop ze haar woorden kiest. De ongemakkelijke wijze waarop mijn vader reageert.

Ik kijk van de een naar de ander en begrijp wat ze willen zeggen. Mijn vader draait zijn hoofd weg.

'Tussen ons is het ook niet altijd koek en ei geweest,' zegt mijn moeder. 'Je vader en ik, we–'

'Ik heb hier helemaal geen zin in,' onderbreek ik haar snibbig. 'Echt niet. John is verleden tijd. Waarom kunnen jullie dat niet begrijpen? Ik wil die vent nooit meer zien. Nooit meer!' Mijn stem slaat over. Misschien schreeuw ik, maar het maakt me allemaal niet meer uit. 'Heb je ook maar énig idee wat hij me heeft aangedaan? Ik hoop dat-ie doodgaat, heel langzaam, heel pijnlijk. Ik hang de vlag uit op de dag dat dat gebeurt.'

Ik kijk van de bloemen naar mijn ouders, die me bijna beschuldigend aankijken, en weer terug. Met de seconde voel ik me hulpelozer worden. Nu ineens is het mijn schuld. Niet John, de arme ziel, die er recht op heeft om fouten te maken, maar Margot, die niet voor rede vatbaar is.

'En... en weet je...' Ik spring op. 'Barsten jullie ook maar!'

Ik loop naar buiten en sla de deur met een klap achter me dicht. Het glas rammelt in zijn voegen.

Om me heen zitten vrachtwagenchauffeurs in hun cabines te lunchen. Een man werpt vanuit zijn geopende raam een nieuwsgierige blik, maar ik kijk dwars door hem heen. Ik heb de auto op een parkeerplaats bij een tankstation neergezet omdat ik me niet meer kon concentreren op het rijden.

Trillend zit ik achter het stuur en leg mijn gezicht in mijn handen. Over een kwartier heb ik een afspraak met een hoteleigenaar die stoelen en tafels zoekt voor een nieuwe conferentieruimte. Het hotel ligt op tien minuten rijden van deze parkeerplaats langs de A2, maar ik krijg het niet voor elkaar mezelf tot de orde te roepen en rustig te worden. Ik ril over mijn hele lijf van kwaadheid en frustratie. Ik vecht tegen de aandrang naar John toe te rijden en een baksteen door zijn ruit te gooien. Te veel eer. Negatieve aandacht is net zo goed aandacht. Maar het zou wel opluchten. Hij moet uit mijn leven, helemaal, compleet: emigreren naar Siberië, oplossen in het niets, wég, verdwijnen, dóódgaan – zodat ik zeker weet dat ik hem nooit meer tegen het lijf kan lopen en ik er definitief een punt achter kan zetten. Dat hij het strijdtoneel heeft uitgebreid naar mijn ouders, bij hen heeft zitten slijmen en ze heeft overtuigd van zijn goede bedoelingen, is onvergeeflijk.

Ik was alleen maar even bij mijn ouders binnengewipt met de bedoeling een kop koffie te drinken, een beetje bij te praten en daarna weer verder te gaan met mijn werk. Ik kwam zo'n beetje langs hun huis gereden en het was lunchtijd. Het schoot door me heen dat ik niets meer van had me laten horen nadat ik anderhalve week geleden uit Londen ben teruggekomen. Tegelijkertijd bracht ik mezelf in herinnering dat zij net zo goed geen enkel initiatief hebben genomen. Mijn ouders zijn nog niet één keer naar mijn nieuwe huis komen kijken en hebben niet eens een kaartje gestuurd, geen bloemen, niets. Ze hebben zich er niet bij neergelegd dat ik ben verhuisd naar de stad. Dat heeft een reden. Toen duidelijk werd dat het fout liep met John heeft mijn vader, zonder me daarin te kennen, een woning voor me geregeld in het dorp. Een rijtjeshuis in de nieuwbouwwijk waarvan de eigenaar een jaar naar het buitenland moest.

'Dan hoef je geen overhaaste beslissing te nemen,' zei hij. 'Straks komt het weer goed met John en dan zit je met een huis dat je weer moet verkopen. Zonde van het geld en alle moeite. En mocht het nou anders lopen, dan geeft het je de kans om op je gemak uit te kijken naar een leuk huisje hier in de buurt.'

Hij had er veel moeite voor gedaan, was naar eigen zeggen een paar keer met die man gaan praten om uit te leggen dat zijn dochter geen drugsverslaafde was die zijn huis leeg zou halen of zou verwaarlozen, en ook al geen hobby had in het houden van asielwaardige hoeveelheden katten of honden. De man, zijn naam is me ontschoten, stemde uiteindelijk in. Zeshonderd euro per maand, meer dan ik nu betaal aan hypotheek, en dan mocht ik er zo in. Op zich was het niet eens zo'n verkeerde optie. Maar de huiseigenaar had een waslijst aan restricties. De belangrijkste daarvan waren dat de meubels moesten blijven staan en er niets aan het huis mocht worden veranderd. De muren mochten niet gesausd, de gordijnen moesten blijven hangen: alles moest exact zo blijven als het was. De eigenaar kwam immers terug en wilde dan zijn eigen huis nog kennen. Wat zou betekenen dat ik een jaar lang een heleboel geld mocht betalen om op zijn huis te passen; een huis dat met geen mogelijkheid als een thuis zou gaan voelen. Ik zag het helemaal niet zitten. Mijn vader was in al zijn enthousiasme en regelzucht volstrekt voorbijgegaan aan het feit dat ik misschien wel heel andere plannen had. Dick begreep me wel, of hij heeft in elk geval zijn uiterste best gedaan mijn keuze te respecteren. Hij en Anne hebben me zelfs geholpen met verhuizen, wat ik voor hen ook meteen zou hebben gedaan. Mijn ouders daarentegen hebben zich afzijdig gehouden, als een stilzwijgend protest. Kinderachtig bijna. En nu hebben ze John binnengehaald als de verloren zoon.

Ik ga nooit meer naar ze toe. Ze zijn te ver gegaan.

20

Het is niet ver lopen van het Centraal Station naar de galerie. Daar ben ik blij om, want mijn laarzen zijn nog niet ingelopen. Ze hebben hoge hakken, veel hoger dan ik gewend ben, en ze sluiten strak om mijn kuiten. Helemaal geweldig, maar er bevallig mee op gladde klinkertjes lopen is geen onverdeeld succes.

De auto staat nog thuis. Uit de periode dat ik heb waargenomen voor een collega weet ik dat parkeren in deze stad een regelrechte ramp is en veel te duur. Ik heb niet zelden drie kwartier rond moeten rijden om een parkeerplaats te vinden.

Ik ben nerveus. Nerveus en opgewonden. Het is bijna twee weken geleden dat ik Leon heb gezien. Ik had er sterk de voorkeur aan gegeven om hem alléén te ontmoeten, of om eerst wat met hem te gaan drinken voordat ik voor de leeuwen word gegooid, want zo voelt het wel een beetje. Maar tegelijkertijd ben ik benieuwd naar zijn vrienden en kennissen en hoe ze met elkaar omgaan.

Ik loop langs grachtenpanden, ontwijk de plassen en houd de revers van mijn jas stevig tegen me aan. Thuis heb ik de routebeschrijving in mijn hoofd geprent. Tot dusver klopt het allemaal nog. De galerie kan nooit ver meer zijn.

Dick heeft me zo'n beetje gestalkt de afgelopen dagen. Hij belde en sms'te me twee keer per dag en gisteravond is hij nog langs geweest om te proberen recht te breien wat krom is. Hij zit vreselijk met de situatie in zijn maag. Dick is een family man en hij denkt dat alles uit te praten is. Misschien is dat wel zo, maar nu nog niet.

Ik heb hem gezegd dat ze me beter een poos met rust kunnen laten. Dat ik van hen houd, maar dat het te pijnlijk is wat ze hebben gedaan en ik ze even niet wil zien. Het verraad zit me te hoog. Dat begreep hij wel. Of hij deed alleen maar alsof. Dat is soms moeilijk te bepalen bij Dick.

De galerie is gevestigd in een oud, voornaam uitziend pand. Binnen is alles wit: de hoge muren, de plafonds, de enorme verplaatsbare scheidingswanden waar soms maar één ingelijste foto opprijkt. Extra licht komt van boven, delen van het dak zijn vervangen door puntige constructies van glas, zoals in een serre.

Ik loop door de verschillende ruimten heen, op zoek naar Leon. Er staan groepjes mensen bij elkaar. Ze hebben een glas wijn of champagne in de hand en praten op gedempte toon.

Zodra ik Leon zie, lijken al die mensen even weg te vallen. De omgeving, de foto's, het wordt wazig en transparant en ik zie alleen nog maar die lange, donkere gestalte. Zijn ogen absorberen me. 'Ik ben blij dat je gekomen bent.' Hij geeft een lichte kus op mijn voorhoofd. Zijn vingers woelen heel even in mijn nek, onder mijn haar, ze kriebelen tegen mijn schedel. Er spreekt een intimiteit uit die misplaatst lijkt in deze omgeving.

Omstanders kijken naar ons, naar mij. Ze nemen me op, van boven naar beneden en fluisteren onderling.

Ik voel me er ongemakkelijk onder. Waarom, vraag ik me af, laat hij bijna anderhalve week niets van zich horen en wilde hij me vervolgens juist hier ontmoeten, te midden van allerlei mensen in deze klinische ruimte?

'Ik wil je voorstellen aan een paar goede vrienden van me.' Hij legt zijn hand op mijn rug en stuurt me naar een andere zaal, waar het plafond lager is en de foto's kleiner en talrijker. Het zijn opnamen van vuilnisbelten, niet in Nederland zo te zien. Op sommige afbeeldingen scharrelen kinderen met een donkere huidskleur rond.

Er staat een kleine ronde tafel met glazen champagne en hij duwt me er een in mijn handen. Als ik het glas aanneem, beven mijn handen licht.

'Je ziet er geweldig uit,' zegt hij.

Ik glimlach. 'Dank je.'

Hij verplaatst zijn blik van mij naar iets wat zich achter me bevindt en zijn glimlach wordt breder.

Ik draai me om.

De vrouw naar wie hij glimlacht is beeldschoon. Blond, sluik haar met rode strengen dat in een soort wrong is gedraaid, een smal middel en lange benen. Ze loopt met de natuurlijke gratie van een katachtige door de witte ruimte op ons af. Tussen haar slanke vingers houdt ze een glas vast. Haar nagels zijn gelakt in dezelfde champagnetint als haar jurk en schoenen. De hele verschijning is overdacht. Als ze dichterbij komt, krullen haar mondhoeken omhoog. De beweging veroorzaakt nauwelijks rimpels in het gladde oppervlak van haar gezichtshuid.

'Margot, dit is Debby, ze is een goede vriendin van me en ze doet mijn pr.'

Ze neemt me nieuwsgierig op, maar tegelijkertijd wat gereserveerd, taxerend.

'Pr?' vraag ik, terwijl ik haar de hand schud. Die voelt veel krachtiger aan dan ik vermoedde. 'Ik dacht dat fotografen altijd zelf hun werk promootten?'

'Niet alle fotografen.' Ze werpt Leon een allervriendelijkste ons-kent-ons-glimlach toe. '*The story of our success*, is het niet, Leon?'

Leon glimlacht. 'Ik dacht meer het jouwe, eigenlijk.'

Ze knijpt hem speels in zijn arm en richt zich weer tot mij. 'Leon zei me dat jullie elkaar in Londen zijn tegengekomen, maar hij vertelde er niet bij hoe je eruitzag. Schokkend. Je doet me sterk aan iemand denken. Maar dat zal hij je vast allemaal wel hebben verteld.'

Ik schud mijn hoofd. 'Nee, hoezo?'

Naast me komt Leon in beweging en ik zie de blondine iets naar achteren wijken. De geladen stilte duurt maar een seconde, misschien twee, waarin van alles en nog wat wordt gezegd zonder dat er een woord is gesproken. Het verwart me.

'En hij vertelde ook niet wat je doet,' zegt ze, volledig hersteld van Leons stilzwijgende berisping. 'Zit je ook in de kunst?'

Ik schud mijn hoofd. 'Nee, ik...'

'Binnenkort wel,' hoor ik Leon naast me zeggen. 'Ik ben ermee bezig.'

Ik draai verbaasd mijn hoofd naar hem toe, maar krijg niet de kans om te reageren.

'Wat doe je nu dan?' vraagt Debby.

'Ik werk voor een bedrijf dat projectmeubilair verkoopt,' hoor ik mezelf zeggen. 'Als adviseur.' Echt gelogen is het niet. Ik adviseer de klanten dagelijks om meubels te kopen uit onze collectie.

'Al lang?'

Ik moet erover nadenken. John en ik waren een jaar samen toen ik er ging werken. 'Zes jaar ongeveer.'

'Werk je internationaal?'

'Nee, alleen in Nederland.' Daar wil ik het bij laten. Dit lijkt me niet de omgeving om uit te leggen dat ik een rayon heb. Dat klinkt zo... beperkt.

Een zestiger met een glimmend kaal hoofd en een opzichtig vlinderdasje komt onze richting op. Hij knikt mij afstandelijk toe, drukt Leon de hand en noemt hem 'jongen', ook al torent Leon ver boven zijn kale kruin uit en heb ik niets jongensachtigs aan hem kunnen ontdekken. Dan pakt hij Debby bij haar arm en voert haar van ons weg.

'Wat weet jij wat ik niet weet?' vraag ik aan Leon, op gedempte toon.

'Hoezo?'

'Nou... Ik werk "binnenkort" in de kunst?'

'Een verrassing. Nog even geduld, lady. Ik wil je eerst voorstellen aan mijn manager, Richard. Ik weet zeker dat je hem mag. Hij heeft een hoog schattigheidsgehalte.'

Voor ik hem kan vragen waar Debby op doelde met haar opmerking dat ik sterk op iemand leek – schokkend nog wel – slaat Leon zijn arm stevig om me heen en trekt me mee naar een groepje dat wijn staat te drinken bij een grote en nogal deprimerende zwartwitfoto van een afgebrand bos. Ik gluur snel op het kaartje. Leon heeft hem niet gemaakt.

'Dat is hem, die blonde,' zegt Leon, en hij verheft zijn stem: 'Maestro.'

De man draait zich weg van de rest. Richard blijkt ongeveer van dezelfde leeftijd te zijn als Leon, maar is fysiek zijn tegenpool. Als de woorden donker, hoekig en scherp Leon typeren, dan zou je Richard als licht, rond en zacht kunnen omschrijven. De menselijke uitvoering van een teddybeer, maar dan zonder de bolle buik. Hij heeft een vriendelijk en open gezicht en zijn huid is een beetje rozig, alsof hij net terugkomt van een winterse boswandeling. Niet onknap. Zijn warme handdruk voelt prettig aan. 'Ik heb al veel over je gehoord, Margot. Welkom.'

'Dank je,' zeg ik.

Richard laat zijn ogen ongegeneerd over me heen dwalen. Er zit geen erotiek in zijn blik, valt me op. Hij beoordeelt me, alsof ik een schilderij ben. Of een standbeeld. 'Leon zei me dat je onderdeel wordt van zijn nieuwe serie. Ik kan het alleen maar met hem eens zijn. Ben je weleens model geweest?'

Ik schud mijn hoofd.

'Des te beter. Je bent bij hem in goede handen, dat verzeker ik je. Maar daarmee vertel ik je niets nieuws, naar ik aanneem.'

'Ik heb niet echt verstand van fotografie. Ik heb alleen de serie in Londen gezien, maar die heeft veel indruk gemaakt.'

'Die ogenserie?'

Ik knik.

'Die was mooi. Erg mooi, maar niet commercieel genoeg. Er zijn niet zoveel klanten die zo'n confronterende foto aan de muur willen. Leon zal zich voorlopig weer moeten toeleggen op commercieel werk. Ik heb in elk geval een aantal prachtige opdrachten voor hem geregeld. Hier in Nederland, maar ook in Berlijn, Barcelona, Kopenhagen... Ze staan voor hem in de rij.'

Ik kijk even op naar Leon. Die is zijn interesse verloren. Zijn blik is gericht op de foto van het afgebrande bos, maar ik heb het idee dat hij die niet echt in zich opneemt. Hij is eerder in gedachten verzonken.

'Leon is echt goed,' zegt Richard. 'De beste fotograaf die ik ken – op zijn deelgebied dan. Met mensen komt hij in zijn kracht, al durf ik te stellen dat hij een gloeilamp nog zo kan portretteren dat iedereen er stil van wordt. Het is een talent, dat leer je op geen enkele opleiding, je hebt het in je of niet. Leon zet het licht naar zijn hand. Er zit geen misser tussen, nooit. Niet eens een middelmatige foto.'

Richard zegt nog veel meer lovende dingen over Leon, maar ik heb moeite om zijn monoloog tot me door te laten dringen.

Leons hand ligt op mijn taille en zijn vingers strijken afwezig over de stof van mijn blouse. De huid eronder tintelt en de tintelingen strekken zich uit tot dieper gelegen lagen in mijn lichaam. Ik druk me dichter tegen hem aan, heel subtiel, maar het is niet genoeg. Ik wil in hem wegkruipen. Weg van hier. Ik wil met hem alleen zijn.

'Zo kan ie wel weer, hè,' hoor ik Leon naast me brommen. 'Ze is geen koper. Heb je Rolf en Joost al gezien?'

'Ik zag ze net bij de champagne rondhangen.'

Leons arm glijdt van me weg. 'Wacht hier even.'

Ik blijf staan kijken hoe Leon wegloopt. Weer valt me zijn manier van bewegen op. Vloeiend, vanzelfsprekend, met rechte schouders. Dan verdwijnt hij in een andere ruimte. Richard staat nog steeds bij me en neemt me nieuwsgierig op.

'Ben je al lang Leons manager?' vraag ik, bij gebrek aan een betere inval.

'Drie jaar nu... Zeg, je moet veel voor hem betekenen, Margot, als hij je hier uitnodigt. De expositie gaat pas morgen open voor publiek. Vandaag is alleen voor de incrowd. Genodigden, kleine kring. Door je hier te laten komen wil hij dat je geaccepteerd wordt. Of hij test je uit. Een van de twee.'

Ik frons licht mijn wenkbrauwen. 'Waarom zou ik uitgetest moeten worden?'

Richard kijkt van me weg. Als ik zijn blik volg zie ik in een doorgang Leon staan praten met twee opzichtig uitgedoste mannen van achter in de twintig. Een van hen draagt een kilt en een geel T-shirt, de ander is in het zwart en heeft knalrood geverfd haar. Ze gebaren en knikken.

'Omdat niet iedereen zich staande kan houden in dit milieu,' zegt Richard. 'Het heeft weinig raakvlakken met de werkelijkheid. Er bestaan geen kaders, geen grenzen. Dat trekt verknipte types aan. Er lopen er tussen, die onder de noemer van kunst weerzinwekkende dingen doen... Het is onderdeel van het loslaten van het bekende, het overstijgen van jezelf, nieuwe werkelijkheden creëren en andere wegen proberen te zien. Een creatief proces moet je niet verstoren, je moet jezelf de vrijheid geven om te doen wat er in je opkomt. Als je over alles wat je wilt creëren moet nadenken en je afvragen of je nog wel ethisch verantwoord bezig bent, kun je net zo goed pasfoto's gaan maken. Dus het is goed, enerzijds, die continue vernieuwing. Maar als je het mij vraagt, gaan sommigen daarin te ver. In hun creaties, maar ook in hun privéleven. Dat loopt ermee in de pas en dus ontspoort het net zo ernstig.' Hij kijkt me serieus aan. 'De bottomline is dat je in deze wereld je eigen grenzen moet leren bepalen, want als je het aan anderen overlaat, kom je er pas achter waar je persoonlijke grens lag als je die al ver gepasseerd bent.'

'Drugs?' vraag ik, licht verontrust.

'Drugs, seks, zelfmutilatie... alles wat je kunt bedenken en nog veel meer wat je nooit had kunnen of willen bedenken.'

Richards monoloog verwart me. Ik kijk om me heen, naar de pratende en drinkende mensen. Ze maken geen extreem afwijkende indruk op me. Natuurlijk, in het dorp van mijn ouders zouden er heel wat hoofden omdraaien als er een man in een kilt of een drag queen rond zou lopen – ze vonden mij al een bezienswaardigheid – maar dat zegt meer over de dorpelingen dan over deze mensen, die zichzelf als kunstwerk zien of met hun uiterlijk een statement willen maken. Toch hebben die wijzende vingers mij ervan weerhouden om mezelf te ontwikkelen. Ik droeg jaren een kleurlens om mijn blauwe oog te verbergen, heb geen dreads genomen en ook al geen tatoeage. Ik heb het gewoonweg niet aangedurfd, bang om uitgelachen te worden, de plank volledig mis te slaan. Om me heen lopen mensen die veel verder zijn gegaan en die volledig geaccepteerd lijken te worden. Hier zijn ze op hun plaats, in hun natuurlijke leefomgeving. Alles klopt. Wat broeit er dan waar ik geen weet van heb? Excessen in drugs en seks vind je overal, die beperken zich niet tot de kunstwereld. Maar de ernst waarmee Richard zijn verhaal doet moet toch ergens op gebaseerd zijn. Ik wend me tot hem. 'Wat kan er eigenlijk misgaan met foto's maken? Hoe vreselijk kun je ontsporen als je een afgebrand bos fotografeert of een naakte vrouw?'

'Ken je Günther von Hagens, de Duitser die dode mensen ontleedt en ze plastificeert? Hij is best veel in het nieuws geweest, en nog. Het is knap wat die man doet, maar hij peutert wel in lijken. Ooit gehoord van Marc Quinn, die met vierenhalve liter van zijn eigen bloed een afgietsel van zijn hoofd heeft gemaakt en dat invroor? Werd door Saatchi verkocht voor meer dan twee miljoen euro. Da's allemaal nog heel braaf. Nu Marina Abramovic, die zichzelf onder de noemer van kunst liet opensnijden voor een publiek en haar bloed liet drinken – zichzelf op een gegeven moment in brand stak. Ze is door toeschouwers meer dan eens van de dood gered. Dat is al vreemder, hè? Maar het gaat verder. In verf gedrenkte goudvissen zich dood laten spartelen op een doek, of ze in een mixer laten vermalen door museumbezoekers... Is het nog kunst? Noem het kunst, noem het wat je wilt, maar in mijn beleving hebben we hier te maken met verknipte geesten die hun obsessies uitleven. Sommigen raken compleet de weg kwijt.' Hij kijkt me ineens aan alsof hij me voor het eerst echt opmerkt. Legt dan zijn hand op mijn schouder. 'Sorry, ik moet je niet bang maken. Je hebt gelijk, er is niets mis met het fotograferen van afgebrande bossen of naakte vrouwen, hoewel ik persoonlijk liever naar het resultaat van de laatste categorie kijk. Het gaat erom dat dit wereldje anders is. En dat je sterk moet zijn om je staande te houden.'

Ik vraag me nog steeds af wat zijn betoog met uittesten te maken heeft. Achter ons begint een vrouw te lachen, haar lach zit tegen het hysterische aan – of beeld ik me dat alleen maar in?

'En Leon?' vraag ik. 'Hoe staat hij hierin?'

Richard buigt zich vertrouwelijk voorover. Ik vang een vleug van zijn aftershave op, of shampoo – een lichte, wat zoetige geur. 'Leon is een natuurtalent, Margot. Hij vergelijkt fotograferen graag met stelen, dat zal hij je vast al wel hebben verteld, maar ik zie het meer als jagen. Ik heb hem bezig gezien, de concentratie, de bevlogenheid, hij sluipt, hij focust. En ik kan je vertellen dat als hij iets in het vizier heeft, hij raak schiet. Altijd. Een scherpschutter pur sang. Hetzelfde geldt voor zijn keuze in vrouwen. Daarin is hij ook behoorlijk consistent.'

Hij geeft geen antwoord op mijn vraag. Zijn reactie werpt alleen maar nieuwe vragen op. 'Ik weet niets over zijn vorige vriendinnen of vrouwen,' zeg ik. 'Hij heeft er nog niets over verteld.'

'Dat verbaast me niet. Hij is dol op je. Da's duidelijk. Hij kent je nog maar kort, nauwelijks eigenlijk. Wat is een weekend? Hoeveel kun je over elkaar te weten komen, hoeveel tijd heb je om te praten? Vooropgesteld dat je al aan praten toekomt.' Hij grinnikt. 'Je hebt iets bij hem losgemaakt. Ik denk te weten wat dat is, maar ik vermoed dat hij dat nog niet tegen je heeft gezegd.'

Ik herhaal zijn zinnen in stilte maar ik begrijp ook daarna nog steeds niet wat Richard me eigenlijk duidelijk wil maken. De strekking is dat Leon een geheim heeft. Iets wat hij me nog niet heeft verteld en wat ik wel zou moeten weten. Heeft het te maken met de rest van Richards monoloog, over verknipte mensen in de kunst en dat je sterk moet zijn om je staande te houden?

Vanuit mijn ooghoeken zie ik Leon op ons af komen lopen, met de twee opzichtige types in zijn kielzog.

Richard buigt zich verder naar me toe, dempt zijn stem. 'Geef hem de ruimte, zet er geen druk op. Hij heeft zijn gebruiksaanwijzing, maar hij deugt, dat is alles wat ik je wil zeggen.'

'Je staat te fluisteren, Richard.'

Richard heft zijn handen op, de handpalmen naar Leon gekeerd. 'Ik zeg net tegen Margot dat er een heleboel vreemde types rondlopen in deze wereld.'

'Je hebt er zeker niet bij gezegd dat jij de vreemdste bent van allemaal?'

Ze lachen, voluit, Leon en Richard en zelfs de twee mannen die met Leon naar ons toe zijn gelopen, maar ik lach niet mee. Ik heb de kriebels gekregen van Richards griezelverhalen.

'Mag ik je voorstellen aan Rolf en Joost?' zegt Leon.

Ze geven me een hand, en kijken me verwachtingsvol en oprecht geïnteresseerd aan.

'Ze hebben een restaurant hier in Amsterdam,' gaat Leons introductie verder. 'Een lange pijpenla die al een hele poos aan modernisering toe is, het moet een totaal ander smoel krijgen. Het mag lekker knallen en ik heb ze verteld dat jij dat heel goed kan.'

Voor mijn buik grijpen mijn handen in elkaar. Ik kijk van de een naar de ander en heb het sterke vermoeden dat mijn gezichtsuitdrukking mijn opgetogenheid en opwinding verraadt. Dit is wat ik wil, schiet het door me heen, eindelijk, na al die jaren: een klant van wie het 'lekker mag knallen' – hoe vaak heb ik niet gehoopt dat iemand zoiets tegen me zou zeggen? Maar mijn opwinding slaat al snel om in nervositeit als ik hun hoopvolle blikken vang. Ze kijken naar me met een gretigheid alsof ik het antwoord ben op al hun vragen. Wat heeft Leon deze twee mensen allemaal over me verteld? Wat verwachten ze wel niet van me? Ja, dit is wat ik wil, maar mijn praktijkervaring gaat uiteindelijk niet veel verder dan een platgetreden pad aan bestelnummers in mijn orderportefeuille.

Leon staat schuin achter hen met zijn handen in zijn zakken en een grijns op zijn gezicht. Hij heeft de introductie verzorgd, dat spreekt uit heel zijn houding. De rest is aan mij.

'We hebben wel ideeën,' zegt de man met het vuurrode haar, 'maar we willen ons eigenlijk niet echt bezighouden met de uitvoering ervan. Begrijp je? Niets tegen jou hoor, ieder zijn ding.' Hij oogt heel jong, maar zijn ogen staan helder en ze maken duidelijk dat hij capabeler is dan je op het eerste gezicht zou vermoeden.

'Want jullie zijn liever bezig met koken?'

'Dat doe ik voornamelijk,' antwoordt de man met de kilt die me is voorgesteld als Joost. 'Rolf is fotograaf. Hij is gespecialiseerd in voedsel. Hij participeert wel in het restaurant, maar kookt zelf niet.'

'We hebben een budget voor de inrichting en manuren,' vult Rolf zijn roodharige compagnon aan.

'Kun je binnenkort een keer langskomen,' zegt Joost, 'om te kijken of je er iets mee kunt? Of je...' – hij wiebelt met zijn vingers alsof hij luchtpiano speelt – 'er gevoel bij hebt, bij die ruimte?'

'Leon zei dat dat jouw voorwaarde is en dat begrijpen we natuurlijk volkomen. Je bent er helemaal vrij in, uiteraard, om de opdracht al dan niet te accepteren.'

'Vandaag?' vraag ik.

Joost en Rolf kijken elkaar even aan. 'Vandaag? Ach ja, waarom niet? Het is hier vlakbij.'

Ik wil ze vragen wat voor restaurant het is. Welke gerechten ze maken, wat voor publiek ze nu hebben, en of ze dat zo willen houden of de nieuwe inrichting juist willen gebruiken om andere klandizie te trekken. Ik wil me er graag een beeld bij vormen. Alvast nadenken over mogelijkheden, voor ik ernaartoe ga en er ter plaatse van me wordt verwacht dat ik allerlei ideeën uit de hoge hoed tover. Maar voordat ik mijn mond open kan doen, mengt Leon zich in het gesprek.

'We komen straks wel een hapje bij je eten,' hoor ik hem zeggen. 'Hoe laat is de tent open?'

'Ik ga over een uur weg om de boel voor te bereiden,' antwoordt Joost. 'Officieel gaan we om zeven uur open, maar je bent altijd welkom, Leon. Je ziet maar wanneer het jullie schikt.'

'Mooi,' hoor ik Leon zeggen. 'Tot straks dan.' Hij slaat een arm om me heen en leidt me van hen weg. Dan draait hij zijn gezicht een beetje naar me toe. 'Leuk?'

'Ja, geweldig. Maar...'

'Geen maar. Je wilde een kans, hier heb je hem. Het zijn twee schatten, die jongens, ze kunnen wel wat hebben, je verpest het niet snel. En ze hebben geld genoeg, dus heb geen medelijden met ze. Als je het aanneemt, ben je wel een paar weken bezig. Zo je wilt, kun je zolang bij mij logeren, dan hoef je niet steeds heen en weer te pendelen.'

Het klinkt heel aanlokkelijk: twee weken samen met Leon en een restaurant inrichten. Maar de hinderlijke gedachte dat ik moet werken dringt zich aan me op. Ik weet zeker dat de directie gaat steigeren als ik na mijn verlof nog een keer om vrije dagen vraag. Daar gaan ze nooit mee akkoord.

Ik wil er niet aan denken. 'Dus je woont in Amsterdam?'

'Ik heb een appartement hier in Amsterdam en een kleine bungalow in Brabant, aan een bosrand. Ik wissel het een beetje af.'

'Je woont op twee verschillende plekken?'

Hij haalt zijn schouders op. 'Waarom niet? Die afwisseling is wel prettig.'

Al pratende heb ik niet opgemerkt dat we in een ander gedeelte van de galerie zijn terechtgekomen. Het zachte geroezemoes is verstomd en onze voetstappen weerklinken op het laminaat in een kleine gang. De muren zijn ongesausd en er hangt niets. Dit gedeelte is niet bedoeld voor bezoekers.

Leon opent een deur en leidt me naar binnen. Het is er schemerig en fris, een ruimte zo groot als een gemiddelde woonkamer met een laag, donker plafond. Er liggen ingepakte lijsten op stellingen.

'Mag je hier wel komen?' fluister ik.

Hij pakt mijn polsen en duwt me tegen de muur. 'Ik had je ook mee kunnen nemen naar de toiletten, maar dat vond ik te ordinair.' Het volgende moment voel ik zijn lichaam tegen het mijne, zijn tong die naar champagne smaakt en over mijn lippen glijdt. Hij verstevigt zijn grip op mijn polsen. 'Ik loop al een uur met een stijve rond.' Hij drukt zijn onderlichaam tegen me aan om zijn woorden kracht bij te zetten.

Zijn plotselinge actie overvalt me. Alles in me voelt op slag gewichtloos. Ik stoot een zachte kreun uit en wil mijn gezicht in de holte tussen zijn schouder en hals begraven.

Het volgende moment tilt hij me een stukje van de grond en zet me op een metalen dressoir. 'Trek je rok op.'

Het komt niet in me op te protesteren. Met schokkerige bewegingen verplaats ik mijn gewicht van mijn ene op mijn andere bil terwijl mijn handen ongeduldig de stof van mijn rok omhoog sjorren en de string onthullen die ik afgelopen week heb gekocht. Rood, deze keer. Donkerrood.

Leon heeft me losgelaten. Ineens is er weer die afstand die hij in Londen creëerde, dat plotselinge taxeren, beschouwen. Zijn ene hand grijpt in zijn bovenarm, de andere omklemt zijn middel.

Ik kijk naar hem in het schemerdonker, een bevroren silhouet, en nu pas denk ik te weten wat hij doet en waarom. Hij maakt foto's in zijn hoofd. Hij zoekt de juiste kadering, regisseert en registreert tegelijkertijd.

Veel aansporing heb ik niet nodig. Ongevraagd trek ik mijn string uit en gooi hem op de grond. Ik daag Leon uit en probeer zijn blik te vangen, maar die is gefixeerd op mijn kruis.

'Kom bij me,' fluister ik. 'Ik wil geen afstand, Leon. Ik wil je bij me.' In me, voeg ik er in gedachten aan toe. In me, in me, in me. Nu.

Hij schudt zijn hoofd licht, alsof ik hem stoor in zijn gedachten, en blijft staan, onbeweeglijk. 'Je blouse.'

'Nee, ik –'

'Doe het.'

Ik peuter aan de sluitingen van mijn blouse. Het zijn kleine haakjes, als die van een bh, en ze laten makkelijk los. Ik schud de blouse van mijn schouders. Mijn bh houd ik voorlopig aan.

In de verte hoor ik mensen praten. Komen ze hierheen? Gealarmeerd kijk ik naar de deur. Elk moment kan er iemand naar binnen lopen en ons in het volle, ongenadige tl-licht zetten. Leon is volledig gekleed, maar ik zit hier met een opgestroopte rok en alleen mijn bh en laarzen nog aan. Instinctief leg ik mijn armen beschermend over mijn borsten en druk mijn knieën tegen elkaar.

'Focus, Margot. Focus,' fluistert hij.

'Maar als er iemand...'

Zijn mond krult zich in een glimlach. 'Dan zijn ze meteen weer weg. Ze zijn wel wat gewend hier.'

Terwijl ik luister naar de voetstappen en de gesprekken op de gang, word ik me nog meer bewust van mijn naaktheid en mijn lichaam en merk ik hoe hard en snel mijn hart achter mijn ribben bonkt. Het raast en kolkt vanbinnen. Mijn mond is droog van de spanning en staat een beetje open om voldoende lucht naar binnen te kunnen zuigen. Ergens windt het idee dat we betrapt kunnen worden me enorm op.

Ik neem een ontspannener houding aan en laat mijn armen weer zakken. Mijn rug raakt de muur achter me, die koud en ruw aanvoelt tegen mijn verhitte huid.

'Ga door,' fluistert hij.

Ik leun wat naar voren en mijn handen grijpen achter mijn rug, zoeken de sluiting van mijn bh. Ik tril nu over mijn hele lijf. De bh volgt dezelfde weg als de string en komt ergens op de vloer terecht.

Leon klakt met zijn tong, heel zacht, en zet een stap in mijn richting.

Ik reik naar hem, ik wil hem vasthouden, zoek de intimiteit die we in die Londense nacht in het hotelbed hadden, huid tegen huid, elkaar strelend, luisterend naar elkaars ademhaling en hartslag, maar hij schudt opnieuw zijn hoofd en grijpt mijn polsen vast. Duwt ze in één hand tegen de muur boven mijn hoofd.

'Ik wil je niet beschadigen,' fluistert hij, terwijl zijn hand over mijn bovenbeen strijkt en mijn lichaam onder hem huivert. 'Dat zou ik mezelf niet vergeven.'

'Je beschadigt me niet. Je kunt–'

'Sst.'

Zijn vrije hand glijdt langs mijn knieën en ik spreid mijn benen voor hem. Duw mijn bekken naar voren. Ik voel me koortsig, alsof ik ziek ben, de ruimte tolt om me heen.

Als zijn vingers het zachte vlees vinden en doorduwen, in me schieten, stoot ik een doffe schreeuw uit. Ik schrik van mijn eigen reactie. Begin dan als vanzelf mijn onderlichaam te bewegen tegen zijn hand, steeds sneller, harder. Zijn handpalm ligt tegen mijn schaamheuvel en geeft tegendruk. Ik hoor hem ademen, snel en gejaagd, ik ruik zijn geur, voel de hitte van zijn lichaam af slaan, dwars door zijn kleding heen. Ik wil hem aanraken, omhelzen, maar zijn hand houdt mijn polsen tegen de muur gedrukt en komt niet van zijn plaats.

Op het moment dat zijn mond mijn borst zoekt en ik de druk van zijn tanden en lippen voel, explodeer ik in duizend stukken, nee, miljoenen, miljarden, ontelbare astronomische eenheden, en ik weet dat ik nooit meer alle stukjes kan vinden om weer een geheel te worden. Delen van me die altijd zo essentieel waren, of dat alleen maar hebben geleken, zijn voor altijd verdwenen, weggezweefd, buitelend en dartelend in de stratosfeer.

21

'Pa en ma zitten er vreselijk mee,' zegt Dick.

Ik zit op mijn knieën bij de salontafel en speel met een pakje sigaretten dat ik laat kantelen op het tafelblad.

Dick zit schuin tegenover me op mijn bank. Zijn armen steunen op zijn bovenbenen en hij laat zijn hoofd wat hangen, alsof er doden te betreuren zijn. Anne zit naast hem en weet zich geen houding te geven. Ze poetst voortdurend haar voortanden met haar tong en wiebelt nerveus met haar voet.

'Als ze er zo mee zitten, dan kunnen ze zelf hiernaartoe komen. Als ze het weten te vinden, tenminste... Ik vind niet dat ze jou moeten sturen, jij hebt er niets mee te maken.'

Hij kijkt op. 'Hoe kom je erbij dat ik gestuurd ben?'

Ik haal mijn schouders op en trek een sigaret uit het pakje. Steek hem aan en inhaleer diep.

In de slaapkamer zijn Bas van drie en zijn oudere broertje Thomas op mijn bed aan het springen. Ik hoor het piepen van de matrasveren en het geroffel van hun snelle voetstapjes over de houten vloer als ze achter elkaar aan jagen.

'Ik baal hier net zo van als zij,' gaat Dick verder. 'Ik probeer te begrijpen waarom je precies kwaad bent weggelopen.'

Geërgerd draai ik mijn ogen weg. 'Dick, zo moeilijk is dat toch niet te begrijpen? Ze hebben John binnengehaald. Jóhn! Die... die eikel stond met bloemen aan de deur en ze hebben hem gewoon binnengelaten. Dat niet alleen –'

Dick heft zijn handen op. 'Ik vind niet dat je weg had moeten lopen. Je had het meteen met ze moeten uitpraten. Nu wordt het alleen maar moeilijker.'

Naast Dick peutert Anne verwoed aan losse draadjes die aan de zomen van haar jeans hangen. Het is duidelijk dat ze is geïnstrueerd zich niet in het gesprek te mengen. Waarom ze is meegekomen is me een raadsel. Misschien is het nieuwsgierigheid, wil ze alles met eigen oren horen. Anne boven op het nieuws.

'Ik kon het niet opbrengen,' zeg ik. 'Er viel niet met ze te praten. Ze maakten me ziedend. Begrijp dat nou eens.'

Dick zoekt mijn blik. Zijn stem klinkt zacht. 'Margot, ik snap echt wel hoe klote dit voor je moet zijn. John heeft je besodemieterd en met mij is hij nog niet klaar, dat weet je. Als ik de kans krijg, dan zal ik hem dat nog wel duidelijk maken. Maar wat je even vergeet is dat jij niet de enige bent in de familie die een relatie heeft gehad met die klojo. Heel die John zal mij persoonlijk een worst zijn, maar bij pa en ma ligt dat anders. Ze hebben veel om hem gegeven. Het is allemaal zo abrupt gegaan dat John nooit de kans heeft gehad om afscheid van ze te nemen. Waarom gun je het hun dan niet dat ze het samen uitpraten? Dat staat in principe buiten jou.'

Dick is nog niet uitgesproken als ik wild met mijn hoofd begin te schudden. 'Nee! Hij was daar niet om afscheid te nemen, echt niet. Hij was er om de banden aan te halen, om recht te praten wat krom is, zijn straatje schoon te vegen. Dat is hem gelukt ook, want ik zat daar tegenover twee mensen die vergoelijkten dat hij is vreemdgegaan. En nou ineens is het allemaal mijn schuld. Je moet bij pap en mam en John zijn, niet bij mij.'

'Nee, dat is –'

'Dick!' onderbreek ik hem. 'Ik zal je precies vertellen wat er gebeurt: de zwarte piet wordt naar mij geschoven, zo simpel is het. John heeft een fout gemaakt waar hij spijt van heeft, allemaal heel menselijk, de arme ziel geeft zijn fouten toe en ik moet dat maar begrijpen. Snap je nou waarom ik zo pissig ben? Begrip hebben voor John, begrip hebben voor het standpunt van pap en mam. Waarom moet ik steeds degene zijn die zich aanpast en zich in andere mensen moet verplaatsen?'

Dick wrijft ongedurig door zijn stugge rode haar. 'Je neemt het allemaal te zwaar op.'

Ik rol met mijn ogen. 'Dat is nou precies wat ik bedoel. Ook jij legt het probleem bij mij neer.'

'Zo bedoel ik het niet.'

'Ik ben degene die het te zwaar opneemt. Dat zeg je toch?'

'Ik wil niet verzanden in welles-nietes, Margot. Ik heb liever een oplossing voor deze hele klotesituatie. We zijn geen kinderen meer.'

Ik leg mijn hoofd in mijn nek en blaas luidruchtig lucht uit.

Er klinken kreten uit de slaapkamer. Het kan niet anders of Thomas en Bas hebben mijn slaapkamer compleet verbouwd. Ik krijg flarden mee van hun spel. Thomas doet alsof hij een spook is en zit achter zijn jongere broer aan. Ik kan niet door de muur heen kijken, maar ik weet vrijwel zeker dat ze mijn dekbed van het bed hebben gehaald. Of erger: de kast hebben opengetrokken en daar lakens uit hebben gehaald om mee te spelen. Wie weet wat ze nog meer uitspoken. En Anne zit daar maar.

'Anne? Wil je ze even tot de orde roepen? Alsjeblieft? Ik heb het al druk genoeg zonder dat ik straks een uur bezig ben de rotzooi op te ruimen.'

Ze staat zwijgend op en verdwijnt in de slaapkamer. Ik hoor haar op gedempte toon mopperen.

'Dick,' zeg ik. 'Nogmaals, ik waardeer het enorm dat je moeite doet om de boel te lijmen, maar het is echt zinloos. Ze hadden één lijn moeten trekken, aan mijn kant moeten staan. Daar heb je familie voor. Ik heb het al tien keer eerder gezegd en ik zeg het nu nog eens: als ze willen praten, dan komen ze maar hierheen, naar mijn huis. Maar daar hoeven ze wat mij betreft geen haast mee te maken.'

Dick slaat zijn ogen neer en schudt alleen maar zijn hoofd, alsof er batterijen in zijn nek zitten. Hij wil niet horen wat ik zeg.

'Thuis moet een veilige haven zijn,' ga ik door. 'Geen vijandelijk terrein. Ik wil niet elke keer als ik bij pap en mam langsga eerst hoeven kijken of Johns auto er staat. Of dat ik op mijn woorden moet passen omdat pap mijn wederwaardigheden wekelijks met hem gaat zitten bespreken.'

Dick fronst geërgerd zijn wenkbrauwen. 'Ach, kom op, da's onzin.'

'Geloof me dat mam Johns affaire aan het vergoelijken was. Ze was voor hem aan het pleiten... Hij heeft ze ingepakt, Dick. Met een grote roze strik eromheen.'

Anne komt de kamer in. 'Ik heb het opgeruimd,' klinkt het timide. Ze kijkt wat verschrikt naar Dick en mij en lijkt maar geen besluit te kunnen nemen of ze weer gaat zitten of blijft staan.

'Roep die twee maar. We gaan toch,' zegt Dick en hij staat op.

Stilzwijgend duikt Anne mijn slaapkamer in en komt terug met Bas op haar arm en Thomas aan de hand. 'Zeg je dankjewel tegen tante Margot, voor het spelen en het drinken?'

'Bedankt voor het spelen!' schreeuwt Thomas brutaal, met een raar stemmetje.

Bas draait zijn hoofd weg en leunt tegen zijn moeder om mij niet aan te hoeven kijken.

In de deuropening draait Dick zich om. 'Ma is binnenkort jarig.'

'Ik weet het,' zeg ik toonloos.

Anne en de kinderen zijn al halverwege de trap. Thomas schreeuwt dat hij van de trapleuning af wil glijden, maar Anne vindt dat niet goed. Hun stemmen galmen door het trappenhuis.

'Denk je dat je komt?' vraagt hij.

Ik staar hem zwijgend aan en zeg dan: 'Ik kijk wel. Oké?'

Hij bijt op zijn onderlip. Zijn hele lichaamshouding en gezichtsuitdrukking stralen somberheid uit. 'Fuck, ik baal hiervan.' Dan kust hij mijn wang en loopt de trap af.

22

Frits Leenders is een vijftiger met dun grijs haar en kleine kraaloogjes in een rond en ongezond rood gezicht. Hij is bedrijfsleider van een hotel in een nabijgelegen stad. Leenders heeft me ontboden omdat de stoelen in de conferentieruimte de uiterste houdbaarheidsdatum op modegebied al ver zijn gepasseerd. Naar mijn professionele mening geldt dat net zo goed voor de vloerbedekking. Die heeft een bedaagde tint die tussen grijs en blauw in ligt met een gele zweem, maar ik heb er niets over gezegd. Goddank.

'De stoelen moeten passen bij de vloerbedekking,' is zijn wens. 'En natuurlijk bij de tafels. Een beetje een rustige kleur.'

Ik knik en doe mijn uiterste best interesse te veinzen terwijl ik rondloop in de ruimte met systeemplafond en lage dressoirs langs de muren. In de hoek staat een koffieautomaat met plastic bekertjes. 'We hebben verschillende stoffen die hier goed bij passen,' zeg ik, met weinig enthousiasme. 'Grijs, blauw, eventueel zachtrood.'

'Kun je voorbeelden laten zien?'

Ik haal de stofstalen uit mijn koffer en leg ze op tafel naast de opengeslagen catalogus. Hij gaat er snel doorheen en blijft steken bij een grijzige tint. Houdt die bij de vloerbedekking en legt de lap dan op het tafelblad. Doet een stap naar achteren, brengt zijn hand naar zijn kin en zegt: 'Deze is wel goed, lijkt me. Heb je een idee wat het ongeveer gaat kosten?'

'De prijs is afhankelijk van het model. Alle modellen kunnen met en zonder armleuningen, mét is uiteraard duurder. Het voordeel van deze...' Ik ratel mijn verhaal af zonder er echt bij na te denken.

De afgelopen dagen heb ik me suf gepeinsd over hoe ik twee weken vrij kan krijgen van mijn werk. Maar wat ik ook bedenk, ik kan geen enkel argument verzinnen. Misschien moet ik me ziekmelden. Ik wil over twee weken echt beginnen bij Joost en Rolf. Thuis liggen schetsen op de salontafel uitgespreid, ik ben er tot vannacht drie uur mee bezig geweest en het was vanochtend het eerste wat ik oppakte bij de koffie. Hoe meer ik bezig ben met de invulling van restaurant Ce Truc, wat Frans is voor 'dat ding', hoe minder ik het kan opbrengen om me toe te leggen op mijn reguliere werk.

Mijn vinger glijdt automatisch naar het meest verkochte model. 'Ik zou deze willen adviseren. Ze zitten lekker en zijn oersterk. We krijgen er vrijwel nooit klachten over. En ze zijn stapelbaar, da's ideaal als je deze ruimte een keer ergens anders voor wilt gebruiken.'

'Stapelbaar? Inderdaad handig, ja,' hoor ik hem zeggen. 'Maar waar moet ik dan aan denken, ongeveer?'

Ik pak de lijst erbij en doe of ik de prijs opzoek. In werkelijkheid weet ik die uit mijn hoofd. Tot een bepaald percentage mogen we zelf bepalen hoeveel korting we geven. Heb ik het idee dat de klant niet echt schrikt van een hogere prijs, dan noem ik de adviesprijs. Mensen die onze concurrenten ook om offertes hebben gevraagd of die duidelijk niet veel te besteden hebben, krijgen een lagere prijs te horen. Ik schat Leenders in bij de laatste groep. Desondanks ga ik iets hoger zitten. Leenders maakt op mij de indruk van iemand die graag onderhandelt. Hij moet er zelf ook een goed gevoel bij hebben. 'Ga uit van honderd euro per stoel, je hebt er achtentwintig nodig.'

'Poeh,' is zijn reactie.

Ik bestudeer zijn gezicht. Echt geschrokken is hij niet.

Mijn mobieltje gaat. Ik graai het uit mijn zak. Leon. Het is de eerste keer dat hij me belt en ik kan niet aannemen. Niet nu. Ik laat het mobieltje terug in mijn zak glijden maar het blijft overgaan. Het geluid gaat door merg en been.

Ik kijk Leenders recht aan. 'Wilt u vandaag beslissen?'

'Misschien. Ligt eraan.'

Het rinkelen is opgehouden.

'Dan lijkt het me het beste dat ik nu even mijn baas bel. Heel soms kan er korting worden gegeven bij grotere aantallen. Ik ben zo bij u terug.' Zonder zijn reactie af te wachten haast ik me naar buiten, naar de parkeerplaats, en ga in mijn auto zitten. Ik steek een sigaret op en toets Leons nummer in.

Hij neemt meteen op.

'Hai,' zeg ik. Mijn hart klopt ergens ter hoogte van mijn stembanden. 'Ik stond bij een klant.'

'En nu?'

'Buiten, in de auto.'

'Ben je er klaar voor?'

'Waarvoor?'

'Voor de sessie. Als je nog durft, tenminste.'

Op slag gloeit mijn hele lijf, alsof ik in brand sta. De fotosessie. Even val ik stil. Ik heb er de afgelopen week veel over gefantaseerd. Over naakt poseren voor Leon. Over uitvergrote foto's van mijn naakte lichaam die aan muren in galeries hangen en bij kunstverzamelaars thuis, die ze, nee: die *mij* mooi of interessant genoeg vinden om er een klein vermogen aan uit te geven. Alleen het idee al was voldoende om me uit mijn slaap te houden, me tot diep in mijn vezels te laten tintelen van spanning en opwinding. Ik ben eraan toe om een nieuwe ervaring op te doen, al ben ik nerveus over de uitkomst. Wat als het te dichtbij komt, te confronterend wordt? Me uitkleden voor Leon is één. Dat blijft nog binnenskamers, dat is iets tussen Leon en mij. Mezelf naakt vertonen aan de hele wereld is iets anders. Daar ben ik me enorm van bewust. Ik heb het idee dat ik op de rand van een afgrond sta, geblinddoekt en armen gespreid, klaar om te springen. Het is dat Leon daar beneden staat om me op te vangen. Als iemand anders het me had gevraagd, had ik resoluut geweigerd. 'Ja, helemaal,' reageer ik. Er is iets mis met mijn stem, hij vibreert al de hele tijd.

'Mooi. Kun je donderdagavond naar de studio komen?'

'Waar is die?'

'Ik laat Debby je wel een routebeschrijving doormailen. En, Margot, trek geen ondergoed aan. Zelfs geen string, niets.'

Mijn buik trekt samen. Ik neem nerveus een trek van mijn sigaret.

Vanuit mijn ooghoeken zie ik Leenders achter de glazen schuifdeuren naar me staan kijken, de stofstalen in zijn hand. Hij staat echt op me te wachten. Ziet hij mijn gezicht of spiegelt het glas van de autoruit voldoende?

Ik draai mijn hoofd van hem weg.

'Voor je een verkeerde indruk krijgt,' zegt hij grinnikend, 'ondergoed en sokken tekenen af op de huid. Jeans, strakke truien met naden, dingen met elastiek: allemaal niet doen. Mooi naakt is een huid zonder rode striemen. Als je een badjas hebt, neem die dan mee. En doe geen dingen die je anders ook niet doet met je lichaam... Nerveus?'

'Een beetje.'

Gegrinnik. 'Hoeft niet, prinses. We gaan het heel mooi maken samen. Vertrouw me.'

'Ik vertrouw je.'

'Mooi. Zie je donderdag. Ciao.'

Ik blijf stil zitten, het mobieltje nog tegen mijn wang aan gedrukt, luisterend naar de pieptoon. Donderdagavond lijkt zoveel verder weg dan slechts een paar dagen. Het dringt tot me door dat ik onmiddellijk de contactsleutel had omgedraaid en naar Moskou was gereden als hij me dat had gevraagd. Ik had gewoon alles laten vallen en was naar hem toe gegaan. Zonder nadenken.

Voorzichtig werp ik een blik naar binnen. Leenders staat er nog steeds. Ik druk mijn sigaret uit in de asbak, zucht een keer heel diep om te proberen om de spanning uit mijn lijf te verjagen, en loop terug naar binnen.

23

Ik herinner me dat zijn vorige serie als thema 'pijn' had en vraag me af wat deze serie zou moeten gaan uitbeelden. Wat de sfeer of het gevoel is dat hij ermee wil oproepen. Want dat is dan tevens wat hij in me ziet, of denkt te hebben ontdekt toen hij me vroeg om voor hem te poseren.

'Wat wordt het voor serie?' vraag ik.

Leon rommelt met zijn camera en rolt een draad uit. 'Als je het niet erg vindt, zeg ik dat niet. Dan ga je je erop instellen en wordt het *fake*.' Hij loopt naar een computer die op een oud bureau in een hoek staat. 'Ik werk veel met muziek, heb je voorkeur voor iets?' Hij kijkt vragend op.

Ik zit op de grond, mijn badjas om me heen geslagen. Het is fris in de studio. Iets te fris misschien, om naakt te zijn. Mijn voeten glijden nerveus over de met zwarte betonverf beschilderde vloer. 'Ik kan zo gauw niets bedenken. Stilte is goed. Denk ik.'

Hij laat zijn kin licht zakken en kijkt me aan vanonder zijn wimpers. 'Niet bang zijn. Luister naar jezelf, dan komt het altijd goed. We forceren niets. Ga gewoon zitten, liggen, staan, wat je wilt.'

Langzaam ontdoe ik me van de badjas. Het voelt vreemd om volledig naakt te zijn in deze hoge, donkere ruimte. Leons studio is een kleine loods, weggestopt op een industrieterrein in een dorp onder de rook van Schiphol. Er komen steeds vliegtuigen over. Ik hoor de turbines loeien.

Leon houdt afstand. Bij binnenkomst kuste hij me licht op mijn voorhoofd en stelde zich daarna terughoudend op. Ik ben niet meer de vrouw die hij als seksueel wezen ziet, maar een onderwerp dat moet gaan uitbeelden wat hij voelt of wil overbrengen op zijn publiek. Die verwijdering voelde ik vrijwel meteen al ontstaan terwijl ik me uitkleedde en hij alleen maar oog leek te hebben voor zijn apparatuur. Ik heb het gevoel dat hij bewust afstand creëert.

'Denk niet aan mij,' zegt hij ineens. Nog steeds kijkt hij me niet aan. 'Ik ben er niet. Je bent hier alleen. Kijk naar jezelf.'

Mijn blik verplaatst naar de enorme spiegel die de tegenoverliggende muur domineert en ik zie mezelf staan, gevangen in een cocon van instellicht. Eerst wend ik gegeneerd mijn ogen af, maar nieuwsgierig geworden hef ik mijn kin uiteindelijk op, met mijn armen ongemakkelijk langs mijn lichaam, me ten volle bewust van mijn naaktheid. Lange tijd heb ik mijn lichaam weinig aantrekkelijk gevonden, lelijk zelfs, afstotelijk, en ben ik de confrontatie zo goed en zo kwaad als dat ging uit de weg gegaan. Toch hindert mijn naaktheid me nu minder. Ik blijf naar mijn spiegelbeeld kijken, volg de blanke contouren die contrasteren met mijn donkerrode, krullerige haar. Ik ben niet lelijk, zegt de spiegel. Ontdaan van kleding zie ik er anders uit. Zoveel beter. Rond en zacht, vrouwelijk. Waarom zie ik dit nu pas voor het eerst? Misschien, schiet het door me heen, ontstaat het probleem alleen maar in kledingzaken, omdat mijn lichaam maar niet lijkt te passen in kleding die op het hangertje zo veelbelovend oogt. Alles lijkt te knellen op de verkeerde plaatsen. De stof tekent af op mijn rug, de truitjes zijn te kort zodat mijn buik er onderuit puilt, broeken trekken op de heupen of delen mijn billen horizontaal in tweeën – en bij jasjes krijg ik de bovenste knopen nooit dicht omdat mijn borsten in de weg zitten. Nu zit er niets in de weg. Alles is in verhouding.

Een fel flitslicht doet me opschrikken uit mijn gedachten. Ik draai mijn hoofd om naar de camera, zoek Leon die daarachter in de schaduw moet zijn, achter het glazen oog dat alles registreert, maar het instellicht verblindt me en ik knijp mijn ogen samen.

'Let niet op mij,' hoor ik hem zeggen. Weer een flits. Zijn stem klinkt zachter nu, toegankelijker: 'Haal het beeld terug dat je net had.'

Even sla ik mijn ogen neer, staar naar de grond, die op deze paar vierkante meter bestaat uit een donker soort kunststof doek. Mijn voeten blijven eraan plakken als ik ze verzet. 'Ik wil roken,' zeg ik.

Leon komt achter zijn camera vandaan. Ik hoor hem rommelen in het donker, zie een vlam oplichten en dan stapt hij het licht in, duwt me een aangestoken sigaret toe. Dankbaar neem ik een trek, en nog een. Het flitslicht komt van twee kanten, misschien ook van achteren, ik kan het niet goed lokaliseren. Ik draai me om en zie dat er op de grond twee flitsers schuin omhoog opgesteld staan.

Pas nu dringt het tot me door dat elke beweging die ik maak kan worden vastgelegd en straks over de hele wereld in galerieën kan worden tentoongesteld. Misschien wordt er een ansichtkaart van gemaakt of een goedkope reproductie, zoals gebeurd is bij Maja, of de vele naakte mannen met hun baby's die je in kiosken kunt kopen. Wil ik herkenbaar zijn? Wil ik dat mensen mijn gezicht zien, me op straat voorbijlopen en zich omdraaien, zich afvragend of ik die vrouw ben die ze aan de muur hebben hangen in hun studentenhuis of kantoor?

Ik stap uit het licht naar voren, druk de sigaret uit op de vloer en loop terug. Dan zak ik op mijn knieën en ga met mijn rug naar de camera liggen. Ik vouw mijn armen kruislings voor mijn lichaam en trek mijn knieën op. Flitslicht. Ik knijp mijn ogen dicht en leg mijn handen voor mijn gezicht. De grond is koud en hard en de kou trekt op in mijn huid, door mijn vlees en vet naar mijn botten. Flitslicht. Ik begin te rillen. Het schiet door me heen dat dit helemaal niets met seks te maken heeft. Ik heb hier allerlei fantasieën op losgelaten die me uit mijn slaap hielden. Maar deze hele setting, alles om me heen, is hard en koud en zakelijk. Ik krul me verder op. Flitslicht.

'Ontspan je,' hoor ik hem zeggen, dichterbij dan zojuist.

Ik kijk op. Hij staat schuin achter me, zijn benen iets uit elkaar, en kijkt op me neer met een geconcentreerde blik, in zijn mooie handen de camera die vastzit aan draden. Flitslicht. Ik sluit mijn ogen en draai me van hem weg. Nee, dit heeft helemaal niets met seks of sensualiteit te maken. Ik leg mijn hand onder mijn wang om mijn gezicht te beschermen tegen de optrekkende kou.

'We zijn klaar, prinses, kleed je aan voor je bevriest.'

Wat ongelovig kijk ik omhoog, maar op de plaats waar hij net nog stond is nu alleen maar leegte. Stram duw ik me van de grond omhoog en zie dat hij bezig is de bedrading op te rollen. 'Nu al?'

'Ik heb wat ik moet hebben.'

Ik ga staan en zoek mijn kleding. Een ruime joggingbroek en een sweatshirt. Het waren de enige kledingstukken die ik kon vinden die aan zijn eisen voldeden.

'Kom, weg hier, we gaan koffie drinken.'

We lopen naar een kleine ruimte die in de loods is gebouwd. Hier loeit een kacheltje en er staat een zwart skai bankstel. Ik laat me erop zakken. Aan de systeemwanden hangen kaarten en foto's, eenvoudige computerprints en kalenders. 'Zijn dit allemaal foto's die jij hebt gemaakt?'

Leon schenkt koffie uit een thermoskan en reikt me een mok aan. Die is gebarsten. 'De meeste wel. Ik deel de studio met een paar collega's.' Hij kijkt op. 'Ben je trouwens al bezig met het ontwerp voor Joost en Rolf?'

Ik knik. 'Al sinds die avond. Ik heb er enorm veel zin in. Maar ik voel me ook onzeker. Ik heb niets om op terug te vallen.'

Hij trekt een wenkbrauw op terwijl hij een slok neemt. 'Een opleiding bedoel je?'

Ik knik opnieuw. 'Ik heb geen cursus gedaan, niets.'

'Is juist goed,' bromt hij.

'Want?'

'Op een cursus of een opleiding word je een bepaalde richting in gestuurd, alles wordt in vakjes ingedeeld en als vaststaand feit gebracht, terwijl in wezen veel dingen niet in te delen zijn. Je wordt je steeds bewuster van die regels en beperkingen, gaat je eigen werk in perspectief zetten met vergelijkbaar werk van anderen, en daardoor beperk je jezelf. Ik denk niet dat dat goed is.'

'Heb jij geen fotografieopleiding gedaan dan?'

'Ik ben na een paar weken opgestapt. Ze leerden me er niets wat ik zelf nog niet wist of door ondervinding kon leren. Opleidingen duren jaren, weggegooide jaren als je het mij vraagt. Verloren tijd. Je volstampen met theoretische kennis waar je uiteindelijk geen zak aan hebt. Het remt alleen maar af.'

'Heb jij niet makkelijk praten? Jij bent goed. Je wordt op handen gedragen.'

'Ik ben ook ooit begonnen.'

'Als wat?'

Hij glimlacht schuchter. 'Heb je een sigaret?'

Ik reik hem er een aan en wil hem een vuurtje geven, maar hij neemt de aansteker uit mijn hand en steekt hem zelf aan. 'Ik ben begonnen als persfotograaf bij een plaatselijke krant. In de praktijk houdt dat in dat je de hele dag in de regio rondrijdt om steeds weer dezelfde mensen te portretteren. Eigenaars van een nieuwe winkel, wethouders, politiewoordvoerders, leidsters van een kinderdagverblijf. Ik probeerde het in elk geval zo goed mogelijk te doen.' Zijn glimlach wordt breder. 'Op een gegeven moment stuurde de directie de journalisten zelf op pad met een digitaal cameraatje, dat was goedkoper dan er een aparte kracht voor in dienst te houden. In hun beleving kon iedereen foto's maken. Exit Wagner. Het wrange is dat het publiek toch vaak het verschil niet ziet tussen een foto die met liefde is gemaakt of niet... Of ze zien het wel, maar het interesseert ze niet. Toen ik thuis kwam te zitten, begreep ik pas echt dat ik was vastgelopen.' Hij snuift en kijkt van me weg.

'Ik heb van Richard begrepen dat hij je ontdekt heeft. Zoiets zei hij.'

'Klopt. Ik ben parttime in een fotozaak gaan werken en ben daarnaast een beetje voor mezelf gaan fotograferen, om alles van me af te zetten. Het was een periode waarin ik zoekende was, niet goed wist hoe ik verder moest, maar ik wist wel dat ik verder wilde met fotografie. Ik heb een aantal series gemaakt over fabrieksarbeiders en het dagelijkse leven in een opvangtehuis voor drugsverslaafden. Daar ging ik zo in op dat ik weleens vergat dat ik amper de huur kon opbrengen. Al mijn geld ging in de fotografie en het reizen zitten. Dat maakte me niets uit, ik dacht er niet over na. Achteraf gezien is dat misschien wel de mooiste tijd geweest. Dat zoeken, aftasten, niet gehinderd door kennis. Geen opdrachten, verwachtingen, deals, afspraken... geen moeten.' Hij haalt zijn hand door zijn haar. Het valt meteen weer naar voren. 'Op een gegeven moment kwam ik in contact met een paar kunstfotografen en die vonden mijn werk erg goed. Zij hebben me in contact gebracht met Richard en Debby. Het klikte meteen. Binnen een maand had ik een eerste groepsexpositie en werden mijn foto's verkocht voor bedragen waar ik tot die tijd nog een week of twee voor moest werken. Zonder hen had ik nu nog door de polders gezworven en door binnensteden, op zoek naar weet ik wat.'

Het kacheltje stookt de kleine ruimte erg warm. Ik voel me rozig en loom worden en trek mijn knieën naast me op de bank. Ik probeer me voor te stellen hoe Leon, jaren jonger, nog onontdekt fotograaf was voor een regionale krant. Zou hij toen ook al deze uitstraling hebben gehad? Dat ongrijpbare, dat donkere dat steeds om hem heen lijkt te hangen? Heeft hij dat altijd al gehad?

Leon kijkt op zijn horloge. 'Ik vind het vervelend om je weg te moeten jagen, maar de volgende dame staat zo meteen op de stoep.'

Er gaat een schok door me heen. Tot nu toe heb ik niet nagedacht over de praktische kant van een fotoserie. Naïef. Het is logisch dat Leon niet alleen mij fotografeert, maar een hele rits vrouwen die hij op straat moet hebben aangesproken. Vrouwen die hij er stuk voor stuk van heeft overtuigd dat ze mooi zijn, of bijzonder genoeg om onderwerp van zijn foto te mogen zijn. Vrouwen die zijn telefoonnummer hebben, met wie hij koffie heeft gedronken. Of meer. Het steekt dat ik nu weg moet, dat ik plaats moet maken voor de volgende vrouw die hier straks naakt voor hem over de grond ligt te kronkelen. Ik kijk hem aan over de rand van mijn mok.

Hij grijnst alleen maar. 'Jaloers, prinses?'

Ik haal mijn schouders op. Het lijkt me al te kinderachtig om bevestigend te antwoorden, maar in wezen doe ik dat al door niets te zeggen. 'Het is je werk,' zeg ik snel.

Leon staat op en neemt de mok uit mijn handen. Zet hem op de tafel en komt naast me zitten. Hij pakt mijn kaak vast en brengt zijn gezicht dichtbij. 'Jaloezie is een menselijke eigenschap,' fluistert hij. 'Het siert je.'

'Ik moet alleen maar even wennen aan het idee.'

'Kom je morgen na je werk naar Amsterdam? Zaterdag vlieg ik naar Berlijn voor een opdracht. Ik zou je graag voor die tijd nog zien.'

Ik frons mijn wenkbrauwen. 'Morgen gaat niet. Ik heb om halfzes een vergadering.'

'Lekker belangrijk.'

Ineens voel ik me boos worden. 'Misschien niet belangrijk voor jou, maar ik heb onlangs nog een maand verlof opgenomen. Ik kan het niet maken om weg te blijven.'

'Wel als je je baan opzegt.' Hij laat mijn kin los. 'Dan vindt niemand het raar dat je niet meer op vergaderingen verschijnt.'

'Mijn baan opzeggen?'

Leon vertrekt geen spier. 'Wat wil je nou? In Londen heb je een vol uur zitten klagen over je werk, en nu ineens is het belangrijk geworden? Of vergis ik me en vind je het stiekem wel leuk? Of klaag je gewoon graag?'

Ik kijk van hem weg naar de foto's aan de muur. Een ervan hangt scheef. 'Ken je die uitdrukking dat je geen oude schoenen moet weggooien voor je nieuwe hebt? Ik kan niet zomaar mijn baan opzeggen op basis van een enkele losse opdracht waar ik nog amper aan ben begonnen en waarvan ik de uitkomst niet ken. Misschien wordt het wel helemaal niets... Je doet het voorkomen alsof het allemaal zo simpel is. Maar zo makkelijk is het niet.'

Hij kijkt me zo intens aan dat ik even stilval. 'Zo makkelijk is het wel, Margot. Het is een kwestie van doen. Denk vrij. Je houdt genoeg over van die klus om een maand rond te kunnen komen, misschien wel een week of zes, en geloof me dat er gauw genoeg nieuwe klanten zullen volgen. Joost en Rolf barsten van de connecties, en vlak mij niet uit. En Richard en Debby. Je zult ze van je af moeten slaan, als je ook maar de helft presteert van wat ik van je verwacht.'

'Je bent er nogal zeker van.'

Hij pakt de koffiemokken van tafel en begint ze om te spoelen onder de kraan. 'Als je ergens serieus voor wilt gaan, dan moet je dat voor de volle honderd procent doen. Je haat die baan van je, dus vreet het energie, negatieve energie. Energie en tijd, die je zou kunnen besteden om jezelf te ontwikkelen.' Hij draait zich om, trekt een smoezelige handdoek van het aanrecht en wrijft zijn handen droog. 'Hoe lang loop je al te denken over een carrièreswitch?'

'Een jaar of twee. Misschien wel drie.'

'*I rest my case*,' zegt hij, terwijl hij weer naast me komt zitten. 'En wat heb je in die jaren allemaal ondernomen om er verandering in te brengen?'

Ik zeg niets. Hij weet net zo goed als ik dat ik niets heb gedaan. Helemaal niets.

'Ik zal je vertellen wat ik denk dat je moet doen,' zegt hij. 'Je zegt die baan van je op, zo snel mogelijk, liefst maandag nog. Dan zet je je appartement te koop. Ik zoek een studio voor je in Amsterdam, daar zul je voorlopig de meeste klussen hebben en zo hoef je niet steeds op en neer te rijden. Of je komt een poos bij mij wonen. Maar doe me een lol en maak je niet druk over geld. Je bent voorlopig aan het werk.'

'Maar ik heb geen enkele garantie.'

'Die hang naar zekerheid van jou hindert je alleen maar. Jammer dat je dat niet wil zien.'

Ik voel me steeds bozer worden. Boos en opstandig. Ik maak aanstalten om op te staan. 'Jij hebt makkelijk praten, Leon. Je hebt geld genoeg, de halve wereld ligt aan je voeten en je kunt je alles veroorloven.'

Leon kijkt me donker aan. 'Ik heb dit niet gerealiseerd door vast te houden aan zekerheden. Ik ben net zo goed in het diepe gesprongen. Dat is een voorwaarde. Je kunt je niet ontwikkelen zonder enige vorm van risico. Om verder te kunnen moet je durven loslaten.'

Ik schud mijn hoofd. 'Ik moet hierover nadenken,' zeg ik zacht. 'Het valt me nogal koud op mijn dak.'

Leon zegt niets.

Achter hem zie ik iets bewegen. Er verschijnt een vrouwengezicht achter de ruit. Ze is jong, hooguit tweeëntwintig en ze heeft grote donkere ogen. Twijfelend neemt ze ons op. Als onze ogen elkaar kruisen, zwaait ze naar me, een beetje bedeesd, en glimlacht.

'Je volgende patiënt,' zeg ik toonloos.

Leon kijkt snel om, steekt zijn hand achteloos naar haar op en krabbelt dan een adres op een briefje en een primitieve tekening van een route, die hij me toestopt. 'Dit is mijn adres in Brabant. Kom maandagavond langs. We hebben nog veel te bespreken.' Hij kust me vluchtig op mijn voorhoofd en opent de deur. Hij laat me geen mogelijkheid nog te reageren.

'Hallo,' zegt de vrouw tegen me als ik haar passeer. Ze weet zich geen houding te geven en kijkt van mij naar Leon en weer terug.

Net als ik is ze niet bepaald ondervoed, maar voor de rest zie ik geen overeenkomsten. Wat is er allemaal door haar hoofd heen geschoten, vraag ik me af, toen Leon haar vroeg naakt te poseren?

'Tot maandag,' zegt Leon tegen me.

Ik knik en loop langs hem heen naar buiten.

VIII

Er is hier zoveel te ontdekken. Zoveel voorwerpen die om voorrang vragen, die me elk hun eigen verhaal vertellen en me van nieuwe aanwijzingen voorzien. Een overweldigende stroom aan informatie, gevangen in de lichtbundel van mijn zaklamp.

Het appartement ruikt vaag naar verf. Typisch een pas ingericht huis, alles is nog schoon en geordend. Maar het is verre van klinisch. Over een jaar ziet het er hier heel anders uit. Rommeliger. De eerste sporen daarvan zijn al zichtbaar.

In de gootsteen ligt vuile vaat en er staat een plant dood te gaan op de vensterbank. Ik trek een latex handschoen uit en voel in de aarde. Kurkdroog. Heeft ze dit exemplaar van iemand gekregen, maar geeft ze er niets om en verwaarloost ze hem opzettelijk? Of heeft ze hem met zorg uitgezocht en is ze vervolgens vergeten hem water te geven? Dat zou betekenen dat ze slordig is. Of een ruime periode zo in beslag is genomen door andere zaken dat aardse dingen haar niet meer opvallen.

Ik zak op mijn hurken en trek de koelkast open. In de deur staan pakken melk en sinaasappelsap en een fles witte wijn. Op de schappen liggen een pizza, een aangebroken blok jong belegen kaas, halvarine, kleine verpakkingen yoghurt met nul procent vet, en wat verlepte groenten. Margot let op de lijn. Zou je niet zeggen. In het vriesvak ligt alleen een plastic zakje met ijsklontjes.

Ik ga weer staan en doorzoek de keukenkastjes. Zakken chips en repen chocolade, blikjes met gepelde tomaten, bonen, spinazie, borden, mokken – het geijkte.

Op het keukentafeltje ligt een tijdschrift opengeslagen. Ik laat de zaklamp over de pagina's glijden. Het is een Brits interieurtijdschrift – *heeft ze dat in Londen gekocht?* – waar ze met blauwe pen aantekeningen op heeft gekrabbeld. Ik ga zitten op de keukenstoel en stel me voor dat ze hier heeft gezeten – *vanochtend, gisteren?* – en het tijdschrift doorbladerde. Ze moet zijn gaan twijfelen. Het staat er letterlijk, met een vraagteken erachter: warm of koud? Een mooi, rond handschrift heeft ze. Onder aan het vraagteken staat een klein rondje in plaats van een punt.

Naast het tijdschrift ligt opengescheurde post. Ik steek het uiteinde van de zaklamp tussen mijn tanden en neem de brieven door. Rekeningen van gas en elektriciteit, water. Bankafschriften. All Inclusive heeft haar salaris overgemaakt.

Ik stop de post terug in de enveloppen en loop naar de woonkamer. Op de salontafel liggen schetsen die me bij binnenkomst al waren opgevallen. Het interieur van Ce Truc op schaal, zorgvuldig uitgetekend op grote vellen papier met ruitjesmotief. Ernaast liggen een mapje met nieuwe stiften, lapjes stof, knipsels uit tijdschriften, geodriehoeken en linialen. Ze is er druk mee bezig, met haar eerste klus.

Ik laat mijn hand over de bank gaan en ga zitten. Kijk in de spiegel die ertegenover hangt, beschijn mezelf met mijn zaklamp en grijns naar mijn spiegelbeeld.

Ik weet wie ik ben en ik weet wat ik kan.

Maar wie is Margot? Wie is Margot écht?

De lichtbundel flitst door de woonkamer en blijft rusten op een boekenkast. De meeste plaats wordt in beslag genomen door interieurboeken – dat verbaast me niet. Op de onderste plank liggen een paar ingebonden leren fotoalbums. Ik leg ze voor me op de vloer en begin erin te bladeren. Dit is interessant. In een paar albums is haar hele leven samengevat. Margot in een tuin, een huis van rode baksteen op de achtergrond. Het ziet eruit als een doorsnee arbeiderswoning – *haar ouderlijk huis?* – en er is een heg van coniferen. Ze heeft een wit jurkje aan en staat achter een tuintafel waar een paar witte konijnen op zitten. Met haar handen houdt ze de dieren netjes tegen elkaar, zodat ze op een rijtje blijven, hun koppen gericht naar de camera. Ze kijkt er serieus bij. Ze lijkt sprekend op haar moeder, die enkele bladzijden verderop is geportretteerd. PAP EN MAM 12,5 JAAR GETROUWD staat erbij. Ja, ze heeft hetzelfde figuur. Haar krullende haar heeft ze van haar vader. Verderop in het album is ze alweer jaren ouder en draagt ze een beugel op een klassenfoto. Dat verklaart haar mooie, rechte gebit. En ze is niet altijd zo aan de maat geweest, ook niet bij volwassenheid. Dat moet nog niet zo lang geleden zijn ontstaan. In het laatste fotoboek zitten recente foto's, maar er ontbreken er een aantal. Ze zijn eruit gescheurd, het papier is beschadigd. JOHN & IK OP TEXEL; BBQ BIJ TOM & MIEKE; MIEKE OP DE BOOT; JOHN SLAAPT. Waarom heeft ze die eruit gehaald? Ik blader snel door, er ontbreken er nog veel meer. Allemaal foto's waar John of Mieke op zou moeten staan. Achter in het boek ligt een mapje van een fotozaak, gevuld met aan elkaar gekleefde foto's. Ik haal ze voorzichtig los en bestudeer ze aandachtig. Een slapende man met warrig, blond haar, zijn mond een beetje open. John slaapt. Interessant. De vrouw met het glanzende, kastanjebruine haar moet Mieke zijn. Op verschillende foto's zit ze gearmd met een Indisch uitziende jongen – Tom. Een stel. Evenals Margot en John. 'Er is iets helemaal misgegaan op weg naar de hemel, is het niet, Margot?' fluister ik. Ze heeft de foto's niet weggegooid. Dat had ze kunnen doen: verscheuren, verbranden. Maar nee, ze heeft ze uit het album gehaald en ze verbannen naar een mapje achterin, zodat ze ze alsnog kan bekijken als ze daar behoefte toe voelt.

Ze heeft moeite met loslaten.

Nog meer aanwijzingen daarvoor vind ik op de plank boven de fotoalbums. Naast een enorme verzameling interieurboeken staan beduimelde kinderboeken met haar naam erin. *Kruistocht in spijkerbroek, Papa is een hond, Oorlogswinter, Wipneus en Pim*. Jeugdsentiment. Ik weet het nu zeker. Ze hecht zich. Kijk eens aan. Misschien heeft ze nog wel een knuffel van vroeger, of een pop. Als dat zo is, dan vind ik die op haar slaapkamer. Die moet ik ook nog doorzoeken, net als haar badkamer. Als er dan nog tijd over is, kan ik kijken of ik in haar computer kan komen. Computers zijn als blauwdrukken van iemands persoonlijkheid.

Zoals ik me nu voel, weet ik dat ik moet gaan oppassen. Dat idee heb ik al een tijdje, dat ik me te veel laat meeslepen. Het gevoel van macht dat het geeft om alleen maar rond te snuffelen in haar huis, is op zich al verslavend. En ik weet dat dit heerlijke gevoel duizendmaal sterker wordt als ik het hier niet bij laat.

Ik kan mezelf wel wijsmaken dat ik simpelweg meer van haar te weten wil komen, maar diep vanbinnen weet ik dat ik een grens gepasseerd ben. Ik ken mezelf. Er is niet veel aanleiding meer nodig.

24

Ik parkeer de auto schuin tegenover mijn huis en stap uit. Binnen gehoorsafstand slaat de kerkklok tien uur. Het geluid wordt vrijwel geheel overstemd door de regen. Het is donker, koud en guur en mijn humeur sluit daar naadloos op aan.

De vergadering was een uitputtingsslag. Een vier uur durende bezoeking waarin ik elke minuut voorbij heb zien gaan op de klok boven de deur, wachtend op het moment dat ik met goed fatsoen kon opstappen. Verkoopvergaderingen bij All Inclusive gaan alleen maar over cijfers. Meer specifiek over omzetcijfers. Heeft iedereen zijn target gehaald, en zo niet, waarom niet? Wie is de beste verkoper van de maand en wie blijft achter op de rest? Ik ben pas twee weken aan het werk en mijn cijfers konden dus niet worden vergeleken. In stilte verwenste ik mezelf, het bedrijf, mijn collega's, iedereen, omdat ik het grootste deel van de avond binnen de bedompte kantoormuren heb moeten doorbrengen, terwijl ik bij Leon had kunnen zijn.

Voorovergebogen loop ik naar de voordeur, steek de sleutel in het slot en sluit de deur achter me. Het is aardedonker, terwijl een huisregel is dat het licht in de hal altijd brandt. Op de tast vind ik de lichtknop, maar hoe ik er ook op druk, het licht gaat niet aan. Zou er een storing zijn?

Geleidelijk beginnen de contouren van de trap zich af te tekenen. Van boven komt een zwak, spookachtig blauw licht. Het valt door het dakraam dat drie etages hoger precies boven het trappenhuis is geplaatst. Pas als ik geluiden hoor uit de andere appartementen, gepraat en zacht geluid van televisies, loop ik naar boven. Elke afzonderlijke trede maakt een krakend geluid onder mijn gewicht.

Toen ik nog kind was, moest mijn moeder altijd onder aan de trap wachten tot ik veilig in bed lag. Zeker tot mijn vijftiende heeft ze trouw elke avond de wacht gehouden en heeft haar aanwezigheid alle monsters, geesten en spoken verjaagd. Ik dacht dat ik daar overheen was gegroeid, maar ik kan me niet onttrekken aan dat volstrekt irrationele gevoel dat ik word bekeken.

Mijn uitgestrekte handen raken de voordeur en vinden uiteindelijk het slot, waar ik met trillerige vingers de sleutel in steek. Binnen tik ik het licht aan en zucht opgelucht als blijkt dat alles functioneert. Ik sluit de deur achter me en draai hem snel op slot, doe beide schuiven erop.

Meteen zet ik de tv aan en zap door naar een luchtige talkshow. Daarna loop ik naar de keuken. Er staat nog een fles Entre deux mers in de koelkast. Ik pak een glas en schenk het tot aan de rand vol. Met het glas en de fles loop ik terug naar de woonkamer en plof neer op de bank, schop mijn schoenen uit en trek mijn benen onder me.

Ondanks dat het hele appartement in een zee van licht baadt en de televisie het geruststellende geluid produceert van lachende mensen en klappend publiek, blijf ik wat schrikachtig om me heen kijken. Ik kruip verder tegen de rugleuning aan met het glas in beide handen en drink de wijn alsof het een mok warme chocolademelk is. Opnieuw kijk ik om me heen. Naar de spiegel, die mijn benen en onderlichaam weerspiegelt en het rood van de bank. Naar de gesloten deur waar achter de hal is – die donkere, grote, echoënde hal met dat spookachtige licht. Ik kan me niet aan het gevoel onttrekken dat er een sinistere sfeer in het hele gebouw hangt. Het voelde hier in het begin zo eigen, zo vertrouwd, maar nu ineens schijnt alles me vijandig toe. Even, in een vreemd, onverklaarbaar moment stel ik me voor dat ik opstijg, steeds hoger en hoger, dwars door alle verdiepingen heen, de houten zolder en het leistenen dak, nog hoger, waarbij ik steeds op mezelf neer blijf kijken en ik op mijn rode bank een steeds kleiner poppetje word in een steeds groter wordende stad. Ik zie mezelf zitten, omsloten door vier muren, en nog veel meer muren, huizen, straten, auto's, mensen, water, bomen, weilanden, en uiteindelijk alleen nog maar de duisternis om me heen.

Dit is mijn huis. Mijn eerste eigen huis. Maar het voelt helemaal niet goed.

Ik zet de televisie harder, uiteindelijk weer zachter. Schenk nog een glas wijn in en drink het in een paar teugen leeg. Ik huiver bij de laatste slok.

Ik had niet naar de vergadering moeten gaan. Ik had botweg kunnen weigeren of een smoes kunnen verzinnen, ik had zoveel kunnen doen, maar in plaats daarvan meldde ik me stipt om halfzes op Industriestraat 19.

Het moet gewoonte zijn geweest. Ik kan niets anders verzinnen. Leon had gelijk toen hij gisteren tegen me zei dat ik me vastklampte aan zekerheden. Het moet de reden zijn geweest dat ik aan John ben blijven hangen. Daarom ben ik wel in de stad gaan wonen, maar in dezelfde provincie en op maar een kwartier rijden van mijn oude dorp.

Toch heb ik de laatste tijd dingen gedaan die ik jaren terug nooit van mezelf had verwacht. Nieuwe, spannende dingen. Ik ben alleen naar Londen gegaan. Daar heb ik me kwetsbaar opgesteld voor een man die ik amper kende. Het heeft ertoe geleid dat ik verliefd ben geworden, naakt heb geposeerd – mijn god! – en ik heb er een inrichtingsopdracht aan overgehouden. Die gebeurtenissen zijn onmogelijk los van elkaar te zien. Ze zijn als een kettingreactie, omvallende dominostenen. Ze hangen met elkaar samen, behoren tot een en hetzelfde geheel. En het voelt allemaal even goed. Spannend, inspirerend, opwindend.

Ik schenk nog een glas in en kijk naar de paarse, roze en rode muren. Naar de schetsen voor Ce Truc op de salontafel. Is het niet zo dat je in je leven soms maar één keer een kans krijgt, en dat je die dan moet grijpen voor hij aan je voorbijgaat?

Ik haal mijn gsm uit mijn broekzak en bel Leon. De telefoon gaat lang over voor hij opneemt.

'Met mij,' zeg ik. 'Sorry dat ik zo laat bel.'

Zijn stem klinkt slaperig, mompelend. 'Maakt niet uit.'

'Lag je al in bed?'

'Nee, ik kom net thuis. Hoe was je vergadering?'

'Klote... Ik... Ik wilde je eigenlijk zeggen dat ik erover heb nagedacht, over wat je gisteren tegen me zei. Ik had niet zo overspannen moeten reageren. Je hebt gelijk, denk ik. Misschien zit ik te vastgeroest in mijn baan, de routine. Maar... nou ja, ik denk erover om te stoppen met mijn werk.'

'Goed zo, meisje. Geweldig.' Hij klinkt nog steeds vermoeid.

Ineens voel ik me bezwaard. 'Leon, ik... ik mis je.'

'Zie het weekend te overleven. We zien elkaar maandag. Ik heb trouwens nog iets leuks voor je. Ik had je er morgen over willen bellen, maar ik spreek je nu toch. Een vriend van me heeft een nachtclub, hij denkt over een nieuwe inrichting en wil je graag zien. Wacht even.'

Ik hoor ritselen en gerommel aan de andere kant van de lijn.

'Noteer even.' Leon leest een telefoonnummer en een naam op.

Ik gris een stift van de tafel en schrijf alles in de kantlijn van de schetsen. De naam en het nummer zeggen me niet veel. Het is al eeuwen geleden dat ik ben wezen stappen. 'Wanneer kan ik hem bellen?'

'Niet nu, hij werkt 's nachts. Maar 's middags na twaalf uur is hij aanspreekbaar. Ik heb gezegd dat je mogelijk maandag aan het eind van de dag bij hem langs kunt komen. Het is niet ver van de bungalow, dus kun je daarna meteen doorrijden. Dan vieren we samen je tweede opdracht.'

25

Er schijnt een bleek zonnetje aan de wolkeloze hemel. De mistflarden die vanochtend het verkeer ophielden zijn weggetrokken en de atmosfeer tintelt. Alles voelt fris, jong, als een nieuwe lente. Maar ook al zou het regenen of ijzelen, ik denk niet dat het enig verschil gemaakt zou hebben voor hoe ik me nu voel. Ik ben niet te stuiten, schaterlach om domme grapjes op de radio en beweeg me voort alsof ik dertig kilo lichter ben. Ik heb zelfs de neiging te huppelen en te dansen. Maar ik houd me in. In plaats daarvan tikt alleen mijn voet en neurie ik de maat mee van de muziek die in het café wordt gedraaid – 'Sing It Back' van Moloko.

De schrale winterzon legt het bruine café-interieur in een gelig licht. Ik lepel de schuimlaag met cacao van de cappuccino en geniet van elke hap.

Het opgewonden gevoel van vanochtend is nog niet getemperd. Ik weet rationeel echt wel dat ik een risico heb genomen, dat ik misschien wel iets heel onverstandigs heb gedaan, maar het voelt zo ontzettend goed dat ik er niet aan wil toegeven, aan die vasthoudende, zeurende schoolmeester die in mijn hoofd rondspookt. Ik ga het anders doen, radicaal anders. De eerste stappen daartoe zijn gezet. Ik heb er het hele weekend over na kunnen denken, lijstjes met voors en tegens gemaakt, die weer verfrommeld, verscheurd, en ben weer opnieuw begonnen tot ik gisteravond de knoop heb doorgehakt.

Ik heb geen kinderen waar ik verantwoordelijkheid voor draag, niet eens een huisdier. Er is maar één iemand voor wie ik moet zorgen, en dat ben ikzelf. En in die eenvoudige, overzichtelijke taak ben ik tot dusver niet zo heel erg goed geslaagd. Goed bezien heb ik mezelf verwaarloosd in de afgelopen jaren, op allerlei fronten. Het is tijd voor een nieuwe wind.

Voordat ik vanochtend naar All Inclusive reed, ben ik langs een autohandelaar gegaan op hetzelfde industrieterrein. Mijn nieuwe vervoer staat een paar straten verder in een parkeergarage te blinken. Het is een kleine Japanse auto van zes jaar oud die eruitziet en ruikt alsof hij pas gisteren de fabriek heeft verlaten. Volgens de verkoper is hij betrouwbaar en zuinig. De prijs viel mee, maar ik mag nu niet te veel rare sprongen meer maken en moet snel aan geld zien te komen. Leons idee om mijn appartement te verkopen is wel even door me heen geschoten. Waarschijnlijk is het nu meer waard dan toen ik het kocht. Het oogt zoveel moderner. Maar ik heb besloten er nog even mee te wachten. Verkopen kan altijd nog, als het allemaal niet loopt zoals ik hoop.

Ik heb mijn baas nog nooit zo verbaasd zien kijken als vanochtend. Ik haakte de autosleutels los van mijn sleutelbos en legde ze bij hem op het bureau, samen met de stofstalen, mijn mappen met klantengegevens en alles wat ik verder nog in de auto had liggen. Nadat hij enigszins van de verbazing was bekomen, glinsterden zijn blauwe ogen wantrouwend achter zijn dikke brillenglazen en wees hij me fijntjes op het concurrentiebeding in het arbeidscontract. Hij kon gewoonweg niet geloven dat ik er zomaar mee ophield en niet was weggekocht door een concurrent.

Ik liep naar buiten, legde mijn hoofd in mijn nek en ademde diep de frisse winterlucht in. Ik voelde me verlicht. Geen ballast meer. Een nieuw, spannend leven lag aan mijn voeten en ik hoefde het alleen maar op te rapen. Ik wandelde naar de autohandelaar en we reden samen naar het postkantoor om de Japanner op mijn naam te zetten. Dat was het dan. Ik was vrij. Helemaal vrij.

Ik knabbel op het koekje dat ik bij de koffie heb gekregen. Het is één uur en pas om drie uur word ik verwacht bij de vriend van Leon. Er is te weinig tijd om nog naar Amsterdam te rijden, al zou ik dat het liefste doen om zekerheid te krijgen over de opdracht voor Joost en Rolf. Hopelijk kan ik deze week nog bij hen terecht, en kunnen ze een keuze maken uit de drie voorstellen die ik heb bedacht. Restaurant Ce Truc legt zich toe op biologisch voedsel en er staan relatief veel vegetarische menu's op de kaart. Daarom heb ik een interieur ontworpen op basis van gebruikte, natuurlijke materialen die op deze manier een tweede leven krijgen. Het tweede ontwerp is gewaagder. Alles, van de muren tot en met de meubels en stoffen, heeft verschillende tinten groen, die ik wil combineren met halve boomstammen met de schors er nog aan. Die kunnen als pilaren dienen en dat breekt meteen de lange lengte. Als derde mogelijkheid heb ik iets totaal anders bedacht: een strak interieur van staal en glas, niet toevallig gebaseerd op het concept van Oxo in Londen. Ik ben benieuwd wat ze ervan vinden.

Mijn mobieltje begint te trillen en piepen. Ik klap het open, half in de veronderstelling dat Dick me weer een berichtje heeft gestuurd. Maar het is niet Dick.

> Sorry dat ik zoveel overhoop heb gehaald. Was niet mijn bedoeling.
> Ik hoop dat je dat wilt geloven. Nogmaals: sorry. Gr. John

Ik trek mijn wenkbrauwen op. John die ergens spijt van heeft en die zijn excuses aanbiedt? Twee keer zelfs? Ik klap het mobieltje weer dicht, leg het op tafel en blijf ernaar kijken, alsof het apparaatje elk moment pootjes kan krijgen en weg kan wandelen. Dan klap ik het weer open en lees het bericht nog eens. Ik heb me niet vergist, het staat er echt: twee keer sorry.

Ik neem een slok van de cappuccino, graai naar mijn pakje sigaretten en steek een sigaret op. Had John enkele weken geleden nog contact met me opgenomen, dan had ik hem tien tegen één meteen teruggebeld en hem de huid vol gescholden. Waarschijnlijk op het hysterische af, waarna ik meteen spijt zou hebben gekregen dat ik me zo had laten kennen. Maar nu roept zijn berichtje evenveel emotie bij me op als een sms van Orange, met de mededeling dat mijn nieuwe maandtegoed is ingegaan.

Ik heb al een hele poos niet meer aan John gedacht. Noch in negatieve, noch in positieve zin. Hij heeft me zelfs in mijn dromen niet meer lastiggevallen. Ik ben te druk met mezelf geweest. De fotosessie, het opzeggen van mijn baan, de ontwerpen, de twijfels over verhuizen en Leon. Vooral Leon. John lijkt ineens zo onbelangrijk.

Blijkbaar heeft hij wel degelijk aan mij gedacht. Ik kan me zomaar voorstellen dat hij na zijn bezoek aan mijn ouders mijn furieuze telefoontje heeft afgewacht. Toen contact van mijn kant uitbleef, moet hij zijn gaan twijfelen en dat leidde tot dit berichtje. Mijn glimlach wordt breder. 'Deze heb ik van je gewonnen,' fluister ik voor me uit.

Ik bijt zacht op mijn onderlip en besef dat het niet alleen John is die uit mijn systeem gewist lijkt. Ook twee mensen die dat helemaal niet hebben verdiend. Ik klap het mobieltje open en toets een nummer in. De telefoon wordt vrijwel meteen opgenomen.

'Hoi mam,' zeg ik.

'Och, Margot, ik ben...' ze zucht schokkerig, alsof ze buiten adem is. 'Ik ben blij dat je belt.'

'Ik bel je om te zeggen dat ik niet meer boos ben, mam. En ik wil sorry zeggen dat ik het jullie zo moeilijk heb gemaakt.'

'Och, dat –'

'Ik had langs willen komen,' onderbreek ik haar. 'Maar ik ben momenteel met veel dingen tegelijk bezig en ik kan me onmogelijk losweken. Is het goed als ik naar je verjaardag kom?'

'Natuurlijk is dat goed! Hè, verdorie... Dat hoef je toch niet te vragen.' Weer een diepe zucht. 'Je wil niet weten hoe blij ik ben dat het is uitgesproken.' Typisch mijn moeder. Er is helemaal niets uitgesproken.

'Is John nog langs geweest?'

Ze zwijgt even. 'Nee,' zegt ze uiteindelijk. 'Hij heeft ons nog wel gebeld om te zeggen dat het hem spijt dat hij voor zoveel problemen heeft gezorgd.'

'Hoe weet hij dat eigenlijk?'

'Toen je boos bij ons wegging heeft je vader hem gebeld om te zeggen dat we ruzie hebben gekregen en dat hij hier niet meer welkom is.'

Ik grinnik binnensmonds. 'Jullie zijn schatten. Echt. Mam, ik zie je op je verjaardag.'

'Wacht even. Zullen we anders deze week bij je langskomen? Dat hadden we al veel eerder moeten doen, daar hebben pa en ik het ook over gehad. Dat we jou een beetje hebben laten zwemmen.'

'Dat zou ik geweldig vinden. Maar ik ben waarschijnlijk de rest van de week of nog langer in Amsterdam.'

'Heb je weer een beurs?'

'Nee. Het is iets anders, een lang verhaal, maar dat vertel ik je nog wel.'

'Toch niets ernstigs?'

'Nee, joh, helemaal niet zelfs. Ik vertel het nog wel, goed? Later. Ik moet ervandoor.' In een opwelling voeg ik eraan toe: 'Ik hou van je, mam.'

Het loopt tegen drieën als ik de lege parkeerplaats van de nachtclub van Taco opdraai. Ik heb geen idee of dat zijn voor- of achternaam is, of misschien alleen maar een bijnaam. Ik stap uit en neem het pand in me op. Het is een wit geschilderde villa uit de jaren zeventig, met een parkachtige tuin met volgroeide coniferen en een relatief grote parkeerplaats die is volgestort met wit grind. Hier en daar schiet onkruid omhoog. Desondanks ziet het geheel er goed onderhouden uit. Aan de pui, vlak bij de dakrand, hangt een oranje zwaailamp. De grote ramen zitten verborgen achter houten schotten, die evenals de bakstenen muren effen wit zijn geschilderd.

Ik loop naar de voordeur, die is bedekt met een glanzend rode laklaag, en ik druk op de bel. Binnen hoor ik niets rinkelen. Voor de zekerheid bel ik nog eens aan, maar ik hoor niets anders dan het continue voorbijrazen van auto's op de provinciale weg en het geloei van koeien, verderop. Ik vraag me af of een nachtclub zo ver buiten de bebouwde kom wel genoeg klanten trekt. De villa is amper zichtbaar vanaf de weg. Het hele perceel is omgeven door een dichte bossingel met populieren en beuken. Hoewel de bomen hun meeste bladeren nu wel kwijt zijn, is het nog steeds lastig om door de wirwar aan verwilderde takken en stammen de weilanden en weg te kunnen zien.

Als ik mijn hand ophef om opnieuw aan te bellen, gaat de deur open. Ik word nieuwsgierig opgenomen door een goed geconserveerde vijftiger met donker, golvend haar tot op zijn schouders en opvallend lichte ogen in een gebruind gezicht. Hij draagt een wit trainingspak met blauwe en zwarte banden over zijn schouders. 'Margot,' concludeert hij.

'Klopt. Jij bent Taco?'

'Taco Sanders. Kom binnen.' Zijn accent is niet van de regio, eerder randstedelijk. Zijn 'r' rolt; het zou een Rotterdammer kunnen zijn, maar in dat geval woont hij er al een tijd niet meer.

'Woon je hier?' vraag ik, als ik achter hem aan loop door een gitzwarte hal naar een grote, verlichte ruimte die sterk naar sigarettenrook en drank ruikt. Het valt me op dat Taco moeilijk loopt. Hij trekt met één been. Dan zie ik pas dat zijn ene voet in een leren slipper steekt en de andere in het gips.

'Hiernaast,' antwoordt hij, zonder me aan te kijken. 'Toen ik dit ding kocht, heb ik het opgesplitst in twee delen.' Hij loopt naar de bar. 'Koffie of thee?'

'Thee, graag. Gaat het om deze ruimte?'

'Ja. Kijk gerust rond. Er is nog niemand.'

Met mijn armen een beetje onwennig over elkaar geslagen loop ik langs de banken die tegen de muren in U-vorm zijn opgesteld, met lage tafeltjes in het midden. In elke nis is een grote, vierkante foto tegen de muur bevestigd van zeker tachtig bij tachtig centimeter. Er staan vrouwen op afgebeeld in zwart-wit, alleen hun lippen en de lingerie die ze dragen zijn met rood ingekleurd. Zou Leon die gemaakt hebben? Ik ken zijn werk niet goed genoeg om daar zeker over te zijn. Ik maak mijn blik los van de foto's en probeer me te concentreren op de rest van het interieur.

Het licht brandt fel en toont onvolkomenheden en slijtages die bij gedempte verlichting waarschijnlijk niemand opvallen. Zwart geschilderd hout met beschadigingen, versleten rode velours op de banken, vol met vlekken en brandgaten. In het midden van de ruimte, die ongeveer zo groot is als drie flinke woonkamers, is een druppelvormig podium, ook al zwart. Aan het afgeronde einde ervan staat een metalen paal. De bar ligt aan de linkerzijde en pal tegenover het podium en de coulissen, die aan het oog zijn onttrokken met zware velours gordijnen.

Het dringt tot me door dat ik in een striptent terechtgekomen ben. Die heb ik gezien op tv, ik heb er mensen over horen praten, maar het is de eerste keer dat ik daadwerkelijk in zo'n club ben. Ik voel me lichtelijk geïntimideerd.

'En,' zegt Taco, als hij een kopje dampende thee op de bar neerzet, 'kun je hier iets mee, denk je?' Hij kijkt me vriendelijk genoeg aan. Toch hangt er iets om die man heen waardoor ik op mijn hoede ben. Het zou het trainingspak kunnen zijn, in combinatie met de entourage en de wetenschap dat hij de eigenaar is – maar dat is het niet alleen.

'Dat ligt eraan wat je wil,' zeg ik, voorzichtig, en ik schuif op een barkruk. Van All Inclusive weet ik dat mensen vaak erg gehecht zijn aan bepaalde aspecten van hun interieur. Ze zien zelden waar het aan schort. Ik heb al vroeg geleerd mijn mening voor me te houden en eerst te achterhalen wat de klant er zelf van vindt.

'Ik kijk hier alweer vijftien jaar tegenaan,' zegt hij. 'Het heeft zijn geld wel opgebracht. Het mag wat mij betreft helemaal anders.'

Ik doe suiker in de thee en begin te roeren. Mijn hand trilt licht. 'Hoe anders?'

'Zolang het podium maar blijft. En de klanten vinden die nissen ook prettig. Het moet natuurlijk ook een beetje donker blijven, maar dat spreekt voor zich.'

Ik draai me om op de barkruk en laat mijn ogen door de ruimte glijden. Paars, schiet het door me heen. Paars en roze, waarom niet? Stripclubs zijn kitsch: glitters, lampen, neonbuizen, flamingo's, palmbomen... het kan en mag allemaal. Ineens word ik enthousiast. 'Je hebt neem ik aan een budget in gedachten?'

Hij tuit zijn lippen. 'Er mag best een tonnetje tegenaan. Maar dan moet het ook wel gelikt zijn.'

Honderdduizend euro. Drie jaarsalarissen. Ik doe mijn uiterste best om niet al te gretig over te komen, al betwijfel ik sterk of ik daarin slaag. 'Daarmee moet het wel gaan lukken,' hoor ik mezelf zeggen.

Ik strijk mijn haar uit mijn gezicht, ga op het podium zitten en kijk nog eens om me heen. Volgens mij heb ik alles nu wel gehad. De plattegrond van Nachtzicht met elke vaste bank, tafel, verhoging, traptrede en stopcontact is in kaart gebracht. Ik zou nog een keer moeten terugkomen om foto's te maken, in elk geval voor ik serieus aan het ontwerpen sla. Er zijn zoveel mogelijkheden dat het me duizelt. Er blijven maar ideeën in me opkomen, variërend van water en fonteinen tot neonbuizen. Ik twijfel ook over de vloer. Nu ligt er rode vloerbedekking met zwarte motieven. Ik neig sterk naar effen paars, dieppaars zelfs, maar ik ben bang dat het misschien te somber overkomt op zo'n groot oppervlak. Daarom zal ik moeten gaan praten met gespecialiseerde tapijtleveranciers die hier ervaring mee hebben. En dat niet alleen: ook met bedrijven die banken op maat kunnen maken, lichtspecialisten, ga zo maar door.

Er is nog iets. Als deze opdracht doorgaat, dan moet er heel veel besteld worden. Dure spullen. Met Joost en Rolf ben ik overeengekomen dat de facturen rechtstreeks naar hen worden gestuurd en dat zij mij alleen een uurtarief betalen. Taco gaat er echter van uit dat ik alles voor hem regel. Hij wil 'zo min mogelijk gedoe'. Maar hij zal toch moeten begrijpen dat ik zulke bedragen niet even kan voorschieten?

Ik neem een slok uit mijn glas water en zet het terug op de bar. Het begint nu serieus te worden. Ik zal waarschijnlijk een andere bankrekening nodig hebben en me moeten laten inschrijven als bedrijf. Ben ik eigenlijk BTW-plichtig? Vast wel. En dat houdt in dat ik een boekhouder nodig heb. Verzekeringen misschien? Verdorie, ik heb geen idee waar ik moet beginnen. Zoveel gedachten schieten door mijn hoofd. Ik ben amper begonnen en ik weet nu al niet meer wat ik moet doen. Laat ik nog maar niets zeggen tegen Taco. Ik heb het er vanavond eerst wel met Leon over. Voor vandaag ben ik hier klaar.

Taco heeft zich nog steeds niet laten zien. Hij is een uur geleden het huis in gegaan.

Ik pak mijn spullen bij elkaar, stop ze in mijn koffer en loop naar buiten. Achter de club is een bestraat erf met een hoog wit hek ervoor. Een grote donkere hond begint hard te blaffen als hij me ziet. Hij springt op en neer in zijn met golfplaat bedekte kooi en wordt alsmaar kwader en fanatieker naarmate ik dichterbij kom. Zijn geblaf weerkaatst tegen het gebouw.

'Rustig maar,' zeg ik, 'goed volk.' De hond gaat onverminderd door.

Ik loop om een grote BMW heen naar een aanbouw. Voor de

raampartijen hangen roze lamellen en links ervan zit een deur. Ik tik op de ruit. 'Hallo?' Ik moet schreeuwen om boven het geblaf van de hond uit te komen.

Taco doet de deur open. 'Kom binnen.'

Weifelend stap ik naar binnen, terwijl hij zijn hond met een korte schreeuw tot stilte maant. Ik kom meteen terecht in een keuken met een laag plafond, die in open verbinding staat met de woonkamer. Over de hele vloer ligt hoogpolig tapijt. De meubels zijn van glas en strak, zwart leer. Pontificaal tegen de muur hangt een plasmascherm en daaronder staat een indrukwekkende muziekinstallatie op een laag dressoir. Meteen komt er een wit hondje op me af. Zijn lange haar hangt in warrelige sliertjes voor zijn ogen en zijn hele lijfje schudt als hij me kwispelend begroet. Ik buk en aai het dier. Het rolt zich om en toont zijn bleke, bijna kale buikje. Het lang behaarde staartje zwiept heen en weer over de oudroze vloerbedekking.

'Ga maar even zitten,' hoor ik Taco zeggen. 'Wat drinken?'

'Nee, dank je. Ik kwam alleen maar even zeggen dat ik klaar ben. Zou ik morgen of overmorgen langs kunnen komen om wat foto's te maken?'

Hij haalt zijn schouders op. 'Als het maar voor zessen is en je even van tevoren belt. Dan zorg ik dat het hek open is.'

Ik loop iets verder de woonkamer in. Het hondje volgt me op de hielen en blijft mijn aandacht trekken.

'Loulou,' legt Taco uit, licht gegeneerd. 'Hondje van mijn vriendin. Een verwend loeder is het.'

'Je vriendin bedoel je?'

Zijn grijns legt een perfect wit gebit bloot. 'Die ook, ja. Net zo goed.'

In de woonkamer staat een deur open. Door de kier zie ik een glazen bureau en erboven hangt een enorme kleurenfoto van een vrouw, een close-up van haar gezicht. Ze is zwaar opgemaakt, dramatisch als in oude films. Haar ogen lichten fel op. Ze heeft een sigaret vast en blaast rook naar de camera. Even denk ik dat ik me vergis, maar als ik een paar passen in de richting van het kantoor zet, zie ik duidelijk dat de vrouw twee verschillende kleuren ogen heeft. Ik blijf staan.

'Mooi hè?' hoor ik vlak achter me zeggen.

Ik draai me verschrikt om. 'Ze heeft heterochromia. En rood haar. Net als ik.'

'Ken je haar niet dan?' Hij gaat me voor naar zijn kantoor en houdt de deur wijd open.

Ik loop een paar passen achter hem aan. Sla dan mijn armen over elkaar en blijf staren naar de ogen van die onbekende vrouw. Ze sprankelen. 'Nee. Zou ik haar moeten kennen dan?'

'Dat is Edith.' Er spreekt veel liefde uit Taco's stem, die op afstand de foto bestudeert met een intensiteit alsof hij hem voor het eerst ziet. 'De vorige vriendin van Leon. Ik heb die foto een paar jaar geleden gekocht, zo hebben we elkaar leren kennen. Leon wilde hem na haar dood van me terugkopen. Er zijn er maar vijf van in omloop en hij heeft de negatieven vernietigd. Lullig voor hem, maar ik wil hem niet verkopen. Ik ben er te sterk aan gehecht geraakt. Het is geen kwestie van geld.' Hij kijkt me even aan. 'Je lijkt wel wat op haar. Zelfde soort fysiek, je ogen.'

Ik klem mijn kaken op elkaar. *Leons vorige vriendin... Na haar dood...*

'Waaraan is ze gestorven?' vraag ik.

Hij blaast langzaam lucht uit, alsof ik hem een onmogelijke vraag stel. Even zwijgt hij en dan krijgt zijn stem een vertrouwelijke intonatie. 'Ik weet niet of ik degene moet zijn die dit aan je vertelt. Maar als je Leons nieuwe vriendin bent, kom je er toch wel een keer achter. Ze heeft zelfmoord gepleegd. Hij trof haar aan in zijn eigen bad. Ze lag er toen al een dag of twee dood in. Echt zwaar klote als je het mij vraagt.'

26

De hele weg naar Leons huis gaat aan me voorbij als een snel afgespoelde film. Ik tuur door de voorruit de donkere avond in en neem vrijwel niets van de omgeving in me op. Automatisch trap ik op het rempedaal als een stoplicht op rood springt, trek met het overige verkeer op en vervolg mijn weg als een zombie.

Ik kan er niet over uit dat Leon zoiets essentieels voor me heeft verzwegen. Het kost me niet veel moeite me voor te stellen dat de zelfmoord van je vorige vriendin een onderwerp is dat je niet makkelijk ter sprake brengt. Zeker niet als je iemand nog maar zo kort kent. Het legt onherroepelijk een donkere schaduw over iets wat juist heel mooi en hoopvol is, maar evengoed kwetsbaar – ik heb niet voor niets met geen woord gerept over John.

Maar Edith is geen John. John en Leon lijken niet op elkaar, niet fysiek en niet mentaal. Ik kan mezelf echter onmogelijk los zien van die vrouw die me met haar omfloerste ogen aanstaarde aan de muur bij Taco.

Heterochromia is een uiterst zeldzame afwijking en bepaald geen onopvallende eigenschap. Telkens als Leon in mijn ogen kijkt, moet hij daar iets zien wat hij op een vreselijke manier is kwijtgeraakt. Ik weet vrijwel zeker dat niet ik het ben, die hij dan ziet, maar een tweede kans, een mogelijkheid om terug te vinden wat hij is verloren. Daar ben ik bang voor. Bang dat het echt zo is, dat ik een substituut ben voor zijn overleden vriendin, misschien zelfs wel een project, iemand die hij willens en wetens wil omvormen naar haar evenbeeld.

Ik knijp mijn handen om het stuur en vecht tegen de tranen.

Als ik zijn straat inrijd, moet ik terugdenken aan de vreemde opmerkingen die Debby maakte, die mooie blondine in de galerie in Amsterdam. Ook Leons manager sprak in raadselen. Hun opmerkingen komen nu in een heel ander daglicht te staan. Zij heeft het woord *schokkend* in de mond genomen en ze doelde daarbij op een gelijkenis met iemand. Door Leons tussenkomst hield ze verder haar mond dicht. Wat Richard precies heeft gezegd kan ik me niet meer herinneren. De strekking is me wel bijgebleven, en die was dat Leon een geheim had.

Nummer zesentwintig is het laatste huis aan een lange laan, net voor het asfalt overgaat in een bospad. Het is een van de onbekendere toegangswegen naar het grootste natuurgebied van Brabant. Duinen, omgeven door heuvelachtige naald- en loofbossen en veenmoerassen. Ik ben hier als kind vaak genoeg geweest met mijn ouders, het is hemelsbreed nog geen halfuur van mijn oude woonplaats. In de weekenden struikel je hier over de gezinnen die de frisse boslucht opsnuiven. Nu is er niemand. In mijn koplampen doemen knoestige kale takken op en daarachter is alleen maar duisternis. Dichterbij staan hoefafdrukken van paarden in de vochtige bosgrond.

Stapvoets draai ik rechtsaf, tussen rododendronstruiken door de smalle oprit op en zet mijn auto achter Leons nieuw uitziende, donkerblauwe Audi. Voor ik uitstap neem ik het huis in me op: een kleine witte bungalow met smalle, verticale raampartijen. Door de gordijnen heen valt licht op de bemoste bestrating. Ik druk mijn sigaret uit en duw het portier open.

Leon heeft me al horen aankomen. Voor ik twee passen heb kunnen zetten verschijnt hij in de deuropening. Hij draagt een zwarte trainingsbroek en een grijs T-shirt met lange mouwen, en zijn haar is vochtig, alsof hij net heeft gedoucht of terugkomt van hardlopen.

Ik wrijf ongemakkelijk door mijn haar, verman mezelf en loop door. Op de drempel kijk ik hem heel even aan. In die ene seconde besef ik ten volle dat dit de man is op wie ik verliefd ben, voor wie ik mijn baan heb opgezegd, voor wie ik mezelf heb blootgegeven en naakt heb geposeerd. Dit is de man die mijn leven en zelfbeeld volledig op zijn kop heeft gezet.

Uiteindelijk is hij iemand die ik nauwelijks ken.

Wat voor demonen spoken er rond in zijn hoofd? Welke kronkels verschuilen zich achter dat oogstrelende, bedwelmende masker van testosteron en zelfverzekerdheid? In de volgende seconde waarin we elkaar alleen maar aan staan te kijken, stilzwijgend, onbeweeglijk, in dat zachte licht in de hal, verwens ik Taco Sanders. Ik zou willen dat hij me niets had verteld, dat ik daar nooit was geweest en die foto niet had gezien. Ik zou willen dat ik onwetend was gebleven, zodat ik nu alleen maar zou kunnen genieten van deze man, die me zo intens aankijkt dat ik dwars door alle boosheid en reserves heen naar hem wil reiken, hem vast wil houden.

Maar dat gaat niet.

'Wat is er?' Hij sluit de deur achter me.

In de kleine, vierkante kamer is alles wit, zwart en appelgroen. Het is schoon en schaars gemeubileerd. Aan de muur hangen verschillende prints van zwart-witfoto's en op de houten vloer ligt een zwart geweven kleed voor een moderne open haard. Als ik ga zitten kraakt het leer van de tweezitsbank onder mijn gewicht. Ik wrijf onrustig over het appelgroene leer en houd mijn jas aan. 'Ik ben bij Taco geweest.' Ik schraap mijn keel en dwing mezelf hem recht aan te kijken. 'Edith. Ik heb haar foto gezien.'

Hij trekt zijn wenkbrauwen op. 'Ben je bij hem in huis geweest?'

Ik negeer zijn vraag. 'Ze lijkt op mij. Ze lijkt te veel op mij.' Ik schud mijn hoofd. De boosheid valt weg en ik voel me intens verdrietig worden. 'Niet toevallig,' fluister ik.

Hij staat voor me, zijn handen in zijn zakken, en observeert me zwijgend vanonder zijn wimpers. Alleen de strakgespannen pezen in zijn nek verraden zijn onrust.

'Leon...' Mijn stem klinkt hoog en onnatuurlijk. 'Ik kom uit een relatie die nogal pijnlijk voor me is geweest en ik voel er weinig voor om nog eens beschadigd te worden. Ik ben me rot geschrokken.'

'Goed,' zegt hij, zo zacht dat ik hem amper kan verstaan. 'Naïef van me om te denken dat... Ik had liever dat je het van mij had gehoord.' Even sluit hij zijn ogen en richt zich dan weer op mij. 'Heeft Taco je alles verteld? Over hoe... Hoe ik haar...' Hij kijkt me onderzoekend aan. 'Ja, zeker?'

Ik knik en probeer 'ja' te zeggen, maar blijf steken in een soort gepiep.

Leon vloekt binnensmonds en strijkt nijdig door zijn haar.

'Het moet vreselijk zijn geweest,' fluister ik.

Hij heft zijn hoofd op en fixeert zijn blik op een punt achter me op de muur. 'Ze lag er al twee dagen toen ik haar vond. Weet je wat er gebeurt met een lichaam dat twee dagen in het water ligt?'

Hij wil geen antwoord, hij stelt niet echt een vraag, dus zeg ik niets.

'Het zwelt op,' gaat hij verder. 'Het wordt verdomme páárs, de huid hangt eraan alsof die is afgestroopt. Gevild. De kaak valt open, de tong puilt naar buiten, opgezwollen. Je wil niet weten hoe het ruikt. Die geur, die verrotte gore stank blijft wekenlang in je huis hangen, maandenlang. Ik ruik hem nog weleens.' Hij kijkt me recht aan en houdt mijn blik gevangen. Zegt dan, zachter: 'Zomaar, als ik denk dat ik het vergeten ben. Of als ik de moed heb om te denken dat ik het recht heb om door te leven, gelukkig mag zijn, ook al koos zij ervoor om eruit te stappen. En soms, Margot, heel soms ook als ik me afvraag of ik iets had kunnen doen om het te voorkomen. Misschien beter naar haar had geluisterd, haar signalen had begrepen – dan ruik ik het weer. Alsof ik opnieuw in die badkamer sta en zie dat mijn meisje, mijn alles, dood is. Dood en paars en opgezwollen.' Zijn vuisten ballen zich. 'En ik kan niets meer doen... Helemaal niets.'

De tranen lopen over mijn gezicht. Ik weet niet waarom ik huil. Om Leons pijn, om die van Edith, of om mezelf. Boos veeg ik ze weg. 'Waarom heb je het niet verteld?' fluister ik. 'Je had het me kunnen vertellen.'

'Wanneer? In Londen, tijdens het eten? Of misschien in het hotel, toen we seks hadden?' Hij loopt op me af en komt op zijn knieën voor me zitten. Grijpt mijn handen vast en wrijft met zijn duimen over mijn vingers. 'Of in Amsterdam, toen je zo ontzettend blij was dat je die eerste klus kreeg van Joost en Rolf? Had ik het toen moeten zeggen, net voor we afscheid namen en jij me om mijn hals vloog om me te bedanken?'

'Je had –'

'Er is geen goed moment geweest. Nog niet.'

'Er moet toch een –'

Hij hoort me niet eens. 'Of had ik het moeten vertellen tijdens de fotosessie? Hé, Margot, voor je het van iemand anders hoort: mijn vorige vriendin had toevallig net zulke ogen als jij. O ja, niet schrikken, maar ze is dood. Zelfmoord...' Hij stoot een vreugdeloze lach uit. 'Wat had je dan gedaan? Eerlijk zeggen.' Zijn ogen staan zo somber dat het pijn doet naar hem te kijken.

'Ik weet het niet,' zeg ik.

'Ik zal het je vertellen: je had je spullen gepakt en was weggerend alsof de duivel je op de hielen zat.' Hij schudt zijn hoofd en legt zijn hand in zijn nek, waar zijn vingers masserende bewegingen maken. 'Er kwam geen goed moment.' Hij staat op en gaat schuin tegenover me zitten op de enige andere zitplaats in de kamer, een zwarte fauteuil, en wrijft over zijn ogen. 'Het is niet iets wat je zomaar even vertelt tegen iemand die je nog nauwelijks kent. Na Edith was alles dood. Niet alleen zij, ook ik stierf. Ik wilde er met niemand over praten. Onlangs heb ik pas weer een beetje gevoel in mijn donder teruggekregen, kon ik weer een beetje gaan nadenken over een toekomst. Ook vanwege jou. Of juist vanwege jou.'

In de auto had ik dit gesprek geoefend en wist ik precies wat ik hem zou gaan vragen. Maar nu moet ik me echt concentreren, mijn hoofd erbij houden, omdat mijn hele wezen naar hem reikt en ik hem alleen maar wil omarmen, troosten. Kussen. Het is niet eens in me opgekomen dat Leon onzeker over mij zou kunnen zijn. Geen seconde. De manier waarop alles hem vanzelfsprekend af lijkt te gaan en de mensen om hem heen alles doen wat hij van ze verlangt, liet daar geen ruimte voor. Maar de man die nu tegenover me zit en me afwachtend aankijkt, heeft niets dominants over zich. Het is zijn andere gezicht, besef ik, dat slechts weinig mensen moeten kennen. Zijn kwetsbare, menselijke gezicht.

'Ze lijkt op me,' piep ik. 'Jouw Edith lijkt op mij. En dat maakt me bang en niet zo'n beetje ook. Begrijp je dat? Dat ik vanochtend mijn baan heb opgezegd, mijn auto heb ingeleverd, al mijn zekerheden achter me heb gelaten, en er dan achter moet komen dat...' Ik schud wild mijn hoofd. 'Dat jij helemaal niet met míj bezig bent, maar... met háár. En dat ik me nog nooit zo ontzettend stom heb gevoeld als...'

Leon springt op uit de fauteuil en zakt op zijn knieën voor me op de grond. Met twee handen pakt hij mijn gezicht beet en dwingt me hem aan te kijken. Zijn ogen gaan onderzoekend over mijn gezicht. 'Luister goed naar me, want ik zeg het maar één keer. Je lijkt voor geen meter op Edith.'

'Behalve dat zij ook te dik was, rood haar had en twee verschillende kleuren ogen?'

Hij fronst geërgerd zijn wenkbrauwen. 'Ik val op stevige vrouwen met natuurlijk rood haar. Dus is het niet zo vreemd dat je in het vliegtuig mijn aandacht trok. Ik vroeg me af of die kerel die naast je zat je man was en ik keek naar je handen in de hoop dat je geen trouwring droeg. Toen ik zag dat je twee verschillende kleuren ogen had, schrok ik me te pletter. Het maakte het alleen maar lastig. Maar daarop wilde ik je niet laten schieten. Daarvoor vond ik je te mooi.' Hij snuift. 'Ik had je naar je hotel kunnen begeleiden, geloof me, dat was gewoon gebeurd als ik dat had gewild. Maar ik heb het initiatief van jou laten afhangen. Daarom gaf ik je mijn nummer. Als jij me zou bellen, interesse in mij zou tonen, dan zou ik er vol voor gaan. Dan had het zo moeten zijn... En je belde. Weet je wat het mooie was? Dat je van het begin af aan Margot Heijne was. Niet Edith Benschop. Je bent een totaal ander mens.'

Hij laat mijn gezicht los en staat op. 'Heb je sigaretten bij je?'

Ik graai in mijn jaszak naar mijn pakje en duw het hem toe.

Hij trekt er een sigaret uit en steekt hem aan. Inhaleert diep en blaast de rook langzaam uit. 'Eén ding wil ik van je weten: vertrouw je me?'

De pijn die uit zijn ogen spreekt, raakt me diep. Ik ben om deze man gaan geven. De emotie die momenteel de overhand heeft, is schaamte.

'Want het is simpel,' zegt hij, als antwoord op mijn stilzwijgen. 'Als je denkt dat ik uit mijn nek sta te kletsen, dan kunnen we er beter gelijk mee ophouden. Nu, hier, ter plekke. Want dan houdt alles op. Dan –'

'Ja,' zeg ik snel, voor hij nog meer dingen zegt die me ineen laten krimpen. 'Ik vertrouw je.'

Hij trekt een wenkbrauw op. 'Roep niet zomaar wat om ervan af te zijn. Als je mij wil dan krijg je mijn verleden erbij... Ik heb je uitgelegd hoe het zit, wat er is gebeurd, en het is wat mij betreft meteen de laatste keer dat er over Edith is gesproken. Passé. Ik wil het achter me laten. *Take it or leave it.*'

'Ik roep niet zomaar wat, Leon.'

Hij snuift, staart naar een punt op de muur dat zich boven mijn hoofd bevindt.

Ik denk nu te weten wat het is dat hij ziet aan zijn eigen, persoonlijke horizon. Het zijn geen mooie dingen.

Hij wrijft afwezig over zijn bovenarm. 'Ik ben nu wel toe aan koffie. Jij?'

Zonder mijn antwoord af te wachten loopt hij naar de keuken en gaat in de weer met een espressoapparaat.

Ik kijk toe hoe hij de hendels verzet, water in het apparaat giet en kopjes uit een kastje pakt. Het ziet er zo gewoon uit, zo alledaags. Maar ook al doet hij heel gewone dingen, gewoon is Leon allerminst. Wat is er verkeerd gegaan tussen Edith en hem, zo ontzettend verkeerd dat zij haar woede en frustratie zo krachtig naar binnen richtte dat het die verwoestende, onomkeerbare uitwerking had? Ik kan het hem niet meer vragen.

Leon komt terug met twee metalen koppen en zet er een voor me neer.

Ik merk nu pas dat ik mijn schouders steeds opgetrokken heb gehouden. Ze zijn helemaal verkrampt. Ik haal een keer diep adem en laat ze zakken. Trek dan mijn jas uit.

Minutenlang zeggen we beiden niets. Ik kijk naar de sigarettenrook die naar het plafond kringelt.

Leon verbreekt de stilte. 'En ik had nog wel zulke mooie plannen voor vanavond...' Hij klakt zacht met zijn tong.

Ik schiet in de lach. Waarom weet ik niet, het moet een ontlading zijn van de druk, de heen en weer schietende emoties. Ik leg mijn hand voor mijn mond en kan niet meer ophouden.

Leons mondhoeken krullen omhoog. Heel geleidelijk. Dan tekenen zich kleine rimpels bij zijn ooghoeken af. 'Kreng,' zegt hij. 'Je zit me uit te lachen.'

Ik hef mijn handen naar hem op. 'Sorry. Het heeft niets met jou te maken. Ik moest ineens aan Taco denken. Hij lijkt wel zo'n zonnebankbruine zanger van het levenslied. Hoe heb je hem in hemelsnaam leren kennen? Of is dat iets wat ik misschien niet wil weten?'

Zijn hand glijdt onder zijn shirt en wrijft over zijn middenrif. Zijn grijns wordt breder. 'Taco houdt van vrouwen en van fotografie. Als je dan, zoals in zijn uitzonderlijke geval, ook nog te veel zwart geld hebt dat in je zak brandt, dan kom je op een gegeven moment vanzelf een keer bij mij terecht.'

'Heb jij de foto's gemaakt die in zijn, eh...'

'Hoerentent wil je zeggen?'

'Is het dat dan?'

'Nee. Het is een keurige stripbar waar veel zakenlui komen. Onschuldig. Ik zou je er anders niet naartoe gestuurd hebben.'

'Heb jij die foto's van die vrouwen gemaakt?'

'Yes. In opdracht. Het zijn meisjes die bij hem werken of gewerkt hebben. Het idee was om de foto's als eindejaarscadeau te geven. Dat is ook gebeurd, maar uiteindelijk zijn ze ook in de bar terechtgekomen.'

'Ik vond ze mooi.'

Hij tuit kort zijn lippen. 'Ze zijn niet slecht, maar galeriefähig zou ik ze niet noemen. Zeg, heb je al wat gegeten?'

Ik schud mijn hoofd.

Leon graait een mobieltje van tafel. 'Pizza?'

'Is best... Quattro stagioni, als ze dat hebben.'

'Dat hebben ze overal.' Weer schuift zijn hand onder zijn shirt, waardoor ik een stuk van zijn huid zie. Dat lichaam dat onder het T-shirt zit en dat ik nog amper heb kunnen ontdekken. Terwijl hij de bestelling doorgeeft, kijkt hij me onafgebroken aan. Zijn mond lacht, zijn ogen niet. Die staan bloedserieus en pinnen me vast op de bank. Geen grapjes meer, zeggen ze me. Geen confessies, geen Edith, geen pijn. Zijn hoofd staat naar heel andere dingen. Hij focust.

Om mezelf een houding te geven neem ik een slok van de koffie. Het kopje is leeg.

Waar broedt hij op? Het onzekere vooruitzicht dat hij exact weet wat er staat te gebeuren en ik in het duister tast, alleen al die gedachte brengt onmiddellijk een kettingreactie aan tintelingen en samentrekkingen in mijn lichaam teweeg. Een blik, een paar woorden, een lichte buiging in zijn stem – meer is het niet, en ik weet dat ik het ga verliezen.

Leon legt de telefoon terug op tafel, en net als ik denk dat hij zich in zijn fauteuil laat zakken en me met woorden op afstand houdt, me mee gaat trekken in zijn belevingswereld, zegt hij: 'Kom hier.'

Tot mijn eigen ergernis werpt zijn eenvoudige uitspraak alleen maar vragen bij me op. Hóé, vraag ik me koortsachtig af. Rechtop lopend, kruipend over de vloer? Verleidelijk, of gewóón? De vraag 'hoe?' ligt op mijn lippen, klaar om te worden uitgesproken, alleen angst houdt me tegen. De angst dat het misschien niet is wat hij wil, en voor mijn eigen bereidwilligheid om op zijn aansturing te reageren. Ja, ik kruip naar hem toe als dat is wat hij van me verlangt, het windt me meer op dan ik voor mogelijk houd. Wat is er in hemelsnaam met me aan de hand? Wie is het die de leiding in mijn lichaam heeft overgenomen, die tot voor kort totaal onbekende vrouw die tot in mijn vezels en hersenen is doorgedrongen en me dit allemaal laat doen – en gráág?

De verwarring moet van mijn gezicht af te lezen zijn.

'Ik wil je knuffelen,' zegt hij.

Ik sta op, me bewust van elke beweging die ik maak, loop naar hem toe en ga voor hem staan. Afwachtend.

Zijn handen glijden over mijn middel en blijven liggen op mijn heupen. Ze masseren zacht mijn vlees en voeren de druk op, trekken me naar beneden, zodat ik schrijlings op hem kom te zitten.

Hij gaat iets verzitten en legt zijn handen gespreid op mijn billen. Duwt zijn bekken tegen me aan. 'Je had een rok aan moeten trekken,' mompelt hij, terwijl hij zijn gezicht in mijn hals begraaft en een spoor van kussen achterlaat. 'Dat zwarte ding dat je in Londen aanhad. Dat bood tenminste perspectieven.'

'Ik dacht dat je alleen maar wilde knuffelen.'

Zijn gezicht bevindt zich nu ter hoogte van mijn borsten. Instinctief duw ik ze naar voren.

Leon trekt de smalle rits van mijn vest naar beneden. Langzaam, zonder enige haast, haakt hij de sluiting van mijn bh los en stroopt mijn vest en bh van mijn armen. Zijn adem strijkt over mijn naakte huid en ik huiver. Tussen mijn benen is zijn opwinding voelbaar. Zo dichtbij. Ik moet me inhouden om stil te blijven zitten, ik wil hem berijden. Er is te veel textiel tussen ons in.

'Ik wil het rustig aan doen met je,' fluistert hij.

'Dat hoeft niet.' Voorzichtig begin ik te bewegen, verplaats mijn gewicht traag naar voren en weer naar achteren. 'Ik wil het niet rustig aan doen.'

'Doe die broek eens uit.'

Ik ga staan, wankel en duizelig. Knoop mijn jeans open en zet mijn duimen achter mijn broekband, neem in dezelfde beweging mijn string mee. Dan buk ik om mijn sokken uit te doen. Terwijl ik daarmee bezig ben streelt hij de binnenzijde van mijn benen, en verder omhoog. Als ik opkijk, en terug bij hem op schoot wil kruipen, houdt hij me tegen.

'We doen dit op mijn manier.'

Hij pakt mijn hand en neemt me mee naar een aanpalende ruimte. Er staat een tweepersoonsbed, strak opgemaakt, met een donkere effen overtrek. De vloer voelt koel aan onder mijn blote voeten.

Leon laat me los en trekt de deur achter ons dicht. Ineens is het donker, de kamer is ondergedompeld in grijstinten. Het enige licht valt langs de deurstijlen naar binnen, een lichtgevende rechthoek.

'Ga op bed liggen.'

Een huivering kruipt op langs mijn ruggengraat. Ademloos hoor ik mezelf vragen: 'Hoe?'

27

Het is 'groen' geworden, ontwerp nummer twee. Joost en Rolf waren laaiend enthousiast over de boomstammen en raakten al helemaal niet uitgesproken over mijn idee om het ontwerp te verlevendigen met een door het hele restaurant heen subtiel opduikende driedimensionale uitvoering van Ce Truc – dat ding, of beter gezegd: het monstertje. Dat bestond al, fotograaf Rolf had het ontworpen, maar het kwam alleen nog maar voor als een silhouettekening op de menukaarten en servetten. Nu krijgt het een grotere rol. Elke bar of restaurant die zichzelf De Engel noemt, hangt vol met schilderijen en beelden van engeltjes, dus waarom mag een restaurant dat Dat Ding heet niet gewoon zijn eigen dingetjes hebben? Het idee is goed, maar de uitvoering neemt veel tijd in beslag. Ik weet lang niet alle bedrijven zomaar te vinden – hoe kom je bijvoorbeeld aan halve boomstammen, of aan iemand die voor een schappelijk bedrag groene monstertjes kan maken? Toch heb ik er alle vertrouwen in dat ik over een jaar of wat een betrouwbaar netwerk van vaste leveranciers zal hebben.

Het geregel voor Ce Truc en het ontwerpen van een spetterend nieuw interieur voor Nachtzicht is enorm intensief, maar levert me nieuwe energie op. En ideeën, gekke en spannende ideeën waarvan ik hoop dat ik ze een keer kan toepassen. Het is niet alleen de nieuwe uitdaging en de totaal andere daginvulling waardoor ik me beter voel dan ooit. Het lijkt alsof ik tegelijkertijd overwegend andersdenkende mensen tegenkom. De behoudende Frits Leendersen uit de All Inclusive-tijd lijken te zijn uitgestorven. Toch waren al die nieuwe mensen die ik heb leren kennen er lang voordat ik me van hen bewust werd. Vreemd is dat eigenlijk, dat werelden naast elkaar bestaan, ze zelfs met elkaar verweven kunnen zijn, zonder dat ze elkaar echt raken.

'Blijf je eten?' roept Joost vanuit de keuken. Daar is hij al even bezig, terwijl ik telefoontjes pleeg naar leveranciers. Ik wil proberen alles zo voor te bereiden dat het echte werk straks in vijf, hooguit zes werkdagen gerealiseerd kan worden. Dan hoeft het restaurant maar een week dicht.

'Ik maak graag wat voor je klaar,' gaat hij door. 'Hou je van vis?'

'Dat is lief van je, maar ik heb een afspraak en ik ben al aan de late kant.'

Joost komt de keuken uit gelopen met een geblokte vaatdoek waaraan hij zijn vingers afdroogt. Zijn lange blonde haar zit in een staart die tot halverwege zijn rug komt en hij draagt een wit schort dat vol spetters zit. 'Ben je er morgen weer?'

'Nee, morgen moet ik in Brabant zijn. Onder andere in het atelier waar ze de Trucjes maken.' In gedachten loop ik mijn agenda door. 'En daarna naar een tapijtfabrikant. En dan weer terug naar Amsterdam voor de stoffeerder.'

Joost laat zijn hoofd van zijn ene naar de andere schouder kantelen, heen en weer, alsof er een veer in zit. 'Meid, meid, je hebt het druk. Veel te druk.'

'Ben je gek,' zeg ik, terwijl ik hem een snelle kus op zijn wang geef. 'Het is alleen maar leuk. Ik bel je nog, oké?'

'Ga je het allemaal wel redden?'

'Tuurlijk,' zeg ik, met de deurkruk al in mijn hand. 'Over een week of drie, vier gaan we inrichten.'

Ik loop naar buiten en sla mijn jas om me heen. Gure wind jaagt langs de grachtenpanden en laat mijn haar alle kanten op waaien.

Vorige week, nadat ik de nacht bij Leon in zijn bungalow had doorgebracht, ben ik bij hem gebleven en de volgende dag met hem mee gegaan naar Amsterdam. We wonen nu min of meer samen. Hij heeft een loft op de bovenste verdieping van een voormalig pakhuis, pal aan het IJ en met hoge ramen waardoor ik – in tegenstelling tot Leon – alleen maar naar buiten kan kijken als ik op mijn tenen ga staan. Het is bereikbaar met een lift en het plafond is zeker zes meter hoog, met de oorspronkelijke metalen dakconstructie in het zicht. De muren zijn van grote, bruine bakstenen. Hele stukken beschadigde muur zijn grof aangesmeerd met cement. Desondanks is het een echte woonruimte geworden. Er liggen kleden op de natuurstenen vloer, er hangen moderne schilderijen en er staan drie joekels van banken van een oosterse stof, met dikke losse kussens waarin je helemaal wegzakt. Bij binnenkomst zie je meteen alles: het woongedeelte, het grote spijlenbed en de keuken van chroom, hout en natuursteen. Alleen de badkamer is met een gestuukte muur afgescheiden van de rest. Het bad is groot genoeg voor drie personen en half verzonken in de vloer. Toen Leon me zijn badkamer liet zien, gedroeg hij zich niet anders dan anders. Op mijn beurt heb ik geprobeerd niet te laten merken dat ik er de kriebels kreeg. Ik durf hem niet te vragen of hij is verhuisd na de dood van Edith. Ik verwacht van wel. Maar voor de zekerheid vermijd ik de badkamer voorlopig zoveel mogelijk.

Ik duw de deur van het café open. Het is er warm en rokerig. Richard is er nog niet, dus neem ik een tafeltje bij het raam en klap mijn nieuwe werktas open om mijn papieren nog eens door te nemen. Leons manager heeft me gisteren aangeboden om het bedrijfsplan met me door te nemen en me op weg te helpen. Het klonk me als muziek in de oren. Ik ben nu zelfstandig ondernemer, maar ik heb geen enkele ervaring met de zakelijke kant daarvan. Als ik eerlijk ben, kan me die gestolen worden, maar ik begrijp net zo goed als ieder ander dat ik die op orde moet zien te krijgen.

Als er naast me een barman verschijnt, schrik ik op uit mijn papieren. 'Cappuccino, graag.'

'Zal ik de kaart brengen?'

'Nee, hoeft niet. Dank je.'

De man verdwijnt weer.

Mijn gsm trilt. Ik klap hem ongezien open, er half en half van uitgaande dat het Richard is die laat weten dat hij later komt.

'Margot?'

'Hallo. Met mij.'

Ik frons mijn wenkbrauwen. 'Sorry, met wie spreek ik?'

'Eh, met John.'

De barman zet de cappuccino neer en laat een bonnetje achter onder een vaas met nepbloemen.

'John,' herhaal ik kortaf.

Ik hoor hem zijn keel schrapen. 'Ik ben afgelopen weekend aan het opruimen geweest en ben een heleboel spullen van je tegengekomen. Die wilde ik gisteravond bij je langs komen brengen, maar ik stond voor een gesloten deur. Je was niet thuis.'

'Dat kan wel kloppen.'

'Ben je vanavond thuis?'

'Nee.'

'Later deze week dan? Of komend weekend?'

'Waarschijnlijk niet.'

'Niet thuis in de zin van niet thuis, of niet thuis voor mij?'

Don't flatter yourself. 'Ik zit momenteel in Amsterdam.'

'Heb je een beurs of zo?'

'Nee, ik woon hier nu. Min of meer.' Hoewel Leon vond dat ik mijn appartement – volgens hem alleen maar ballast – maar moest verkopen, doe ik dat toch niet. Het gaat wel erg snel allemaal en ik wil een vluchtweg houden. Een eigen plek waar ik me kan terugtrekken. Leon is veel weg. Richard sleurt hem half Europa door voor allerlei lucratieve opdrachten. Het idee om dagenlang in Leons loft te moeten rondhangen terwijl hij er zelf niet is, staat me een beetje tegen.

'Goh,' hoor ik John zeggen.

'Ik heb een nieuwe vriend.' Ik kan mijn tong wel afbijten, maar ik heb het al gezegd.

'Goh,' herhaalt hij. Schraapt weer zijn keel. 'Nou... wat zal ik dan met die spullen doen? Die rode Samsonite, een stapel cd's, ik vond nog boeken van je op zolder en je ceintuur, die brede, weet je wel. En een map met oude schoolspullen, rapporten en zo.'

'Ik dacht dat die nog bij pap en mam lagen.'

'Nee, we hebben ze meegenomen toen ze jouw kamer leegruimden. Ben je dat vergeten?'

Het begint me te dagen. Dat was in de periode dat het al behoorlijk bergafwaarts ging, relatietechnisch gezien. De doos heeft een week in de gang gestaan, tot John hem op zolder zette. 'Ja. Nou weet ik het weer.'

'Dus?' hoor ik hem vragen.

Dit is lastig. Ik kan moeilijk van hem verlangen dat hij mijn spullen bij mijn ouders afgeeft. Dat gaat niet meer. John ontmoeten staat bepaald niet hoog op mijn prioriteitenlijst, maar mijn schoolrapporten wil ik wel graag terug. En als ik eerlijk ben: ergens ben ik ook wel nieuwsgierig. Het is maanden geleden dat ik John heb gezien en nu ik hem aan de telefoon heb, doet het me weinig. Zijn stem klinkt alleen maar prettig vertrouwd. Hoe zal ik reageren als ik hem zie?

Er staat iemand bij mijn tafeltje. Ik kijk op. Het is Richard. Hij steekt zijn hand op en knijpt sussend zijn ogen dicht om aan te geven dat ik wat hem betreft rustig door kan gaan met telefoneren.

'Margot? Ben je daar nog?'

'Ja, ik ben er nog. Ik moest even nadenken. Morgen moet ik langs een klant en dan zou ik mijn spullen bij je kunnen ophalen.'

'Hoe laat?'

'Wacht even.' Ik doorzoek mijn tas en vind mijn agenda. Die begint al aardig volgekrabbeld te raken. 'Rond een uur of twaalf?'

'Ik moet werken, maar ik kan tussendoor wel even naar huis gaan.'

'Je hoeft er niet speciaal voor van je werk te komen. We kunnen ook volgende week of zo wat afspreken, als dat beter uitkomt.'

'Nee, morgen is goed. Ik regel wel wat.'

'Prima. Tot morgen dan. Dag John.' Ik druk hem weg voor hij nog iets kan zeggen.

'Fijn hè, die mobieltjes,' merkt Richard op. 'Je hebt geen moment rust meer.'

We staan tegelijkertijd op om elkaar te begroeten. Hij kust me op mijn wang en wrijft vriendschappelijk over mijn rug.

'Het was mijn ex,' laat ik me ontvallen. 'Hij heeft nog spullen van me. Ik ga ze morgen ophalen.'

'Dat begrijp ik,' zegt hij afwezig, terwijl hij een mapje op tafel legt en het naar me toe schuift. 'Ik heb een plan voor je uitgewerkt. Je gaat het de komende tijd nog veel drukker krijgen.'

Ik blader het mapje door, gebonden A4'tjes, uitgeprint op een laserprinter. Er staan actiepunten in en adressen, allerlei dingen die ik zou moeten doen. De informatie is specifiek toegespitst op mijn situatie. 'Ik weet niet hoe ik je kan bedanken, Richard. Dit is echt ontzettend lief van je, dat je dat zomaar voor me doet.'

Hij wuift met zijn hand alsof hij een vlieg wegjaagt. 'Ik vind het alleen maar fijn dat ik je kan helpen. Iedereen is gelukkig dat Leon weer een beetje lol in het leven heeft gekregen. Het werd verdorie tijd.'

Het ligt op het puntje van mijn tong om Richard te vragen naar Edith. Was ze geestelijk ziek en was haar zelfmoord onvermijdelijk, of had Leon het kunnen voorkomen? Wat voor soort relatie hadden ze, wat voor type vrouw was Edith? Wat hield haar bezig? Richard weet dat allemaal. Hij heeft haar gekend en zou me alles moeten kunnen vertellen. Maar ik vraag niets. Richard en Leon kennen elkaar al lang en zijn erg close. Als ik hem zou uithoren over Edith, dan is er een grote kans dat hij Leon daarvan op de hoogte stelt.

Er verstrijkt een vol uur waarin Richard me de belangrijkste actiepunten uitlegt. In mijn overvolle agenda van morgen moet ik nog een gaatje zien te vinden om naar de Kamer van Koophandel te gaan. Ik moet mijn nieuwe bedrijf laten inschrijven en een formulier invullen voor de belastingdienst. Een bedrijfsnaam verzinnen en briefpapier voor de facturen ontwerpen. Voortaan alle bonnetjes bewaren, zowel van eten en drinken onderweg als van papier, printerinkt, ga zo maar door. En ik moet mijn gereden kilometers gaan bijhouden. De lijst lijkt eindeloos.

'Maar dit allemaal gezegd hebbende,' zegt Richard, terwijl hij zijn spullen bij elkaar graait en in zijn tas stopt. 'Creatieve geesten moet je niet te veel belasten met dit soort ellende. Jij moet je zoveel mogelijk toeleggen op dingen die je goed kunt en die je graag doet. Dan verdien je uiteindelijk het meest. Alle uren die je in je administratie zou steken, zijn in wezen verloren uren, waarin je energie alleen maar wegvloeit en je geen omzet kunt draaien. Dus is mijn advies: alle bonnen, kilometerstanden en facturen in een ouderwetse schoenendoos bewaren en die eens per drie maanden bij de boekhouder brengen. Laat die het maar lekker uitzoeken. Ieder zijn vak.'

Het schoenendoosconcept staat me wel aan. 'Dat zou inderdaad heel fijn zijn.'

'Heb je al een boekhouder?'

'Nee. Ik ken er ook geen.'

'Vind je het vervelend om je zakelijke dingetjes te laten regelen door iemand die je kent?'

'Het maakt mij niet zoveel uit, denk ik.'

'Mijn vriendin Marianne is jarenlang accountant geweest, maar sinds de geboorte van Lola houdt ze kantoor aan huis. Ze is niet duur en ze doet het graag en goed.' Hij diept een kaartje op uit de binnenzak van zijn colbert en schuift het me toe. 'Bel haar deze week even voor een gesprekje.'

28

Het is alweer bijna halféén als ik de auto op de oprit van de twee-onder-een-kap parkeer die maar twee wijken verwijderd ligt van die van mijn ouders.

Ik zou me minstens gespannen moeten voelen, licht verontrust misschien of in elk geval nieuwsgierig, maar vreemd genoeg voel ik niets van dat alles. Misschien komt het doordat ik er vandaag nog niet over heb kunnen nadenken. Ik heb er eenvoudigweg geen kans voor gehad. Het enige wat er door me heen gaat als ik uitstap en naar de voordeur loop, is dat ik niet veel langer dan een kwartier kan blijven wil ik niet mijn hele dagschema in gevaar brengen.

Het dagelijkse leven gaat steeds meer lijken op een voortrazende sneltrein, met een waanzinnige machinist aan het stuur die van het ene naar het andere station jaagt. Vergeleken bij mijn nieuwe daginvulling was het werk voor All Inclusive een gezapig Rijnreisje.

Vanochtend was er een ongeluk gebeurd bij Utrecht en heb ik bijna een uur stapvoets gereden, een uur dat ik zo nuttig mogelijk heb besteed door allerlei mensen te bellen, onder wie Marianne. Vanmiddag kan ik al bij haar terecht. Haar stem klonk gedecideerd, een beetje bekakt zelfs, maar ze leek me desondanks erg aardig.

De lange rit naar Brabant gaf me tevens de kans om na te denken over het gesprek dat ik gisteren met Richard had. Hij heeft me laten beloven dat ik een vast uurtarief zal vragen dat beduidend hoger ligt dan wat ik Joost en Rolf heb berekend. Facturen van leveranciers moet ik volgens hem altijd rechtstreeks naar de klanten laten sturen. Zo houd ik het overzichtelijk en loop ik zelf weinig risico. Het uurtarief dat hij voorstelde is veel hoger dan ik gewend ben, maar hij drukte me op het hart er niet van af te wijken. Ik bouw geen pensioen meer op en kan niet terugvallen op een redelijke uitkering. Daarbij moet ik een aanzienlijk deel van mijn inkomsten aan de belasting afdragen. Maar boven alles kosten goede, creatieve mensen nu eenmaal geld – dat drukte Richard me op het hart: in zijn kringen zijn mensen gewend aan hoge uurtarieven. Het geldt zelfs als een aanbeveling, want iemand die goed is, wordt veel gevraagd en zal dus automatisch meer rekenen. Ik moet volgens hem die uitstraling krijgen, er vooral zelf in geloven, dan zouden klanten die ik graag wil bedienen vanzelf komen. Hij was daar zo stellig in dat ik hem maar niet heb gezegd dat ik het een beetje ongeloofwaardig vind om veelgevraagd en geslaagd over te komen terwijl ik in een zes jaar oud autootje kom voorrijden.

John is magerder geworden. Dat is het eerste wat me opvalt. Hij was de laatste jaren hard op weg om een buikje te kweken, maar daar is geen spoor meer van te zien. Zijn lichtroze overhemd zit strak achter de riem van zijn blauwe broek. Die laatste hebben we samen met een colbert en twee overhemden gekocht in de stad. Een zijden stropdas kregen we er gratis bij. Het was in de tijd dat hij al een affaire had met Mieke. Dat wist ik toen nog niet.

'Kom binnen,' zegt hij, en houdt de deur wagenwijd open. 'Je ziet er goed uit.'

Dat kan ik van hem niet zeggen. Zijn wangen zijn ingevallen en er ligt een donkere schaduw onder zijn ogen. Hij heeft zich in elk geval wel glad geschoren en zijn warrige, donkerblonde haar wordt in bedwang gehouden met gel.

Ik heb me vaak genoeg afgevraagd hoe ik me zou voelen als ik weer in mijn oude huis zou zijn. Nu ik er ben, voelt het alleen maar vertrouwd, niet meer vijandig. Er zit nog steeds een gat in de lambrisering naast de tv. John heeft me wel tien keer beloofd dat hij het zou maken, maar er kwam steeds weer wat 'belangrijks' tussen.

Hij loopt meteen door naar de keuken en komt terug met twee donkerrode mokken. Ik herken ze niet, ze moeten nieuw zijn. John zet ze op de houten tafel bij het raam en blijft een beetje onwennig staan. 'Ik wil graag mijn excuses aanbieden,' mompelt hij, zonder me aan te kijken. 'Ik ben een ongelooflijke lul geweest.'

'Het is al goed,' zeg ik vlak, om hem te ontmoedigen.

'Ben je gelukkig met die nieuwe vriend van je? Is het serieus?'

Ik knik. 'Ja en ja. Waar zijn de spullen?'

'Wil je niet eerst je koffie opdrinken?'

'Ik heb niet veel tijd,' zeg ik, maar ga toch zitten en roer in de koffie. Er zit al melk en suiker in.

'Dat koekblik buiten, is dat een leenauto van de garage?'

'Nee, ik heb mijn baan opgezegd. En het is een prima auto.'

Hij trekt zijn wenkbrauwen ongelovig op. 'Dat wist ik niet. Wat doe je nu dan?'

'Ik ben voor mezelf begonnen.'

'Als wat?'

'Stylist. Ik richt nu restaurants en dergelijke in.'

De afstand tussen Johns ogen en wenkbrauwen wordt alsmaar groter. 'En wil dat een beetje?'

'Tot dusver wel. Ik ben momenteel bezig met een restaurant in de binnenstad van Amsterdam. Als alles goed gaat kan ik daarna verder met een nachtclub.'

John kauwt op zijn wang en kijkt me analyserend aan. 'Die nieuwe vriend van je, ken ik hem misschien?'

'Nee. Ik denk het niet, maar misschien zegt zijn naam je wel iets: Leon Wagner. Hij is kunstfotograaf. Vrij succesvol ook.'

'Kunstfotograaf... waar heb je die opgeduikeld?'

'In Londen.'

'O ja, natuurlijk. Je moeder vertelde dat je in Londen bent geweest.' Zijn gezicht betrekt. 'Sorry nog, dat ik je ouders heb opgezocht. Ik heb me geen moment gerealiseerd dat –'

'Ik ben hier niet gekomen om te praten, John.' Ik dwing mezelf grote slokken te nemen, zodat de koffie sneller op is.

Hij grinnikt vreugdeloos. 'Ik ben sinds kort persona non grata bij jullie thuis. Je was ervan overstuur geraakt, zei je vader. Weet je hoe vreemd dat is, dat ik daar niet meer naartoe kan? Ik kwam er vaker dan bij mijn eigen moeder.'

Ik kijk hem indringend aan. 'Ik zei je dat ik hier niet was om te praten.'

De uitvergrote vakantiefoto die boven de tv hing, is weg. Gemaakt op Kreta, drie jaar geleden. We stonden er samen op, John zongebruind en ik rood verbrand, lachend naar de camera. Op de achtergrond was een haventje zichtbaar, witte huisjes en daarboven een strakblauwe lucht.

John volgt mijn blik. 'Hij ligt op zolder.'

Ik haal mijn schouders op. 'Het is nu jouw huis.'

'Ja,' zegt hij zacht, en hij speelt met het lepeltje in zijn koffie. 'Ik weet het.'

Ik giet het laatste restje koffie in mijn keel en kijk demonstratief op mijn horloge. 'Oké, dan ga ik ervandoor. Waar staan de spullen?'

'In mijn auto.'

We lopen naar buiten en John laadt de twee kleine dozen – veel is het niet – over in mijn kofferbak. Ze passen er maar net in.

Voor ik de kans krijg om in te stappen, pakt hij me ineens bij mijn arm. Ik kijk verbaasd naar zijn hand en dan naar zijn gezicht. 'Margot... ik wil je zeggen dat als je eens iemand nodig hebt, of... Nou ja, gewoon een keer een avond wil kletsen of zo, de deur altijd openstaat.' Hij laat mijn arm los. 'Ik mis je.'

Ik reageer niet. Dit had hij maanden geleden moeten zeggen, dan zou ik als was in zijn handen zijn geweest. Nu is het te laat. Ik stap achter het stuur, start de auto en draai het raampje open.

John staat nog steeds naast mijn auto, zijn hand ligt op het dak.

'Doe de hartelijke groeten aan Mieke,' zeg ik, en rijd weg.

IX

Na Edith, want ik maak een duidelijke scheiding tussen de mate van bewustzijn die ik had ervoor en erna, ben ik niet alleen mijzelf met andere ogen gaan bekijken.

Ik ben nog sterker gaan letten op de mensen met wie ik gedurende de dag in aanraking kom. Neem een galeriehouder, een caissière, een postbode, ja, zelfs mijn hautaine buurman: hoe verschillend ze ook in het leven staan en op het eerste gezicht mogen lijken; voor mij is er geen enkel onderscheid meer, omdat er in wezen geen onderscheid bestaat. Iedereen heeft zwakke plekken. Iedereen is kwetsbaar, en alles kan kapot.

Maar niet iedereen is mijn onverdeelde aandacht waard.

Ik kan niet anders dan bekennen dat mijn premature fantasie omtrent Margot Heijne steeds vastere vorm aanneemt. Dat opmerkelijke proces zou je je kunnen voorstellen als losse beelden, flarden van bewegingen, gezichtsuitdrukkingen, geluiden, die gaandeweg uitgroeien tot losse, onsamenhangende scènes die langzaam, heel geleidelijk versmelten tot één mooie, glorieuze, orgastische eindmontage.

Lange tijd was dat voldoende, maar de moord op Edith heeft alles veranderd. Hoe overweldigend en indrukwekkend die gedachtefilm ook is, hij steekt uiteindelijk – dat weet ik nu – maar magertjes af tegen de *real life* uitvoering ervan.

Alleen maar fantaseren is niet toereikend. Niet meer.

Toch moet ik het er voorlopig mee doen. Dat ben ik aan mezelf en mijn normbesef verschuldigd.

Ze heeft nog niets verkeerds gedaan. Haar dood dient geen groter doel.

Maar wat niet is, kan nog komen.

29

Marianne is een jaar of vier, vijf ouder dan ik en ze heeft dun, natuurlijk krullend blond haar dat ze met spelden heeft opgestoken. Rondom haar gezicht danst een krans van weerbarstige haartjes die zich niet hebben laten vangen. Ze doet me denken aan een porseleinen pop: haar huid heeft dezelfde kleur en ze heeft fijne gezichtstrekken. 'Schoenendoos?' vraagt ze.

'Dat zei Richard, het leek me wel handig. Ik ben niet zo'n held, administratief.'

'Je moet het zelf weten, maar als ik alles voor je regel wordt het wel duurder.'

Ik zit alweer een kwartier in Mariannes kantoor, een soort serre aan de woonkamer. Haar glazen bureau staat in het midden van de ruimte. Ze werkt op een witte laptop. Binnen gehoorsafstand speelt Lola, hun dochtertje van anderhalf, met blokken in de woonkamer.

'Richard zei dat ik mijn tijd beter kon besteden aan het ontwerpen. Het uitbesteden van de administratie zou zichzelf terugbetalen.'

'Je hebt werkpaarden en luxe paarden.'

'Sorry,' zeg ik, 'het was niet mijn bedoeling om...'

Ze schudt haar hoofd. 'Maak je niet druk. Dat is iets tussen Richard en mij. Daar moet ik je niet mee belasten.' Abrupt staat ze op. 'Ik heb je nog niets te drinken aangeboden. Er komen hier zo weinig mensen dat ik het verleerd ben een goede gastvrouw te zijn. Wat kan ik voor je inschenken?'

'Maakt me niet zoveel uit. Wat je hebt.'

'Er staat een fles wijn open. Rode.'

'Dan doe ik mee.'

Marianne verdwijnt uit het zicht. Het geeft me de kans om goed rond te kijken. Leons manager en zijn vriendin bewonen een modern huis ten noorden van Amsterdam. Het ligt volledig vrij en is bereikbaar via een smal privébrugje. De kantoorserre kijkt uit over groene weilanden, knotwilgen en een molen. De hemel strekt zich uit zo ver je kunt kijken. Een prachtige stek.

Zo idyllisch de omgeving is, zo strak en onpersoonlijk ziet het er hier binnen uit. Een van de twee moet een sterke voorliefde voor minimalisme hebben, of misschien wel allebei. Er staan alleen meubelen die een directe functie hebben en alles is extreem netjes opgeruimd. De muren en het plafond zijn wit en op de vloer ligt beige vloerbedekking. Het lijkt wel een showroom. Lola kraait het uit en kruipt over de grond achter een pezige Siamese kat aan, die sneller gaat lopen als hij doorheeft dat het kind het op zijn staart heeft gemunt, en buiten bereik op een wit dressoir springt.

Marianne komt terug met twee enorme glazen die tot een kwart zijn gevuld met rode wijn. Ze zet er een voor me neer en blijft staan terwijl ze een slok neemt. Nu pas valt me op dat Mariannes kleding naadloos aansluit op haar interieur. Ze draagt een beige pantalon en een witte, gesteven blouse met een opstaande kraag.

'Richard zei me dat je accountant bent.'

'Ik heb bij Deloitte gewerkt. Toen ik zwanger werd van Lola moesten we een keuze maken.' Ze kijkt me recht aan. Haar smalle neus is wat scheef, de enige discrepantie in haar verder gave gezicht. 'Dus ben ik thuis gebleven. Ik ben pas sinds kort weer aan het werk.' Dan kijkt ze naar buiten, naar de weilanden. 'Vroeger woonden we in Amsterdam, daar was altijd wat te doen. Hier kun je een kanon afschieten en er is niemand die het hoort.'

'Het is wel erg mooi,' zeg ik. 'Landelijk. Zulke plekken zijn er niet veel meer.'

Ze neemt plaats in haar bureaustoel en neemt nog een slok van de wijn. 'Gras en koeien. Ze kunnen me gestolen worden.'

'Waarom verhuis je dan niet?'

Ze haalt haar schouders op. 'Richard vindt het fijn om thuis te komen in een rustige omgeving. Zijn werk is erg hectisch. Hier komt hij tot rust.'

'Maar hij is veel van huis. En jij zit hier... altijd.'

Ze buigt zich vertrouwelijk naar me over. 'Daar voelt hij niets van. Zo is hij nu eenmaal. Zo zijn zoveel mannen.' Ze zwijgt even. 'Behalve Leon.'

Ik ben ineens alert. 'Hoezo?'

'Leon is een ander soort man,' zegt ze, en haar ogen krijgen een zachte uitdrukking. 'Anders dan de anderen.'

'Ik begrijp je niet goed.'

Ze zet het glas op het bureau. 'Ik klets te veel. Dat komt ervan als je de hele dag alleen zit. Nou, ja, niet helemaal alleen.' Ze doelt op Lola, die zich inmiddels heeft opgetrokken aan het dressoir en kraaiend naar de staart van de Siamese kat graait.

'Lola is geen klankbord,' zeg ik. 'Kun je niet wat gaan doen, vrijwilligerswerk bijvoorbeeld?'

'Niet zolang Lola nog thuis is. Richard wil niet dat ik haar naar een kinderdagverblijf breng.'

'Waarom niet?'

'Hij is voor een groot deel in een kindertehuis opgegroeid en heeft er een aversie tegen instellingen aan overgehouden. In elk geval wil hij niet dat zijn dochter wordt "weggestopt" zoals hij dat noemt.'

Ik kijk naar Lola en naar haar moeder. Ik heb geen kinderen, maar ik ben wel kind geweest en ik moet me sterk vergissen als Lola niet veel beter af zou zijn met speelkameraadjes van dezelfde leeftijd, al is het maar een paar uurtjes per week, met als bonus een moeder die gelukkiger is en dat ook uitstraalt. 'Heb je hier geen vriendinnen?'

'Nog niet.'

Ik voel me een beetje triest worden van deze mooie vrouw met haar gave poppengezicht en haar griezelig perfecte huis. In één teug drink ik het laatste restje wijn op en zet het glas terug op het bureau. 'Ik moet er weer vandoor,' zeg ik. 'Het wordt al donker.'

'Leon wacht op je,' vult ze aan, bijna ademloos. 'Wat gaan jullie doen vanavond?'

Ik pers er een glimlach uit. 'Gewoon, wat eten. En dan slapen, ik ben hondsmoe.'

'Slapen? Met Leon in de buurt? Dat kan ik moeilijk geloven.'

Ik glimlach weer maar het wordt moeilijker om het er oprecht uit te laten zien. 'Nou, dan ga ik maar.'

Marianne loopt achter me aan en plukt Lola van de grond. Ze zwaait me uit als ik over het bruggetje rijd en staat nog in de deuropening als ik de provinciale weg op draai.

Ik voel me nog steeds wat bedrukt als ik de auto langs de kade parkeer en in mijn jaszak naar de reservesleutel van Leons huis graai. De rivier stroomt gestaag langs de betonnen oevers en klotst zacht tegen de houten staanders. Het is inmiddels donker geworden. De vermoeidheid gonst door me heen en ik ben toe aan een kop koffie en wat te eten. In de lift naar de bovenste etage vraag ik me af of Leon iets heeft klaargemaakt. Malle gedachte. Als Leon honger heeft, graait hij zonder nadenken naar zijn mobiele telefoon. Alle afhaalrestaurants zitten onder de sneltoetsen.

Ik sluit de deur achter me, zet mijn tas op de grond en hang mijn jas op de haak naast de deur. Binnen is het warm en de ruimte is schaars verlicht.

Leon ligt languit op de bank. Hij reageert niet. Ik zie vanaf hier alleen zijn kruin en zijn blote voeten, die op de andere leuning rusten. De tv staat aan op een nieuwszender en op de salontafel staat een asbak. Ernaast ligt een pakje Gauloises. Ik heb een verkeerde invloed op hem.

Ik benader hem van achteren en kus hem op zijn hoofd. Dik en glad haar dat heerlijk ruikt.

Lui rekt hij een arm uit. Zonder zijn blik van de tv af te wenden wrijft hij over mijn maillot. 'Trek dat ding eens uit.'

'Welk ding?'

Hij trekt aan de rekbare stof van de maillot. 'Dit ding.'

Ik rits mijn laarzen open, trek ze uit en wurm me uit de maillot. Twijfel of ik mijn string ook zal uittrekken.

'Alleen die panty en je string,' hoor ik hem mompelen. 'Hou de rest aan.'

'Mijn laarzen ook?'

'Waarom niet. Daar is niets mis mee.'

Ik trek mijn string uit, rol hem op in mijn maillot en leg de bundel op een hoopje achter de bank. Stap opnieuw in mijn laarzen en rits ze dicht.

'Kom eens hier.'

Zijn hand glijdt opnieuw langs mijn benen, verder omhoog. Zijn vingers vinden als vanzelf de weg, onderzoekend en dwingend. 'Wat moest jij bij je ex?'

Ik kijk op, maar zijn blik is onveranderlijk op de tv gericht.

'Mijn... mijn spullen ophalen. Hij had nog dingen van me liggen, van school.'

'Waarom vertel je me dat niet?' Zijn vingers schieten naar binnen, twee, drie.

Ik stoot een kreun uit en mijn benen beginnen onbedaarlijk te trillen. Ik kan onmogelijk blijven staan, als ik dat zou proberen zou ik door mijn knieën zakken. Schokkerig zoek ik steun bij de rugleuning van de bank.

'Nou?' dringt hij aan.

'Omdat... omdat ik het niet belangrijk vind.'

In. Uit. In. Uit. 'We hadden samen kunnen gaan.'

'Ik kan wel...' kreun ik, '...leukere dingen bedenken die we samen kunnen doen.'

'O ja?' Hij komt omhoog van de bank en gaat achter me staan. Legt mijn haar opzij en likt langs mijn nek omhoog, in de richting van mijn oor. 'Je weet wat ze zeggen van exen,' fluistert hij.

Ik laat mijn hoofd zijwaarts rollen zodat hij er beter bij kan. 'Is Richard je persoonlijke spion of zo?'

'Misschien.' Hij sjort mijn rok omhoog, tot die op mijn heupen stropt en niet meer verder wil.

'John is ongevaarlijk,' kreun ik.

'O, echt?' Bezitterig legt hij zijn handen op mijn borsten en trekt in één snelle beweging mijn bh omhoog. 'Hij belt je met een doorzichtige smoes en jij holt meteen de volgende dag naar hem toe... Hoe ongevaarlijk klinkt dat?'

'Leon...' Ik kan niet meer denken, het lukt gewoonweg niet. Leons handen zijn overal, zijn mond op mijn hals, de riem van zijn jeans krast tegen mijn blote huid. 'Er is niets aan de hand,' weet ik uit te brengen.

Ineens stopt hij zijn liefkozingen en grijpt mijn haar vast. Niet zo hard dat het zeer doet, maar ik moet mijn hoofd in mijn nek leggen om de druk te verminderen. Hij stuurt me voor zich uit naar de achterzijde van de bank en duwt me voorover, zodat ik met mijn bovenlichaam op de brede leuning en de kussens terechtkom. Ik sluit mijn ogen en begraaf mijn gezicht in het dikke kussen, klauw in de stof en geniet van zijn plagende strelingen langs mijn ruggengraat. Zijn vingers volgen de curve van mijn hals tot aan mijn bilspleet en ik huiver.

Met zijn knie duwt hij mijn benen verder uit elkaar. 'Je gaat niet meer naar die eikel toe,' hoor ik hem zeggen, dicht bij mijn oor, terwijl hij mijn haar nog steeds vast heeft. 'Beloof het me.'

'Ik beloof het,' hoor ik mezelf fluisteren.

Even, in een warrig moment, waarin ik alle besef van tijd en ruimte kwijt ben, ga ik ervan uit dat hij weer zijn vingers bij me inbrengt, alleen maar omdat ik nooit dichter bij hem ben geweest, hij ons lichamelijk contact niet verder heeft laten komen dan dat. Maar dan dringt het tot me door dat zijn ene hand nog steeds klemvast om mijn haar zit en zijn andere zich om mijn heup sluit, onder mijn rok, terwijl de druk tussen mijn benen langzaam maar zeker toeneemt.

'Hoe graag wil je dit?'

Ik kan amper nog uit mijn woorden komen. 'Heel graag,' hijg ik. 'Zo graag.'

'Smeek erom.'

'Doe het, Leon. Nu... Alsjeblieft. Neuk me.'

30

'Appeltaart of kwarktaart?'

'Eh, doe maar appeltaart,' zeg ik.

Mijn moeder draagt een nieuwe jurk met glitters en een soort stola. Ik vermoed dat ze die alvast heeft gekocht voor de kerst, maar hem niet in de kast kon laten hangen. En ze is naar de kapper geweest. Haar rode haar is wat korter geknipt en in model geföhnd. Vandaag is het immers net zo goed feest: haar tweeënzestigste verjaardag.

De woonkamer zit volgepakt met familie en vrienden. Er hangt een grauwe sluier tegen het plafond van de sigarettenrook. Ik doe mijn uiterste best die in stand te houden door de ene na de andere sigaret op te steken. Als vanouds hebben alle mannen zich rond de eettafel aan de tuinzijde verzameld en zitten de vrouwen aan de andere kant van de kamer.

Ik zit op een keukenstoel die tegen de wand staat, onder de staartklok, en kijk naar de vrouwen die zich op het bankstel hebben geïnstalleerd, tassen aan hun voeten, pakjes sigaretten, kopjes koffie en glazen fris en wijn op de eiken salontafel. Tante Agaath is er, de zus van mijn moeder. De buurvrouw, Anneke, en haar dochter Cathalijne – met twee a's. Ze is iets jonger dan ik en spreekt mijn moeder met 'tante' aan, omdat de families zo close zijn geworden in de jaren dat we naast elkaar hebben gewoond. Degene die het hoogste woord voert is zoals gewoonlijk Els, een jeugdvriendin van mijn moeder. Naast haar zit haar tegenpool in alle opzichten, mijn moeders moeder en mijn laatste oma, stilletjes in een hoek van de bank te luisteren naar de conversaties, terwijl ze een shagje draait tussen haar perkamenten vingers. Het doet me pijn om te constateren dat het haar steeds meer moeite kost. Mijn vader heeft haar eerder vandaag opgehaald uit het bejaardentehuis.

Anne zit naast me, in jeansjack en met opgestoken haar. Bas is bij haar op schoot geklommen. Hij leunt tegen haar aan met zijn duim in zijn mond en wiebelt met zijn benen. Zijn grote broer Thomas is boven aan het spelen in mijn oude kamer. Nadat ik bij John was ingetrokken is er een speelkamer voor de kleinkinderen van gemaakt, vol met oud speelgoed van Dick en mij. Alleen mijn bed staat er nog. Thomas vindt het net een museum. En dat is het ook wel een beetje.

Van de mannentafel stijgt gelach op. Hun gesprekken zijn in de afgelopen jaren amper gewijzigd en hebben nog steeds betrekking op de magische viereenheid auto's, werk, politiek en voetbal. Er staan lege bierflessen op de tafel onder het gele lamplicht, en kommen met pinda's en kaasblokjes waar steeds handen in graaien.

'Hé, jij bent toch pas nog in Londen geweest?' hoor ik Anneke vragen.

'Dat klopt, ja.'

'Heb je Buckingham Palace gezien, en de Tower Bridge?'

Ik schud mijn hoofd. 'Nee. Ik heb eigenlijk vooral gewinkeld.'

'Kon je slagen?'

'Ja, voor een nieuwe rok. En lingerie.'

Ze grinnikt.

'En ik heb een kunstgalerie bezocht,' gooi ik eruit. 'Er was een foto-expositie over... pijn. Alle vormen van pijn, verbeeld door de ogen van de...'

Ze trekt haar wenkbrauwen op. 'Pijn?'

Ik knik.

'Goh.' Ze wendt haar hoofd af en graait naar een stuk kaas. Begint daarna een gesprek met Cathalijne, die naast haar zit.

'Zeg Margot, waar ik benieuwd naar ben: heb je eigenlijk nog weleens wat van John gehoord?' De vraag komt van tante Agaath, haar stem klinkt schril en hard en ineens zijn alle ogen op mij gericht.

'Nee,' zeg ik, kortaf in de hoop dat ze het hierbij laat.

Mijn moeder zet een bordje met appeltaart voor me op de salontafel en legt er een pas afgewassen vorkje bij. Het is nog vochtig.

'Is hij nou nog steeds met die... hoe heet ze ook alweer, die vriendin van je, die Mieke?' vraagt Agaath door.

'Ik heb geen idee,' zeg ik naar waarheid, en ik vervolg, scherper: 'En het interesseert me nog minder. Als je het niet erg vindt.'

'Ik zag hem zaterdag nog bij de Smidse, maar er was geen vrouw bij hem,' hoor ik Anneke tegen Agaath zeggen. 'Hij zag er slecht uit. Onverzorgd.' Ze knikt en fronst erbij, alsof ze wil zeggen: dat krijg je er nou van.

'Ach, meid, trek het je niet aan,' kakelt Els naar me, volledig voorbijgaand aan de mogelijkheid dat ik het hoofdstuk John heb afgesloten. 'Beter dat zoiets nu gebeurt dan wanneer je al kinderen hebt. Dan heb je pas echt een probleem. Geen hand vol maar een land vol, zullen we maar zeggen.'

Daar is iedereen het mee eens, afgaande op het instemmende geknik in de vrouwengroep. Vervolgens voltrekt er zich een discussie over ontrouwe echtgenoten, die naadloos overgaat in nieuwtjes rondom oom Anton. De broer van mijn vader ligt in het ziekenhuis en is gisteren voor de derde keer in een paar weken tijd geopereerd.

'Margot?' Mijn moeder staat bij de toog van de keuken en wenkt me.

Ik zet mijn bordje terug op de salontafel en loop naar haar toe. Buiten het zicht van iedereen vraagt ze samenzweerderig: 'Je hebt me niet verteld wat je in Amsterdam deed.'

Ik wil haar nog niet vertellen dat ik mijn baan heb opgezegd. 'Ik heb een nieuwe vriend. Die woont daar.'

Ze knijpt mijn bovenarmen bijna fijn. 'Wat leuk. Waarom heb je hem niet meegenomen?'

Ik kijk langs haar heen de kamer in. Ik kan me geen voorstelling maken van Leon die hier, te midden van mijn familie, aan de mannentafel bier zit te drinken uit een flesje en meepraat over de vooren nadelen van een stationwagen. 'Hij kon vanavond niet.'

'Wat doet hij voor werk?'

'Hij is fotograaf. Kunstfotograaf.'

Ze fronst haar wenkbrauwen. 'Kun je daar je brood mee verdienen?'

'Erg goed zelfs, mam.'

'Kunstfotograaf,' herhaalt ze. Dan kijkt ze weer op. 'Hoe heet-ie?'

'Leon. Leon Wagner.'

'Mooie naam.'

'Het is ook een mooie man.'

'Erica? Is er nog bier in de schuur?' hoor ik mijn vader roepen.

Mijn moeder is al onderweg naar de achterdeur en schiet in haar slippers.

Ik houd haar tegen. 'Ik ga wel wat halen, als jij nou eens even wil gaan zitten. Je loopt de hele avond al te rennen.'

'Maar ik doe het graag,' zegt ze, oprecht. 'Het is fijn dat iedereen er is. En ik ben nog veel gelukkiger dat jij er ook bent. Ik ben benieuwd naar je nieuwe vriend. Neem je hem een keer mee?'

'Natuurlijk,' zeg ik, zonder veel enthousiasme.

'Mag ik het al tegen je vader vertellen?'

'Pap wel, maar wacht nog maar even met de rest. Het is nog pril allemaal.'

Ik loop naar buiten, knip het licht in de schuur aan en neem zoveel bierflesjes als ik kan dragen uit de kratten die onder de werkbank staan. Als ik terugloop, zie ik door het grote, licht beslagen raam iedereen zitten. Hier buiten klinken hun stemmen gedempt. De meesten van hen ken ik al mijn hele leven. Ze horen bij de familie, hoewel ze in strikte zin niet allemaal familie zijn. Ik ken hun achtergronden, weet met wie ze het wel en niet goed kunnen vinden, ik heb met ze gesproken over hun hobby's en hun frustraties. Ik was bij belangrijke gebeurtenissen in hun leven en zij waren aanwezig bij de mijne.

Dit is mijn basis, schiet het door me heen. Mijn afkomst. Mijn nest. Deze mensen hebben voor een belangrijk deel mijn culturele opvattingen bepaald, mijn normen en waarden en hoe ik de wereld zie – of tot voor kort heb gezien. Waarom lijkt het nu dan alsof het volstrekte vreemden voor me zijn?

31

Ik zit aan Leons bureau. Mijn ogen zijn bijna vierkant van het staren naar het computerscherm en ik voel me stram van het urenlange stilzitten. Naast me ligt een schrijfblok met aantekeningen dat langzaam maar zeker steeds voller komt te staan met telefoonnummers, tarieven en contactpersonen. Ik heb me de hele dag beziggehouden met de inrichting van Nachtzicht. Vanmiddag heb ik contact gelegd met de eigenaar van een verlichtingsbedrijf dat sterrenhemels en -muren kan leveren. Hij heeft vaker samengewerkt met een bedrijfje dat plafonds, scheidingswanden en podia op maat maakt, en hij zou deze klus het liefste met hen samen doen. Via hen ben ik weer in contact gekomen met een eenmansbedrijfje dat op bestelling alles kan maken op het gebied van neonbuizen. Er komt neonverlichting langs alle verhogingen en trappen, zodat niemand zijn nek hoeft te breken als de hoofdverlichting tijdens de shows is gedoofd, en makkelijk de weg kan vinden naar de toiletten en bar. Verder wil ik de erotische foto's uit de nissen verhuizen naar de nu nog saaie hal, waar ze – onder en naast elkaar – bijna een volledige muur zullen gaan bedekken. De bedoeling is om de foto's op ondiepe lichtbakken te printen, waarbij de nu nog rode delen fel roze zullen worden ingekleurd. Een gemoderniseerde knipoog naar vroeger.

Vanochtend nog heb ik het ontwerp voor Taco doorgenomen met Leon, omdat ik me een beetje zorgen maakte over zijn foto's. Mijn terughoudendheid was niet nodig: Leon zat er niet mee dat ze een andere verschijningsvorm kregen. Hij noemde zijn werk in opdracht inspiratieloos lopendebandwerk en wat hem betreft staken de klanten er de open haard mee aan. Hij zou er geen seconde wakker van liggen. Ik schrok een beetje van de hardheid in zijn stem, voornamelijk omdat hij vrijwel dagelijks in opdracht fotografeert.

Ik kijk op mijn horloge. Kwart voor acht. Leon dacht rond achten thuis te komen en zou wat te eten meebrengen. Als ik opsta uit de leren bureaustoel voel ik pas goed hoe stijf mijn spieren zijn. Ik trek mijn rug hol, rek me uit en knip vervolgens een paar lampen aan. In de badkamer poets ik mijn tanden en kijk met een half oog naar het bad. Dat enorme bad en ik hebben nog steeds een stroeve verhouding. Het ziet er luxe en uitnodigend genoeg uit; er zit een grote chromen knop op de rand waarmee je het water kunt laten bruisen, en speciale uitsparingen waar je je armen en hoofd in kunt leggen. Maar ik peins er niet over om een bad te nemen als ik alleen ben. Een irreële angst, want sinds afgelopen week weet ik dat Leon hier pas acht maanden woont. Edith kan dus niet in dit bad hebben gelegen.

Ik kleed me uit en draai de douchekraan open. Als ik mijn naakte reflectie in de spiegel vang, dringt het tot me door dat ik mijn ogen niet meer neersla, zoals vroeger. De schaamte is weg. Ik kan minutenlang naar mezelf blijven kijken, naar dat lichaam dat onder Leons blik, woorden en handen is getransformeerd in een sensueel vrouwenlijf. Ik realiseer me heus wel dat dit nog steeds hetzelfde lichaam is als waar John van gruwde. Dat niet mijn lichaam, maar mijn zelfbeeld in een snel tempo een verandering heeft ondergaan. Er is iets wezenlijks veranderd tussen mijn oren, en dat uit zich op allerlei vlakken: mijn kledingkeuze, de manier waarop ik mensen benader, en een groter vertrouwen in mijn eigen beslissingen op het werkvlak. Waarschijnlijk straal ik die nieuwe zelfbewustheid uit en pikken anderen die feilloos op, want de afgelopen tijd heb ik door blikken en opmerkingen van klanten en leveranciers ontdekt dat Leon niet de enige is die me aantrekkelijk vindt. Die subtiele erkenning geeft me extra energie en inspiratie, het werkt door in alles wat ik doe. Het enige dat me nog stoort is dat er blijkbaar een man voor nodig was om anders naar mezelf te leren kijken.

Terwijl ik me afdroog hoor ik gestommel op de gang en gelach. Leon heeft gasten meegebracht. Snel trek ik mijn kleren aan en loop de kamer in. Leon komt op me af met twee hemdtassen afhaalvoedsel in één hand en Debby en Richard in zijn kielzog. Ik slik mijn teleurstelling weg. Ik had me verheugd op een avond samen.

'Hallo, prinses.' Leon buigt zich naar me toe en kust me in mijn hals. 'Debby en Richard blijven eten.'

'Gezellig.' Ik kus Richard en Debby vluchtig op de wang en loop naar de keuken om borden te pakken. Leon neemt de messen en vorken uit de la en ik zie Debby glazen pakken, terwijl Richard een fles opent. Die twee gedragen zich alsof ze hier wonen. Beiden hebben een huissleutel, ze lopen naar believen in en uit, of Leon nu wel of niet thuis is. Hoewel ik Richard steeds aardiger ben gaan vinden, en Debby ook iets meer ben gaan waarderen nadat me duidelijk werd dat ze geen bedreiging vormde, bevalt het me minder dat ik hier in huis nooit helemaal op mezelf kan zijn. De voordeur kan elk moment openzwaaien. Leon vindt het prima zo. Wat hem betreft horen Debby en Richard bij de entourage.

Ik kijk toe hoe Richard de wijnglazen vult en Leon de verpakkingen openscheurt en shoarma over alle borden verdeelt. Als we plaatsnemen aan tafel, gaat Richards mobiele telefoon. Hij kijkt op het schermpje en neemt geërgerd op. 'Waarom bel je?' Stilte.

Debby en Leon zijn al begonnen met eten, ze letten niet op Richard, wat bij mij het idee sterkt dat dit vaker moet voorkomen. Ik denk te weten wie hem belt en wie hij zo afbekt terwijl zijn vrienden het kunnen horen: Marianne, in haar eenzame huis, alleen met Lola, omgeven door weilanden, sloten en knotwilgen.

'Ik ben nog in vergadering,' hoor ik hem zeggen. 'Ik zie je rond een uur of tien, oké?'

Mijn mond valt open. Als Richard zijn mobieltje wegstopt, kan ik het niet laten er wat van te zeggen. 'Vergádering?'

'Er is veel te bespreken.'

'Vind je het niet –'

'Lukt het een beetje bij Taco?' onderbreekt Leon me. De boodschap is duidelijk: Marianne en Richard zijn niet mijn zaak.

'Beter dan ik verwachtte. Ik heb vandaag de hele dag zitten surfen en bellen en ik denk dat ik de meeste leveranciers wel heb gevonden. Ik zoek alleen nog iemand die wandschilderingen kan maken, maar er staan er genoeg op internet, dus ik denk dat dat ook wel gaat lukken.'

'Dat zou ik heel graag willen doen,' hoor ik Debby naast me zeggen.

'Maak jij wandschilderingen?'

Debby knikt. 'Als hobby.'

'Debby is vroeger kunstschilder geweest,' verklaart Leon. 'Maar het wilde niet zo vlotten, dus is ze public relations gaan doen.'

'Waarom lukte het niet?'

Debby glimlacht schuchter. 'De wereld is nog niet rijp voor mijn visie.'

Leon schiet in de lach. 'Kom op, Debby, je maakt iedereen doodsbang met je schilderijen.'

'Jij vindt ze mooi!' roept ze.

'Ja, wrijf het er nog maar eens in.'

'Maar je wandschilderingen zijn hartstikke goed,' zegt Richard sussend. 'Je hebt een goede techniek.'

'Kom morgen anders even langs, als je tijd hebt,' zegt Debby zacht. Ze legt haar hand op mijn arm. 'Ik heb een map met foto's, misschien kun je er ook wel een schilderij van mij in kwijt, in je ontwerp. Dat zou ik heel erg fijn vinden.'

Richard kijkt haar geamuseerd aan over de rand van zijn glas. 'Debby, lieve meid, die schilderijen van jou zijn alleen maar in trek in tbs-klinieken. Ik zou er niet zo mee te koop lopen als ik jou was.'

Debby heft haar kin op en haar gezicht verstrakt. Ze doet haar mond open om wat te zeggen, maar bedenkt zich dan en gaat verder met eten.

'Wat is er dan mee?' vraag ik Debby.

Richard steekt zijn hand op. 'Niets zeggen, Deb, laat het haar morgen zelf maar zien.'

32

Zwarte, uitdrukkingsloze ogen. Messen. Primitieve, hakerige penseelstreken in zwart en rood waarin ik op afstand schreeuwende gezichten en bloederige tranen ontdek. Op één schilderij staan zeker honderd van zulke figuurtjes, hun grof aangezette hoofden gebogen. Op andere liggen ze op de grond, in een inktzwart landschap naar een donkerrode lucht te staren. Omdat er veel verf is gebruikt, zijn er rode druipers ontstaan die bloed impliceren. Alsof er bloed uit de hemel sijpelt. Tegen de muur staan tientallen aquarellen die totaal anders zijn van kleurstelling en techniek. Het zijn mensen die dood in hun kist liggen. Mannen, vrouwen, kinderen, met gevouwen handen en gesloten ogen. Zo echt dat het wel foto's lijken.

Er trekt een rilling over mijn ruggengraat.

Debby staat naast me, mooi en sereen als altijd in een smetteloos wit mantelpakje, haar armen losjes over elkaar geslagen. 'En?'

Ik bijt op mijn onderlip. 'Ik kan me wel vinden in de mening van Richard, denk ik. Dit is allemaal nogal...' Ik zoek angstvallig naar woorden waarmee ik haar zo min mogelijk tegen de borst stuit: '...somber.'

'*De Schreeuw* van Munch is net zo goed somber. Ken je die?'

'Natuurlijk ken ik die,' antwoord ik, denkend aan het schilderij van een schreeuwend figuurtje met de handen langs het gezicht. 'Die is wereldberoemd.'

'Het heette oorspronkelijk *Wanhoop*. Nou, hij is niet de enige.' Zonder aankondiging sluit ze de deur van haar atelier – de voorstelling is ineens voorbij – en loopt in de richting van haar huis. Ze woont eenvoudig, een oud huisje dat tussen andere kleine huisjes geperst staat in Amsterdam-Zuid.

Ik ga naast haar lopen, nog steeds vruchteloos zoekend naar woorden om iets vriendelijks over haar vrije werk te zeggen. Er schiet me niets te binnen. Ze heeft gelijk, er zijn wel meer *sombere* schilderijen en heel wat daarvan zijn beroemd. Maar Debby's werk gaat voorbij aan somber. Het is wel erg onaangenaam om naar te kijken. Toen we vanuit het huis naar haar atelier – een houten schuur met een puntdak – liepen, heeft ze me verteld dat haar schilderijen allemaal te maken hebben met de dood, die haar schrik aanjaagt en tegelijkertijd fascineert. Haar vrije werk is een creatieve vorm van controledwang. Nu ik ze heb gezien, ga ik Debby met andere ogen bekijken. Er gaat veel meer in haar om dan je op het eerste en zelfs tweede gezicht zou vermoeden. En wat daar onderhuids smeult is weinig fraais.

'Dus je denkt niet dat jouw klant er iets mee kan?'

'Ik denk inderdaad niet dat mannen die gezellig een avond uit zijn en naar blote vrouwen willen kijken, zitten te wachten op een confronterend schilderij.' Het is eruit voor ik er erg in heb, ik kan mijn tong wel afbijten.

'Ik kan ook andere dingen,' zegt ze, gedecideerd, en opent de achterdeur. 'Waar niemand aanstoot aan hoeft te nemen,' voegt ze er cynisch aan toe. 'Keurig ingekleurd, binnen de lijntjes.'

'Sorry, het was niet mijn bedoeling om je...'

Ze legt haar gemanicuurde hand op mijn onderarm en kijkt me indringend aan. 'Geen sorry, Margot. Ik ben dit soort reacties gewend. Ik had alleen gehoopt dat jij anders was. Een van de weinige mensen die mijn vrije werk wel konden waarderen, was naast Leon...' Ze houdt ineens op met praten, legt weer haar hand op mijn onderarm. 'Maar jij bent haar niet.'

Edith. Ze heeft het over Edith.

Debby knielt voor een dressoir en haalt er een paar zware, in leer gebonden albums uit die ze op tafel legt. 'Het is wrang dat ik kunstenaars vertegenwoordig,' gaat ze verder, terwijl ze de boeken doorbladert, 'dat ik dat blijkbaar erg goed doe en dat iedereen om me heen gevierd en bekend raakt, terwijl ik mijn eigen werk niet aan de man kan brengen. Niet in een museum, niet in een galerie...' Ze kijkt me nadrukkelijk aan. '...en zelfs niet in een of andere striptent.'

Geen woord meer over Edith.

Ik kijk over haar schouder mee in de albums. Er zijn foto's in geplakt van allerlei kunstwerken. Voornamelijk schilderijen van mediterraan aandoende taferelen. 'Je zou het over een andere boeg kunnen gooien, andere thema's verzinnen. Er is een wereld van verschil tussen wat je me in je atelier liet zien en dit. Heb je deze schilderijen zelf bedacht en gemaakt?'

'Ja, allemaal.'

Het zijn mooie schilderijen, voor zover ik dat kan beoordelen. Realistisch, veel details. 'Wat is er dan mis mee?'

'Het is geen kunst. In Azië zitten arbeiders in fabrieken de hele dag door dit soort schilderijen te maken. Je krijgt er geen criticus lyrisch mee. Maar ach. Ik vind het niet erg om te doen en op deze manier vul ik mijn inkomen een beetje aan.'

'Kun je niet leven van je werk?'

'Je bedoelt public relations voor een handjevol kunstenaars? Nee. Helaas niet. Dat doe ik zestien uur in de week.'

'En Richard?'

'Richard krijgt de helft van alle inkomsten van de fotografen. Dat is een heel ander verhaal.'

Ik trek mijn wenkbrauwen op. 'De hélft?'

'Da's normaal.'

'Maar doen jij en Richard dan niet zo'n beetje hetzelfde werk?'

'Nee, ben je gek, dat is niet te vergelijken. Richard regelt alle opdrachten voor de fotografen.'

'Fotografen?' vraag ik, met de klemtoon op de laatste lettergreep.

Ze kijkt op. 'Leon is niet de enige die door Richard wordt vertegenwoordigd. Hoe dan ook: Richard heeft de internationale contacten en hij weet het werk goed te verkopen. Ik schrijf de persberichten, zorg ervoor dat de media op de hoogte zijn van exposities, eventuele prijzen, dat soort dingen.'

Mijn mobiel gaat. Ik kijk op het schermpje en klap het toestel open.

'Hoi,' hoor ik Dick zeggen. 'Heb je even?'

Ik draai me een kwartslag. 'Even wel.'

'Het schoot me net te binnen dat we zaterdag dat familiefeest hebben. Ik vroeg me af of je dat al wist?'

'Nee, hoe zou ik dat moeten weten?'

'Agaath heeft je een uitnodiging gestuurd. Je bent waarschijnlijk nog niet thuis geweest?'

'Nee, al even niet.' Ik noteer in gedachten dat ik deze week nog langs huis moet. De brievenbus zal wel uitpuilen, al is het alleen maar van de folders. Ik ben vergeten er een NEE/NEE-sticker op te plakken. Misschien past de post er inmiddels niet eens meer bij. 'Ter ere waarvan is dat feest?'

'Paul en Agaath zijn veertig jaar getrouwd. De hele familie komt. Zeker een man of zeventig, tachtig; alle neven, nichten en zelfs Anita en Cor komen ervoor uit Zwitserland over.'

'Waar wordt het gehouden?'

'Ze hebben een zaal afgehuurd bij Van der Valk, diezelfde als bij het vijfentwintigjarig huwelijk van pa en ma. Nou, goed dat ik je toch even heb gebeld. Eh, Margot...' Even blijft het stil. 'Aangezien je nou een nieuwe vriend hebt... Ben je inmiddels anders gaan denken over John?'

'Hoezo?'

'Luister, als jij er een punt van maakt dan zal ik hem wel bellen, dan regel ik het wel, maar Agaath blijkt hem dus ook een uitnodiging te hebben gestuurd. Ik vond het nogal lullig en ik verwacht niet dat hij op komt dagen, maar...'

'Maakt niet uit.'

'Weet je dat zeker? Ik wil niet weer die –'

'Maak je niet druk. Het maakt me echt niet meer uit. Als John graag naar dat feest komt, moet hij dat zelf maar weten.'

'Je bent een engel. Mocht je je bedenken dan moet je het me wel laten weten, oké?'

Ik wens hem nog een goede dag, zeg dat hij de groeten moet doen aan Anne en de kinderen en klap het mobieltje weer dicht.

Debby kijkt me vragend aan. 'Feestje in het vooruitzicht?'

'Familiefeest.'

'Leuk?'

'Meestal wel.'

'Het gaat me natuurlijk niets aan, maar wie is John?'

'John van Oss, mijn ex. Hij gaat er waarschijnlijk ook naartoe. Mijn familie is nogal op hem gesteld, dus ik denk dat ik er maar aan moet wennen dat ik hem regelmatig zal tegenkomen.'

'Dat je dat pikt.'

Ik haal mijn schouders op. 'Ik ben niet meer boos op hem.'

'Kent Leon hem?'

'Nee, John heeft ook niets van doen met de kunstwereld. Hij is technisch directeur bij een verwarmingsbedrijf in Eindhoven, Lentico.'

Debby heeft haar interesse al verloren. Ze buigt zich over de foto's en tikt met haar nagel op een Romeins vrouwenbeeld. 'Kijk eens, is dit misschien wat je zoekt?'

'Zoiets, inderdaad. Taco heeft tien nissen en tegen die muren wil ik de schilderingen. Niet allemaal dezelfde uiteraard, maar ze moeten wel bij elkaar passen.'

'Dat spreekt voor zich. Ik scharrel wel wat meer voorbeelden bij elkaar. Dat gaat wel lukken. Maar ik ben er zeker een week of twee mee bezig.'

'Ik denk niet dat ik Taco kan overhalen om zijn club twee volle weken te sluiten. In principe moet alles binnen een week worden gerealiseerd.'

'Tien wandschilderingen in een week gaat me echt niet lukken.' Ze tuit haar lippen. 'Je kunt ook panelen laten maken, dan kan ik ze hier in het atelier schilderen en kun jij ze later in de nissen plakken. Als je het goed doet, zie je het verschil niet. Lijkt je dat wat?'

'Ik denk dat het de enige mogelijkheid is. Wanneer zou je eraan kunnen beginnen?'

'Zodra ik de panelen heb.'

'Fijn,' zeg ik, en maak aanstalten om op te stappen.

'Blijf je nog even?' vraagt ze.

Ik kijk op mijn horloge. 'Ik zou graag willen, maar ik zou om zes uur bij Joost en Rolf zijn.'

'Anders bel je even dat je wat later komt? Dat vinden ze helemaal niet erg. Zo vaak zie ik je niet, zonder Leon.'

Er valt niet aan haar te ontkomen. Ik zak neer in een plastic kuipstoel – er staan er vier en ze zijn knaloranje. 'Mag ik roken?'

'Ga je gang,' roept ze.

Ik steek een sigaret op, kijk toe hoe Debby twee blauwe glazen volschenkt en verwonder me opnieuw over haar bijna griezelig volmaakte voorkomen. Er zitten nooit haren of pluisjes op haar kleding, ze heeft zelfs van dichtbij geen oneffenheden in haar huid. Debby is angstaanjagend perfect. Leon heeft over haar gezegd dat hij haar heel lief vindt, maar naar zijn smaak wat te gekunsteld en al zeker te mager. Mager is ze niet, vind ik, in elk geval niet benig of schonkig, maar ze heeft zo'n smalle taille dat het me verwondert dat alle organen daar een plaats in hebben kunnen vinden. Misschien heeft ze heel kleine orgaantjes... Dwergdarmpjes, mininiertjes en een lilliputterlevertje. Als ze me de wijn aangeeft sla ik mijn ogen neer. Ze doet enorm haar best om aardig en gastvrij te zijn en ik ben alleen maar op zoek naar minpunten, zodat ik opgelucht kan ademhalen.

'Edith vond mijn werk erg mooi,' zegt ze. 'Vooral het abstracte. We hadden eenzelfde soort...' Ze grinnikt. 'Noem het maar gerust afwijking.'

Ik reageer niet en kijk naar mijn glas. Ik zou haar willen vragen of de dood van Edith haar erg heeft aangegrepen. Ze moet haar goed hebben gekend, dus zou het een volstrekt acceptabele, logische vraag zijn. Maar ik vraag niets. Dit gesprek kan zomaar bij Leon terechtkomen en dan zou hij kunnen denken dat ik bij Debby heb zitten vissen. Ik verdeel mijn aandacht beurtelings over mijn wijnglas en de punten van mijn laarzen en voel me met de seconde nerveuzer worden.

'Hij heeft je verboden over haar te praten,' hoor ik Debby concluderen.

Ik haal mijn schouders op, zeg niets.

'Dat begrijp ik wel, hoor. Hij was er kapot van, nog steeds. Leon en Edith hadden allerlei plannen. Er leek geen vuiltje aan de lucht te zijn, en toen... pats. Ik had het niet verwacht, niemand eigenlijk. Maar toch, als je later gaat nadenken, kun je niet anders dan vaststellen dat ze misschien altijd al signalen heeft afgegeven. Aan de ene kant was ze vrolijk en vooruitstrevend, maar ze had ook regelmatig buien waarin ze over zelfmoord sprak. Ze was niet altijd even makkelijk te peilen.'

'Ik denk niet dat we dit gesprek moeten voeren,' zeg ik zacht.

'Nou, ik denk anders dat dit een heel normaal gesprek is. Ik kan je nog veel meer vertellen, maar daarvoor ben ik niet de aangewezen persoon. Vraag het hem, vanavond nog, want dit slaat werkelijk nergens op.'

'Daar hoef ik echt niet mee aan te komen.'

'Zeg maar dat ik erover ben begonnen,' dringt ze aan. 'Ik ken die vent van je langer dan vandaag, geloof me, hij kan heel overtuigend zijn, maar je moet niet je hele leven door hem laten bepalen. Want daar begint het wel op te lijken. En dan eindig je net zoals Edith.'

33

Hoewel Debby's woorden me geen seconde hebben losgelaten, is er de hele avond lang geen moment geweest waarop ik hem iets kon vragen. Zodra ik thuiskwam kreeg ik een kwartier om mezelf op te maken en om te kleden, waarna we in de Audi naar Nijmegen reden om een opening bij te wonen. De uitnodiging kwam als een volslagen verrassing. Leon vertrekt morgen voor drie dagen naar Kopenhagen, waardoor ik had verwacht dat we de avond samen zouden doorbrengen. In de auto kwam het niet tot praten. Tijdens het rijden lag zijn hand op mijn bovenbeen, we waren met heel andere dingen bezig en ik wilde de intimiteit niet verstoren. Hoe dichter we bij Nijmegen kwamen, hoe meer ik ervan overtuigd raakte dat deze avond niet de juiste was om hem met mijn vragen over Edith te confronteren. Dat kon altijd later nog, als hij terug was uit Denemarken. Of beter nóg later, na het familiefeest.

De avond was een aaneenschakeling van geanimeerde gesprekken met allerlei mensen uit de kunstwereld die ik niet kende, maar die Leon begroetten als een lang verloren vriend. In een stampvolle galerie werd hij vrijwel continu aangesproken. Mijn taak beperkte zich tot vriendelijk glimlachen, en zo nu en dan vertelde ik desgevraagd iets over de projecten waarmee ik bezig ben. Gelukkig heb ik niet meer de handicap van mijn oude baan, ik hoef de schijn niet meer op te houden, al voel ik me nog steeds niet helemaal zeker in mijn nieuwe rol.

Het is bijna halftwaalf als Leon zijn auto de snelweg op draait en we koers zetten naar Amsterdam. Mijn onuitgesproken vragen liggen als zware stenen in mijn buik. Hoewel ik probeer het uit mijn hoofd te zetten, lijkt het alleen maar erger te worden, zo sterk dat ik aan vrijwel niets anders meer kan denken.

'Dick belde me vanmiddag om te zeggen dat ik word verwacht op een familiefeest,' zeg ik, om de stilte te verbreken. 'Komende zaterdag. Mijn oom en tante zijn veertig jaar getrouwd.'

Hij reageert niet.

'Ga je mee?'

'Naar een veertigjarig huwelijksfeest in Brabant?' Hij graait in een pakje sigaretten dat op de middenconsole ligt, trekt er een uit en steekt hem aan. 'Is dat een geintje of zo?'

'Mijn ouders willen je graag ontmoeten, en mijn ex komt ook. Dus ik zou het fijn vinden als je meeging.'

Zijn ogen vernauwen zich. 'Leg mij eens uit wat die vent op een feest van jouw familie moet?'

Ik trek een hulpeloos gezicht. 'Ik heb zeven jaar met hem samengewoond. Hij had meer contact met mijn familie dan ikzelf. Ik ben bang dat hij er gewoon bij is gaan horen.'

'Dat slaat nergens op. Jullie zijn met ruzie uit elkaar gegaan.'

'Ik ben niet meer boos op hem.'

Leon kijkt me even uitdrukkingsloos aan en richt zijn blik daarna weer op de weg.

'In elk geval zou ik het fijn vinden als je meeging,' ga ik door. 'Ik voel er niet veel voor om er alleen naartoe te moeten. Bovendien wil ik je graag voorstellen aan mijn ouders. Ik woon zo'n beetje bij je in. Het is eigenlijk raar dat we nooit elkaars familie hebben ontmoet... vind je niet? Je hebt me nooit iets over de jouwe verteld. Ik weet niet eens uit wat voor gezin je komt, of je broers en zussen hebt en –'

'Misschien omdat je het nooit hebt gevraagd? Zo schokkend is het allemaal niet.'

'Bij deze dan.'

Hij neemt een trek van zijn sigaret, kijkt in de buitenspiegel en haalt een vrachtwagen in. 'Ik ben enig kind en mijn ouders zijn gescheiden toen ik twaalf was. Ik ben bij mijn moeder in Eindhoven blijven wonen. Een jaar of zes terug is ze voor de tweede keer getrouwd en met haar nieuwe man naar Sicilië vertrokken. Ik heb haar vorig jaar voor het laatst gezien. We bellen en mailen elkaar zo nu en dan.'

'En je vader?'

'Die zie ik nooit,' zegt hij mat.

'Waarom niet?'

'Omdat we samen niet door één deur kunnen.' Hij neemt opnieuw een flinke trek van zijn sigaret. Het uiteinde licht fel op en kleurt zijn gezicht oranje. 'Botsende karakters.'

'In welk opzicht?'

'Mijn vader is een eikel eersteklas. Toen hij nog thuis woonde dacht hij dat opvoeders volledig verantwoordelijk waren voor de karaktervorming van hun kinderen. Dat was de heersende norm in die tijd en dat predikte hij ook in zijn praktijk – hij was psycholoog. Hij had geen notie van genetische aanleg, dat er zoiets bestaat als een aangeboren karakter en dat die vorming van hem dus zijn grenzen had. Als ik iets wilde of gedaan had waar hij het niet mee eens was, dan zag hij dat als een tekortkoming van zijn eigen opvoeding. Een fout die hij recht moest zetten. Lukte het niet met praten, dan sloeg en schopte hij me het hele huis door.'

'Gebeurde dat vaak?'

Hij snuift. 'Wat is vaak? Ik heb het niet bijgehouden. Onze karakters lagen zo ver uiteen dat het onmogelijk was om aan zijn standaard te voldoen.'

'Wat deed je moeder als dat gebeurde?'

'Niks. Meestal liep ze weg, dan hoefde ze er niet naar te kijken. Ze kon slecht tegen confrontaties.'

'Dat moet moeilijk zijn geweest.'

'Toen wel, maar het is lang geleden.'

'En je hebt er nu geen last meer van?'

'Er zijn zoveel mensen die zoiets hebben meegemaakt. Ik moet de eerste nog tegenkomen wiens jeugd vlekkeloos is verlopen. Jij vertelde me dat jouw ouders bepaalde kanten van je nooit hebben geaccepteerd. Daar zit je toch ook niet meer mee?'

Tot een maand of wat geleden nog wel degelijk. 'Mijn vader sloeg me niet,' zeg ik. 'Dat is niet te vergelijken. Jij bent mishandeld. Ik kan me niet voorstellen dat je daar niet mee zit.'

Hij fronst geërgerd zijn wenkbrauwen. 'Kom op, Margot. Bullshit. Het is echt onzin om vijfentwintig jaar na dato nog alles op je jeugd te willen gooien. Dat is leuk als je achttien bent. Het ging zoals het ging en het is geweest, voorbij.'

'Net als Edith?' Het is eruit voor ik het besef. Ik schrik zo van mijn eigen woorden dat ik mijn hand voor mijn mond sla.

Zijn ogen vernauwen zich. 'Wat nou Edith?' De plotselinge spanning die van hem afknalt is bijna voelbaar als statische elektriciteit. Nijdig schakelt hij door naar een hogere versnelling.

Ik haal mijn vingers ongemakkelijk door mijn haar en durf hem amper aan te kijken. Tegelijkertijd knapt er iets in me. Ik heb het te lang opgekropt. 'Heb je er weleens bij stilgestaan,' zeg ik, harder dan ik van plan was, 'dat ik me dagelijks afvraag wat voor mens ze was en wat voor relatie jullie hadden? En dat het voor mij heel wat aanpassing vergt om samen te leven met een man die doet alsof hij geen verleden heeft?' Zachter vervolg ik: 'Je praat niet veel over jezelf, Leon. Ik hoef ook niet alle details te weten, maar ik heb meer nodig dan wat je me geeft om een band met je te kunnen voelen die verder gaat dan alleen maar lichamelijke aantrekkingskracht.'

Als ik opkijk, zie ik een emotieloos masker in het zwakke dashboardlicht. Hij heeft zich compleet afgesloten. De appel valt waarschijnlijk niet ver van de boom.

Ik zou er misschien beter aan doen om in te binden, maar de woorden blijven komen, er is geen houden meer aan. 'Ik mag niet praten over Edith, terwijl ze een belangrijk deel van je leven is geweest. Ik begrijp dat het moeilijk is, maar een relatie hebben is ook samen delen. Niet alleen de leuke dingen.'

'Ik wil dit gesprek niet. Niet met jou, met niemand, niet nu, nooit. Begrijp je dat?'

'Nee, ik begrijp er helemaal niks van. Vanmiddag was ik bij Debby. Ze maakte een opmerking over Edith en ik wist niet waar ik moest kijken, ik schoot volledig in de stress. Is dat normaal? Ik wil dat niet normaal vinden. Debby, Richard, Taco, zelfs Joost en Rolf, al die mensen die ik tegenkom zijn volledig op de hoogte, en ik weet helemaal niets over haar. En misschien is er ook wel niets, misschien is het allemaal wel heel erg onbelangrijk, maar omdat jij er niets over zegt en ik er niet over mag praten, wordt het in mijn hoofd alsmaar groter en groter. Het zet me aan het denken over onze relatie, wat wij hebben…' Mijn adem stokt. 'Ik weet eigenlijk niet eens of je dit wel een relatie mag noemen.'

Hij drukt het gaspedaal nog harder in. De wielen razen over het wegdek. 'Je woont verdomme bij me in.'

'We praten niet.'

'Ik heb je gezegd dat Edith een *no go area* is. En misschien was het naïef van me, maar ik had toch echt het idee dat je dat respecteerde. Dat waardeerde ik in je.' Hij drukt zijn half opgerookte sigaret in de asbak uit en klapt hard het klepje dicht. 'Ik heb me vergist.'

Ik heb geen idee wat ik moet doen. Onrustig wrijf ik over mijn handen en zoek angstvallig naar woorden, maar er komt niets in me op. De minuten kruipen voorbij, waarin ik luister naar het geronk van de motor en het heen en weer zwiepen van de ruitenwissers.

Na lang stilzwijgen doemen de contouren van het oude pakhuis op en rijdt Leon de auto de parkeergarage onder het complex in.

Hij geeft een harde ruk aan het stuur om hem op zijn plaats tussen de witte lijnen te zetten en trapt abrupt op de rem, zodat ik loskom van de rugleuning. Dan pas kijkt hij me aan. 'Waarom? Waarom fixeer je je zo op Edith? Je denkt dat het iets zegt over jou en mij, maar daar heeft het niets mee te maken. Geen zak.'

Mijn zwijgen wordt opgevat als een instemming.

'Edith en ik hadden een ander soort relatie dan jij en ik.' Hij richt zijn blik op de betonnen muur voor ons. 'En Edith was een heel ander mens dan jij. Ze kwam uit een tuindersmilieu met rigide, bijna godsdienstwaanzinnige ouders en twee geschifte oudere broers die hun handjes nogal los hadden zitten en haar dag in dag uit treiterden. Ik leerde haar vijf jaar geleden kennen toen ze een galerie bezocht – ze was vierentwintig. Nog diezelfde week is ze bij me ingetrokken. We gingen samen op zoek naar grenzen. Actief. Alles uit naam van de kunst, cultureel verantwoord… Uiteraard.' Hij trekt een gepijnigd gezicht alsof hij elk moment kan gaan huilen, maar zijn ogen blijven droog. 'Alleen lag haar grens door wat ze had meegemaakt kennelijk een stuk dichterbij dan de mijne, en dat had ik moeten zien. Ik had het moeten begrijpen, aan de noodrem moeten trekken, en ik dacht dat ik dat ook al had gedaan, maar blijkbaar was het te laat.'

Ik herinner me het gesprek met Richard in de galerie. Ook die had het over grenzen, over gevierde kunstenaars die in wezen krankzinnig waren, en dat je sterk moest zijn om je staande te houden. Hij moet het over Edith hebben gehad. Was het een verkapte waarschuwing? 'Wat hebben jullie dan in hemelsnaam gedaan?' vraag ik, op mijn hoede.

Hij trekt de autosleutel uit het contact en stapt uit. Ik maak mijn gordel los en volg hem naar de liften. Onze voetstappen galmen door het ondergrondse en ik moet moeite doen om hem bij te houden. In de lift kijkt hij me nog steeds niet aan, hij heeft zijn handen in zijn zakken gepropt en staart alleen maar naar de deuren.

'Leon, waar moet ik aan denken bij grenzen opzoeken? Ik probeer me er een voorstelling van te maken, maar ik heb geen idee wat...' Richards woorden buitelen door mijn hoofd. 'Snijden,' gooi ik eruit. 'Elkaar pijn doen. Zoiets?'

De liftdeuren schuiven open. Hij stapt de hal in, opent zijn voordeur en knipt het licht aan.

Net als ik mijn vraag wil herhalen, draait hij zich naar me om en pakt mijn kin vast. 'Je wil het allemaal graag weten, maar kun je het ook in de juiste context zetten? Weet je eigenlijk wel wat een relatie precies inhoudt? Want daar begin ik nu toch serieus aan te twijfelen. Was jij dezelfde vrouw bij John als je bij mij bent?'

Die vraag verwart me. Ik krijg niet de kans om een antwoord te formuleren.

'Ik weet het wel,' zegt hij, met een hardheid in zijn stem die me doet terugdeinzen, maar hij blijft mijn kaak vasthouden, zodat ik geen andere keus heb dan bij hem te blijven staan en hem aan te kijken. 'Het antwoord is: nee, dat was je niet. Je vond het niet vreemd dat hij ervandoor is gegaan, want je was toch lelijk, onaantrekkelijk dik. Dat idiote zelfbeeld heb ik er in Londen in een avond al uit kunnen trekken, terwijl je jezelf dat jarenlang hebt wijsgemaakt. Het heeft doorgewerkt in je functioneren, de manier waarop je mensen hebt benaderd – en in het bijzonder in bed.' Hij laat mijn kin los. 'En andersom werkt het dus net zo.'

Ik voel de gevoelige afdrukken van zijn vingers in mijn kaakbeen en wrijf erover.

'Kort door de bocht zijn mensen erop ingesteld om hun gedrag aan te passen aan de omstandigheden. Ze zullen er altijd voor kiezen om zoveel mogelijk te functioneren binnen de grenzen van de sociale acceptatie van de groep waarvan ze op dat moment deel uitmaken. In breder perspectief is dat voor ons de westerse cultuur, en dat vernauwt zich steeds verder via school of werk naar buurt, vrienden, familie en partner. Het betekent dat een nieuwe, afwijkende sociale kring – zowel een andere cultuur als een nieuwe werkkring of partner – automatisch nieuw gedrag ontlokt. Het betekent niet dat je karakter verandert, maar wel dat bepaalde gedragingen en karaktertrekken sterker kunnen worden of afzwakken, of dat je zelfs mogelijkheden in jezelf kunt ontdekken die je nog niet kende. Die waren er altijd al, maar je leert ze pas kennen en ontwikkelen als de sociale kring waarvan je deel uitmaakt dat van je verlangt, of het stimuleert. Pure conditionering. Mensen zeggen weleens dat ze zichzelf hebben leren kennen door een bepaalde gebeurtenis, terwijl ze in wezen alleen maar een nieuw facet van zichzelf hebben ontdekt. Hoe was je seksleven met John?'

Ik kijk hem vernietigend aan. Er was amper sprake van een seksleven, en dat weet hij. De laatste jaren was seks een verplichting: in het donker, onder de dekens, ik onder, hij boven, terwijl ik hoopte dat het snel voorbij was en door Johns ongeïnspireerde gezwoeg vermoedde dat hij er net zo over dacht. 'Klote,' zeg ik. Mijn stem klinkt schor.

Hij brengt zijn gezicht heel dichtbij. 'En hoe is het nu, lady?'

'Dat weet je,' fluister ik, en sla mijn ogen neer onder zijn koortsige blik. 'Waarom laat je me dit zeggen, ik –'

'Klachten?'

'Nee. Integendeel.'

'Dwing ik je ergens toe? Doe je dingen tegen je wil?'

Ik schud mijn hoofd.

'En als die John van je dit had verlangd? Zeg vorig jaar, als John tegen je had gezegd, zoals ik vanavond: ik wil niet dat je ondergoed aantrekt naar die première?'

'John zou dat nooit hebben gevraagd.'

'Ik zei: als.'

Ik kijk naar de grond en laat een stilte vallen. Hij heeft gelijk. Ik zou er niet eens over gepeinsd hebben.

'Volg je me, Margot? Jij bent niet dezelfde vrouw voor mij als je was voor John. Niet in seksueel opzicht, en ook niet in talloze andere opzichten. Kun je begrijpen dat ik niet dezelfde man ben voor jou als ik was voor Edith? Als je dat inziet en accepteert, dan weet je ook dat je vragen over Edith niet ter zake doende zijn. Ze zeggen niets over jou, over mij of over ons. Ze zeggen alleen maar iets over hoe de wisselwerking was tussen Edith en mij. En daar sta jij volledig buiten.'

'Ik begrijp het en ik accepteer het,' hoor ik mezelf zijn woorden herhalen. 'Maar daar gaat het niet alleen om. Het gaat ook om basale informatie, dingen die iedereen schijnt te weten, behalve ik. Ik woon hier, je stelt me aan iedereen voor als je vriendin, maar tegelijkertijd ben ik een buitenstaander. Debby bijvoorbeeld. Ik had vanmiddag best nog langer bij haar willen blijven, zoveel mensen ken ik hier nog niet, maar ik wist niet hoe snel ik weg moest komen.' Ik schud mijn hoofd. 'Als ik niet over Edith praat, dan moet dat uit respect voor jou zijn, en in de overtuiging dat ik weet wat er heeft gespeeld en ik ervoor kies het te laten rusten. Maar zonder die wetenschap ben ik niet eens een gelijkwaardige gesprekspartner voor jouw vrienden.'

'Touché, lady,' zegt hij vreugdeloos, en loopt naar de keuken.

Ik sla mijn armen onhandig over elkaar en merk dat ik bijna sta te schokken van de spanning.

Leon trekt een keukenkastje open en schenkt water in. Twee glazen. Hij is dus niet van plan me vanavond al de deur te wijzen. Hij komt op me af gelopen en duwt me een van de glazen toe.

Dankbaar neem ik een paar flinke slokken.

Leon blijft voor me staan, bewegingsloos als een standbeeld, met betrokken gezicht. '*Mind games* speelden we,' zegt hij zacht. 'We experimenteerden met drugs. Van alles te veel, te vaak, te heftig.' Hij snuift.

Geen pijn, geen snijden. Goddank. 'Ze was suïcidaal,' zeg ik zacht.

'Ze was nog hartstikke jong, verslaafd aan slaappillen, ze zat vol met onverwerkte herinneringen en ze was volledig de weg kwijt.

Dat was er met haar aan de hand.' Hij kijkt gepijnigd op. 'Ik had haar moeten beschermen tegen zichzelf, maar ik deed het tegenovergestelde. Soms wilde ze pijn. Ze vroeg me erom. Ik had nee moeten zeggen. Maar dat heb ik niet gedaan.'

Ik kijk op. 'Pijn?'

'Ja, pijn,' zegt hij somber. 'Verder dan dit wil ik niet gaan. Je weet nu meer dan mijn vrienden.' Zijn gezichtsuitdrukking verhardt. 'Als dit niet genoeg voor je is, dan zetten we er wat mij betreft hier en nu een punt achter.'

'Het is genoeg.' Ik heb de neiging mijn hand op zijn arm te leggen, maar ik durf het niet. Het lijkt me misplaatst omdat ik deze stemming bij hem heb veroorzaakt. 'Ik ben blij dat je het me hebt verteld. Ik kan het nu een plaats geven.'

Hij draait zich van me weg in de richting van de badkamer. 'Jij wel.'

De wekker geeft aan dat het twee minuten over vier is als ik wakker schrik. Ik had een vreselijke droom. Er was een leeuwin losgebroken uit een dierentuin, ze was zo groot als een huis en liep brullend door de stad. Ik kende de stad niet, ik was er nog nooit geweest en ik had ook geen idee hoe ik er terecht was gekomen. Rennend zocht ik een veilig heenkomen in mijn auto, maar die wilde niet starten. Er zat sowieso geen stuur meer in. Achter in de auto zat Debby, met een van haar schilderijen op schoot. Ze had haar smetteloos witte mantelpakje aan en leek zich geen zorgen te maken over het dreigend gevaar. Haar ogen glinsterden en ze schaterlachte: 'Ben je bang? Ben je bang? Je bent toch niet bang?' Ik zei tegen haar dat ze moest maken dat ze wegkwam, maar ze lachte me alleen maar uit. Ik wist me uit de auto te werken en wilde een gebouw in vluchten, maar de verlaten straten waren van een kleverige substantie, als dikke stroop, waar mijn schoenen aan bleven plakken en ik kwam amper vooruit terwijl de leeuwin dichterbij kwam, brullend, met enorme klauwen. Hijgend wist ik een winkel te bereiken – ik kan me niet meer herinneren wat voor winkel – en daar waren allemaal mensen die ik kende. Dick en Anne, mijn ouders, vrienden die ik al in geen tijden had gezien. Ze waren net als ik op de vlucht geslagen.

Ze staarden me met grote angstogen aan en terwijl de grond onder ons dreunde dook ik tussen hen in, angstig afwachtend en door de winkelruiten naar buiten turend.

De droom was heel reëel, zo ontzettend echt en mijn hart bonkt nog steeds als een waanzinnige als ik mijn ogen opensper en langzaam tot het besef kom dat ik gewoon in bed lig. Geen leeuwin, geen winkel. Geen stroop op de weg en geen gevaar. Ik lig in foetushouding met het kussen onder me geklemd. Het is vochtig van het zweet. Ik strijk mijn haar uit mijn gezicht en kruip dichter naar Leons kant van het bed. Mijn ogen zijn zwaar en ik voel me weer wegzakken, terug in de schemerwereld tussen waken en dromen. Ik wil Leons hand vastpakken en zijn arm als een beschermend schild om me heen trekken, maar zijn kant van het bed is leeg.

X

Als je bent overgeleverd aan de routine van een negen-tot-vijfbaan stelt je lichaam zich daarop in. Je krijgt slaap tegen tien uur 's avonds en wordt uit jezelf wakker nog voordat de wekker gaat – je fungeert min of meer als een robot.

Mijn inwendige klok is lang geleden chronisch van slag geraakt omdat ik niet te maken heb met vaste werktijden. In de loop van de tijd ben ik het prettig gaan vinden om klaarwakker en helder te zijn als de goegemeente op een oor ligt. De nacht is mooi, met zijn oorverdovende stilte. Telefoontjes blijven uit, geen mensen aan de deur, geen verplichtingen. Alleen met mijn gedachten, heerlijke gedachten.

Vannacht kon ik niet slapen. Ik ben uit bed gegaan, heb een glas wijn voor mezelf ingeschonken en vervolgens de pc opgestart. Ik las de krantenkoppen, surfte door naar de cultuurpagina's en belandde daarna in een forumdiscussie over seks en kunst als tweeëntwintigjarige studente – een van mijn aliassen. Het was weinig verheven wat daar op dat tijdstip werd besproken. Uit de onnozele, lompe reacties vol type- en taalfouten maakte ik op dat er alleen nog zatlappen en geile kerels online waren. Ik logde uit en begon doelloos wat rond te surfen.

Ik kwam – zoals wel vaker – uit op een site waar een en ander werd uiteengezet over Zuid-Afrika. Ik wil niet uitsluiten dat ik daar op een dag ga wonen. Het is ver genoeg weg van Europa en toch een beetje thuis. Lekker weer, interessante geschiedenis. Niemand in mijn omgeving weet hoezeer dat land me trekt, en altijd heeft getrokken, en dat wil ik graag zo houden. Ik stel mezelf graag voor dat, als ik ernaartoe ga, dat uit weelde is, en niet uit noodzaak. Maar mocht het uit noodzaak zijn, dan zou het in mijn voordeel werken als ik er nooit met een woord over gerept heb.

Mijn voeten prikten en begonnen te slapen maar in mijn hoofd bleef het razen, een tintelende elektriciteitsgolf die me scherp en wakker hield. Uiteindelijk kwam ik uit op een site waar een serieuze poging werd ondernomen je IQ te meten. Multiplechoicevragen, sommen, logische vraagstukken, ruimtelijk inzicht. Ik klikte ongeduldig de antwoorden aan en na een minuut of twaalf werd het resultaat zichtbaar. Je kon het uitprinten. Een soort diploma, lullig vormgegeven. Zouden er werkelijk mensen zijn die zo'n vod inlijsten en boven hun bureau hangen? Vast wel. Daar maak ik me geen illusies over.

MET DEZE SCORE LAAT U MEER DAN 97 PROCENT VAN DE BEVOLKING ACHTER U, stond er. En ten overvloede: U BENT HOOGBEGAAFD.

Geweldig, naar ik vrees.

Ik sloot de computer af en kroop terug in bed. Tegen de tijd dat ik langzaam in slaap viel, begonnen de eerste vogels te zingen.

34

'Wat ontzettend góéd van je!' Debby omhelst me en kust me op mijn wang. Ze drukt haar hele lijf tegen me aan. 'Zie je nou dat je je druk hebt gemaakt om niets?'

Ik glimlach schuchter en klop ongemakkelijk op haar rug. Haar enthousiasme onderschrijf ik niet. Na het gesprek van gisteravond heeft Leon zijn koffer ingepakt, waarna hij vrijwel meteen is gaan slapen. Vanochtend was het afscheid koeltjes. Hij gaf me een kus en stapte zonder om te kijken de lift in, alsof hij me al was vergeten en met zijn hoofd alweer bij de komende opdracht was. Het gaf me geen prettig gevoel hem zo te moeten zien vertrekken.

Noodgedwongen schudde ik dat gevoel van me af. Er liggen drie bomvolle dagen voor me. Ik heb een moordend schema opgesteld om zo min mogelijk de kans te krijgen me alleen te voelen.

'Maar vanaf nu wil ik het laten rusten,' zeg ik, terwijl ik me uit Debby's omhelzing losmaak.

'Dat begrijp ik volkomen. Ga even zitten. Ik heb thee gezet.'

Ik neem plaats in een van de oranje designkuipstoeltjes en zoek in mijn tas naar mijn sigaretten. 'Ik kan maar kort blijven, hoor. Ik moet zo weer weg.'

'Ja, ja, ik begin je al te kennen,' roept ze vanuit de keuken. 'Altijd haast. Heel ongezond.'

Debby komt terug met twee glazen thee en gaat tegenover me zitten. Ze slaat haar benen over elkaar. Bij binnenkomst viel me al op dat ze er voor haar doen slonzig bij loopt. Ze draagt een donkerblauwe joggingbroek met uitlopende pijpen en een nauwsluitend trainingsjack van dezelfde kleur, dat een wat verfomfaaide indruk maakt. Haar blonde haar, met de opzichtige rode strengen, lijkt minder te glanzen. Misschien heeft ze nog geen tijd gehad om er een borstel doorheen te halen of het te föhnen. Make-up ontbreekt, zodat haar ogen wat flets tonen en de huid eronder grauw. Het maakt haar toegankelijker, menselijker.

'Ik heb deze dagen zo vol mogelijk gepropt,' zeg ik, 'omdat ik niet de kans wil krijgen om al te veel na te denken.'

'Het is maar drie dagen, die kom je wel door. Een paar maanden geleden nog zat Leon twee weken in Italië, hij kwam doodop terug en moest meteen weer door naar Berlijn. Zo gaan die dingen als je populair bent.'

Ik neem een voorzichtige slok van de thee. 'Ik zal er wel een keer aan wennen, maar voorlopig vind ik het helemaal niets. Leons huis is prachtig, met die Perzische tapijten en die mooie bank en keuken, maar de onafgewerkte muren en de metalen balken bij de plafonds maken het zo fabriekerig, te weinig huis. Ik ben ook niet gewend aan het ontbreken van tussenmuren en deuren. Het is zo open, je hebt nergens rugdekking. En er hangen geen gordijnen voor de ramen. Ik ben echt niet bang aangelegd, maar die zwarte gaten waar je 's avonds tegenaan zit te kijken is ook niet alles. Als ik alleen ben, hoor ik alle geluidjes.' Ik kijk op. 'Sorry, ik moet niet zo klagen.'

'Ben je gek, ik begrijp het best. Blijf je de komende dagen in Amsterdam?'

'Ik denk het wel. Ik moet zo naar die werkplaats die je me hebt getipt, voor de panelen, dan door naar Taco, ik wil proberen tussen de middag bij mijn ouders op de koffie te gaan en daarna ben ik tot een uur of zes bezig voor Joost en Rolf. Er was een probleem met de stof.'

'Wat dan?'

'De stof die ze hadden uitgezocht was niet op voorraad en zou pas op z'n vroegst over drie weken geleverd kunnen worden. Ik moet nieuwe stalen ophalen bij de stoffeerder en hen daaruit laten kiezen. Daarna moet ik nog naar een bedrijf dat ledjes maakt in wandpanelen...' Ik staar met een lege blik voor me uit. 'Morgen en overmorgen zit ik ook helemaal vol, voornamelijk met afspraken hier in de omgeving. Ik moet –'

'Margot,' onderbreekt ze me. 'Heb je zelf in de gaten hoe gejaagd je klinkt? Je doet me denken aan dat witte konijn uit *Alice in Wonderland.*'

'Ik ben pas begonnen. Ik wil het goed doen, ik moet er niet aan denken dat ik mijn eerste twee opdrachten verknal.'

'Ik meen het. Dit is niet goed.' Ze komt omhoog uit haar stoel en gaat achter me staan. Ineens voel ik haar handen in mijn nek. Haar duimen draaien trage cirkels langs mijn ruggengraat en nekwervels. 'Laat me even. Alles zit vast,' fluistert ze.

Ik laat haar begaan. Hoe ze het doet is me een raadsel, maar haar vingers drukken precies op de goede plekken en ik voel me warm worden, ontspannen.

'Beter zo?'

'Ja, lekker.'

'Je bent echt veel te gespannen,' zegt ze zacht, terwijl haar vingers en handen druk op mijn hals en schouders blijven uitoefenen. 'Laat je schouders eens hangen. Je trekt je steeds op. Daar moet je echt rekening mee houden, anders krijg je er last van.'

'Ik weet dat ik dat doe. Ik moet er meer op letten, maar het gaat automatisch.'

'Je hebt veel meegemaakt de laatste tijd.'

'Veel leuke dingen,' zeg ik, 'daar zou ik niet gestrest van moeten zijn.'

'Positieve stress is net zo goed stress. Je hebt je baan opgezegd, bent voor jezelf begonnen, hebt een nieuwe vriend én bent min of meer verhuisd naar een andere stad. Alles bij elkaar is dat wel veel, toch? Je moet jezelf beter in acht nemen, Margot. Meer tijd voor jezelf nemen, balans zien te vinden.' Haar duimen glijden van de bovenzijde van mijn ruggengraat langs mijn nek naar de gleuf in mijn schedel. 'Lekker?'

Ik sluit mijn ogen. 'Ja, heerlijk. Hoe doe je dat?'

Ze grinnikt. 'Ik ben gediplomeerd masseuse, maar ik breng het veel te weinig in de praktijk. Met opzet hoor, ik draaf mezelf ook vaak genoeg voorbij, daarom herken ik het in jou... Zeg, vanavond moet ik weg, maar morgenavond heb ik nog niets op de agenda staan. Zal ik dan bij je komen slapen?'

'Nee joh, ben je gek. Ik hoef geen oppas.'

'Schouders laten zakken,' zegt ze streng. 'Ik ben je oppas niet. We maken er een gezellige avond van. Vriendinnen onder elkaar, dat is voor mij ook al eeuwen geleden. Eerst wat gaan eten, naar een café, een lekker warm bad en dan slapen. Hoe klinkt dat?'

'Prima.' Met uitzondering van dat warme bad, denk ik bij mezelf.

'Mooi. Ik kom je om zeven uur ophalen, oké?'

Het rozige gevoel dat ik kreeg van Debby's massage is na een paar uur alweer tenietgedaan door de drukte op de weg en de talloze telefoontjes die ik te beantwoorden kreeg. Misschien had Debby gelijk en ben ik te gejaagd en nerveus. Het is allemaal nog zo nieuw en ik wil het vooral goed doen. Toch, ondanks dat ik nog geen vergelijkingsmateriaal heb, heb ik het gevoel dat alles voorspoedig gaat. De klussers komen maandag het interieur van Ce Truc afbreken. Voor die gelegenheid wordt er een container op de stoep geplaatst die 's avonds weer wordt opgehaald. De ochtend erna is gereserveerd om te stuken en de middag om de vloeren te leggen en de boomstammen te plaatsen, zodat er in principe vanaf woensdag ingericht en geschilderd kan worden. Dan worden ook de eerste meubelen afgeleverd. Voor de zekerheid blijft Ce Truc dicht tot en met vrijdag; zaterdagmiddag is er een receptie voor genodigden en pas 's avonds gaat het restaurant officieel weer open. De planning is niet te strak, het zou allemaal goed moeten kunnen gaan.

Het enige waar ik me lichtelijk zorgen over maak, is dat er nog geen zicht is op nieuwe klanten. Met de verdiensten van deze twee eerste opdrachten kan ik gemakkelijk drie maanden rondkomen, dat heeft Richard me voorgerekend. Maar wat gebeurt er daarna? Stel dat er zich niemand meer meldt?

Ik laat mijn schouders nadrukkelijk zakken als ik de oprit van mijn ouders op draai. Onbewust heb ik ze weer op hun vertrouwde plaats naast mijn oren gebracht.

35

Toen ik gisteren terugkwam uit Brabant trof ik Joost niet in Ce Truc aan. In zijn plaats stond een voor mij onbekende jongen van een jaar of twintig met dun vlasblond haar in de keuken een sigaret te roken. Een meisje met een donkere huidskleur en opvallende sproeten in haar gezicht was in twee pannen aan het roeren. Ze keken allebei verbaasd op toen ik vroeg waar Joost was. Joost en Rolf hadden een vrije dag genomen, ze waren gaan parachutespringen op Texel.

Vandaag is Joost er wel. Hij toont zich welwillend ten opzichte van het probleem met de stof en laat mij een keuze maken – dat had ik meteen al mogen doen, zegt hij. Inrichting is mijn afdeling. Hij houdt zich liever bezig met koken.

'Je moet dit echt proberen.' Joost schuift me een bord toe, draait het een kwartslag en veegt in een snel gebaar wat sausdruppels van de rand. 'Ik denk erover om dit op het kerstmenu te zetten.'

Ik schuif mijn agenda en gsm opzij om meer plaats te maken. Op het bord liggen twee bleke kipnuggets met allerlei uitsteeksels. Ik neem een hap. 'Hemels,' zeg ik, met volle mond. 'Dit is heerlijk. Wat is het?'

'Tempura noix St Jacques – gefrituurde sint-jakobsschelp in Japanse stijl.'

'Ik ben normaal niet zo'n schelpdierenliefhebber, maar dit is echt erg lekker.'

'Dat wist ik wel,' zegt Joost met een tevreden glimlachje en hij haalt mijn bord weer weg.

Tegelijkertijd begint mijn telefoon te trillen. 'Margot?'

'Hoi. Met John. Raad eens waar ik ben?' Het klinkt alsof hij buiten loopt. Zijn ademhaling klinkt wat hijgerig en ik hoor stadsgeluiden.

'Hoe kan ik dat weten?'

'In Amsterdam. We hebben deze week een beurs in de RAI, maar ik heb vanmiddag vrij, dus ben ik nu de binnenstad onveilig aan het maken.'

'Daar hebben ze jou hier niet voor nodig hoor, John. Pas maar beter goed op jezelf.'

'Ik moest aan je denken. Ik wil je bedanken dat je er geen punt van maakt dat ik ook naar het feest kom. Dick belde gisteren dat de kust veilig is.'

'Fijn om te weten dat mijn bloedeigen broer met jou onder een hoedje speelt.'

'Is het niet zo dan?'

'Jawel. Ik heb Dick gezegd dat het me niet uitmaakt.'

'Daar ben ik echt blij om. Het verraste me ook wel een beetje... Zeg, je vertelde laatst dat je bezig bent met een restaurantinrichting. Ik was benieuwd of ik die ergens kon zien.'

'Nog niet, ik ben nog bezig met de voorbereidingen. We beginnen pas maandag.'

'Waar is dat restaurant? Het schoot door me heen dat ik er misschien zomaar voorbij zou kunnen lopen zonder te weten dat jij er werkte.'

'Ik ben er nu, maar het heeft weinig zin langs te komen. Er is nog niets te zien.'

'Eh... eerlijk gezegd zit ik al een poos ergens mee in mijn maag. Ik ben bang dat ik er toch met jou over moet praten. Komt het eventueel nu uit?'

Ik kijk op mijn horloge. Over drie kwartier moet ik weg en voor die tijd moet ik nog een paar telefoontjes plegen. 'Heel even zou wel kunnen.' Ik geef John het adres en laat de mobiel in mijn zak glijden.

Joost slaat me geïnteresseerd gade. 'Een nieuwe klant?'

'Nee, mijn ex. Hij is in de stad en wil me spreken.'

'Van exen moet je ver blijven,' zegt hij kortaf.

'Deze is ongevaarlijk.'

'Het wordt juist gevaarlijk als je je er niet meer van bewust bent.'

Ik negeer zijn opmerking en ga aan een van de tafels zitten om een paar leveranciers te bellen.

Er is bijna een halfuur verstreken als Johns gezicht voor de etalageruit verschijnt. Hij klopt op de ruit en zwaait als hij ziet dat ik opkijk.

'Ik laat mijn spullen hier,' zeg ik tegen Joost, terwijl ik me snel in mijn jas werk. 'Jij bent hier nog wel even, toch?'

'Neem gerust alle tijd,' klinkt het cynisch uit de keuken.

Ik loop naar buiten en knoop eerst mijn jas dicht voor ik John begroet. Een beetje onhandig blijft hij op een afstandje staan, alsof ik hem zou kunnen bijten als hij me op mijn wangen zou kussen.

'Nou, waar gaat het over?' vraag ik kregelig.

'Zullen we ergens wat gaan drinken?' Er komen kleine wolkjes uit zijn mond.

'Sorry, daar heb ik geen tijd voor, ik moet over een kwartier weg.'

'Even hier naar binnen dan?' Hij trekt zijn wenkbrauwen op en knikt in de richting van Ce Truc. 'Het is te koud om hier buiten te blijven staan. Of loop je liever?'

John ziet er opvallend goed uit. Veel beter dan toen we elkaar voor het laatst zagen. Hij is aangekomen, zodat zijn gezicht weer wat voller is geworden. Zijn warrige, donkerblonde haar dat al stevig aan het grijzen is bij de slapen, is korter geknipt en hij draagt een nieuw pak met een buitengewoon mooie, donkere wollen jas. Een technisch directeur in zijn zakelijke outfit. John is altijd al een beursdier geweest. Hij moet deze week in zijn element zijn, en zal vast aardig scoren bij de talloze vrouwen die zo'n beurs bevolken. Ineens zie ik weer de man voor me die hij lang geleden voor me is geweest. Het is een vreemde gewaarwording.

'Margot?'

Ik kijk op. 'Ja, laten we hier maar naar binnen gaan. Maar geen koffie, ik moet echt meteen weg.'

Zoals verwacht komt Joost meteen de keuken uit getrippeld, geeft John een hand en neemt hem uitgebreid op. Dan verdwijnt hij in de keuken, maar neemt een dusdanige positie in dat ik zijn witte schort continu vanuit mijn ooghoeken in beeld heb. Enerzijds ergert me dat, anderzijds stelt het me gerust. Het gaat Joost niets aan wat ik met John te bespreken heb, maar hij is zo argwanend dat hij zich van alles in zijn hoofd zou kunnen halen als hij John en mij samen had zien weglopen. Op deze manier is het duidelijk dat ik niets te verbergen heb.

'Nou, kom maar op,' zeg ik, als we tegenover elkaar aan een tafeltje zitten.

John buigt zich vertrouwelijk voorover. 'Ik zit met een probleem met pa.'

'Wat is er met hem?'

'Toen ik laatst bij jullie thuis was, heb ik hem beloofd te helpen met de bouw van de nieuwe konijnenhokken. Hij zei dat Dick hem al maanden beloofde het samen met hem aan te gaan pakken, maar het komt er niet van. Die jongen draait nou topdagen, zo tegen de kerst. Maar ja, toen belde hij –'

'Je wil pap helpen met nieuwe konijnenhokken bouwen?'

'Heel graag.' John kijkt even van me weg in de richting van Joost en zoekt daarna mijn blik. 'Pa is niet meer de jongste, hij kan niet meer zoveel als vroeger. Ik zou hem graag helpen.'

'Doe dat dan maar.'

Hij trekt zijn wenkbrauwen op. 'Zeker weten? Dan ben ik voorlopig vrijwel elke zondag bij jullie thuis, realiseer je je dat?'

'Dat realiseer ik me.' Ik realiseer me nog veel meer. Onder andere dat ik mijn eigen straatverbod voor John hierbij heb ingetrokken en ik hem vanaf vandaag op alle feesten, barbecues en verjaardagen zal tegenkomen. 'Het maakt me niet zoveel uit.'

'De laatste keer ben je erg kwaad geworden.'

'Toen vond ik het respectloos. Het wás ook respectloos. Ik ben er anders over gaan denken.'

'Waarom?'

Ik zucht diep en volg met mijn nagel een grillige nerf in het houten tafelblad. 'Ik heb geen hekel meer aan je. Ik heb vaak genoeg gewenst dat je onder een trein zou komen, en Mieke erbij... Maar ik ben door dit hele gebeuren... mijn nieuwe werk, en nieuwe vriend, gaan begrijpen dat ik net zo goed niet helemaal prettig bezig ben geweest.'

'Ik heb me als een lul gedragen.'

'Klopt.' Ik krab aan mijn wenkbrauw. 'Maar laten we het daar niet over hebben. Het is voorbij. Ik ben gelukkig nu, hopelijk jij ook. Als je pap wil helpen met zijn hokken, moet je dat gewoon maar doen.'

'Kom je ook naar het feest?'

'Ja, natuurlijk.'

'En je vriend?'

'Die ook,' lieg ik. Leon heeft nog steeds niet toegezegd.

'Fijn. Ik zou hem graag willen ontmoeten.'

Ik kijk op mijn horloge. 'Ik moet nu echt weg.'

John springt op en geeft een voorzichtige kus op mijn wang. 'Dank je. Je bent echt een geweldige vrouw, Margot.' Hij kijkt om zich heen. 'Heel veel succes de komende week.'

Als hij de deur uit loopt, zie ik Joost in de keuken wegschieten.

Het Italiaanse restaurant waar Debby me mee naartoe troont is over twee verdiepingen volgepakt met rumoerige eters van alle leeftijden. De wanden zijn beige, ze hangen vol met koperen pannen en schilderijen en de plafonds zijn van donkere balken in dezelfde kleur als het houten meubilair, zodat er een aangename, warme sfeer is ontstaan. De obers spreken zonder uitzondering gebrekkig Nederlands.

Debby schenkt nog een glas chianti voor ons in. Haar haren glanzen weer zoals ik het van haar gewend ben en ze heeft een witte blouse aan met een diep decolleté. Ik wil het niet graag aan mezelf toegeven, maar ik voel me nog steeds lichtelijk door haar geïntimideerd.

Ik prik in de huisgemaakte pasta. 'Heb jij eigenlijk een vriend?'

'Niet meer. Ik heb een profiel op een paar sites staan. Niet voor een serieuze relatie, hoor, dat stadium ben ik voorbij. Meer voor de *fun*.'

'Hoezo ben je dat stadium voorbij?'

Ze haalt haar schouders op. 'Als je een serieuze relatie wil, dan kom je erachter dat de spoeling boven de dertig wel erg dun is. Er is niet veel meer te eisen. Mannen die zich leuk voordoen, zijn meestal getrouwd. Niet dat ze dat tegen je zeggen... Van die kerels die je ophalen met een roos tussen de tanden en vergeten zijn het kinderzitje uit hun auto te halen. Ze liegen over alles. En zo doorzichtig dat het bijna schattig wordt.'

Ik schiet in de lach. 'Dat meen je niet.'

'Helaas wel. Ik dacht dat het minder zou worden als ik me uit zou schrijven bij de relatiebureaus en mijn profiel zou achterlaten op van die losvast-sites, weet je wel. Ik hoopte gelijkgestemden te vinden, mannen die net als ik geen vaste relatie meer willen, maar een maatje zoeken om een keer mee naar de film te gaan, of te gaan stappen – en de rest, uiteraard, ik ben ook maar een mens. Nou, *I was wrong.*' Haar lippen wijken iets naar buiten, ze welven zich in een glimlach. 'Daar wemelt het dus helemaal van de hitsige huisvaders. Die willen alleen maar snelle seks om hun kwetsbare ego op te krikken, of zijn stiekem op zoek naar iets beters dan wat ze thuis op de bank hebben zitten. Pathetische mannetjes.'

Zelfs van dichtbij is Debby bijna onaards perfect. Geen rimpel in haar gezicht, geen enkele oneffenheid, alsof ze gecreëerd is in plaats van geboren, ze pas vanochtend vers en onbeschadigd uit de fabriek is gerold. Ik kan me voorstellen dat iemand met haar voorkomen veel reacties krijgt, maar ik kan me minder goed voorstellen dat het via reguliere weg niet lukt. Of het moet zo zijn dat mannen zich door haar verschijning al net zo onzeker voelen als ik. 'Kom je via het werk niet in contact met leuke mannen, dan?'

'O, jawel hoor, ik klaag ook niet. Ik heb alleen last van die overmoedige huisvaders. Meestal pik ik ze er zo tussenuit, maar er glipt er weleens eentje doorheen. En dan is mijn hele avond naar de klote.'

'Maar dat is toch niet de oorzaak, dat je niet meer op zoek bent naar een serieuze relatie?'

'Niet echt. Ik heb vier keer samengewoond, steeds maar kort. Vastigheid is blijkbaar niet mijn ding.' Ze kijkt me doordringend aan met die grote blauwe ogen en lange wimpers. 'Ik jaag graag. Het mag niet te makkelijk zijn, daar knap ik op af. Ik hou van een uitdaging. Vreemd hè, voor een vrouw?'

'Ach,' zeg ik, en schraap het laatste beetje saus van mijn bord. 'Je bent waarschijnlijk niet de enige.'

Haar hand zoekt de mijne over de tafel. 'Ik ben blij dat we hier zitten, samen. Het is lang geleden dat ik met een vriendin op stap ben geweest. Na Edith dacht ik dat ik nooit meer iemand zou vinden met wie ik goed kon opschieten.'

'Waren jullie close?'

Ze knikt. 'We begrepen elkaar zonder woorden. Leon viel in een gat na haar dood, maar ik net zo goed en ik kon er met niemand over praten. Richard sloot zich er helemaal van af, die deed alsof er niets was gebeurd. Met Marianne heb ik sowieso weinig contact en Leon... nou ja, dat weet je.'

'Had Edith niet meer vrienden dan jullie?'

Ze schudt haar hoofd. 'Ze had zeker in de laatste maanden voor haar dood veel mensen tegen zich in het harnas gejaagd met haar obstinate gedrag. Eigenlijk was het alleen maar een beetje plagen, dat deed ze graag, maar niet iedereen kon dat waarderen, of begreep wat ze bedoelde. Het is jammer dat je haar niet hebt gekend.'

De ober verschijnt, ruimt de tafel af en komt terug met menukaarten voor het dessert.

Debby laat mijn hand los. 'Ik heb het erg vervelend gevonden dat ik haar na haar dood niet meer mocht zien. Ook al zou het geen fraai gezicht zijn geweest, dan had ik haar misschien nog kunnen schilderen. De begrafenis was volledig in handen van haar familie, mensen aan wie ze een schurfthekel had, en die hielden ons overal buiten. Haar ouders en broers zaten eerste rang, die schaamden zich alleen maar. Het was een zonde wat ze had gedaan en ze keken ons met de nek aan, alsof wij haar daartoe hadden gedwongen. Ze gaven Leon niet eens een hand. Een vreselijke dienst en een afschuwelijke dag.'

'Ik wil het graag laten rusten,' zeg ik, als ze even pauzeert. 'Ik kan me voorstellen dat je graag je verhaal kwijt wil, maar het voelt een beetje als...'

'Verraad naar Leon toe – dat hoef je me niet uit te leggen. Sorry. Dat was ik vergeten. Heb jij nog plaats voor ijs? Het ijs is hier geweldig, vooral de citroen is super.'

De lust tot eten is me helemaal vergaan na Debby's uiteenzetting van Ediths begrafenis. Ik voel me een beetje somber. 'Ik denk dat ik cappuccino neem,' zeg ik, mat.

'Die is hier ook goed. Maar ik neem citroenijs. Met een likeurtje. Jij ook? Ze hebben fantastische notenlikeur.'

Twee wijntjes, een notenlikeur en twee uur later stommelen we giebelend als schoolmeiden de lift uit. Ik open de deur en Debby doet de lichten aan.

'Ik ga nog even in bad.' Ze loopt meteen door naar de wand die de badkamer van de rest van het huis scheidt.

'Als je het niet erg vindt, ga ik slapen.'

Ze houdt haar pas in. 'Slápen?'

'Het is bijna halféén en ik moet er om zeven uur weer uit. Het was hartstikke gezellig, ik wil je echt bedanken voor de megaleuke avond, maar ik heb een moordend schema en als ik het nu nog later maak, dan loopt morgen alles in het honderd.'

Even zegt Debby niets, alsof ze zich geen raad weet met de situatie. Dan zegt ze: 'Och, natuurlijk, daar sta ik helemaal niet bij stil. Jij bent natuurlijk gewend aan dat gebruis en gebubbel. Ik heb alleen een douche thuis, dus als het ook maar even kan, ga ik hier in bad. Vind je het niet vervelend?'

'Nee, hoor.' Ik gaap en wrijf over mijn gezicht. 'Ga je gang.'

Pas als ik de kranen hoor lopen trek ik mijn kleren uit en werk een T-shirt van Leon over mijn hoofd dat tot halverwege mijn bovenbenen reikt. Dan schuif ik tussen de lakens. In stilte blijf ik luisteren naar de geluiden uit de badkamer. Ik hoor haar een kastje opendoen, en weer dicht. Dan, pas na een minuut of tien, hoor ik geplens. Ik zou liegen als ik zeg dat ik niet nieuwsgierig ben hoe Debby eruitziet onder haar kleren – waarschijnlijk al even perfect. Maar om daar achter te komen zou ik met haar in bad moeten gaan en dat komt me een beetje vreemd voor. Misschien ben ik hopeloos ouderwets, preuts of wat dan ook en is het wel heel normaal, ben ik degene die zich krampachtig gedraagt en is Debby een stuk vrijer, spontaner. Vrouwen gaan immers sinds mensenheugenis samen in de sauna en dat doen ze ook niet gekleed. Mannen douchen na het sporten net zo goed gezamenlijk. Desondanks staat het idee om een bad te delen met Debby me een beetje tegen. Tegenover elkaar zitten en... dan? Ik zou niet weten waar ik moest kijken, het komt me te intiem voor.

Ik klem mijn armen om het kussen, begraaf mijn gezicht erin en snuif Leons geur op. Er welt een drammerig, hol gevoel op, alsof ik elk moment in huilen kan uitbarsten. Nu ik zijn geur ruik en alleen in bed lig, merk ik pas hoezeer ik hem mis. Misschien maakt Debby's aanwezigheid het juist nog moeilijker te verdragen. Tegen beter weten in graai ik mijn mobieltje uit mijn broek die op de grond naast het bed ligt, en kijk naar het schermpje. Geen sms. Dat komt niet als een verrassing: Leon stuurt nooit sms'jes. Toch had ik gehoopt dat hij vandaag, na het koele afscheid van vanochtend, een uitzondering zou maken. Ik wil hem niet zelf een bericht sturen. Mocht hij er niet op reageren, dan ben ik de komende dagen van slag en komt er van werken niets. Ik realiseer me ten volle dat ik me opnieuw afhankelijk opstel. Dit is niet wat ik voor mezelf in gedachten had, het is niet gezond. Gewoon niet goed. Maar ik weet niet wat ik kan doen om het te stoppen.

Ruim een halfuur lig ik naar de wekker te kijken en zie elke minuut aan me voorbijtrekken.

Als Debby naar het bed toe loopt met een handdoek als een tulband om haar hoofd geslagen, knijp ik mijn ogen dicht en blijf stokstijf liggen. Ze duikt naast me in bed. Angstvallig wacht ik af of ze misschien toenadering zoekt, maar ze trekt alleen maar de dekens een stukje naar zich toe. Al snel hoor ik alleen nog haar rustige ademhaling.

Ik vind het onvoorstelbaar dat Leon zich niet tot Debby aangetrokken voelt. Ze heeft een schrikbarend mooi lichaam.

36

'Hoe was Denemarken?'

'Vooral erg Deens.' Leon drukt me tegen zich aan en strijkt zijn gezicht langs het mijne. 'En koud en ongezellig, zonder roodharige mollige dames.'

Er valt een last van me af. Drie dagen lang zijn mijn emoties van het ene naar het andere uiterste gejojood, maar ik was het allemaal vergeten zodra ik hem binnen zag komen, met zijn lange zwarte jas en die verpletterende grijns op zijn gezicht.

'Heb je me gemist?' Zijn vingers kroelen in mijn nekhaar en hij kust me zacht op mijn mond.

Ik mompel iets onverstaanbaars en hoop dat hij daar geen 'ja' uit kan distilleren. Dat gun ik hem even niet.

Leon maakt zich van me los. 'Ik ben toe aan koffie. Richard ook wel, denk ik.'

Richard heeft geamuseerd toe staan kijken. Hij doet een stap naar voren en kust me op beide wangen. 'Hallo meid, ben je de dagen zonder je vriendje een beetje doorgekomen?' Zijn ogen twinkelen.

'Heel grappig.' Ik loop naar het espressoapparaat in de keuken. 'Ik heb het gelukkig te druk gehad. Maandag begint het sloopwerk bij Rolf en Joost.'

Leon trekt zijn jas uit, gooit hem over de bank en grist een stapeltje post van de salontafel, waar hij al zijn aandacht op richt. Ik ben hem weer kwijt, nu aan rekeningen en uitnodigingen.

'Mooi,' zegt Richard. 'Zo hoor ik het graag.' Hij komt naar me toe en helpt met de suiker en melk. 'Zeg, ik sprak in Denemarken de eigenaar van een restaurantketen die een paar Japanse restaurants gaat openen.'

'In Denemarken?'

'Nee, in Nederland. Maar dat maakt in principe niet uit. Ze hadden al bepaalde ideeën over de stijl en sfeer en ze willen zelf de inrichting ter hand nemen, maar ze zochten wel iemand die hun grove ontwerpen tot in detail kan uitwerken. Lijkt me een leuke klus voor tussendoor, je hoeft de deur er niet voor uit en ze betalen goed. Ik heb gezegd dat je ze zou bellen. En er was er nog één. Wacht.' Uit zijn jaszak diept hij een paar visitekaartjes op. Hij wisselt ze tussen zijn vingers alsof het speelkaarten zijn en leest ze met gefronste wenkbrauwen. 'Een vakantiepark in Zeeland dat een make-over wil voor een deel van de chaletjes. De broer van de eigenaar is kunsthandelaar, die ken ik al jaren, betrouwbare vent. Ik twijfelde eerlijk gezegd of het wel interessant genoeg is, maar je moet maar zien wat je ermee doet.'

'Ik heb nog niet veel te eisen in dit stadium.'

Hij trekt een wenkbrauw op. 'Eigenlijk zou ik je willen adviseren om alleen de krenten uit de pap te pikken. Daarmee bouw je aan een goede naam. Vergelijk het met een acteur: die kan zich ook niet permitteren om alles maar aan te pakken wat op zijn weg komt. Imagebuilding. Maar ja...' Hij legt de visitekaartjes op het aanrecht. 'Dit kwam toevallig voorbij. Ze weten in elk geval wie je bent, ik heb je behoorlijk aangeprezen. Je moet maar zien of je ze belt of niet.'

'Dank je,' zeg ik, en leg mijn hand even op zijn arm. 'Ik waardeer het echt enorm wat je voor me doet.'

Hij haalt zijn schouders op. 'Het is niet veel moeite. Als het goed gaat met jou, dan gaat het ook goed met Leon. En die mooie handjes van je kun je het beste laten wapperen, anders ga je je toch maar vervelen.'

Ik kijk langs hem heen. Leon zit inmiddels op de bank en is volledig verdiept in de correspondentie. Hij heeft zijn westernlaarzen uitgeschopt en zijn voeten liggen op tafel.

Ik wil dat Richard weggaat. Ik wil alleen zijn met Leon en naast hem op de bank kruipen. Maar het is niet de enige reden dat Richards aanwezigheid hier te veel is. Richard helpt me aan nieuwe klanten en heeft me goed op weg geholpen, daar ben ik hem meer dan dankbaar voor, maar het beeld van Marianne die in dat huis in de polder tegen de muren opkruipt laat me niet los. Richard komt samen met Leon direct van Schiphol en hij maakt niet de indruk dat hij zo meteen naar huis gaat, wil gaan of zijn vrouw zelfs maar heeft gebeld. 'Over vervelen gesproken...' zeg ik, voorzichtig. 'Ben je al thuis geweest?'

Hij trekt zijn hoogblonde wenkbrauwen op. 'Thuis?'

'Ja, thuis. Bij Marianne en Lola.'

Hij kijkt me strak aan. 'Nee, hoezo?' zegt hij kortaf. 'Is er iets dan?'

'Nee, niets. Ik vroeg het me alleen af. Ik zou me kunnen voorstellen dat –'

'Marianne verwacht me niet voor acht uur,' onderbreekt hij me korzelig.

Ik laat me niet uit het veld slaan. Terwijl ik hem een kopje overhandig en met twee andere in de richting van Leon loop, zeg ik: 'Ga jij eigenlijk altijd mee met Leon? Ik bedoel, op alle reizen naar het buitenland?'

'Niet altijd, maar als het even kan wel. Je hoort nog eens wat, meer dan wanneer ik thuis op mijn kont zou gaan zitten. Zeg, Margot, ik hoorde dat een oude vriend je heeft opgezocht in Rolf zijn restaurantje.'

Ik zet koffie voor Leon neer en neem naast hem plaats. 'Ja, dat klopt. Dat was John, mijn ex. Hij is deze week in Amsterdam, voor een beurs.'

Naast me legt Leon met een klap de post op tafel. Hij graait in zijn zak, trekt een sigaret uit een pakje en steekt hem aan.

Ineens dringt het pas echt tot me door wat Richard me zei. 'Van wie weet jij dat eigenlijk?'

'Joost. Hij was nogal onder de indruk van hem. Erg mooie man, zei hij.'

Ik krimp ineen. Dit had ik Leon zelf willen vertellen, vanavond of morgen. Door de manier waarop Richard het brengt, lijkt het alsof ik een stiekeme ontmoeting heb gehad. 'Ik begrijp niet dat Joost zoiets tegen jou vertelt. Het is helemaal niet belangrijk.'

Richard kijkt van mij naar Leon en weer terug. 'Is Joost buiten zijn boekje gegaan dan?'

'Natuurlijk niet. Ik heb niets te verbergen.' Ik hef mijn hoofd maar voel me met de seconde nerveuzer worden. Richard dringt me de verdediging in, een hoek waar ik niet thuishoor. Het gaat hem helemaal niets aan of ik met John heb zitten praten. Ik hoef niet eens te reageren. Maar Leon naast me heeft al even niet meer bewogen. Ik voel de spanning van hem af spatten.

'Het is al een tijd over met John,' zeg ik tegen Richard. 'Ik heb hem een hele poos niet kunnen luchten of zien, maar ik... ik zie hem nu meer als een vriend, of een goede kennis.'

'Altijd prettig om een goede oude kennis bij de hand te hebben,' zegt Richard fijntjes. Hij neemt een slok van zijn koffie en doet er verder het zwijgen toe.

Leon kijkt me recht aan. Zijn ogen schieten vuur. 'Misschien ben ik niet duidelijk genoeg geweest toen ik zei dat ik niet wilde dat je naar hem toe ging. Het hield automatisch in dat het niet de bedoeling was dat hij naar jóú toe kwam.'

Ik schiet overeind. 'Kom, Leon! Dit gaat echt helemaal nergens over.' Verward probeer ik Richards blik te vangen, maar die is ineens heel geïnteresseerd in zijn vingernagels.

'Hij belde me gisteren dat hij in Amsterdam was voor een beurs,' ga ik door. 'Hij had onverwacht een vrije middag, liep door de stad te slenteren en kon zich herinneren dat ik een restaurant in de binnenstad aan het inrichten was. Hij verveelde zich, hij was benieuwd.'

'Tuurlijk.'

'Het was gewoon interesse, niet meer, niet minder. En hij wil mijn vader helpen met zijn konijnenhokken en vroeg daarvoor toestemming. Dat is toch alleen maar lief?'

'Ik zie het anders: ik heb mijn hielen nog niet gelicht of hop, John duikt op in Amsterdam. Toevállig.'

Ik rol met mijn ogen. 'Denk even na. Als ik stiekem iets met mijn ex zou afspreken, zou ik dan van alle mogelijkheden die ik heb, kiezen voor Ce Trúc?' Angstvallig kijk ik opnieuw naar Richard. 'Kan dit niet even wachten tot Richard weg is?'

'Ik moet er toch vandoor,' zegt Richard, en hij staat op.

'Je hoeft van mij niet weg,' hoor ik Leon naast me zeggen.

'Maakt niet uit. Ik zie je morgen. Sterkte.' Even blijft zijn blik op mij rusten. 'Sorry, ik wist niet dat het een issue was.'

Zodra ik de deur hoor dichtgaan zeg ik: 'Dit slaat werkelijk helemaal nergens op.'

'Ik heb je al eerder gezegd dat ik wil dat die vent bij je uit de buurt blijft.'

'Dat kun je niet eisen, hij hoort bij de familie. En jeként hem niet eens, hoe kun je over hem oordelen?'

'Ik heb zijn eindresultaat opgeraapt en mogen oplappen,' zegt hij. Het sarcasme druipt van zijn gezicht. 'Dat zegt me genoeg over hoe lief hij is.'

Ik sluit mijn ogen en tel tot tien, breng mijn hand naar mijn mond. Ik wil geen ruzie. Niet nu. Ik ben hartstikke blij dat Leon er weer is, ik had allerlei plannen en nu dit. 'Ik wil geen ruzie,' zeg ik, zacht.

Leon staat op van de bank en beent naar de keuken.

'Je maakt het te groot,' zeg ik. 'John is... gewoon iemand uit mijn verleden. Waar ben je bang voor?'

Met een ruk draait hij zich om. 'Báng? Zit er iets los in je bovenkamer of zo? Jouw ex zoekt je hier in Amsterdam op. Hij haalt niet alleen de banden aan met je familie, maar ook met jou, en ik moet dat maar normaal vinden? Ik moet die vent niet, Margot. Hij pist in mijn territorium.' Leon grist zijn jas van de bank en loopt naar de deur.

'Waar ga je heen?'

'Uitwaaien. Dan mag jij even nadenken over waar je prioriteiten liggen.'

De deur valt met een klap achter hem in het slot.

Zeker tien minuten blijf ik voor me uit staren, niet in staat om iets te doen of zelfs maar mijn gedachten te structureren. Daarna trek ik mijn benen op, sla mijn armen eromheen en leg mijn kin op mijn knieën. Is John de banden aan het aanhalen? En zo ja, is dat normaal of is Leon alleen maar ziekelijk jaloers? Ik weet het gewoonweg niet. Richard reageerde afkeurend, Joost reageerde al net zo negatief – hebben ze gelijk? Ik wil niet dat John een issue wordt, zoals Richard het verwoordde, dat is hij niet waard. Maar dat is al gebeurd. En nu zit ik hier alleen, te vechten tegen de tranen, nadat ik drie dagen en nachten reikhalzend heb uitgezien naar Leons thuiskomst.

Twee tergend trage uren later hoor ik gemorrel bij de deur. Ik spring op van de bank en loop op hem af. 'Sorry.'

Hij slaat zijn armen om me heen. 'Trut,' fluistert hij in mijn oor. 'Ik wil geen ruzie met je. Ik wil met je neuken.'

'Ik ook met jou.'

'Waarom doe je dan van die domme dingen?'

'Omdat ze me gisteren niet dom voorkwamen. Nu wel.'

'Luister. Je gaat morgen naar dat klotefeest. Daarna wil ik er niets meer over horen. Exit John.' Hij pakt mijn kaak vast en kijkt me doordringend aan. 'Kan ik daarvan op aan, lady?'

'Daar kun je van op aan,' zeg ik, en laat mijn vingers langs zijn jukbeenderen en wangen dwalen.

Hij grijnst. 'Laat me nu dan eens zien hoe graag je me wilt.'

37

Ik sta voor de kast naar mijn kleding te kijken en weet niet wat ik moet doen. Ondanks alle drukte in de afgelopen dagen heb ik tijd gevonden om een nieuwe outfit te kopen. Behoorlijk heftig. Officieel voor het feest vanavond, maar onofficieel voor Leon. Ik had die combinatie nooit durven aanschaffen als ik in de paskamer mezelf niet door zijn ogen had bekeken, me niet in een flits die kleine knik had voorgesteld, de opkrullende mondhoeken. Zijn goedkeuring. Maar als ik deze outfit aantrek, zou ik Leons jaloezie opnieuw kunnen aanwakkeren. Hij zou het kunnen uitleggen alsof ik het voor John doe. De rozenblouse dan maar? Die had ik aan op onze eerste afspraak en valt dus net zo goed af.

Dit slaat nergens op. Ik had graag gehad dat Leon meeging naar het feest, maar het zit er gewoonweg niet in. Na gisteren durf ik het niet eens meer ter sprake te brengen.

'Wat sta je daar nou?' hoor ik Leon zeggen. Hij ligt op de bank in een oversized T-shirt een tijdschrift te lezen en kijkt me met een half oog aan.

'Ik weet niet wat ik moet aantrekken.'

'Je zei dat je nieuwe kleren had gekocht.'

'Ja.'

'Waarom trek je die dan niet aan?'

'Ze waren bedoeld voor als jij mee zou gaan. Als jij thuisblijft, moet ik iets anders verzinnen.'

'Is het zo spectaculair dan? Trek eens aan.'

Ik haal mijn nieuwe kleren uit de kast, bijt de prijsjes en kaartjes ervan af en wurm me erin. Draai me daarna om en loop een paar passen op hem af, handen in mijn zij.

Hij neemt een trek van zijn sigaret. Blaast de rook langzaam uit. 'Inderdaad. Daarin ga jij niet alleen naar dat feest.'

'Dank je. Fijn. Nou weet ik het dus helemaal niet meer.'

Met een zucht komt hij van de bank af en gooit het tijdschrift onder de tafel. 'Hou maar aan.'

Ik kijk verbaasd op. 'Hoezo?'

'Ik ga mee.'

'Weet je dat zeker?'

'Nee. En ik heb er nog minder zin in. Ik moet er niet aan denken om een hele avond gezellig te moeten doen op godbetert een Brabants familiefeest bij Van der Valk. Maar als het moet, moet het.'

'Je bent zelf een Brabander.'

Hij neemt een trek van zijn sigaret en knijpt even zijn ogen dicht. 'Dus weet ik waar ik over praat.'

'Zo erg is het niet.'

Hij drukt zijn sigaret uit in de asbak en loopt naar de kast. 'Dat valt nog te bezien.'

'Leon?'

Hij schuift de deur open en trekt een plastic stomerijhoes van een van zijn pakken. 'Wat nou?'

'John is er ook.' Zacht voeg ik eraan toe: 'Je doet wel normaal, hè?'

'Ik beloof niets.'

Het regent als we de auto op de parkeerplaats bij het restaurant en zalencentrum parkeren. Terwijl we gebukt naar het gebouw lopen – Leon heeft zijn arm om me heen geslagen – komen we langs een glanzende Mercedes met een Zwitsers kenteken. Die moet van Anita en Cor zijn. Zo'n vijf jaar geleden zijn ze naar Zwitserland geëmigreerd voor Cors werk en sindsdien heb ik hen niet meer gezien. Wel sturen ze elk jaar met kerst trouw een kaartje met een foto van een besneeuwd berglandschap.

'Dat is de auto van mijn oom Cor en tante Anita,' zeg ik. 'Ze wonen in Zwitserland.'

Leon reageert niet.

Ik verheug me erop om iedereen weer te kunnen spreken. Heel

veel mensen zie ik alleen maar op dit soort feesten. En ik ben benieuwd wat mijn ouders van Leon vinden, een beetje nerveus zelfs. Hij heeft niet het joviale, sociale van John en mijn eerdere vrienden en ik zie hem ook zo gauw nog niet mijn vader meehelpen met konijnenhokken bouwen... Zouden ze überhaupt wel gespreksstof hebben?

In de grote hal met travertintegels, schoon metselwerk en donker gebeitste houten lambrisering staat een wegwijzer met verschillende familienamen. Volgens het bord moeten we in een zaal in het souterrain zijn. We lopen de brede houten trappen af en geven onze jassen aan een blond meisje in zwart-witte bedrijfskleding. De deuren naar de zaal staan wagenwijd open: een grote, vierkante ruimte met smalle spiegelzuilen en een laag plafond. Ook hier zijn de wanden uitgevoerd in schoon metselwerk. Op de vloer liggen beige gemêleerde tegels. Tegenover de ingang speelt een feestband in glittergilets – een donkere zangeres met een blonde zanger en iemand achter een toetsenbord – een nummer van Tom Jones.

Sommige mensen staan met elkaar te praten, anderen staan op de dansvloer of zitten te eten aan een van de tafels die langs de muren zijn opgesteld. Er is een lopend buffet, rechts van de band. In het zachte licht dat uit spots in het systeemplafond schijnt, zie ik veel bekende gezichten. Het hysterische lachen van Els, dat ik ergens rechts lokaliseer, komt boven de muziek uit.

Ik buig me naar Leon toe. 'Die je nu hoort schreeuwen, dat is Els. Een goede vriendin van mijn moeder. Ze is een beetje typisch.' Ik wijs naar de dansvloer. 'En die kerel daar, met die bretels, die staat te dansen met die vrouw in die groene jurk, dat is mijn oom Anton. Hij komt pas uit het ziekenhuis.'

'Je hoeft me niet aan iedereen voor te stellen,' hoor ik Leon naast me zeggen. 'Dan zijn we morgenvroeg nog bezig.'

'Ik zie mijn ouders niet.' Ik ga op mijn tenen staan en speur met gefronste wenkbrauwen de massa af. 'En Dick en Anne ook niet. Dick is mijn broer.'

'Dat weet ik.'

Voor de band staan kinderen met elkaar te dansen. Ze hossen en springen en rollen over de grond. Mijn oma staat ertussen, een beetje onvast op haar in een dikke panty gestoken benen, maar wel in een gebloemde feestjurk en met make-up. Ze wordt ondersteund door een stevige jongen van een jaar of twaalf; het zou een neefje van me kunnen zijn. 'Dat is mijn oma, mijn moeders moeder. Ik had niet verwacht dat ze hier zou zijn, ze zit in het bejaardenhuis... of meer een soort aanleunwoning bij het bejaardenhuis. Wacht, daar heb je Paul.'

Ik pak Leons hand, neem hem mee naar het buffet en tik Paul op zijn schouder. Hij draait zich om, kijkt eerst Leon gefronst aan en verlegt dan zijn blik naar mij. Zijn gezicht klaart op. 'Ah, Margotje, nou zie ik het. Nou ja, Margo-*tje*...'

Paul heeft zijn stropdas losgetrokken, die hangt nu scheef over zijn enorme buik waar zijn witte overhemd gevaarlijk strak omheen spant. Zijn handen omklemmen mijn middel en knijpen erin. 'Nog altijd goed aan de maat, zie ik. Houden zo, meid. Je ziet eruit om op te vreten.'

'Gefeliciteerd,' zeg ik, en geef hem drie zoenen. 'Dit is mijn vriend Leon.'

Pauls kleine, bruine oogjes glinsteren als ze elkaar de hand schudden. 'Bekend gezicht.'

'Leon is fotograaf. Kunstfotograaf. Hij heeft weleens in de krant gestaan.'

'Nee, daar ken ik hem niet van.' Paul richt zich tot Leon. 'Kom je weleens in Café de Sport? Darten?'

'Nee,' hoor ik Leon zeggen. 'Ik denk het niet.'

'Nou, je hebt toch een bekend gezicht.' Paul steekt zijn wijsvinger de lucht in. Zijn bewegingen zijn niet gecoördineerd. 'Máár... ik kom er vanavond nog wel op. Ik heb een verschrikkelijk goed geheugen voor gezichten.'

'Waar is Agaath?' vraag ik.

Paul laat verstoord zijn blik door de zaal glijden. 'Ik heb werkelijk geen idee. Misschien is ze er met een vreemde vent vandoor.' Hij knipoogt naar Leon. 'Het blijven loeders hoor, die vrouwen. Je moet ze continu in de gaten houden, ook al zijn ze de zestig gepasseerd. Knoop dat in je oren, jongen. Hebben jullie al wat te drinken gehad?'

'Nog niet, ik wilde jullie eerst feliciteren.' Ik leg mijn hand ten afscheid op zijn schouder en neem Leon mee naar mijn ouders. Ze zitten met Dick en Anne aan een van de tafels, dicht bij de band. Die speelt inmiddels 'Red Red Wine' van UB40.

'Trek je niets aan van Paul,' zeg ik. 'Hij denkt altijd dat hij iedereen ergens van kent.'

'Hou eens op overal tekst en uitleg bij te geven. Ik kan voor mezelf denken.'

Even blijf ik stilstaan. Ik wil hem vragen of hij zijn stugge houding wil laten varen, maar besluit het niet te doen. Het zal vanzelf wel goed komen.

Mijn vader springt al op van zijn stoel voor we goed en wel bij de tafel zijn aanbeland. Hij draagt het lichtgele overhemd dat hij al jaren heeft en uitsluitend reserveert voor feesten en partijen, met een blauwe stropdas erop en een grijze, nette broek. 'We hadden het net over je. Ik dacht dat je niet meer zou komen.'

'Natuurlijk wel,' zeg ik, en kus hem op zijn wangen. 'Pap, dit is Leon.'

'Dag Leon,' zegt mijn vader. Leon is zeker vijftien centimeter langer dan mijn vader, die bijna zijn hoofd in zijn nek moet leggen om hem aan te kijken. 'Prettig kennis te maken. We hebben al veel over je gehoord.'

'Zoveel nou ook weer niet,' hoor ik mijn moeder zeggen. Ze ruikt sterk naar parfum en er zit een lichte poederlaag over haar gezicht. Voor ze mij begroet, geeft ze Leon een hand. 'Ik ben Margots moeder.'

'Dat had u niet hoeven zeggen, het is te zien,' zegt Leon. Zijn mondhoeken krullen omhoog.

'Ja, hè?' Mijn moeder glimlacht timide, houdt haar hoofd iets scheef en trekt het voorpand van haar glitterblouse recht.

Dick omhelst me. 'Blij dat je er bent, zus. We waren bang dat je het af liet weten.'

Ik voel me een beetje kregel worden. 'Waarom denkt iedereen dat steeds?'

Anne voegt zich bij haar man en kust me op de wangen. 'We zien je nooit meer. Het lijkt de laatste tijd wel alsof je ons niet meer wilt kennen.'

'Doe niet zo raar! Dit is Leon.'

'De oorzaak,' zegt Dick, en drukt hem de hand.

'Hallo,' zegt Anne tegen Leon.

Nu de voorstelronde achter de rug is, staren vier paar ogen Leon aan alsof hij de attractie van de avond is. In zekere zin is hij dat ook.

'Misschien moet je toch even een jasje aantrekken,' zegt mijn vader, die aan mijn blouse plukt. De afkeuring straalt van zijn gezicht. 'Dit is wel erg... fris.'

Ik schiet in de lach. 'Het hoort zo. Ik heb geen jasje bij me.'

'Het is wel anders, hè?' hoor ik mijn moeder zeggen. 'Niet wat we van je gewend zijn.'

'Ik vind het mooi, mam.'

'Hou je dan vooral niet in voor ons. En laat pa maar kletsen, die heeft geen idee van mode. Zeg, hebben jullie al iets te drinken gehad?'

Ik schud mijn hoofd.

Ze zwaait naar een ober die met een dienblad rondloopt. De jonge man draait op één voet om en blijft bij ons staan.

'Jij rode wijn?' vraagt ze.

'Nee, witte.'

Ze neemt een glas van het blad en kijkt Leon aan. 'Bier?'

'Nee, hetzelfde.'

'Er is ook bier, hoor.'

'Dank u, wijn is prima.'

Ze neemt een glas van het blad en duwt het hem toe. 'Nou, fijn. Het hele gezin compleet. Goh. Kom lekker bij ons zitten, we willen alles van je weten, Theo.'

'Leon,' verbeter ik haar. 'Leon, ma.'

'Dat zijn aparte laarzen,' hoor ik Anne zeggen.

Als ik opkijk blijkt dat ze het niet over de mijne heeft, maar over die van Leon. Ze zijn zwart met grijs, met lange punten en hebben een soort reptielenprint.

'Dank je,' zegt Leon, die een van zijn voeten demonstratief heen en weer beweegt. 'Een vriend van me heeft ze meegebracht uit Australië. Krokodillenleer.'

'Is dat niet zielig?'

'Ik heb persoonlijk weinig medelijden met die beesten.'

Even later roept mijn vader de ober opnieuw bij de tafel om iedereen weer van volle glazen te voorzien.

Leon legt zijn hand op zijn halflege glas. 'Ik hou het bij deze. Ik moet nog rijden.'

'Gaan jullie vanavond terug naar Amsterdam?' vraagt mijn moeder ongelovig.

'Nee,' zeg ik. 'We slapen in Helvoirt, Leon heeft daar een bungalow.'

'Ze hebben hier hotelkamers, dat weet je toch? Veel mensen blijven hier overnachten.' Ze knikt in Leons richting. 'Dan kan hij ook drinken.'

Ik kijk Leon vragend aan. Hij schudt kort zijn hoofd, bijna onmerkbaar voor de anderen.

'Laat maar, mam. Leon moet morgen werken.' *Waarom lieg ik?*

'Op zondag?'

'Hij heeft geen normale baan.'

'Nou, vertel op,' zegt mijn moeder, die nu dicht naar Leon is geschoven en hem vol interesse opneemt. 'Ik heb gehoord dat je kunstenaar bent. Kun je daarvan leven?'

'Dat gaat prima,' zegt hij, kortaf.

'Leon fotografeert veel in het buitenland,' val ik hem bij. 'Hij is net terug uit Denemarken.'

'O, wat leuk. Wat deed je daar?'

'Foto's maken voor een multinational. Steeds meer beursgenoteerde bedrijven fleuren hun jaarrekeningen op met kunstfoto's.'

Ze doet haar uiterste best om interesse te veinzen. Mijn moeder is verre van wereldvreemd, maar jaarrekeningen en kunstfotografie zijn zaken die zich buiten haar beleving afspelen.

'Sinds ik ben afgekeurd houd ik konijnen,' zegt mijn vader. 'Heeft Margot je dat al verteld?'

Leon schudt zijn hoofd. 'Niet dat ik me kan herinneren.'

Mijn vader recht zijn schouders. Trots straalt uit zijn hele houding. 'Vorig jaar heb ik de beste hangoor van Zuid-Nederland gefokt.'

'Knap,' zegt Leon, welwillend. 'Hoe doe je dat?'

Ik had hem kunnen waarschuwen mijn vader op dit punt zoveel mogelijk te negeren, hem niet de minste aanleiding te geven om over zijn dieren te beginnen, maar ik heb er gewoonweg niet bij stilgestaan. In de volgende tien minuten krijgt Leon een geëngageerde monoloog voor zijn kiezen over bloedlijnen, selectieprocedures en de invloed van warmte en speciale voeding op de groei van konijnenoren. Tot mijn verbazing voegt Leon zich probleemloos in de slachtofferrol. Meer dan 'o' en 'natuurlijk' heeft mijn vader niet nodig om een volgend konijnologisch onderwerp aan te boren. Leon werpt me een vertrouwelijke knipoog toe. Mijn vader heeft het niet in de gaten.

Ik voel twee handen op mijn schouders en kijk om. Het is oom Paul.

'Kom, mooie meid, je zit hier de hele tijd al te kletsen, Agaath en ik hebben niet voor niets een dure band laten aanrukken. Voetjes van de vloer.'

Voor ik kan protesteren word ik omhooggetrokken en sleurt Paul me zo'n beetje de dansvloer op. Niet dat ik het heel erg vind. Ik heb altijd graag gedanst. Dat was een van de dingen die John en ik gemeen hadden. Veel mannen blijven aan de bar hangen op feesten, John was altijd op de dansvloer te vinden. Ik heb hem nog niet gezien en hoop van harte dat het zo blijft, omdat ik er weinig trek in heb om hem de hele avond te moeten ontwijken.

Paul houdt mijn ene hand hoog in de lucht en grijpt mijn middel stevig vast. Hij zwiert rond als een volleerde danser, maar kan niet voorkomen dat hij zo nu en dan uit de maat raakt. Hij heeft echt te veel gedronken. En hij is niet de enige. Ik voel me een beetje licht in mijn hoofd door de vele pirouettes en de twee glazen wijn. Als het nummer is afgelopen, klemt Paul me vast. 'Nog eentje, om het af te leren!'

Mijn voeten en heupen beginnen automatisch te bewegen op het ritme van het volgende nummer.

Tussen de dansende menigte door zie ik Leon als een donkere schaduw bij de muur bij mijn ouders zitten. Hij heeft zijn armen over elkaar geslagen en kijkt over alle hoofden heen naar zijn vertrouwde horizon. Mijn vader is nog steeds druk aan het gebaren, hij heeft zich in Leon vastgebeten. Even voel ik medelijden met hem. Ik had hem moeten waarschuwen.

In een flits zie ik John voorbijkomen. Op nog geen vijf meter van ons vandaan ondersteunt hij oma op de dansvloer. Hij houdt haar ellebogen stevig vast en zorgt dat ze niet valt. Ze maakt houterige bewegingen, haar gezicht is een en al glimlach. Het is prachtig om oma te zien genieten, te midden van alle mensen om wie ze geeft. Even schiet het door me heen dat dit haar laatste feest zou kunnen zijn. Als ze zo weer langs de kant zit, wil ik met haar gaan praten. Lief van John dat hij zich over haar ontfermt. Dat heeft hij altijd gedaan, moet ik hem nageven. Oma's, kleine kinderen, bebrilde tienermeisjes, iedereen kon altijd een beroep op John doen. Dat was de lijm die ons heeft samengehouden, op feesten als deze waren we in ons element.

John vangt mijn blik. Hij glimlacht en knipoogt. Ik lach terug, lichtjes opgelaten, hopend dat Leon het niet heeft gezien. Het voelt verre van prettig om niet helemaal mezelf te mogen zijn op een feest van mijn eigen familie.

'Hóppa!' roept Paul weer, en ik draai nog eens een rondje onder zijn stevige, korte arm door.

Uit mijn ooghoeken zie ik mijn moeder zich naar Leon toe buigen en hem iets zeggen. Leon neemt een slok van zijn wijn. Zijn ogen dwalen af en blijven op één punt rusten. Instinctief weet ik waar hij naar kijkt. Even voel ik twijfel opkomen. Zal ik maar weer aan tafel plaatsnemen? Ik besluit dit nummer af te wachten. Het is lang geleden dat ik heb gedanst en het voelt te goed.

Kort erna zie ik dat Dick op mijn stoel heeft plaatsgenomen. Hij en Anne zijn druk in gesprek met Leon. Ik kan zijn gezicht vanaf hier niet zien.

De band zet het volgende nummer in. Paul kijkt me ondeugend aan en houdt me op de dansvloer. Transpiratie druppelt van zijn voorhoofd.

'Hierna ga ik echt weer zitten, hoor,' roep ik in zijn oor.

'Ben jij gek!' roept hij, en leidt me naar de andere kant van de dansvloer.

Helemaal gerust ben ik er niet op om Leon alleen te laten, maar zolang hij wordt beziggehouden door mijn familie is er weinig aan de hand. Het is een volwassen man. Ik hoef niet de hele avond zijn handje vast te houden.

Zodra het nummer wegsterft, wordt Paul afgetikt door een man die ik in eerste instantie niet herken. Fijne gezichtstrekken, gebruinde huid en kort grijs haar. Hij moet mijn gedachten raden. 'Ben je me nu al vergeten? Nee toch?'

'Nou zie ik het,' roep ik enthousiast. 'Cor uit Zwitserland.'

'Nog steeds.' Hij legt zijn handen op mijn schouders. 'Verdorie, Margotje, meid, wat ben je gegroeid!'

'Niet meer in de hoogte, de afgelopen vijf jaar,' zeg ik.

'Maar wel in de breedte.'

Pas zo'n zes nummers later – het kunnen er evengoed zeven zijn geweest – weet ik me van de dansvloer en ooms en tantes los te rukken en terug naar de tafel te gaan.

Leons stoel is leeg en hij is in geen velden of wegen te bekennen.

'Waar is Leon?' vraag ik mijn moeder, de enige die het fort nog bewaakt en bezig is een gebakje te eten.

Verward kijkt ze op. 'Ik heb geen idee, schat. Misschien is hij dansen of naar het toilet. Knappe man, hoor. Mooie kleren. Charmant, ook. Ben je gelukkig met hem?'

'Ja, heel erg.' Dankbaar neem ik een paar flinke teugen van de wijn die in mijn afwezigheid voor me is neergezet.

'Fijn zo. Hij lijkt me erg aardig. Pa mag hem ook wel, geloof ik.'

Onder de tafel knijp ik in mijn moeders hand. 'Daar ben ik echt heel blij mee.'

'We hebben je gemist, wij allemaal,' zegt ze, serieus nu.

'Dat weet ik. Het spijt me. Ik heb het gewoon erg druk gehad. En ik ben niet veel meer hier.'

'Heb je het echt naar je zin in Amsterdam?'

'Ja,' zeg ik naar waarheid. 'Maar ik mis jullie wel.'

'Als je het over de duvel hebt, trap je op zijn staart,' zegt mijn moeder. Ze schuift haar bordje van zich af en staat op. 'Nou, ik laat jullie even.'

Terwijl mijn moeder de dansvloer opzoekt, komt Leon op me af gelopen. Ik merk meteen dat er iets niet in orde is. Hij ontwijkt de dansende mensen met geagiteerde bewegingen en zijn gezicht staat op oorlog.

Hij blijft voor me staan, zijn handen in zijn zakken.

'Wat is er aan de hand?' vraag ik.

Demonstratief kijkt hij op zijn horloge. 'We zijn hier twee uur en daarvan heb je anderhalf uur op de dansvloer gestaan. Dank je wel.'

Ik frons mijn wenkbrauwen. 'Ach, kom, Leon, doe niet zo moeilijk.'

'Moeilijk? Ik? Ik zit hier anderhalf uur te luisteren naar verhalen van je vader over zijn konijnen, dat Jóhn zo vriendelijk is om hem te helpen met de bouw van nieuwe hokken, je broer zit een halfuur tegen me aan te zeveren over lekke kranen en je schoonzus raakt niet uitgepraat over haar wónderkinderen – terwijl jij aan de zwier bent. Niet mijn idee van een gezellige avond.'

'Maak er nou niet zo'n punt van. Het is féést!'

Zijn hand sluit als een bankschroef om mijn bovenarm. 'Mij allemaal best, maar we gaan.'

'Doe normaal,' zeg ik, en wil mezelf lostrekken, maar hij blijft me stevig vasthouden en geeft geen centimeter mee.

'Ik zei dat we gingen. Nu.'

Alles breekt open als een etterende zweer. De mensen om me heen zijn misschien geen interessante kunstenaars of rijke kunstverzamelaars, maar we begrijpen elkaar, we hebben een gezamenlijke geschiedenis. Het gesprek met mijn moeder en de gesprekken die ik voerde op de dansvloer met mijn ooms en tantes bevestigden mijn gevoel dat ik me sinds de breuk met John misschien onbewust van iedereen heb afgekeerd. En geheel onterecht. Het is heerlijk om na die afschuwelijke, eenzame dagen in Amsterdam lekker los te kunnen gaan op de muziek, de banden met mijn familie aan te trekken. Ik voel me lekker, gewenst, en ik wil dat gevoel niet kwijt. Dat gaat allemaal door me heen terwijl de band 'Het feest kan beginnen' inzet en om ons heen iedereen begint te hossen en de tekst meeschreeuwt.

'Ik ga niet mee. Ik heb mijn familie in geen eeuwen gezien. Het is nog niet eens elf uur!'

'Het lijkt me beter dat je dat wel doet,' zegt hij, ijzig. 'Want anders kun je naar Helvoirt lopen.'

Mijn mond valt bijna open. 'Weet je wat je kunt doen? Bekijk het maar. Ik ben dat gecommandeer van je helemaal zat.'

Leon kijkt me vernietigend aan, zijn hoofd licht gebogen. Mijn arm laat hij los.

Er heeft zich een groepje gevormd dat de plotselinge spanning heeft opgepikt en afwachtend naar ons staat te kijken.

'Ga gewoon zitten,' sis ik. 'Pak iets te drinken, net als de rest. Dan blijven we hier slapen. Je hoeft morgen niet te werken. Doe niet zo moeilijk.'

Het volgende moment komt John in beeld, een beetje onvast op zijn benen. Zijn haar zit in de war en zijn ogen stralen een en al pret uit. Hij legt een arm om me heen en de andere om Leon, waarschijnlijk omdat hij anders niet kan blijven staan. Zijn gewicht drukt ons zo'n beetje tegen elkaar.

'Hé, wat hoor ik nou,' zegt hij met rauwe stem. 'Gaan jullie al weg? Doe niet zo ongezellig joh, het begint net leuk te worden.'

In een vloeiende beweging grijpt Leon John bij zijn kraag en geeft hem een enorme slinger. Johns gezicht drukt alleen maar verbazing uit als zijn lichaam door de kracht naar achteren wordt gezwaaid. Hij struikelt en komt zijwaarts op het dessertbuffet terecht. De taart, de flessen drank, alles valt om als in een hels dominospel en klettert op de grond. John probeert zich nog tegen te houden, maar kan niet voorkomen dat hij er weer van afschuift en in zijn val het kleed meeneemt, en daarmee alles wat er nog op stond of lag.

Om ons heen slaan mensen hun hand voor hun mond en pakken elkaar vast.

Iedereen staart naar Leon, die nog niet heeft bewogen en zijn ogen geen seconde van me heeft afgehouden. Hij heeft amper meegekregen welke ravage hij heeft aangericht – of het interesseert hem niet.

'En?' zegt hij.

De muziek stopt.

'Wat én?' Mijn hele lichaam trilt en beeft.

'Pak je tas.'

'Doe wat je niet laten kunt, maar ik blijf hier.'

Met een ruk draait hij zich om en loopt de zaal uit. Alle gasten deinzen voor hem terug. Er ontstaat als vanzelf een doorgang, geflankeerd door mijn aangeschoten familieleden, die afwisselend naar mij en naar Leon kijken, die de hal in loopt en uit het zicht verdwijnt.

In een opwelling ren ik achter hem aan.

Leon staat bij de garderobe. Hij neemt zijn jas aan van een aangeslagen jong meisje.

Even, een fractie van een seconde, kruisen onze blikken elkaar. Dan draait hij zich om zonder iets te zeggen en loopt de trap op, met twee treden tegelijk.

'Arrogante lúl!' roep ik hem na.

38

'Zal ik proberen om nog een kamer voor je te regelen? Of wil je bij ons blijven slapen? Cor en Anita zijn er ook, maar als je wil, kan ik –'

'Nee, ik ga liever naar mijn eigen huis,' onderbreek ik mijn moeder.

Het is twee uur 's nachts. De bandleden zijn ruim een uur geleden vertrokken, en samen met hen druppelden vrijwel alle genodigden de zaal uit.

Naast mijn ouders, John en ik staan Cor en Anita nog in de hal van het hotel.

Ik sta te tollen van vermoeidheid en mijn oren suizen.

'Zal ik een taxi voor je bellen?' vraagt mijn vader.

'Dat hoeft niet,' zegt John. 'Ik breng haar wel naar huis.'

Mijn vader kijkt hem peilend aan. 'Heb jij niet te veel gedronken, jongen?'

'Nee hoor. Vier, vijf pilsjes over de hele avond verspreid.'

'Dat betwijfel ik... Je bent wel een beetje zuinig op mijn dochter, hè. Het is mijn enige.'

John knikt. Kijkt me aan. 'Ga je mee?'

Ik loop achter hem aan naar buiten. De knipperlichten van zijn Opel Astra lichten op in het donker als hij op de sleutel drukt. John houdt het portier voor me open. Ik laat me in de auto zakken en doe de gordel om.

In de beperkte ruimte wordt het gesuis in mijn oren erger. Na Leons vertrek is de rest van de avond als een waas aan me voorbijgetrokken. Mijn moeder nam me mee naar de toiletten, waar ik in een huilbui uitbarstte. Ze bood aan me naar huis te laten brengen, maar dat was het laatste wat ik wilde. Dus friste ik me op, bracht nieuwe make-up over mijn gezwollen ogen aan en stortte me weer in het feestgedruis. Vrijwel de hele avond heb ik op de dansvloer doorgebracht. Dansen om te vergeten, dansen om nergens anders aan te hoeven denken. Ik heb mezelf ondergedompeld in alcohol, de roes van de muziek en uiteindelijk van vermoeidheid. Er woedde een storm in me, ik was furieus op Leon. Hij is echt te ver gegaan. Ik heb moeite met agressie. Mannen die met elkaar op de vuist gaan, dat vreselijke haantjesgedrag – ik haat het.

Ik ben nog steeds niet helemaal rustig, al leggen de alcohol en slaap een diffuse, verdovende laag over de meeste emoties.

John komt naast me zitten en rijdt van het terrein af, in de richting van de stad. 'Ontzettend lullig,' zegt hij. 'Ik had echt geen idee –'

'Je hoeft je niet te verontschuldigen. Leon ging te ver.'

'Hij was jaloers. Dat had ik moeten begrijpen. Ik had het anders –'

'Alsjeblieft, hou erover op.'

Na een kwartier stopt John voor mijn appartement en laat de motor draaien. Ondanks de kou en het late tijdstip zijn er nog steeds mensen op de been. De nacht van zaterdag op zondag in het centrum van een provinciehoofdstad. Groepjes jongeren zwalken langs het smalle kanaal dat voor mijn huis stroomt. Ze zingen en lallen.

'Ik wacht tot je binnen bent, goed?'

'Ja, graag.' Ik rommel in mijn tas, maar vind niet wat ik zoek. 'Shit,' mompel ik.

'Wat?'

'Mijn sleutels. Ik ben bang dat ze bij Leon thuis liggen, in mijn andere jas.'

'Dat meen je niet.'

'Dat meen ik wel.' Tegen beter weten in haal ik alles uit mijn tas, elk onbenullig klein voorwerp, trek ritsen open, voel in alle hoeken. 'Ik heb ze echt niet bij me.' Ik leg mijn hoofd tegen de hoofdsteun, zucht diep. De lampen langs het kanaal lijken traag heen en weer te wiegen in de nacht.

'Wat nu?' zegt John.

Ik zucht nog eens. 'Goede vraag. Dick heeft een reservesleutel.'

'Die slaapt al lang. Ik heb hem rond elf uur zien weggaan met Anne en de kinderen.'

'Ik weet het.'

John kucht en wrijft over zijn gezicht. 'Ik vind het lullig, maar... kan ik je dan een slaapplaats aanbieden?'

'Ik ben bang dat er even niets anders op zit,' hoor ik mezelf zeggen. De stem lijkt van iemand anders te komen.

Ik kan me niet heugen hoe vaak we deze rit hebben gemaakt, 's avonds uit de stad naar huis. Het voelt onwerkelijk, alsof ik een tijdsprong heb gemaakt, een jaar terug in de tijd. Nee, verder terug, toen John nog de John was op wie ik ben gevallen. De lieve, knappe, zorgzame, sterke John.

'Gek hè?' hoor ik naast me zeggen, als hij de sleutel uit het contact haalt en het licht van het dashboard dooft. 'Jij en ik. Hier.'

Ik kijk hem aan in het schemerduister en kan geen woord over mijn lippen krijgen.

Hij strijkt door mijn haar. 'Kom, naar binnen. Straks val je hier nog in slaap en ik krijg je niet getild.'

'Dank je.'

'Het was niet rot bedoeld. Je ziet er geweldig uit.'

Ik werk mezelf uit de auto en loop onvast naar de voordeur van een huis dat bijna zeven jaar mijn thuis is geweest. Hier, precies op deze plek onder het afdakje, heb ik duizenden malen gestaan, zomer en winter, met volle boodschappentassen, zoekend naar mijn sleutel.

John doet de deur open en laat me binnen. Ik trek mijn jas uit en hang hem op de kapstok, in één vloeiende beweging en zonder te kijken. Ik tol op mijn benen.

'Kom je?' hoor ik John zeggen.

Ik volg hem de woonkamer in. Na wekenlang in Leons loft geleefd te hebben, komt deze kamer me ineens heel klein voor. Popperig bijna, terwijl het beslist geen klein huis is.

'Nog een afzakkertje?'

'Ik denk niet dat dat een goed idee is. Ik wil niet ziek worden. Als ik dat toch al niet word.'

'Water dan maar?'

'Water is goed.'

Terwijl John in de keuken bezig is, ga ik op de bank zitten. Het lichte gevoel in mijn hoofd trekt niet weg, net als die storende ruis in mijn oren, afgewisseld door gepiep.

John komt naast me zitten en geeft me een glas water.

Ik neem een paar slokken. Kijk naar John over de rand van mijn glas. Ik lees bezorgdheid in zijn blik – dat, en nog iets wat ik al lang niet meer in hem heb gezien. 'Haal je niets in je hoofd,' zeg ik, zacht. 'Echt niet, John. Het was een heel vreemde avond, maar we gaan het niet nog gekker maken dan het al is.'

Hij heft zijn handen op. 'Hé, dit is voor mij net zo vreemd als voor jou, weet je.' Hij kucht met zijn vuist tegen zijn mond, trekt zijn stropdas los en schopt zijn schoenen uit.

Even blijven we zwijgend naast elkaar zitten. John drinkt zijn flesje bier leeg. Ik neem kleine slokjes van het water.

'Nou,' zegt hij. 'Wat nu?'

'Ik wil slapen.'

'Zal ik de bank nemen?'

'Dat hoeft niet.'

Hij trekt zijn wenkbrauwen op. 'Echt niet?'

Ik schud mijn hoofd en leeg mijn glas. 'Nee.'

Zwijgend lopen we achter elkaar de trap op, naar de slaapkamer. Hij knipt het licht aan.

'Ik heb niet opgeruimd,' hoor ik hem zeggen.

'Nee, dat zie ik.'

'Als ik had geweten dat...'

'Maakt me niet uit.' Ik kleed me uit, maar houd mijn ondergoed aan. Als ik Johns blik over me heen zie glijden, realiseer ik me dat de lingerie die ik draag niet alledaags is. Het maakt me niet meer uit of hij het opmerkt en wat hij ervan denkt. Het lijkt wel of mijn armen en benen ineens kilo's zwaarder zijn geworden. Ik wil alleen nog maar slapen.

John doet het grote licht uit en het bedlampje aan zijn kant aan.

Het verspreidt een zachte, gelige gloed door de verder witte slaapkamer.

Ik glijd onder het dekbed en leg mijn hoofd op het kussen. Nog steeds die fluittoon in mijn oren. Als ik me omdraai, kijk ik recht in Johns ogen.

'Ik heb me nooit gerealiseerd wat ik op het spel heb gezet,' fluistert hij. 'Ik weet wel dat ik hier niets van moet... mág denken, maar ik kan het niet helpen. Je bent een erg mooie vrouw, altijd al geweest. Ik heb je te veel voor lief genomen.' Hij strekt zijn hand uit.

Ik pak hem vast en kus hem zacht. 'Het is erg lief wat je deed vanavond, met oma dansen. Ik weet hoe vermoeiend dat is.'

'Ik doe het graag. Hopelijk doet iemand dat straks ook voor mij, als ik oud en krakkemikkig ben.'

'Je bent een goed mens, John.'

Zijn ogen glinsteren. 'Dat denk je alleen maar omdat je mijn gedachten nu niet kunt lezen.'

'Ik denk dat ik je gedachten prima kan lezen.'

Even sluit hij zijn ogen. Dan wrijft zijn duim langs mijn lippen. 'Ik ben weer helemaal verliefd op je geworden,' fluistert hij.

Geluidloos begin ik te huilen, de tranen rollen over mijn gezicht naar het kussen.

'Waarom huil je?'

'Ik heb geen idee.' Ik heb werkelijk geen idee.

John schuift naar me toe, komt tegen me aan liggen en slaat een arm om me heen. Ik ruik zijn geur, die vertrouwde geur, een mengeling van aftershave en doucheschuim, en leg mijn hoofd op zijn borst.

Dan werkt hij zich onder me vandaan en komt op me liggen. Begraaft zijn gezicht in mijn hals, voorzichtig, aftastend. 'Mijn god, wat heb ik dit gemist,' kreunt hij.

Zwijgend blijf ik liggen. Ik weet niet meer wat ik denk – of zou moeten denken, en ik heb nog steeds niet het idee dat ik helder ben en besef wat ik doe. De bewegingen die ik maak zijn niet ingegeven door liefde of door wat voor drijfveer dan ook, ze zijn routineus, een automatisme, ik denk er niet eens bij na.

Terwijl hij in me komt heb ik meteen al spijt. Spijt dat ik hier naartoe ben gekomen, spijt dat ik nu onder hem lig, meedeinend in zijn ritme. Ik voel me alleen nog maar smerig. Wat me hierheen bracht was een schreeuw om liefde. Ik had behoefte aan een vertrouwd iemand, iemand die zijn armen om me heen wilde slaan en me wilde vertellen dat alles goed zou komen. Maar het komt niet goed. Het wordt alleen maar erger. Ik mag John als mens, maar ik geef niets meer om hem, en mijn lichaam maakt me dat ongenadig hard duidelijk door niet thuis te geven.

Ik heb weleens gelezen dat seks tussen je oren zit. Het is waar, dat weet ik nu, het is gewoonweg waar. Er gebeurt niets in mijn lijf, geen tintelingen, geen ademloosheid, niets van dat alles. Ik lig als een lappenpop onder hem en wil alleen maar dat hij opschiet zodat het snel voorbij is.

Ik sluit mijn ogen en denk aan Leon, zoals hij in het hotel in Londen in die stoel zat, zijn donkere blik terwijl ik mijn benen voor hem spreidde, de nervositeit en opwinding die door me heen gierde. Ik denk terug aan de eerste keer dat hij me daadwerkelijk neukte, de avond nadat ik mijn spullen had opgehaald bij John. Alleen al door daaraan terug te denken voel ik mijn bekken samentrekken en komt mijn lichaam tot leven. Leons ogen, Leons handen, Leons geur. Als ik mijn ogen open en naar de stoel in de hoek van de slaapkamer staar, kan ik me zomaar voorstellen dat hij daar zit, toekijkend, regisserend. Foto's makend in zijn hoofd. Ik zie bijna het puntje oplichten van de sigaret waar hij een trek van neemt. Bij het gordijn zie ik een donkere schaduw bewegen, een lange, donkere schim. Daar heb je het al. Ik verlies mijn verstand nu volledig, ik ben knettergek geworden, ik begin te hallucineren. Leon is niet hier. Toch voel ik zijn aanwezigheid als ik mijn ogen opnieuw sluit en me concentreer.

Ik mis hem. Ik mis hem zo verschrikkelijk dat het zeer doet.

John versnelt zijn tempo, hij richt zich op en gromt onsamenhangende woorden in mijn oor. Maar het zijn niet Johns woorden die door mijn lichaam zwerven, het zijn niet zijn tanden die zich in mijn vel vastbijten, het is niet zijn lichaam dat het mijne heeft overgenomen en het is al helemaal niet John die me tot mijn eigen ontzetting naar een orgasme brengt dat me het doet uitschreeuwen.

John rolt zich van me af en strijkt mijn haar uit mijn gezicht. 'Wauw,' zegt hij, hijgend. 'Wauw, Margot. Vergis ik me, of...? Dat heb je nooit eerder gehad, toch? Niet van –'

'Ik ga naar huis.' Ik duw het dekbed weg en begin mijn kleren bij elkaar te zoeken.

Versuft gaat John rechtop in bed zitten. 'Dat kun je niet menen.'

'Dit was fout. Ik had het niet moeten doen. Vergeet het.'

'Vergéét het?'

Met houterige bewegingen trek ik mijn kleding aan. Mijn rok, mijn blouse. Te laat kom ik erachter dat ik mijn string ben vergeten, die ligt nog ergens tussen de dekens. Jammer dan. Ik wil hier nu alleen nog maar weg.

'Wat heb ik in hemelsnaam verkeerd gedaan?' hoor ik hem zeggen, volledig uit het lood geslagen.

'Niets. Jij niets. Ík heb wat verkeerd gedaan. Vreselijk verkeerd.' Op de drempel draai ik me om en schud mijn hoofd. 'Ik hou niet van je. Echt niet.'

Hij springt uit bed en trekt haastig een badjas aan. 'Dat geloof ik niet.'

'Doe mij en jezelf een lol: vergeet het.' Door een waas van tranen loop ik de trap af en open de voordeur. De nachtelijke kou slaat in mijn gezicht als ik naar buiten loop. Bij de buren gaat de buitenlamp aan.

John staat op blote voeten in de deuropening. 'Margot, je kunt niet naar huis. Je hebt geen sleutel.'

'Ik ga naar mijn moeder. Dat had ik meteen al moeten doen.'

'Daar kun je nou toch niet meer aankloppen?' roept hij me na. 'Het is vier uur!'

'Dag, John.'

39

Het is maandag en de sloopwerkzaamheden bij Ce Truc zijn in volle gang. In de loop van de ochtend heb ik me gemeld, ruim een uur nadat de eerste werklui voortvarend aan het werk waren gegaan. Het deed me goed te mogen constateren dat er in elk geval iets in mijn leven volgens plan verloopt. Dat is dan meteen ook het enige.

Joost danst nerveus om de klussers heen. Hij geeft aan welke spullen in de container kunnen voor de vuilstort, en welke met zorg in het kleine vrachtwagentje moeten worden gezet om naar de opslagplaats te worden vervoerd.

Mijn aanwezigheid doet er eigenlijk niet zoveel toe. Het project is tot in de details voorbereid en doorgesproken, iedereen weet exact wat hij moet doen. De reden dat ik hier desondanks ben is officieel om steun te geven aan Joost, die zijn restaurant voor zijn ogen afgebroken ziet worden en daar zichtbaar door is aangeslagen – onofficieel omdat ik niet thuis wilde zitten met alleen mijn sombere, destructieve gedachten als gezelschap.

Terwijl de ruimte om me heen in een schrikbarend snel tempo verandert in een oorlogsgebied, ontgaan de parallellen met mijn eigen leven me niet. Ik heb alles verknald. Alles.

Door Leon weg te laten gaan heb ik mezelf in een onmogelijke positie gemanoeuvreerd. Hij zal me nooit meer willen zien. Daarvoor is zijn ego te groot. Hij was het mooiste wat me is overkomen, en ik heb hem weggestuurd.

Als gevolg daarvan, al ervaar ik dat momenteel lang niet als het grootste gemis, heeft het vergaande consequenties voor mijn bedrijfje. De wankele fundamenten daarvan steunen volledig op Leon en zijn connecties. Nu ik die basis er willens en wetens onderuit heb getrapt, stort mijn bedrijf als een kaartenhuis in elkaar. Binnenkort, als ik me weer wat beter voel, zal ik actief op zoek moeten naar een nieuwe baan. Geen prettig vooruitzicht.

En toch, als ik de tijd kon terugdraaien, zou ik exact hetzelfde doen. Nu ik erop terugkijk, lag de voedingsbodem van de uitbarsting van zaterdagavond eigenlijk al besloten in de gebeurtenissen van de voorafgaande week. Leon zal het waarschijnlijk anders zien. Hij denkt vermoedelijk dat ik heb gekozen voor mijn familie, misschien zelfs wel voor John. Maar dat is het niet. Ik koos voor iets wat ik pas had teruggevonden en weer dreigde te verliezen: mijn gevoel van eigenwaarde. Was ik op de feestavond met Leon meegegaan, dan zou ik mijn eigen identiteit volledig hebben verloren. Dat kón ik niet doen, mocht ik niet laten gebeuren, wilde ik trouw blijven aan degene die ik het meest zou moeten liefhebben van allemaal: mezelf. Hoeveel Leon ook voor me is gaan betekenen, ik zou mezelf daarmee hebben gedegradeerd tot zijn lijf-eigene – een willoze slaaf van zijn grillen zonder eigen gezicht of zelfbeschikkingsrecht.

Nee, van die beslissing heb ik geen spijt.

Het is wat zich daarna heeft voltrokken, dat me van schaamte in elkaar doet krimpen.

'Eén, twee…' hoor ik de werkmannen in koor brullen. Met koevoeten wordt de lambrisering van de muur gebroken. Het hout kraakt hard en er wervelt stof de ruimte in.

Mijn mobieltje gaat. Ik kan het geluid niet horen, maar voel het apparaat trillen in mijn zak. Tegen beter weten in slaat mijn hart over.

Leon zal me niet bellen. Hij belt me nooit meer.

Haastig haal ik het uit mijn zak en kijk op het schermpje.

Het is mijn moeder.

'…weer een… schat?'

'Ik hoor je slecht. Wacht even, mam.' Ik loop naar het tussenhalletje en leg een hand over mijn oor. 'Wat zei je?'

'Ik vroeg of het alweer een beetje met je ging.'

'Redelijk.'

'Wat hoor ik allemaal voor herrie daar? Ben je aan het werk?'

'Ja, ik sta midden in de sloop van een oud interieur.'

'Bel ik wel gelegen?'

'Jawel, natuurlijk. Wat is er?'

'Ik bel je omdat ik bang ben dat we gisteren misschien een verkeerde indruk hebben gewekt. Dat we je een beetje je gang hebben laten gaan, is niet omdat het ons niet interesseert. We wilden ons niet aan je opdringen.'

'Dat begrijp ik toch. Maak je daar niet druk over.'

'Ik wil je laten weten dat je vader en ik het er gisteravond nog over hebben gehad. We zouden het allebei erg vervelend vinden als je je ongelukkig zou voelen.'

'Als dat zo is, dan kunnen jullie daar toch niets aan veranderen. Je hebt gedaan wat je kon en dat waardeer ik enorm.'

'Misschien niet helemaal. Je vader denkt er misschien iets anders over, die denkt niet verder dan zijn konijnenhokken, maar ik heb er zo mijn eigen ideeën over. Ik vind dat Leon helemaal niet zo overdreven reageerde. Je vader was vroeger net zo'n driftkikker, wist je dat? Ik hoefde maar naar een andere man te kijken of ik had hem ermee op de kast... Wij hebben er met z'n allen niet zo bij stilgestaan, maar het moet voor die jongen erg moeilijk zijn geweest. Iedereen kende elkaar, hij kende niemand – en jij liet hem eigenlijk aan zijn lot over.'

'Dat zou hij moeten kunnen hebben,' zeg ik afgemeten. 'Het is een volwassen vent.'

Ze doet alsof ze me niet hoort. 'Jaloezie is een teken van liefde, Margot. Maar meer nog van onzekerheid. Die aparte, mooie kunstenaar van je is helemaal niet zo zelfverzekerd en arrogant als hij zichzelf en ons wil laten geloven.'

Ik stap opzij voor twee werklui die stukken lambrisering naar buiten dragen. 'Dat geloof ik niet.'

'Het is geen kwestie van geloven. Neem maar gewoon van me aan dat het zo is. Tante Anita zit hier naast me, en die zegt hetzelfde.'

Ik kreun. Fijn, mijn moeder die mijn liefdesleven met mijn tante bespreekt – als het daarbij zou blijven, prima, maar ik weet wel beter.

'Ze is het met me eens. Die man geeft echt om je. Je bent belangrijk voor hem.'

'Ik dacht dat jullie wilden dat het weer goed zou komen met John?'

'Wij willen dat je gelukkig bent. Ik heb het verschil gezien, schat. Ook al zagen we je weinig, ik heb je zelden zo zien stralen als de laatste tijd. Je ziet er fantastisch uit, je nieuwe werk doet je goed... Die Leon is goed voor je. Ik geloof niet dat je er verstandig aan hebt gedaan om hem weg te sturen.'

'Ik stuurde hem niet weg.'

Ze zwijgt. Even denk ik dat de verbinding is verbroken, maar op het schermpje loopt de tijd nog steeds. 'Mam?'

'Ja, ik ben er nog. Luister, ik wil me er verder niet mee bemoeien, want ik weet natuurlijk niet of er nog meer speelt. Dat zijn mijn zaken ook helemaal niet. Het is jouw leven. Ik wilde alleen maar zeggen hoe wij het zien. Denk er maar eens over na.'

'Het heeft toch allemaal geen zin meer.'

'Daar ben ik nog niet zo zeker van. Nou, ik zal je niet langer van je werk houden. Hou je hoofd erbij en doe geen gekke dingen. En je weet het: als er iets is kun je altijd bij ons terecht.'

'Dat weet ik, ma. Je bent een schat.'

'Scháft!' hoor ik een zware mannenstem roepen.

Ik kijk op mijn horloge. Het is twaalf uur. Joost komt op me af gelopen. Zijn ogen schieten heen en weer achter zijn dunne brillenglazen. 'Ik ben hier niet voor in de wieg gelegd. Wat een ongelooflijke bende. Afschuwelijk.'

'Het komt allemaal goed,' zeg ik. 'Vanavond is het ergste achter de rug.'

'Denk je?' Joost draait zich om en kijkt samen met mij de ruimte in. Er hangt een mist van stof en de vloer ligt bezaaid met stukken hout en troep.

'Ja, echt.'

'Zullen we ergens gaan lunchen? Ik kan hier weinig doen.'

'Ik heb niet zo'n honger.'

Joost buigt zich naar me toe. 'Heb je een kater?'

'Nee. Ik heb gewoon geen honger.'

'Ik mag het misschien niet zeggen, maar je ziet er verschrikkelijk uit. Wat heb je allemaal gedaan dit weekend?'

'Alleen maar domme dingen.'

Hij glimlacht breed. Als ik niet reageer, kijkt hij me onderzoekend aan. 'Toch geen té domme dingen, naar ik hoop?'

'Laat maar,' zeg ik mat. 'Waar wilde je gaan eten?'

Mijn telefoon gaat weer.

'Je bent populair vandaag,' merkt Joost op.

'Dat lijkt alleen maar zo,' mompel ik, en kijk vluchtig op het schermpje. Een onbekend nummer.

'Ja, hallo?'

'Mevrouw, u spreekt met rechercheur Charles Burghardt, korps Brabant-Noord. Spreek ik met Margot Heijne?'

'Dat klopt.' De schrik slaat me om het hart. Waarom zou een rechercheur mij bellen? 'Wat is er aan de hand?'

'Bent u nu thuis?'

'Nee. Ik ben aan het werk, in Amsterdam. Waar gaat het over?'

Stilte.

'Dat vertellen we u liever persoonlijk.'

Ik grijp de telefoon met twee handen beet. 'Dan spring ik nu meteen in de auto.'

'Zullen we om twee uur bij u thuis afspreken?' hoor ik de man zeggen.

'Twee uur is prima.'

40

Het is tien over twee als ik de straat langs het kanaal in rijd en zie dat er een politieauto met twee banden op de stoep voor mijn deur staat geparkeerd. Op het moment dat ik mijn auto op de vergunninghoudersplek wegzet, stappen er twee personen uit. Een donkere man van een jaar of veertig met een fors postuur en een jonge, licht getinte vrouw met een smal gezicht en een bruine paardenstaart. Zij draagt een uniform, de man een ribbroek en een dikke rode jas. Ze kijken allebei bloedserieus.

De hele lange weg naar huis heb ik me afgevraagd wat er aan de hand zou kunnen zijn. Met mijn ouders of Dick en Anne kan er niets zijn. Even is het nog door me heen geschoten dat dit over Leon kan gaan. Mogelijk is hij in de problemen gekomen nadat hij zaterdagavond naar huis is gereden. Dat idee heb ik al snel laten varen. Welke politieagent zou mij nou opzoeken over iets wat Leon aanging? Misschien is er ingebroken, of heb ik een overtreding begaan waarvan ik me niet bewust ben. Hoewel dat idee me net zo min aanstaat, is het in elk geval beter te verdragen dan dat iemand om wie ik geef iets ergs is overkomen.

'Burghardt,' zegt de man, als hij me voor de deur een hand geeft.

De vrouw knikt me bemoedigend toe. Ze heeft kleine, slanke handen, maar geeft een stevige handdruk. Haar naam versta ik niet.

'Kom binnen,' zeg ik.

In de hal zit een briefje op mijn brievenbus geplakt waar met blauwe blokletters op staat GRAAG LEGEN!!! 3DE VERZOEK!!!

'Ik ben niet veel thuis geweest,' verklaar ik, met een vaag gebaar naar de brievenbus. 'Ik woon half en half bij mijn vriend in. Eh... woonde.'

Ze knikken en lopen achter me aan de trappen op.

Ik voel me met de seconde nerveuzer worden. In de woonkamer wijs ik naar de bank. 'Ga zitten. Koffie, thee?'

De verwarming heeft wekenlang niet aangestaan. Ik draai de thermostaat op twintig en loop door naar de keuken.

'Doet u geen moeite, mevrouw. Wij hoeven niets te drinken. Gaat u even zitten.'

Omdat er verder geen zitplaatsen meer zijn, neem ik een stoel uit de keuken en zet die naast de salontafel, schuin tegenover de bank. 'Sorry dat het hier zo koud is.'

'We houden onze jassen wel aan. U bent de vriendin van John van Oss? Dat verklaarde zijn moeder ons.'

John. Er is iets met John.

'Ex-vriendin,' zeg ik, bijna ademloos, en ik kijk van de een naar de ander.

'Heeft u lang met de heer Van Oss samengewoond?'

'Zeven jaar. Ongeveer zes maanden geleden zijn we uit elkaar gegaan.'

'Maar u heeft hem dit weekend nog wel gezien?'

Ik krimp in elkaar. 'Ja.'

De man kijkt in een klein boekje dat hij uit de binnenzak van zijn jas haalt en leest hardop: 'Een feest van uw familie.'

'Ja, dat klopt. John hoort een beetje bij onze familie. Hij gaat mijn vader helpen met de konijnenhokken. Mijn vader is namelijk konijnenfokker.' Waarom vertel ik dit allemaal? Het is pure nervositeit.

'Bent u na het feest met hem mee naar huis gegaan?'

'Dat was in eerste instantie niet de bedoeling. Maar ik had mijn huissleutel in Amsterdam laten liggen. Het was te laat om een reservesleutel op te halen bij mijn broer, Dick, dus zijn we naar zijn huis gereden.' Daar wil ik het bij laten. Ik heb geen idee waar ze heen willen.

'Had uw ex-vriend gedronken?'

'Ja.'

'Veel?'

Ik heb het gevoel dat ik nu op mijn woorden moet gaan passen.

Misschien is John na mijn vertrek gaan autorijden, heeft hij een ongeluk veroorzaakt en zijn ze nu bewijzen tegen hem aan het verzamelen. Nee, dat kan het niet zijn. Dan had ik dat zeker gehoord van mijn moeder. Toch blijf ik op mijn hoede. 'Dat weet ik niet,' antwoord ik. 'Iedereen had wel wat gedronken. Ik ook.'

'Heeft u de nacht doorgebracht bij de heer Van Oss?'

Ik schud mijn hoofd. 'Nee. Of... niet echt. Ik ben uiteindelijk weggegaan en bij mijn ouders gaan slapen. Die wonen er niet zo ver vandaan.'

'Hoe laat was dat?'

'Ik heb geen idee. Vier uur? Halfvijf? Zoiets moet het zijn geweest.'

'Heeft u hem daarna nog gezien of gesproken?'

'Nee.' Ik wrijf over mijn gezicht en kijk dan op. 'Dit gaat over John. Wat is er aan de hand?'

De man kucht en wisselt een blik van verstandhouding met zijn vrouwelijke collega.

Ze kijkt me meelevend aan. 'Vanochtend is de heer Van Oss niet op zijn werk verschenen. Dat was niet zijn normale manier van doen, hij was er altijd al rond achten. Hij nam zijn telefoons niet op en een collega is daarop rond tien uur poolshoogte gaan nemen.'

Ik staar van de een naar de ander. 'Ja?'

'Zijn huis was afgesloten, maar de auto stond er wel. Er werd niet opengedaan, ook niet nadat zijn collega langdurig had aangebeld en op de deur en ramen had gebonkt. Daarop heeft hij ons gebeld, en zijn wij het huis in gegaan.'

In mijn schoot grijpen mijn handen in elkaar.

'Onze collega's hebben uw ex-vriend dood aangetroffen.'

'Dood?' roep ik uit. 'Dat kán niet. Hij mankeerde niets. Hij kan niet dood zijn!' Mijn ogen worden twee keer zo groot. Weer kijk ik van de een naar de ander. 'Nee. Dat kan niet...'

'Het zou ons erg helpen als u ons kunt vertellen wat er precies is gebeurd toen u de nacht van zaterdag op zondag bij uw ex-vriend was. Heeft u wat gedronken, is er misschien sprake geweest van een woordenwisseling?'

Ik sla mijn ogen neer en leg mijn gezicht in mijn handen. 'We zijn met elkaar naar bed geweest. Dat had ik niet moeten doen. Dat was ongelooflijk stom. Ik heb een nieuwe vriend, met wie ik ruzie heb gekregen op het feest, en... Ik had het niet moeten doen, maar het is gebeurd. Daarna ben ik meteen weggegaan en bij mijn ouders gaan slapen.'

'De vriend met wie u ruzie had, wie is dat?'

Ik kijk op. 'Leon. Leon Wagner. Hij is kunstfotograaf.'

De man maakt een nieuwe aantekening in zijn boekje. 'Heeft uw ex-vriend nog iets tegen u gezegd voor u de woning verliet? Gedreigd dat hij zichzelf iets aan zou doen bijvoorbeeld? Was hij weleens depressief?'

Ik schud wild mijn hoofd. 'Nee. Nee. John is... was altijd hartstikke vrolijk. Hij zei dat hij me niet geloofde. En dat ik niet naar mijn ouders toe kon gaan, omdat het te laat was. Het was midden in de nacht. Hij wilde dat ik bleef.'

'Wat geloofde hij niet?'

'Dat ik niet van hem hield. Dat het een vergissing was geweest.' Weer kijk ik naar de twee mensen die met hun jassen nog aan op mijn bank zitten. 'Wat is er in hemelsnaam met John gebeurd?'

XI

John heroverde zijn oude plaats binnen de familie met verve, of misschien had hij zijn plaats wel nooit afgestaan. Dat was zorgelijk, het gaf te veel onrust. Hij wilde en zou er alles aan doen om haar voor zich terug te winnen. En het moet gezegd dat hij in rap tempo vorderingen maakte.

Ik had niet verwacht dat ze het zo snel al zo ver zou laten komen. Het viel me zwaar van haar tegen. Noem me een onverbeterlijke romanticus, maar ik had haar hoger ingeschat. Veel hoger. Het was schokkend om te moeten toekijken hoe hij avances maakte, steeds dichter naar haar toe schoof op de bank in zijn woonkamer en hoe makkelijk ze uiteindelijk aan hem toegaf. Daarna liepen ze al snel naar boven. Ik klom op het platte dak van de keuken en zag hoe ze zich voor hem uitkleedde, hoe ze in bed terechtkwamen en ze uiteindelijk – ik vergis me op dit punt niet, al zou ik het graag uit mijn geheugen bannen – begon te schreeuwen toen ze door hem naar een hoogtepunt werd gebracht. Ja, dat viel me echt van haar tegen, het sneed door me heen.

Het bevestigde alleen maar waar ik al zo lang mee rondliep: John was een kankergezwel dat moest worden weggesneden. Zoiets zou ze nooit hebben toegelaten van iemand met wie ze niet eerder intiem was geweest. Ze hecht zich te sterk. Niet alleen aan dingen – ook aan mensen.

Misschien heeft ze echt om die sukkel gegeven, misschien ook wel niet. Ik zal het nooit te weten komen, eenvoudigweg omdat ik er serieus rekening mee moet houden dat Margots uitspraken na Johns dood niet per definitie een accurate weergave van de werkelijkheid hoeven te zijn. Ze hoeven geen reflectie te zijn van haar werkelijke gevoelens voor hem toen hij nog leefde. Ik moet ze zien in de context: zelfmoord van een exvriend met wie ze even daarvoor nog seks heeft gehad. Ik ken deze gevoelens persoonlijk niet zo goed, daar ben ik te nuchter voor, maar Margot is een gevoelsmens. Ze zal worden verteerd door schuldgevoel. Ze zal steun nodig hebben, haar verhaal kwijt willen aan iemand die begrijpt wat er in haar omgaat. En raad eens wie precies weet wat zij doormaakt? Jawel.

Dat het hem vannacht te veel voor de wind ging, doorkruiste compleet mijn weldoordachte plan dat – toegegeven – pas ontstond toen ik de inhoud van zijn koelkast eerder deze maand had bestudeerd. Wat ik daar aantrof tussen de Franse kaas en flessen cola light zou het zo ontzettend makkelijk maken hem te doden, dat het bijna een anticlimax betekende. Gelukkig waren er nog veel andere hindernissen te overwinnen voor we aan de grande finale toe zouden komen. Om met de eerste te beginnen, keek ik daar vanaf dat platte dak naar een regelrechte winnaar. En een winnaar zou niet doen wat ik hem zou willen laten doen.

Maar terwijl ik als verlamd stond toe te kijken keerde het tij, alsof het zo had moeten zijn. Er ontstond ruzie. Ik weet niet waarom ze die beslissing nam, maar ze kleedde zich aan en vertrok. Te voet.

Hij bleef verbouwereerd in de woonkamer achter, schonk zichzelf een glas bier in, beukte met zijn vuist op de bank en lag nog een hele poos naar het plafond te staren.

Geen winnaar meer.

Alles viel in elkaar, perfect passend. Ik moest het nu doen, niet meer wachten, niet meer twijfelen. Toch heb ik nog ruim een kwartier staan dralen voor ik aanbelde, omdat de roes waarin ik me bevond me te veel in beslag nam om direct en helder te kunnen handelen.

Een prettige bijkomstigheid was dat John de deur meteen opende, zonder enige argwaan. Het kwam waarschijnlijk niet eens bij hem op dat er iemand anders kon aanbellen dan zijn geliefde Margot, die van haar impulsieve schreden was teruggekeerd. Dus keek hij verbaasd toen hij mij zag staan. Niet bang, niet geschokt, alleen maar verbaasd.

Ik haalde mijn pistool onder mijn jas vandaan en richtte het op zijn borst. 'Vergeef me het cliché,' zei ik zacht. 'Ik ben persoonlijk geen liefhebber van deze boude aanpak, maar ik heb helaas weinig tijd. Ik wil even met je praten.' Ik duwde de deur verder open, sloot hem achter ons en dwong John een schrijfblok en een pen te pakken, waarna ik hem de luxaflex in de keuken liet sluiten. Hij zat aan de keukentafel met een wit gezicht. Haar geur hing nog om hem heen. Die kon ik ruiken, net als de bierlucht.

Ik nam tegenover hem plaats. Eerst liet ik hem praten. Zolang hij nog het idee had dat er een uitweg was, zou hij me van belangrijke informatie kunnen voorzien. Dat deed hij dan ook. John was een goede prater, zonder meer. Hij kletste me de oren van het hoofd. Ik zag hem nadenken, zijn ogen draaiden alle kanten op. Hij probeerde vluchtwegen te verzinnen, probeerde me voor zich te winnen, terwijl ik hem ijzig bleef aankijken en hem vraag op vraag stelde. Blijven praten, moet hij hebben gedacht, blijven praten. Zolang ik nog praat, leef ik.

Mensen zijn zo voorspelbaar.

Na een halfuur wist ik genoeg. Voldoende om hem een hartverscheurende, natuurgetrouwe brief te laten schrijven om zijn beslissing aan zijn nabestaanden mede te delen. Maar eerst moest ik hem zover krijgen dat hij die brief echt wilde schrijven, vanuit zijn hart. Dat zou het échter maken, aannemelijker voor de mensen die hem gekend hebben – en dus ook voor de politie.

'Oké,' zei ik. 'We kunnen dit op verschillende manieren doen. Je mag vanavond kiezen. Het is geheel en al jouw feestje. Doe je het zelf? Of laat je mij het doen?'

Hij keek me niet-begrijpend aan.

'Vergeef me opnieuw het cliché,' verduidelijkte ik. 'Maar ik moet, en ik hoop echt dat je dat wil begrijpen, gebruikmaken van de omstandigheden. Je bent niet het type dat het lef heeft van een flatgebouw te springen. Je hebt, daar ben ik na dit gesprek zeker van, niet de agressie die nodig is om jezelf dood te rijden tegen een muur. En ik heb hier in huis helaas geen balken gezien die jouw niet geringe gewicht kunnen dragen... Maar je bent wel suikerpatiënt, John. Dat schept mogelijkheden. Je hebt de beschikking over dodelijke hoeveelheden insuline en je bent eraan gewend om in jezelf te prikken. Het ligt het meest voor de hand dat je deze weg kiest nadat Margot je voorgoed heeft verlaten. En natuurlijk, maar dat zul je vast wel begrijpen: als je weigert, schiet ik je eenvoudigweg dood. Bang. Dwars door je hoofd.' Ik maakte een opwaartse beweging met mijn pistool en hij trok zijn gezicht weg als een schrikachtig paard. 'Dat is een kleine moeite,' ging ik door. 'Maar denk je eens in John, het geeft zo'n rotzooi... Al dat bloed, die botsplinters, stukjes hersens. Denk eens aan de nabestaanden, aan je lieve moeder over wie je me net nog vertelde. Ze zal afscheid van je willen nemen, je nog eens willen omhelzen als je vredig in je kist ligt. Dat gaat niet als je gezicht is beschadigd, dan laten ze de familie niet meer naar je kijken. Dat weet ik uit ervaring. Bovendien...' Ik draaide even mijn ogen weg, alsof ik nadacht. '...als je dwars gaat liggen, dan verzeker ik je dat het erg rustig wordt op je begrafenis, omdat je dan niet de enige bent die sterft vannacht. Ik zeg het niet graag, maar ik weet je moeder en andere familieleden te wonen en ik zal ze deze nacht nog een voor een van hun bed lichten en neerschieten. Uit vergelding John, omdat je me razend hebt gemaakt. En omdat ik het nu eenmaal erg leuk vind om te doen... toegegeven. Meer reden heb ik niet nodig. Zoals ik net al zei: het ligt in jouw handen.'

Het was een probeersel, puur om te kijken of hij hapte. Zo niet, dan moest ik over op plan B en de uitkomst daarvan was moeilijk te voorspellen. Ik zou hem moeten fixeren zonder dat er verwondingen of beurse plekken ontstonden, en daarna enkele dodelijke injecties bij hem moeten inbrengen. Geen gemakkelijke opgave, risicovol, onderhevig aan vele, vele onvoorziene factoren. Te veel. John was geen schriel, onooglijk mannetje, maar een stevig gebouwde kerel in de kracht van zijn leven. Ik was niet van plan met hem te gaan rollebollen. Ik zou het zomaar kunnen afleggen.

Maar dat had John allemaal niet door. Hij was zo overstuur dat hij niet eens besefte dat ik sowieso niet wilde schieten, vanwege tal van nadelen die onlosmakelijk met een dergelijke adequate oplossing zijn verbonden. Zo zou zelfmoord – en daar was ik uiteraard op uit – alleen maar aannemelijk zijn als er kruitsporen op zijn schiethand zouden zitten, en dan alleen nog in precies de juiste hoek en hoeveelheid. Dat bracht met zich mee dat hij zelf de trekker zou moeten overhalen. Dat is nu eenmaal moeilijk te realiseren. Daar kwam het geluid bij. De buren waren ongetwijfeld in een diepe slaap, het was inmiddels halfvijf, maar de knal zou hen doen opschrikken. De kans was groot dat ze daarna gewoon weer doorsliepen – zeker als het bij dat ene schot zou blijven. Toch kon ik daar niet blind van uitgaan. Wie weet leed een van de buren aan slapeloosheid, of was er een prof onder hen die een pistoolschot meteen zou herkennen en actie zou ondernemen. Ik heb te weinig tijd gehad om een subtiel buurtonderzoek in te stellen. Het zou betekenen dat ik moest maken dat ik wegkwam, zo snel mogelijk. En wegrennen is niet mijn stijl.

Ik kijk graag naar het eindresultaat.

Maar dat wist John dus allemaal niet. John had zo zijn eigen problemen, die nacht aan zijn keukentafel. Hij wist dat hij zou gaan sterven, hoe dan ook, en hij koos ervoor om het zelf te doen. Ik zag aan heel zijn houding dat hij de hoop had opgegeven, maar ik bleef alert.

Tijdens het schrijven van de brief huilde hij. Geloof me of niet, maar hij snotterde als een klein kind. Hij begon onsamenhangend te praten over zijn moeder, die hem vreselijk zou gaan missen. Vertelde hoeveel hij gaf om Margot, dat hij zich dat in de afgelopen tijd pas echt was gaan realiseren, juist toen ze zich van hem had afgekeerd en het zo goed met haar ging. Er was iets in hem gebroken. Zijn tranen vielen op het papier en lieten de inkt uitlopen. Hij maakte fouten, kraste woorden door en het eindresultaat zag er verward uit. Dat leek me passend bij zijn geestesgesteldheid.

Ik reikte hem zijn eigen voorraad aan en legde de injectiespuit neer, nog keurig in de verpakking. Toen hij die zag, begon hij te rillen, alsof de hele situatie toen pas echt goed tot hem doordrong.

'Intraveneus geeft een beter resultaat,' zei ik. 'Sneller ook. Het is een mooie dood, John. Je zult vrij snel in coma raken en niets meer voelen. En ik blijf bij je tot je dood bent. Dat moet een geruststellende gedachte zijn. Je bent niet alleen.'

Zijn ogen vertroebelden en hij trilde vreselijk, zo hevig dat ik bang was dat hij geen ader zou kunnen vinden.

'Bind je arm af met je ceintuur,' adviseerde ik.

Hij deed het. Er kwam iets fatalistisch over hem, in wezen iets heel moois dat je zelden ziet. Berusting in optima forma. Hij nam alle tijd om de gestreepte katoenen ceintuur om zijn bovenarm te knopen. Keek daarna nog minutenlang naar de binnenzijde van zijn arm, alsof zijn aderen bewogen, voor zijn ogen dansten. Ze zwollen langzaam op en tekenden zich duidelijk in paars reliëf af in zijn blanke huid.

Ik wilde hem niet opjagen, omdat die trance waarin hij zich bevond in mijn voordeel was. Maar ik had wel degelijk haast. Het was al kwart voor vijf. De coma die optreedt na een rechtstreeks in een bloedvat geïnjecteerde overdosis insuline kan enkele uren aanhouden, waarna normaliter de dood intreedt. In uitzonderlijke gevallen echter kan de patiënt bijkomen. Niet zonder blijvende hersenbeschadiging, maar hij kan het overleven. Dat hangt allemaal af van de veerkracht van het lichaam, de hoeveelheid insuline... Er zijn zoveel factoren om rekening mee te houden.

Daarom wilde ik sowieso het zekere voor het onzekere nemen en hem zichzelf tweemaal een injectie laten toedienen. Want ik moest voor zonsopgang weg zijn.

Ik keek ademloos toe hoe hij, nog steeds snotterend en onsamenhangend pratend, de injectiespuit vulde en de naald in zijn onderarm zette. Hoe hij langzaam de zuiger naar binnen drukte en het vocht in zijn ader liet verdwijnen.

'Nog een,' zei ik, het pistool nog steeds op zijn borst gericht.

Hij keek me verward aan.

'Ja, John. Doe maar. Nog een.'

Zijn bewegingen werden ongecoördineerd, maar het lukte hem zichzelf nog een keer te injecteren. Daarna draaiden zijn ogen weg en begon hij hevig te trillen. Het was een bizarre ervaring om getuige te zijn van een biochemische kortsluiting. Het had een dramatische invloed op het functioneren van zijn lichaam. Alle bloed trok uit zijn gezicht. Het trillen werd heviger en ging over in lichte schokken. Daarna zakte hij in elkaar op de tegelvloer en werd het heel stil en rustig. Ik ging op mijn knieën naast hem zitten en keek naar zijn gezicht, een grimas van spieren en vlees.

Met Edith was het zoveel mooier.

Ik pakte een flesje water uit mijn zak, draaide de dop eraf en nam een paar slokken. Mijn keel was droog geworden van de spanning en al dat praten. De minuten kropen voorbij. Pas toen ik twee uur later voor de tiende keer zijn functies gecontroleerd had en hij nog steeds niet ademde, geen pols had en zijn pupillen niet reageerden op het felle licht uit mijn zaklamp, vertrok ik.

Mijn taak zat erop. Ik had de omstandigheden gecreëerd.

De volgende stap was aan Margot.

41

De rechercheurs zijn weg. Verdwaasd zit ik op de bank voor me uit te staren, met mijn jas nog steeds aan. Ik kan het niet bevatten. Het lukt me gewoonweg niet. John heeft zelfmoord gepleegd, met zijn eigen insuline. Hij heeft mij in zijn afscheidsbrief persoonlijk aangesproken.

Ik ben de reden dat hij dood is.

Hoe kon hij zoiets doen? Hoe kón hij? Ik kan niet eens huilen. Het gaat niet meer. Het lijkt wel of ik geen gevoel meer heb, geen emoties. Alsof ik leeg ben, opgebruikt.

Allerlei gedachten flitsen door me heen. Als ik bij hem was gebleven, mijn roes in zijn bed had uitgeslapen in plaats van bij mijn ouders, zou het dan anders zijn verlopen? Als ik niet zomaar was weggelopen en hem ontredderd had achtergelaten, maar hem de volgende ochtend in alle rust bij het ontbijt had uitgelegd dat ik écht niet meer om hem gaf, zou hij dan een andere keuze hebben gemaakt? Als ik niet met hem naar bed zou zijn gegaan… Als ik mijn sleutels niet in Amsterdam had laten liggen… Als ik geen ruzie met Leon had gekregen… Als we wél een hotelkamer hadden genomen…

Als, als, als.

Ik krul me op en klem mijn armen om mijn knieën. Waaróm? Waarom zag hij geen andere uitweg? Ik kan het niet begrijpen. De rechercheur vroeg me of John weleens depressief was, en hoe hard ik ook nadenk, het antwoord is en blijft: nee. John was een gangmaker, joviaal, sociaal, *outgoing*: een mensen-mens. Natuurlijk was hij weleens chagrijnig, stil, teruggetrokken, afwijzend en boos, maar niet meer dan wie dan ook. Ik kan me niet herinneren dat hij het ooit over zelfmoord heeft gehad. Nooit. Het is zo onwezenlijk.

Ik wil me verzetten tegen de gedachte dat hij er niet meer is. Misschien was het een wrede grap om me te straffen. Heeft John vrienden bij de politie die hem zo'n soort gunst zouden willen verlenen? Waren het nepagenten in een nepauto? Dróóm ik dit?

Van nervositeit begin ik op mijn nagels te bijten. Misschien kan ik het pas geloven als ik hem zie. Als ik hem kan aanraken en zie dat hij niet meer ademt, voel dat zijn hart niet meer klopt. Of wanneer ik kan spreken met andere mensen, die me verzekeren dat het allemaal echt waar is. Zolang ik hier alleen op de bank blijf zitten, blijft het te abstract.

Ik graai naar de telefoon en bel Dick op zijn mobiel. Hij neemt meteen op.

'Dick? Met Margot. Er is iets vreselijks gebeurd.'

Dick slaakt een diepe zucht. 'Ik weet het. Het halve dorp staat op stelten. Hoe ben je het te weten gekomen?'

Geen nepagenten.

Geen droom.

'Van de politie,' zeg ik.

'De polítie? Wat moeten die bij jou?'

'Ze zijn vragen komen stellen... Waarom heb je het me niet laten weten als je het al wist? Dat vind ik niks voor jou.'

'Ma zei dat je aan het werk was in Amsterdam en ze wilde je daar niet bij storen. Het had toch geen verschil meer gemaakt... We wilden vanavond bij je langsgaan, als je thuis was.'

'Heb je zijn moeder al gesproken?'

'Nee. Ik zou niet weten hoe. Ze is toch verhuisd?'

'Ze woont in Tilburg.'

'Dat wist ik niet eens.'

'Dick, waar ben je nu?'

'Thuis, bij pa en ma. Anne is er ook, en de buurvrouw. Er zullen zo nog wel meer mensen komen, verwacht ik. Iedereen is behoorlijk overstuur. Ik net zo goed. Ik hoorde van ma dat John je nog naar huis heeft gebracht na het feest.'

'Ik ben bij hem geweest, die nacht.'

'Dat meen je niet!'
'Heeft ma niets gezegd dan?'
'Nee. Er komt sowieso niet veel uit.'

Ineens schiet ik vol. Ik peuter aan de rits van mijn jas en herhaal met horten en stoten wat ik de politiemensen al heb verteld: dat ik mijn huissleutel niet bij me had en de nacht gedeeltelijk bij John heb doorgebracht. Ik vertel Dick zelfs dat ik met John naar bed ben geweest en daar meteen al spijt van kreeg, waarna ik rond vier uur naar onze ouders ben gelopen. 'Hij heeft in zijn afscheidsbrief mij als reden genoemd.'

'Een afscheidsbrief? Jezus, Margot. Ik word er koud van, weet je dat? Wat erg... Zit je nou alleen thuis?'

'Ja.'

'Blijf waar je bent, ik kom eraan.'

Het is me eens temeer duidelijk geworden hoe belangrijk mijn moeder voor het dorp is. Mijn ouderlijk huis is veranderd in een bescheiden crisiscentrum. Mam zet aan een stuk door koffie, duwt iedereen die binnenkomt een kom zelfgemaakte groentesoep toe en heeft nog geen seconde stilgezeten. Het is haar manier om hiermee om te gaan, besef ik. Zolang ze maar bezig kan zijn en voor anderen kan zorgen, heeft ze het te druk om aan haar eigen verdriet toe te geven. Dat ze verdriet heeft, staat als een paal boven water. Dat hebben we allemaal. Plus woede. Verwijten. Medelijden. Schuldgevoel. Vragen.

De telefoon staat roodgloeiend en de achterdeur blijft maar open- en dichtgaan. Allemaal mensen die geschokt zijn en meer willen weten. Al snel bekruipt me het gevoel dat ik er misschien niet zo goed aan heb gedaan om hiernaartoe te komen. Ik heb een bijzondere rol in dit horrorverhaal. In de dorpstamtam wordt al gesproken over Johns afscheidsbrief, en enkele mensen wisten te vertellen dat ik daarin de glansrol vervul.

Een uur, een kom soep, zes sigaretten en drie koppen koffie later trek ik me terug op mijn oude kamer. Alleen. De verwarming staat er laag en het is er fris. Ik ga op het bed tegen de muur zitten en sluit een moment mijn ogen. Beneden hoor ik mensen praten, gedempt door de muren. Ik hoor voetstappen in de hal en hoe het toilet wordt doorgetrokken.

In het eerste heldere moment van vandaag, het eerste moment waarin ik, heel even maar, niet lamgeslagen ben door verdriet, besluit ik Joost te bellen. Ik zou morgen naar hem toe gaan.

Hij neemt meteen de telefoon op met zijn zo typerende, hese stem.

'Met Margot,' zeg ik. 'Er is iets ergs gebeurd.' Ik leg hem uit dat John, een goede vriend van me, zelfmoord heeft gepleegd, dat ik helemaal stuk zit en morgen niet kan werken.

'John? Toch niet die ex van je?'

'Jawel, die John,' zeg ik. Door alle commotie ben ik vergeten dat Joost hem heeft ontmoet, al is het maar kort.

'Was hij depressief?'

'Nee, hij...' begin ik, maar ik breek mijn zin af. Het gaat Joost allemaal niet aan. 'Ik ben er woensdag weer,' verzeker ik hem. 'De stukadoors en vloerenleggers weten precies wat ze moeten doen, dus maak je daarover alsjeblieft niet druk, daar heb je mij niet bij nodig. Zorg maar dat je er om zeven uur bent, zij doen de rest. Ik kom woensdag weer en ben er donderdag ook. Alleen kan ik vrijdag niet naar de opening komen. Ik hoop dat je dat niet erg vindt. Vrijdag wordt John begraven.'

'Meid, meid, hoe kun je je nou druk maken over je werk als je zoiets afschuwelijks doormaakt? Neem alle tijd die je nodig hebt. Ik laat Ce Truc net zo lief nog een week dicht... Echt waar, hoor. Als we je ergens mee kunnen helpen, moet je het zeggen, hè?'

'Is echt niet nodig. Maar toch bedankt. Ik zie je woensdag.'

Hij wenst me sterkte en ik verbreek de verbinding. Joost reageerde hartverwarmend, maar waarschijnlijk alleen maar omdat niemand in het Amsterdamse hem nog heeft bijgepraat over de breuk met Leon. Als hij op de hoogte was zou hij ongetwijfeld stukken minder toegeeflijk en begrijpend zijn.

Het is al bijna tien uur als Dick me weer thuis afzet. Hij omhelst me en wenst me sterkte. 'Je kunt ook bij ons blijven slapen hoor, als je niet alleen wilt zijn vannacht. Anne maakt zo een bed voor je op.'

'Nee,' zeg ik. 'Ik ga gewoon slapen. Ik ben kapot.'

Dick kijkt me onderzoekend aan. 'Zeker weten?'

'Maak je geen zorgen.'

'Had je morgen eigenlijk afspraken?'

'Eén, maar die heb ik vanmiddag al afgebeld.'

'Oké.' Hij omhelst me nog een keer. 'Welterusten. En probeer jezelf niet de schuld te geven.'

In de woonkamer is het warm geworden, desondanks huiver ik aan een stuk door. Ik ga op de bank zitten en staar naar de spiegel, niet in staat om in beweging te komen. Ik word verteerd door schuldgevoel en kan mijn hersenen er niet toe zetten op te houden met uitvluchten te bedenken, andere keuzes die zouden hebben geleid tot nieuwe, positieve scenario's waarin alles anders zou zijn verlopen. *Als, als, als...*

Met trillende vingers haal ik een geplet pakje sigaretten uit mijn jaszak en peuter er een sigaret uit. Ongeduldig druk ik op de aansteker. Er verschijnt geen vlam. Ik kan me herinneren dat er een aansteker naast mijn pc moet liggen. Onvast loop ik de slaapkamer in en word meteen geconfronteerd met de ingelijste foto die Leon me heeft gestuurd.

Hij domineert de muur tegenover mijn bed, rechts van mijn computer: de oude man met de blauwe ogen die me verwijtend aankijken. Pijn. Mijn vinger glijdt schokkerig over Leons handtekening in de rechterhoek van de foto. Zijn handschrift wordt wazig door de tranen die in mijn ogen opwellen. Een plotseling besef beukt als een voorhamer in mijn gezicht. 'Jij hebt dit ook meegemaakt,' fluister ik. 'En voor jou was het nog vele malen erger dan voor mij. Jij híéld echt van haar. Ze was alles voor je. En je hebt haar zelf gevonden. In je eigen huis.'

Ik zak in elkaar op bed en trek mijn knieën op. Sla mijn armen eromheen en blijf stil liggen, luisterend naar mijn eigen ademhaling en hartslag.

De sigaret valt uit mijn handen.

42

Het hele dorp is uitgelopen. In de kerk zijn alle banken bezet. Mensen hebben zich langs de muren opgesteld, achter in de kerk bij de kaarsen, en staan naast de banken in de gangpaden. Het 'Ave Maria' galmt door de hoge, gewelfde ruimte.

Ik zit op de tweede rij, geflankeerd door Dick en mijn moeder, hun hoofden gebogen, opgesloten in hun eigen gedachten. Ik staar naar de eikenhouten kist voor het altaar. Er ligt een zee van bloemen op en ervoor, de stukken bedekken bijna de hele kist, als een kleurrijke sluier. Rozen, gipskruid, lelies, rood en wit. Kindertekeningen steken uit de kransen. Lange paarse en groene linten met gouden opdruk, een laatste afscheidsgroet van iedereen die John heeft gekend. Ik kan er maar een paar van lezen, het zijn er zoveel. WOORDEN SCHIETEN TEKORT – FAM. HEIJNE. VAARWEL, JOHN – DARTCLUB BULLS EYE. WE ZULLEN HET NOOIT BEGRIJPEN – FAM. VAN BUREN. VAARWEL, GABBER – JE COLLEGA'S VAN LENTICO.

Ik dacht dat ik niet meer zou kunnen huilen, dat ik nooit meer in staat zou zijn om tranen te produceren, maar ze blijven komen. Het papieren zakdoekje dat mijn moeder me aan het begin van de dienst heeft toegestopt, kleeft als een vochtige bal in mijn hand.

Ik snuif en kijk naar Dick. Hij knikt me bemoedigend toe en knijpt me even in mijn arm. Ik kijk weer voor me. Op de eerste rij zitten Johns moeder, haar zussen en hun mannen en kinderen.

John was haar enige kind. Zijn vader is al jaren geleden overleden aan een herseninfarct. Zijn moeder heeft nu niemand meer, schiet het door me heen. Haar hele gezin is van haar weggerukt. Mijn hart gaat naar haar uit, naar die magere vrouw in haar zwarte mantelpakje en haar knot van bruingeverfd haar.

Als de begintonen van 'You Never Walk Alone' worden ingezet, wordt de kist opgetild door zes zwijgende, in het zwart gestoken mannen. Het zijn mensen van de dartclub, vrienden van John die ik stuk voor stuk ken. Ze lopen langzaam, voorzichtig, met geheven kinnen en gezichten die strak staan van verdriet, door het gangpad naar de uitgang van de kerk. Vanaf de eerste bank staan mensen op en volgen eerbiedig de kist. Wij sluiten schuifelend aan. Mijn vader ondersteunt oma en helpt haar met haar rollator.

Het is een immens lange stoet auto's die stapvoets langs de snackbar en de supermarkt naar de begraafplaats aan de rand van het dorp rijdt. Andere automobilisten stoppen voor ons, mensen op fietsen stappen af en blijven staan kijken. Ergens doet het me goed dat er zoveel mensen zijn komen opdagen. John was geliefd. Een mensenmens. Hij zou dit niet anders hebben gewild.

Bij de begraafplaats wordt Johns kist op het graf op metalen dwarsliggers geplaatst. Er ontstaat een kring om het gat in de grond. De pastoor spreekt een paar laatste woorden en sprenkelt wijwater over de kist.

Het is fris en ik huiver onwillekeurig. De zon heeft zich nog niet laten zien. Op het kort gemaaide gras en de verdorde bruine beukenhaag ligt een dun laagje rijp.

Ik laat mijn blik over de menigte glijden. De meeste gezichten herken ik, maar een aantal van hen zijn vreemden voor me. Het moeten collega's van John zijn. Ik heb het vermoeden dat werkelijk iedereen die John ook maar een keer heeft ontmoet, naar zijn begrafenis is gekomen.

Ineens zie ik een gezicht dat buiten de context valt. Even denk ik dat ik me vergis, maar ze is het echt. Ze staat schuin achter de pastoor tussen oude buren van John en mij. Ik zie alleen maar een deel van haar opgestoken haar en gezicht. Ze vangt mijn blik en knikt naar me, slaat haar felblauwe ogen neer.

Debby. Ze moet het nieuws van Joost hebben gehoord.

De herberg is niet ingericht op de horden mensen die er naar binnen willen. Obers lopen met zichtbare haast af en aan, ik hoor ze naar elkaar sissen dat er meer broodjes moeten komen en een extra koffieapparaat. Alle tafels zijn bezet, en veel mensen staan langs de kant, zoals in de kerk, maar nu met een broodje in de ene hand en een kopje koffie in de andere. Het is warm – erg warm na de vrieskou van buiten, de ramen zijn beslagen. De sfeer is iets losser geworden, maar nog steeds beladen.

Ik sta bij mijn ouders, oma en Anne en bijt in een zacht broodje ham. Dick wacht met zijn zoons in de rij voor de toiletten. Ik zoek Debby. Misschien is ze weer naar huis gegaan, wilde ze zich niet aan me opdringen en was het voor haar voldoende dat ik wist dat ze is geweest.

Ik wil graag praten met Johns moeder, die ik niet anders ken dan als Tilly. Zo wil ze altijd genoemd worden. Niet ma of moeder, maar gewoon bij haar voornaam. Ook bij haar staat een rij, net als bij het condoleanceregister.

'Het was een mooie dienst,' zegt mijn vader. Zijn ogen zijn vochtig en roodomrand. 'Die jongen waardig.'

Debby duikt ineens naast me op. Ik schrik er bijna van. Haar blauwe ogen zijn donker opgemaakt en haar haren zitten strak in een wrong op haar achterhoofd. Ze draagt een lange, getailleerde jas met een donkere bontkraag. 'Dag, schat,' zegt ze, pakt mijn hand en kust me op beide wangen. Ze ruikt naar Opium en haar huid is koud van de buitenlucht, net als haar vingers. 'Gecondoleerd. Wat vreselijk, dit. Ik hoorde het van Joost en wilde je er niet alleen voor laten staan.' Ze kijkt om zich heen. 'Maar je bent niet bepaald alleen. Het lijkt wel een staatsbegrafenis. Prachtig.'

'Debby, dit zijn mijn ouders. En mijn schoonzus, Anne.' Terwijl ze elkaar de hand schudden en Debby iedereen condoleert, voeg ik eraan toe: 'Debby woont in Amsterdam.'

'Jammer dat ik John niet heb gekend,' zegt ze, zacht. 'Hij moet wel erg geliefd zijn geweest.'

'Ja, dat was hij,' antwoordt mijn moeder. 'We hebben nog steeds moeite te geloven dat hij er niet meer is. Het is zo onwerkelijk.'

'Ik ken het gevoel,' zegt Debby. Medelevend kijkt ze me aan en pakt mijn hand. 'Ik wil je ook condoleren namens Richard. En namens Leon. Hij is er kapot van.' Ze kijkt even weg, alsof ze moed wil verzamelen, en wrijft dan met haar koude, dunne vingers over de rug van mijn hand. 'Leon is erg geschrokken. Hij heeft die avond nog ruzie met John gemaakt, zei hij ons. Op dat feest. Hij geeft zichzelf de schuld.'

Ik klem mijn kaken op elkaar. 'Dat is onzin,' zeg ik zo zacht mogelijk, in de hoop dat mijn gefluister opgaat in het geroezemoes. 'Leon staat erbuiten.'

'Alles komt weer boven, het hele gedoe met...' Ze stopt halverwege haar zin en trekt haar gezicht in een vreugdeloze grijns. 'Nou ja. Hij is al dagen zijn loft niet meer uitgekomen.'

'Fijn dat je gekomen bent,' zeg ik, en besef op hetzelfde moment dat ik liever had gewild dat Leon zelf was komen opdagen. Weer klem ik mijn kaken op elkaar, omdat tegelijkertijd de donkere, onverdraaglijke gedachte zich aan me opdringt dat als Leon niet kwaad was weggelopen, ik nooit bij John in bed was beland. *Als, als, als...*

'Nou, ik laat jullie alleen,' zegt ze, met zachte, melodieuze stem. 'Heel veel sterkte.' Haar koude lippen kriebelen over mijn wang.

'Wil je Leon alsjeblieft veel liefs overbrengen?' hoor ik mezelf zeggen.

Als antwoord trekt ze een mondhoek op, een halve glimlach. Met een hoofdknikje neemt ze afscheid van mijn ouders en verdwijnt.

'Was dat een vriendin van je?' vraagt mijn moeder.

'Ja.' Ik staar haar na tot ik haar niet meer zie. 'Een goede vriendin van Leon, ook.'

'Het lijkt wel een fotomodel,' hoor ik mijn vader zeggen, diep onder de indruk van Debby's verschijning. 'Of een filmster.'

'Ze is inderdaad heel mooi,' zeg ik mat.

Als ik opkijk, zie ik Tilly alleen staan. Ik maak me los uit het groepje en loop op haar af.

Zodra ze me in het vizier krijgt, recht ze haar frêle schouders en heft haar kin. Haar hele houding straalt pure vijandigheid uit. Johns moeder is nooit een overmatig liefdevol en meegaand mens geweest. Er was een reden dat John de deur bij mijn ouders platliep en zijn moeder zo weinig zag. Hij noemde haar stiekem weleens

Eucalypta, naar de heks uit een kinderprogramma. Niet alleen fysiek is die naam goed gekozen. Tilly straalt een onverzettelijkheid en kracht uit die je niet bij haar tengere postuur zou verwachten.

Ik houd mijn pas een beetje in. 'Gecondoleerd,' zeg ik. Haar hand durf ik niet vast te pakken.

Tilly neemt me van top tot teen op. 'Met jou wil ik binnenkort nog eens praten, maar vandaag in elk geval niet,' snauwt ze, en draait zich dan demonstratief om.

Hulpeloos blijf ik staan en zoek oogcontact met mijn ouders, maar die zijn druk in gesprek met oom Paul en tante Agaath.

43

'Ze moeten per stuk twee meter tweeënzestig breed zijn,' zeg ik. 'De hoogte is twee meter twintig en de boog begint aan weerszijden op één meter negentig.'

Aan de andere kant van de telefoonlijn worden de maten hopelijk correct genoteerd. Ik hoor alleen maar wat onduidelijk gebrom.

'Heeft u dat?'

'Ja, dat hebben we. Tien stuks zei u?'

'Tien, inderdaad. Kunt u die op een adres in Amsterdam afleveren?'

'Er komt dan wel dertig euro bezorgkosten bij.'

'Geen punt.' Ik geef het afleveradres van de houten panelen op – dat van Debby – en het adres waar het houtbedrijf de factuur naartoe kan sturen: Nachtzicht. De bestellingen voor Nachtzicht lopen in de papieren. Het was een uitstekend idee van Richard om alle facturen rechtstreeks naar de klant te laten sturen. Ik had het onmogelijk voor kunnen schieten.

'Wanneer kan ik de panelen verwachten?' vraag ik.

'In principe midden volgende week. We beginnen zodra de helft van het bedrag is overgemaakt.'

Ik verbreek de verbinding en kijk Taco aan. Loulou ligt kwispelend aan zijn voeten op de oudroze vloerbedekking en de tv staat op een commerciële zender die al de hele ochtend belspelletjes uitzendt. Het geluid staat erg hard.

'Zou je vandaag nog geld kunnen overmaken naar de houtleverancier?' vraag ik.

Taco staat op en rekt zich uit. Een deel van zijn licht behaarde, zonnebankbruine buik wordt zichtbaar. 'Loop maar even mee.'

Half slepend met zijn ene been gaat hij me voor zijn kantoor in. Zijn voet zit nog steeds in het gips. Hij heeft er een zwarte sok omheen gespannen.

In het kantoor probeer ik niet naar Ediths foto te kijken.

Terwijl Taco zijn pc opstart, worden mijn ogen er toch naartoe getrokken. Ze lijkt nu minder op me dan toen ik de foto voor het eerst zag. Ze oogt jonger en haar haren hebben een andere tint rood. Zelfs haar ogen hebben niet dezelfde kleuren, ze zijn groen en bruin. De uitdrukking is ook anders. Uitdagender.

Misschien vallen de verschillen me nu meer op dan de overeenkomsten omdat ik aan het idee gewend ben geraakt.

'Mijn ex-vriend heeft zelfmoord gepleegd,' zeg ik tegen Taco. 'Net als zij... Vandaag een week geleden is hij begraven.'

Verstoord kijkt hij op van het scherm. 'Heftig,' mompelt hij en richt zich weer op zijn computer. 'Gecondoleerd.'

'Dank je,' zeg ik, en klem mijn kaken op elkaar.

'Nou, ik zit erin,' hoor ik Taco brommen. 'Heb je de bankgegevens?'

Ik lees het rekeningnummer en de naam van het bedrijf op terwijl Taco met gefronste wenkbrauwen, alsof hij verziend is, naar het scherm tuurt en de gegevens met twee vingers intypt. Daarna trekt hij een la open en begint op een klein apparaatje cijfers in te voeren, typt vervolgens weer wat in zijn computer. Hij snuift. 'Het is weg.'

Buiten hoor ik Taco's rottweiler tekeergaan. 'Bezoek,' concludeert Taco en klakt met zijn tong. Tegelijkertijd gaat de bel en dat is het startsein voor Loulou om luid keffend naar de voordeur te stuiven.

'Lou! Kóp dicht!' schreeuwt Taco.

Ik krimp in elkaar van zijn zware, harde stem, maar het witte hondje is er nauwelijks van onder de indruk.

Taco trekt zich op aan het bureau en loopt de woonkamer in, naar de voordeur.

Ik blijf staan in de deuropening van het kantoor.

'En dat geldt ook voor jou, stom beest!' is het eerste wat ik hem hoor brullen nadat hij de voordeur heeft opengetrokken.

Dan pas zie ik wie er binnenkomt, en net als ik als aan de grond genageld blijft staan. Mijn mond valt op slag droog.

De afgelopen weken had ik me erop ingesteld dat ik hem waarschijnlijk nooit meer zou zien. Gisteravond googelde ik zijn naam en heb de weinige persfoto's die ik van hem kon vinden in een apart bestand op mijn pc gezet. Leon houdt er blijkbaar niet van om gefotografeerd te worden. Op alle foto's keek hij een beetje weg van de lens en bedekte zijn haar een deel van zijn gezicht. Ik las alle berichten die zijn naam bevatten. Nederlandse, Duitse en Engelse krantenartikelen over exposities, en beschouwende stukken over kunstfotografie waarin hij werd besproken als een van de succesvolste fotografen van Europa. Door de wervende recensies leek hij ineens zo ver van me af te staan. Een onbereikbare icoon uit een wereld waarvan ik geen deel meer uitmaak.

Pas diep in de nacht kon ik de slaap vatten, met behulp van een halve fles witte wijn. Dat was afgelopen nacht.

En nu is Leon hier. Op een plaats en een moment waarop ik hem het minste verwacht. Ik draag mijn haar in een slordige staart, heb amper make-up op en loop rond in een oude werktrui en de spijkerbroek waarvan ik weet dat Leon die het liefst in een vuilniszak zou zien verdwijnen. Vrijwel alle mooie, vrouwelijke kleding die ik heb is van recentere datum en hangt nog in Amsterdam. In Leons kast.

Zwijgend staan we tegenover elkaar.

Taco kijkt van de een naar de ander, krabt in zijn nek en mompelt: 'Oké. Ik geloof dat ik even de kennel moet schoonmaken. *Make yourselves comfortable.*' De deur valt met een zachte klik achter hem dicht.

Stilte.

We blijven allebei staan, met vijf meter oudroze vloerbedekking en een nerveus heen en weer trippelend hondje tussen ons in, waarvan het staartje als een witte propeller over zijn rug wentelt.

Leon is de eerste die wat zegt. 'Ik heb je auto niet zien staan.'

'Die staat aan de zijkant, bij de hoofdingang.'

Hij doet een stap naar voren. 'Gecondoleerd,' zegt hij, zacht.

Ik knik.

'En sorry,' voegt hij eraan toe. 'Ik was geloof ik niet helemaal lekker bezig, de laatste tijd.'

De woorden van mijn moeder dringen mijn gedachtewereld binnen. 'Ik ben zelf ook niet helemaal lekker bezig geweest,' zeg ik. Kijk daarna naar de grond en weer terug naar Leon, die me taxerend opneemt. 'Het is een puinhoop.' Daarmee heb ik tevens mijn geestestoestand kernachtig samengevat.

'Dat kun je wel zeggen.'

Ik kijk op. 'Ik hoorde van Debby dat je...' Nee, daar moet ik nu niet over beginnen, niet nu we elkaar voor het eerst weer zien en terwijl Edith vanuit Taco's kantoor naar ons loert, en met haar omfloerste, uitdagende blik sigarettenrook in onze richting blaast.

'Wat hoorde je van Debby?'

Ik haal mijn schouders op. 'Dat je je klote voelde.'

'Daar had ze gelijk in.'

Leon komt in beweging en loopt op me af.

Ik blijf staan, omdat ik te verward ben om te reageren. Ik weet me geen houding te geven.

Leon trekt me naar zich toe en legt zijn handen op mijn rug, alsof hij bang is dat ik van hem wegloop als hij me niet tegenhoudt. Twee warme, grote, prachtige handen die me dwars door mijn dikke trui heen strelen.

'Ik heb je gemist, lady.' Zijn stem klinkt schor.

Ik zou iets willen zeggen, maar de woorden blijven steken in mijn keel. Ik snuif zijn geur op, voel de warmte van zijn lichaam en als ik in zijn ogen kijk, treft me de liefde die eruit spreekt, troost. En ik lees er zoveel meer in. Ik wil niet huilen, niet nu, maar mijn emoties liggen zo dicht aan de oppervlakte dat er maar weinig nodig is om vol te schieten. 'Ik jou ook. Ik heb jou ook gemist.'

'Moet jij hier nog wat doen?'

'Niet veel.'

'Laten we dan gaan,' zegt hij zacht.

'Waarheen?'

'Naar de bungalow. Er ligt wijn in de koelkast.' Hij grijnst, maar zijn ogen lachen niet mee. 'Entre deux mers.'

Het is geen vreugdevolle hereniging en het zijn geen ongedwongen, luchtige gesprekken die we voeren. Alle handelingen die we verrichten en alle woorden die we uitspreken worden genadeloos overschaduwd door een immens verdriet en pijnlijke herinneringen.

Johns parasiet is terug en hij heeft een monsterlijke vorm aangenomen, groter en krachtiger dan ooit. Hij beukt genadeloos in op elk zweempje hoop dat zich slechts af en toe laat voelen. Ik mag niet lachen, is zijn dwingende boodschap. Ik mag geen seks hebben, niet vrijen, niet nadenken over een toekomst.

Ik mag niet gelukkig zijn.

Mijn parasiet heeft een geestverwant gevonden in de donkere man die naast me op bed ligt en zijn arm om mijn schouders heeft geslagen. Leon weet wat ik doormaak, meer dan wie dan ook. Hij heeft hetzelfde doorstaan. Er is niemand die zo goed kan begrijpen in wat voor een duister labyrint ik zit opgesloten. Ik weet dat. Hij weet dat. Door een of ander wrang, duivels lot zijn we tot elkaar veroordeeld. Dat onuitgesproken besef kleurt onze hele conversatie.

In de paar uur dat we naast elkaar liggen en de wijnfles legen door hem om beurten aan onze mond te zetten, leer ik een andere Leon kennen. Ik praat en hij luistert alleen maar, zonder me te onderbreken, zonder te oordelen en zonder enige vorm van jaloezie te uiten. Dat laatste moet hij heel sterk gevoeld hebben toen ik hem vertelde dat ik met John naar bed ben geweest. Niets is Leon bespaard gebleven. Ik wilde schoon schip maken, alles opbiechten, omdat ik wist dat als er überhaupt een toekomst voor ons in zou zitten, die niet op leugens gestut mocht zijn. Het is te belangrijk voor me. Hij knikte alleen maar, nam nog een slok uit de fles en keek nietsziend naar de kale muur tegenover het bed.

Inmiddels is het schemerig geworden. De gordijnen in de slaapkamer zijn nog open, maar de dunne vitrage laat amper licht door. Buiten wuiven kale boomtoppen aan de bosrand zacht in de wind.

'Ik kan gewoon niet geloven dat John zelfmoord heeft gepleegd,' zeg ik. 'Hij was er het type niet voor.'

Leon draait zijn hoofd weg. 'Precies die gedachte heeft me helemaal gek gemaakt. Accepteer dat het zo is. Laat het slijten.'

Hij heeft het niet over John.

'Sorry,' zeg ik. 'Ik realiseer me dat dit bij jou –'

Hij legt twee vingers op mijn mond. 'Sst. Niet meer over praten, niet meer aan denken. Laat het rusten. Ze zijn dood, Margot, allebei. Gewoon dood. Dat is hun keus geweest.'

'Ik heb moeite dat te geloven.'

'Dat weet ik.' Hij buigt zich over me heen en kust me zacht op mijn mond. 'Dat had ik ook, net zo goed,' fluistert hij. 'Ik zou willen dat ik je kon helpen. De gedachten die jij nu hebt, heb ik ook allemaal gehad. Stuk voor stuk. En ik ben er bijna aan onderdoor gegaan.' Hij trekt me tegen zich aan, zo stevig dat ik bang ben dat ik geen adem meer kan krijgen. 'Accepteer dat wij leven.' Hij nestelt zich tegen me aan. Zijn tong glijdt over mijn lippen en zoekt een weg naar binnen.

Ik proef de wijn op zijn tong en even, heel even maar, krimpt er iets samen in mijn onderbuik en wil ik verdergaan, hem uitkleden, huid tegen huid, één zijn.

Ik mag niet gelukkig zijn.

Ik trek mijn gezicht terug en grijp het zijne vast om hem af te remmen. Kijk hem doordringend aan. 'Ik kan het niet,' fluister ik. 'Niet nu.'

Zijn hand glijdt onder mijn blouse.

Abrupt houd ik hem tegen en schuif iets onder hem vandaan. 'Echt niet.'

Hij laat zich met een zucht terugzakken in de kussens.

'Ik krijg John niet uit mijn hoofd. Ik ben er nog lang niet aan toe om het een plaats te geven zoals jij hebt gedaan met Edith.' Ik draai me op mijn zij en wrijf met mijn hand over het katoenen dekbed. 'Er is te veel gebeurd om het zomaar van me af te schudden. Ik heb de afgelopen tijd elke nacht liggen piekeren en ik krijg het niet op een rij. Nog niet.'

'Hebben we het hier alleen nog over John of mis ik iets?'

Ik schud mijn hoofd en wacht tot ik mijn verwarde gedachten dusdanig heb kunnen structureren dat ik ze ook redelijk onder woorden kan brengen. 'Het is alles op een hoop,' zeg ik uiteindelijk. 'Alles is sinds ik jou ken in een stroomversnelling geraakt. Ik heb mijn familie verwaarloosd, terwijl ze dat niet hebben verdiend. Ik heb mijn werk opgezegd, alle schepen achter me verbrand en daarmee heb ik me afhankelijk gemaakt van jou en Richard. Daar heb ik veel over nagedacht. Daarover en... over de consequenties van bij jou intrekken. John en ik... we hadden andere raakvlakken, andere probleemgebieden. Met jou... Ik wil niets meer overhaast doen.'

'Definieer overhaast.'

'Opnieuw in een relatie stappen op basis van... verliefdheid alleen.'

Leon staart voor zich uit. 'Praat er niet omheen. Wat zit je dwars?'

'Je bent de helft van de tijd in het buitenland. Dan wordt er van mij verwacht dat ik in die fabriekshal ga zitten wachten tot je weer thuiskomt. Ik heb gezien waartoe dat kan leiden en het is een leven dat ik niet wil.'

'Waar doel je precies op?'

'Marianne van Richard. Ze is een van de meest sneue mensen die ik heb ontmoet. Ze wil niet in dat huis in de polder wonen, ze voelt zich er vreselijk eenzaam. En het is afschuwelijk om toe te moeten kijken hoe Richard haar behandelt.'

Leon zegt niets. Er volgt niet eens een instemmende brom.

'Waarom reageer je nou niet?'

'Omdat ik het anders zie. Het is lullig voor Marianne dat het zo is gegroeid in de loop van de tijd, maar jij bent Marianne niet en ik zou het prettig vinden als je mij niet met Richard zou vergelijken. Hun situatie staat los van die van ons.'

Ik schud mijn hoofd langzaam. 'Zie je de overeenkomsten dan niet? Mariannes positie is min of meer dezelfde als die waarin ik me plaats als ik met je mee terug ga naar Amsterdam. Het komt op hetzelfde neer. Alles draait dan om jou. Jouw buitenlandtrips, jouw exposities, jouw kennissen en vrienden.'

'Nee, dat wil ik –'

'Ik voel me er niet eens op mijn gemak als jij er niet bent,' onderbreek ik hem. 'Het is geen thuis. Debby heeft een avond bij me geslapen, omdat ik me er onprettig voelde.'

Hij trekt een wenkbrauw op. 'Pas je wel een beetje op met Debby?'

'Hoezo?'

'Deb is een lieve meid, maar ze is zo bi als wat.'

'Bi? En dat vertel je me nu pas? Het verklaart waarom ze naakt rondliep en met me in bad wilde.'

Hij verstart. 'Wílde of gíng?'

'Wilde. Toen ze uit bad kwam, is ze naakt naast me in bed komen liggen. Ik wist niet goed wat ik ermee aan moest, dus deed ik of ik sliep.'

'En verder?'

Ik haal mijn schouders op. 'Niets. Er is niets gebeurd.'

'Nee?'

'Als dat zo zou zijn, zou ik het je zeggen.'

'Ik heb haar een keer met Edith aangetroffen,' zegt hij, zo zacht dat ik me moet inspannen hem te kunnen verstaan.

Ik draai mijn hoofd naar links.

'In bad. Heel fijn.' Hij grinnikt vreugdeloos. 'Ik mocht erbij komen. Dat was Edith. Zo kon ze zijn. Heel impulsief.'

'Wat heb je gedaan?'

Hij graait naar het pakje sigaretten op het nachtkastje. De vlam van de aansteker zet zijn gezicht in een oranje gloed. Hij geeft de brandende sigaret aan mij en steekt er een voor zichzelf aan. 'Wat denk je?'

'Ik weet het niet. Debby is een mooie vrouw.'

'Ik was laaiend. Ik heb Debby uit dat bad gesleurd, in haar blote kont buiten gezet en haar kleren uit het raam gesodemieterd.'

'Toch gaan jullie nog met elkaar om.'

Hij haalt zijn schouders op. 'We hebben allemaal onze fouten. Ik had niet verwacht dat ze zoiets nog eens zou proberen.'

'En Edith?'

'Edith...' Hij neemt een trek van zijn sigaret. 'Luister. Waarom hebben we het de hele avond al over dode mensen?' Hij trekt me tegen zich aan en kust mijn voorhoofd. 'Zullen we daar eens mee ophouden? En het in plaats daarvan over dingen hebben waar we wél vat op kunnen krijgen? Hoe vind je de bungalow? Beter dan Amsterdam?'

'Ja, veel beter. Maar...'

'Kun je je voorstellen dat je hier zou wonen?'

'Het maakt niet uit, Amsterdam of hier,' zeg ik toonloos. 'Het komt op hetzelfde neer. Dat probeerde ik net –'

'Schuif dat even terzijde. Er zijn nog legio andere mogelijkheden. Ik dacht dat dit huis je wel aanstond. Vlak bij het bos, niet ver van je familie. Toch?'

Ik herinner me hoe ik hier als kind fietste, op zondagen met Dick en mijn ouders. 'Ik kwam hier vroeger weleens langs,' zeg ik. 'En dan ging het door me heen dat mensen die in zo'n huis woonden, aan de rand van het bos, wel heel gelukkig moesten zijn.' Ik draai mijn gezicht naar hem toe. 'Vreemd, hè? Dat het toen allemaal zo eenvoudig leek? Zo gelukkig zijn we niet.'

Leon drukt zijn sigaret uit en begraaft zijn gezicht in mijn haar. 'Nog niet. Maar dit is alvast een beginnetje: je angst om op het tweede plan te komen, daar moet je niet meer over piekeren. Daar heb ik heel andere ideeën over. Je bent niet de enige die wakker heeft gelegen in de afgelopen weken. Ik wil een paar dingen heel anders gaan aanpakken.'

Mijn telefoon gaat. De ringtone snerpt door de slaapkamer en doet me opschrikken. Op de tast vind ik hem in mijn tas.

'Tilly,' hoor ik een bitse vrouwenstem zeggen. 'Zeg, kun je morgenavond naar me toe komen? Ik wil met je praten.'

'Natuurlijk,' zeg ik, volkomen overrompeld. 'Hoe laat?'

'Acht uur.'

'Ik zal er zijn.'

De verbinding wordt prompt verbroken.

'Wie was dat?' vraagt Leon.

'Tilly. Johns moeder.'

'Wat had ze?'

'Ze wil met me praten.'

Na een lange stilte zegt hij: 'Sorry. Ik ga te snel. Het is nog te vers. We hebben het er later wel over.'

Ik knik alleen maar.

Zwijgend blijven we naast elkaar liggen tot het zo donker is geworden dat ik zelfs geen vage schaduwen meer kan ontwaren. De duisternis is totaal. Later, veel later, word ik heel even wakker, om te merken dat hij het dekbed over me heen legt en me instopt.

44

Sinds de dood van haar man woont Tilly in een huurflat in Tilburg. De flat maakt deel uit van een groep zes verdiepingen hoge flatgebouwen die in harmonicavorm tussen een drukke doorgaande weg en een brede sloot langs het spoor zijn neergezet. Bij elk gebouw ligt een grote parkeerplaats en een trapveldje, omzoomd met kale bomen, vuilcontainers en een glasbak. De keren dat ik er voet over de drempel heb gezet, kan ik op twee handen tellen. Een bezoek aan Tilly is als een ritje door een spookhuis op de kermis: haar onverwachte uitvallen hebben me meer dan eens ineen doen krimpen. John had zijn sociale, innemende genen beslist van vaderszijde geërfd. Als hij te veel had gedronken nam John haar regelmatig op de hak, maar hij kon het niet hebben wanneer iemand anders kwaad over haar sprak. 'Je moet bij haar tussen de regels door lezen,' vergoelijkte hij haar gedrag. 'Ze is in wezen heel gevoelig en lief.' Die eigenschappen heb ik nooit in haar ontdekt. Wel voelde ik me regelmatig geïntimideerd en in een hoek gedreven.

Dat gevoel daalt opnieuw over me als ik op de bel naast haar blauw geschilderde voordeur druk.

Tilly opent de deur, en zonder iets te zeggen doet ze een stap opzij om me binnen te laten. Haar kleine flat is smaakvol ingericht met lichtgekleurde, Engels aandoende meubelen. Voor het raam staat een enorme kooi met een verveelde papegaai erin.

Maar zodra ik haar bescheiden woonkamer binnenloop, zie ik meteen een brief op de eettafel liggen. Tilly heeft hem in een plastic hoesje gestopt, zodat hij niet kan beschadigen.

Johns afscheidsbrief.

Met mijn armen om mijn lichaam geslagen loop ik naar de tafel toe en begin te lezen.

Ik ben er niet meer als jullie dit lezen
ik hoop dat jullie ooit kunnen begrijpen
dat mij geen keus werd gelaten
Ik zie geen andere mogelijkheid
Tilly, mama ik HOU VAN JOU
misschien kom ik je ooit daarboven tegen
ik hoop dat PAPA me opwacht
ik mis hem nog iedere dag.
Margot, ik hield vermoedelijk meer van je dan
ik dacht dat het goed was, maar ik snap er OOIT
geen zak meer van. Ik BEN EEN KLOOTZAK
Sorry Sorry Sorry ik kan je niet meer
lastig vallen
Het is niet jou schuld Ik doe dit omdat ik van
jullie HOU
GEEN keus
Kut is dit
IK HOU VAN jullie
John

Als ik opkijk van de brief staat Tilly me zwijgend te observeren. Ze heeft net als ik haar armen over elkaar geslagen. 'Gelezen?' zegt ze bits.

Ik knik. Ik zou willen dat ik kon huilen, maar het lukt niet meer. Ik voel me alleen nog maar verdoofd.

'En?'

'Ik vind het vreselijk. Ik begrijp nog steeds niet wat –'

'Wat heb je met mijn zoon gedaan?'

Verward kijk ik op. 'Gedaan?'

Ze begint heftig te knikken. De losse huid langs haar wangen en in haar hals reageert vertraagd op de snelle bewegingen. 'Ja, gedaan. Jij was bij hem die nacht. Er is iets voorgevallen. Ik wil weten wat.'

'Ik ben met hem mee naar huis gegaan, na het familiefeest,' zeg ik zo kalm mogelijk.

'En toen?'

Ik kijk op, recht in haar ogen. Kleine, donkere ogen waarin ik voor het eerst in jaren menselijke trekken ontdek. Ze heeft gehuild. En niet één keer. Haar oogleden zijn gezwollen, het oogwit rood dooraderd. Opnieuw gaat mijn hart naar haar uit, naar deze sterke, intens moeilijke vrouw die niemand meer heeft. Ze is niet inschikkelijk en warm, maar ze is wel degelijk een moeder. En John was haar enige zoon. Haar enige kind.

'Ik wacht,' zegt ze. In haar stem klinkt ingehouden woede door.

Ik twijfel en sla mijn ogen neer. Dat ik met John naar bed ben geweest heb ik aan de politie verteld. Aan mijn moeder. Aan Dick, en zelfs aan Leon. Maar nu ik oog in oog sta met Johns moeder krijg ik het niet over mijn lippen. Ik voel me ineens heel smerig.

Ze doet een paar passen naar voren en grist nijdig de brief van tafel. Ze houdt hem naast zich, wijst ernaar. 'Dit, Margot, dit: *Ik hield vannacht meer van je dan ooit. Ik dacht dat het goed was–*'

'Ik heb het gelezen,' onderbreek ik haar.

'*Ik heb geen keus,*' schreeuwt ze ineens. '*Ik doe dit omdat ik van jullie hou.* Wat ís dat voor idioterie? Een afscheidsbrief? Mijn zoon die zichzelf om het leven brengt omdat hij van iedereen hóúdt? Onzin. Dit is niet John. Dit is niét...' – ze spuugt het woord uit – 'John. Ik wil weten wat er met mijn zoon is gebeurd.' Ze richt haar hoofd op en kijkt me recht aan, alsof ze een storm moet trotseren. 'Wat is er verdómme met hem gebeurd en wat heb je met hem gedaan?'

Ze heeft er recht op het te weten. Ik moet hier doorheen. Het was haar zoon. 'Ik ben met hem naar bed geweest,' zeg ik zacht, zonder haar aan te kijken. 'John had te veel gedronken, ik ook en ik had ruzie met mijn nieuwe vriend. Het is gewoon gebeurd.'

'En toen?'

'Toen kreeg ik spijt en ben ik weggegaan.'

'Wat heb je tegen hem gezegd?'

'Dat ik spijt had dat ik het zover had laten komen.' Ik haal diep adem. Dit is nog vele malen moeilijker dan ik me heb kunnen voorstellen. Ik zwijg even om moed te verzamelen. 'Dat ik niet van hem hield. Ik ben naar mijn moeder gegaan.'

'Hoe reageerde hij daarop? Wat zei hij?'

Hulpeloos trek ik mijn schouders op. 'Niet veel.'

'Ik vraag wát.'

Ik pers mijn lippen op elkaar. 'Hij zei dat hij me niet geloofde.'

'En wat nog meer?'

'Dat ik het niet kon maken om midden in de nacht bij mijn ouders aan te kloppen.'

'En dat was het?'

Ik hef mijn handen op. 'Ja, dat was het.'

'Ik geloof je niet. Ik ken mijn zoon. En vóór hem heb ik zijn vader gekend. Ze waren uit hetzelfde hout gesneden. Zelfmoord?' Ze pauzeert even en haar ogen glinsteren sluw. 'Nee, dat gaat er bij mij niet in en ik denk dat jij meer weet dan je zegt.'

Mijn ogen worden groter. 'Hoezo?'

Ze kijkt me aan met een verkrampte uitdrukking. De spanning laat haar gezichtspieren onregelmatig samentrekken. 'Wat denk je? Jij was het laatst bij hem.'

'Heb je dit tegen de politie gezegd?' vraag ik.

'Ben je daar bang voor dan?'

'Nee!' schreeuw ik. 'Waarom zou ik? Ik vind het vreselijk. Hoe kun je van me denken dat ik er iets mee te maken heb? Ik heb geen nacht meer doorgeslapen sinds John dood is.'

'Schuldgevoel?'

'Ja, schuldgevoel,' zeg ik, hard. 'Omdat ik ben weggegaan. Omdat ik hem alleen heb gelaten. Als ik ook maar één moment het idee had gehad dat hij zelfmoord zou plegen, dan had ik de hele nacht naast hem gezeten en zijn hand vastgehouden. Maar die indruk wekte hij niet, Tilly. Geen seconde. Hij was over zijn toeren, hij had te veel gedronken, was verbouwereerd, noem het maar op, maar niet depressief, hij dreigde niet zichzelf iets aan te doen, hij was niet griezelig stil, niets.'

'Dus ben je het met me eens dat dit niet klopt?' zegt ze alleen maar. Ze lijkt ineens gekalmeerd.

Ik wrijf met mijn vingers over mijn gesloten ogen. 'Ik probeer me erbij neer te leggen dat hij het echt heeft gedaan, maar ook mij lukt dat niet.'

'Zeg dat dan tegen die rechercheur. Mij gelooft hij niet.'

Ik kijk op. 'Maar als John...' zeg ik. De rest kan ik niet uitspreken. Het is te angstaanjagend.

Ze knikt heftig. Weer schudt het zachte, dunne vel langs haar jukbeenderen en wangen in slow motion mee. 'Juist, Margot. Juist. Als hij niet, wie dan?'

Ik kan me niet herinneren hoe ik ben thuisgekomen. De gedachte dat John vermoord kan zijn – zóú zijn, volgens Tilly – vreet aan me. Ik kan me niemand voorstellen die zoiets zou kunnen of willen doen. Heeft John schulden waar ik niets van afweet? Maar hoe dan? John is geen impulsief type, verslavingen zoals gokken of drugs passen helemaal niet bij hem. Hij was een sociale drinker en hij rookte niet eens. Plotseling moet ik aan Tom denken. Die was furieus toen hij erachter kwam dat John een verhouding had met Mieke. Het betekende het einde van hun huwelijk en een jarenlange, hechte vriendschap. Tom heeft hetzelfde doorgemaakt als ik, hij is bedonderd door twee mensen die hij door en door vertrouwde. Zou hij daardoor...? Ik schud mijn hoofd. Niet Tom. Onmogelijk.

Niet veel mensen zijn op de hoogte van Johns suikerziekte. John liep er niet mee te koop. Als hij zichzelf moest injecteren, trok hij zich discreet terug, hij wilde niet als een speciaal geval worden gezien. Alleen familie en vrienden wisten ervan. Eén keer heeft John zichzelf ingespoten waar Tom en Mieke bij waren. Dat was op vakantie in Italië. Hij wilde bij ons allemaal bloed prikken om te laten zien dat het geen pijn deed, en om onze bloedsuikerspiegel te meten – gewoon voor de grap. Mieke en ik reikten onze vingertoppen aan, maar Tom stopte zijn handen onder zijn oksels en riep *no way*. Hij vond het echt griezelig. Later hield hij zijn gezicht afgewend toen John zichzelf injecteerde. Ik kan Tom met alle wil van de wereld niet zien als iemand die zijn oude vriend om het leven zou kunnen brengen, en al zeker niet met insuline.

Ik weet me ook geen raad met de afscheidsbrief. Als John is vermoord dan zou hij die brief moeten hebben geschreven waar de moordenaar bij was. Het is niet logisch. Waarom zou John dat doen? Wat zou hem kunnen doen besluiten om ons allemaal zand in de ogen te strooien? Waarom vocht hij niet terug? Waarom weigerde hij niet gewoon die brief te schrijven – als hij toch wist dat hij ging sterven? Was de dreiging zo sterk dat hij...

Ik ga verzitten op de bank. Door mijn verkrampte houding zijn mijn benen gaan tintelen. Ik reik naar de salontafel en steek een sigaret op.

Waar ben ik mee bezig? Ik moet hiermee ophouden, nu meteen. Het is al erg genoeg dat John zichzelf van het leven heeft beroofd, daar kan ik me op zich al niets bij voorstellen. Maar John die is vermoord? Nee, te bizar voor woorden. Dat gaat veel te ver. Ik moet mijn verstand aan het verliezen zijn.

Dreiging.

Ik doe dit omdat ik van jullie hou. Geen keus.

Is John bedreigd? Zou iemand hem gedwongen hebben dit te doen, omdat hij of zij anders een familielid iets aan zou doen? Mij? Tilly?

Ik sta op en loop naar de boekenkast, waar tussen twee zware boeken een visitekaartje steekt dat een van de politiemensen hier heeft achtergelaten. Er staat een 06-nummer op. De rechercheur was heel vriendelijk en zei dat ik hem altijd kon bellen als me iets te binnen schoot dat van belang kon zijn, ook 's avonds.

Ik gris de telefoon van de tafel en toets het nummer in. Aan de andere kant van de verbinding hoor ik de telefoon overgaan en vervolgens klikjes, alsof ik word doorverbonden.

'Sam Tienen, recherche.'

'Eh,' stotter ik. 'Niet Burghardt?'

'Charles Burghardt zit op een zaak. Hij heeft zijn telefoon naar mij doorgeschakeld. Kan ik misschien ergens mee helpen?'

'Ik weet het niet. Ik ben de ex-vriendin van John van Oss.'

'John van Oss... Daar weet ik wel iets van, maar niet het fijne. Suïcide.'

'Ik heb het vermoeden dat er meer aan de hand is,' zeg ik. Mijn stem trilt. Net als bij een bezoek aan de dokter voel ik me licht nerveus, en heb ik het idee dat ik iemands tijd roof en dus zo kernachtig mogelijk mijn gedachten moet zien samen te vatten. 'Ik wil alleen maar even aan uw collega vragen waarop dat is gebaseerd. Zelfmoord bedoel ik. Johns moeder en ik geloven namelijk niet dat –'

'Voor u verdergaat,' word ik onderbroken. 'Ik ben bang dat ik te weinig van deze zaak weet om erop in te gaan. Als het kan wachten tot morgen of overmorgen, dan zorg ik ervoor dat Charles Burghardt u zelf even terugbelt. Is dat goed?'

'Ja... dat kan. Zal ik het nummer geven?'

'Ik heb het al genoteerd.' Hij somt mijn vaste telefoonnummer op.

Voor de zekerheid geef ik hem ook mijn mobiele nummer. 'Hij belt me echt terug?'

'Daar sta ik persoonlijk voor in. Alleen is hij nu met een zaak bezig en ik mag hem daarbij niet storen.'

'Dat begrijp ik,' zeg ik.

'Kan ik verder nog iets voor u doen?' hoor ik de man toonloos zeggen. Er steekt geen werkelijke betrokkenheid achter. Het is een plichtmatige vraag.

'Nee, dank u wel.'

45

Het traditionele Japanse restaurant ligt op nog geen vijfhonderd meter van mijn appartement, weggestopt in een eeuwenoude wijk met historierijke steegjes en smalle, ondiepe grachten die langs en onder de gebouwen door stromen. Ik had al vaker gehoord over dit restaurantje, maar was er niet eerder geweest. Het is gevestigd op een zolderverdieping en biedt plaats aan een beperkt aantal gasten.

Onze gastvrouw draagt een kimono en lijkt me van Japanse origine. Niet alleen zij doet oosters aan in deze roze met zwarte ruimte: om ons heen worden de tafels uitsluitend bezet door mensen met dezelfde gezichtstrekken als onze gastvrouw en ik kan geen woord verstaan van hun conversaties.

Leon heeft zojuist een zevengangenmenu besteld. We drinken lauwwarme saké en droge witte wijn.

'Ik heb je vader op dat feest beloofd foto's van zijn konijnen te maken,' zegt Leon op gedempte toon.

Ik kreun. 'Je meent het.'

Hij glimlacht en neemt een slok van de wijn. 'Volgens hem was er veel vraag naar konijnenfotografen. Ik zou me altijd nog kunnen omscholen.'

Ik schiet in de lach en leg mijn hand voor mijn mond. 'O, wat erg! Wat doe ik je aan? Weet je, dat heb ik als kind veel moeten doen, zijn konijnen vasthouden op zo'n gammel campingtafeltje zodat hij er foto's van kon maken. Steeds die oren naar beneden duwen, en die beesten op de tafel houden zodat ze er niet af sprongen. We waren uren bezig om een rolletje vol te schieten. Met een beetje geluk zat er dan één foto bij die goed was. Mijn vader is een wandelende ramp met camera's. En ik ben niet zo'n beste assistent, vrees ik.'

Leon zet zijn glas neer. 'Ik zal een dezer weken wel bij hem langsgaan. Als ik nog welkom ben, tenminste. Het lijkt me wel grappig, konijnen. Weer eens wat anders dan zelfingenomen bankdirecteuren en naakte vrouwen.'

De Japanse gastvrouw verschijnt aan tafel en zet kleine hapjes neer. In staccato Nederlands legt ze uit wat het is. Rauwe makreel, zeewier, champignons. 'Is lekker,' sluit ze haar toelichting af. Ze knikt erbij als of er batterijen in haar hals verstopt zitten.

Leon en ik glimlachen haar toe en richten ons op de kunstig opgemaakte kommetjes. Ik heb vaker met stokjes gegeten en dacht dat ik er best goed in was, maar Leon spant de kroon. Met een gemak alsof hij niet anders gewend is eet hij de kleine kommetjes in snel tempo leeg.

'Ze heeft nog gelijk ook. Goede tent, hier,' zegt hij. Dan kijkt hij me ineens recht aan. 'Voel je je wat beter?'

'De mist is in elk geval opgetrokken. Ik liep al weken rond met het gevoel alsof er een panty over mijn hoofd zat.'

Hij knikt en neemt een slok van de saké. 'Ik vind het maar niks.'

'Wat vind je niks?'

'Margot... Ik wil dat lichaam van je 's nachts naast me hebben, ik wil dat je er bent als ik thuiskom. Ik wil iets hebben om voor naar huis te komen.'

Ik kan nog niet antwoorden omdat ik kauw op een stuk rauwe vis. Het is koel, zacht en een beetje zout en glijdt als vanzelf mijn slokdarm in. 'Ik heb je nu drie keer "ik wil" horen zeggen. Wat blijft er voor mij over, behalve –'

'Behalve waanzinnig goede seks?' Plagend trekt hij een wenkbrauw omhoog.

Aan de tafel naast ons kijken een paar mensen op. Ze mogen dan geen Nederlands spreken, ze verstaan het wel degelijk.

'Dat staat erbuiten. Dat bedoel ik niet.'

'Zeg dan wat je wel bedoelt.'

Terwijl ik opnieuw een hap neem, denk ik terug aan de dag dat ik de slaapkamer appelgroen had geschilderd. Weer zie ik Johns afkeurende reactie voor me. Die reacties waren het, die ervoor zorgden dat ik meer en meer in mijn schulp kroop en steeds minder ging vertrouwen op mijn eigen gevoel. Leon is een totaal andere man dan John, maar ook hij heeft zijn dwingende eisenpakket. 'Ik wil je huisdier niet zijn,' zeg ik uiteindelijk.

'Wát?'

'Je zegt dat je wil dat ik er ben als je thuiskomt. Je bedoelt het waarschijnlijk lief, maar ik heb je al eerder gezegd dat ik moeite heb met het idee om op het tweede plan te komen.'

'Daar wilde ik het vanavond over hebben,' zegt hij.

De schaaltjes worden weggehaald door de gastvrouw. Ze vraagt of alles in orde is. Zwijgend knikken we haar toe. Ze verdwijnt achter een dik gordijn.

'Ik wil ermee kappen.' Hij zoekt mijn hand over de tafel.

'Waarmee?'

'De opdrachten. Ik ben het al langer beu. Of misschien is beu wel een understatement. Ik ben het werkelijk schijtbeu. Die gasten willen me hebben omdat ik de beste ben, beroemd binnen beperkte kring,' – hij spreekt het sarcastisch uit – 'maar als puntje bij paaltje komt, word je gewoon gekocht. Dan moet je doen wat zij willen.'

Ik zie hoe hij verstart, en streel de rug van zijn hand.

Hij wordt iets rustiger. 'Er zitten ook prima kerels bij, maar ik ben het alles bij elkaar dus gewoon meer dan zat.'

'Sinds wanneer?'

'Al een poos.'

De volgende gang verschijnt. In gebrekkig Nederlands wordt ons uitgelegd wat de kunstig gesneden stukjes vis en groenten precies zijn.

'Vorig jaar wilde ik er al mee stoppen,' gaat Leon door, zodra de gastvrouw zich heeft teruggetrokken. 'Maar toen Edith stierf viel ik in een gat. Het ontnam me alle zin om iets nieuws aan te pakken, dus ging ik door met wat ik gewend was.' Hij snuift. 'Terug naar af, eigenlijk.'

'Wat had je anders gedaan? Als Edith nog leefde?'

'De bedoeling was om in China een reportage te gaan maken, de omstandigheden registreren waarin Chinese arbeiders werken en wonen. Edith zou met me meegaan. Daarna zouden we doorreizen naar Amerika, of terug naar Europa, daar waren we nog niet uit. Het idee was om in het Westen eenzelfde serie te maken, maar dan van mensen die de artikelen in gebruik hebben genomen. Een merkbroek die de fabriek verlaat heeft alles bij elkaar nog geen drie euro gekost, de eindgebruiker betaalt er tweehonderdvijftig voor. Ik wilde die discrepantie zichtbaar maken.'

'Dat kan nog steeds, toch?'

Hij neemt een hap van een donker goedje dat volgens de uitleg zeewier zou moeten zijn. 'Het is nu minder actueel dan vorig jaar,' zegt hij tussen het kauwen door. 'Ach, ik weet het niet.'

'Maar je weet wel dat je fotograferen in opdracht beu bent.'

'Ja. Het is lekker om twee huizen te hebben en een goede auto. Het is leuk om in dure hotels te slapen en in dit soort restaurants te eten. Maar het gaat nergens over. Geld verdienen, geld uitgeven... Ik was gelukkiger toen ik nog in de polder rondtrok, op zoek naar beeld, in alle rust. Toen had ik een parttime baan bij een fotozaak en veel meer tijd voor mijn eigen dingen.'

'Ik weet nog dat je me dat vertelde.'

'Fotograferen is mijn ding, het is waar ik goed in ben. Maar ik merk dat het me steeds meer begint tegen te staan. Ik heb niet eens de tijd gehad om aan mijn nieuwe project verder te werken. Vroeger kwam het niet eens in me op de deur uit te gaan zonder camera. Als ik nu die tas zie staan, zou ik er liefst een trap tegenaan willen geven. Dat is niet goed en dat zit hem puur in die opdrachten. Ik moet terug naar vrij werk, in elk geval voor een paar jaar. Dat zal financiele consequenties hebben, maar ik geloof niet dat ik daar van wakker lig.' Hij kijkt op. 'Dus, lady...'

Ik verleg de eetstokjes en bestudeer zijn gezicht. Leon heeft nu blijkbaar dezelfde houding ten opzichte van zijn werk als ik had met All Inclusive toen ik hem tegenkwam in Londen. Geen wonder dat hij toen zo goed begreep wat er door me heen ging.

Ik heb sterk het gevoel dat het nu mijn beurt is om hem te steunen. Edith zou met hem zijn meegegaan naar China, maar ik ben Edith niet. Ik ben nog lang niet klaar met Nachtzicht en ik heb nog zoveel ideeën. Nee, als ik eerlijk ben: ik wil helemaal niet weg. 'Hoe pas ik in dit plaatje?' vraag ik. 'Ik ben de komende tijd bezig met ontwerpen en inrichten. Stel dat jij het in je kop krijgt om drie maanden naar Afrika of weet ik waar te vertrekken? Wat dan? Voor mij komt het op hetzelfde neer.'

Hij haalt zijn schouders op. 'Jij moet vooral blijven doen wat je nu doet. Ik kan je helpen, als je dat wilt, je wat werk uit handen nemen of zo. Tussendoor series maken, exposeren... er zijn zoveel mogelijkheden. Ik wil alleen niet meer geleefd worden. Misschien kun je het werk dusdanig plannen dat je zo nu en dan een maand vrijaf kunt nemen om mee te gaan – mocht het zover komen. Maar dat is allemaal invulling. De vraag is of jij het ziet zitten. Ik zal veel thuis zijn, je vaak lastigvallen.' Hij grijnst.

Ik glimlach. 'Ik word graag door je lastiggevallen.'

'Dat treft. Ga je erover nadenken?'

'Laat je dit allemaal van mij afhangen?'

'Nee. Ik ga er sowieso mee kappen. Ik was van plan morgen met Richard te gaan praten. Ik loop er al te lang mee rond. Denemarken was de druppel. Maar het zou fijn zijn te weten dat er in de toekomst een "wij" is.' Hij pakt mijn hand vast en kust hem. Zoekt dan mijn blik. Zijn ogen zijn half aan het zicht onttrokken door zijn haar. 'Het wordt hartstikke leuk, lady,' zegt hij. 'Geloof me.'

Ik heb het voor elkaar gekregen om de hele avond over de toekomst te praten. Voor het eerst sinds Johns dood heb ik er weer een beetje zin in gekregen, durf ik te geloven dat er mooie dingen staan te gebeuren. Leon geeft me het gevoel dat ik de enige vrouw op de wereld ben en stimuleert me het beste uit mezelf te halen. Sinds ik hem ken is mijn zelfbeeld honderdtachtig graden gedraaid en ben ik gelukkig met wie ik ben en wat ik kan. Gemotiveerd door Leon, onder zijn hoede en met zijn steun heb ik mijn baan durven opzeggen. De carrièreswitch voelt zo ontzettend goed, zo vanzelfsprekend eigenlijk, dat het me nu alleen maar vreemd voorkomt dat ik het niet veel eerder heb aangedurfd. Ik ben niet meer bang om te falen of om mijn grenzen te bepalen. Ik heb er alle vertrouwen in dat ik pas aan het begin sta van iets wat nog veel groter en mooier gaat worden.

Die toekomst kan ik niet los zien van Leon. Ik hou van hem en hij intrigeert me. Leon heeft zoveel verschillende kanten dat het lijkt of ik hem nooit helemaal zal kunnen doorgronden. Steeds als ik een laagje heb afgepeld zit er weer een onontdekt gebied onder, en het is allemaal even spannend en inspirerend. Leon heeft de uitstraling van een straatvechter en het hart van een creatieve intellectueel. Daarbij is de seks zeldzaam goed, vernieuwend, adembenemend zelfs. Hij haalt dingen in me naar boven waarvan ik niet eens wist dat ik ze in me had. En ik geniet van elke seconde. Het kost me geen moeite me voor te stellen dat ik alles achter me laat en deze man, die nu naast me ligt te slapen en rustig ademhaalt, over de hele wereld volg van de ene creatieve ingeving naar de andere. Ik begin me er vaag een beeld bij te vormen.

De warme pasteltinten van prettige vooruitzichten waarin ik me op de grens van waken en slapen wentel, worden wreed beklad met zwarte en rode verf.

Ik mag niet gelukkig zijn.

Ineens kan ik de slaap niet meer vatten. Net als gisteren en alle nachten hiervoor tot aan de eerste slapeloze nacht na het bericht van Johns dood, lig ik opnieuw in het duister voor me uit te staren. Klaarwakker.

Hoe kan ik doen alsof er niets aan de hand is, terwijl dat onbestemde gevoel aan me blijft knagen dat er iets niet klopt met Johns zelfmoord?

46

Leon is vanochtend vroeg vertrokken naar een galerie in Antwerpen, een afspraak waar hij niet onderuit kon. Na zijn vertrek ben ik gaan douchen en naar de tapijtleverancier gereden. Er was een probleem met de kleur van de vloerbedekking. Gelukkig bleek het minder erg dan het door de telefoon had geklonken. De tapijtman is duidelijk kritischer dan ik ooit ben geweest of zal worden. Ik zag het verschil pas nadat we de stalen in het daglicht naast elkaar hadden gelegd – en Nachtzicht heeft geen ramen. Ik heb tien procent korting voor Taco kunnen bedingen.

Nu ben ik onderweg naar Marianne. Ze wil me uitleggen wat ik zou kunnen doen om geen onnodige belasting te hoeven betalen en tegelijkertijd het werk voor haar te vergemakkelijken. Ik heb er op zijn zachtst gezegd niet veel zin in. Als ik eerlijk ben, heb ik zelfs spijt dat ik me zonder erbij na te denken met haar heb ingelaten. Ze woont te ver van mijn huis – als er geen files zijn is het ruim een uur rijden, dat kan bij slecht weer of op de verkeerde tijden makkelijk verdubbelen. Maar dat is eigenlijk niet de hoofdoorzaak. Er hangt iets negatiefs in dat smetteloze huis. Ondanks de kat. Ondanks het kind.

Ter hoogte van Utrecht gaat de telefoon. De radio staat zo hard dat ik het in eerste instantie niet hoor. Ik tik het volume lager en neem op.

'Charles Burghardt, recherche Brabant-Noord. Stoor ik?'

Automatisch zoek ik de rechterbaan op en ga achter een vrachtwagen rijden. 'Nee, ik zit in de auto.'

'Alleen?'

'Ja.'

'Ik hoorde van mijn collega dat u had gebeld. Sorry dat ik vandaag pas reageer. Mag ik vragen waarom u contact had opgenomen?'

'Ik ben deze week bij Johns moeder geweest. In Tilburg.' Ik pauzeer even. Iets denken is heel anders dan het ook daadwerkelijk uitspreken. Zeker tegen een rechercheur. Misschien verklaart hij me voor gek. Ik schraap mijn keel. 'Ze is... ervan overtuigd dat John geen zelfmoord heeft gepleegd en voelde zich daarin alleen staan. Ze vroeg me u te vertellen dat ik er ook moeite mee heb om het te geloven.'

'Heeft u dat?'

'Als ik eerlijk ben: ja.'

'En waar baseert u dat op?'

'Zelfmoord is zo... zo ontzettend niet-John. U heeft hem niet gekend, maar ik heb zeven jaar met hem samengewoond. Hij was niet depressief, zelfs niet impulsief. John was juist iemand met humor en veel relativeringsvermogen. Natuurlijk had hij zijn nukken, hij was echt geen heilige, maar zelfmoord... Misschien haal ik me alleen maar iets in mijn hoofd, maar... er zijn passages in de brief die zowel Tilly, zijn moeder, als ik vreemd vinden.'

'U doelt op de zinnen: *Ik doe dit omdat ik van jullie hou* en *Ik heb geen keus*?'

'Ja,' zeg ik, bijna ademloos. Mijn ogen lichten op. Ik haal me geen rare dingen in mijn hoofd. Het is ook de recherche opgevallen. 'Ja, die.'

Burghardt kucht. 'We hebben in principe geen indicaties gevonden die wijzen op iets anders dan zelfdoding. De ramen en deuren waren dicht. Geen sporen van geweld op het lichaam. De wijze van levensbeëindiging ligt in dit specifieke geval voor de hand. En er was een afscheidsbrief met zijn handschrift. Alles bij elkaar genomen is het een duidelijke zaak.'

'Maar...?' vraag ik, omdat ik het idee heb dat dit slechts een introductie was.

'Mevrouw Heijne, ik hoop dat u wilt begrijpen dat ik niet doof en blind ben voor de mening en het gevoel van mensen die het slachtoffer goed hebben gekend. Maar daarbij moet ik wel steeds in mijn achterhoofd houden dat ontkenning een normale reactie is in dergelijke omstandigheden. De situatie was verwarrend voor uw ex-vriend. Overmatig drankgebruik, vermoeidheid door het late uur, een afwijzing die wellicht moeilijk te verteren was... Het is beslist niet ondenkbaar dat het hem alles bij elkaar te veel is geworden en hij impulsief tot die daad is gekomen. Wij zien elke dag voorbeelden van mensen die tegen hun natuur in lijken te handelen. Helaas, kan ik wel zeggen.'

'Maar?' vraag ik weer.

'Wat ik wil zeggen is dat een zelfmoord zoals die van uw ex-vriend niet uniek is, maar wel degelijk zeldzaam. Tijdens ons onderzoek in de familie-, vrienden- en werkkring heeft niemand aangegeven ook maar een enkel signaal te hebben opgevangen dat hij suïcidaal zou kunnen zijn geweest. Zijn huisarts heeft dat bevestigd. En dat gegeven op zich komt niet veel voor. Meestal gaan er signalen aan vooraf. Dus, om kort te gaan, ik ben toch wat verder gaan zoeken.'

'En? Heeft u iets gevonden?'

Even is het stil aan de andere kant van de verbinding. 'Begrijpt u wat de consequenties zijn als wij dit niet langer behandelen als zelfdoding?'

'Hoe bedoelt u?'

'Dan gaan wij dit bekijken als een moordzaak.' De rechercheur pauzeert even. 'Ik zou het prettig vinden als u vandaag of morgen de tijd zou vinden om op het bureau langs te komen, en een paar vragen te beantwoorden over uw huidige partner, Leon Wagner.'

Burghardt had me net zo goed met de vlakke hand in mijn gezicht kunnen slaan of in mijn buik kunnen stompen. Ik schrik zo hevig dat ik onwillekeurig aan het stuur trek. Naast me begint een automobilist te claxonneren.

'Mevrouw Heijne? Bent u daar nog?'

'Ja, ik ben er... Ik schrik hier enorm van.'

'Heeft u daar reden toe?'

'Leon...' zeg ik. 'Ik... ik weet niet wat ik hiervan moet denken.'

'Denk nu nog maar even niets. Laat het rustig bezinken, dan hebben we het er later op het bureau wel over. Wanneer zou u kunnen langskomen?'

'Eind van de middag,' haast ik me te zeggen. 'Ik ben nu onderweg naar de boekhouder. Daarna kan ik meteen naar het bureau komen.'

'Mooi, dan zie ik u straks. Even, mogelijk ten overvloede: ik zou u met klem willen vragen hierover met geen woord te reppen tegen derden, en al zeker niet tegen uw vriend. Het zou vervelende gevolgen kunnen hebben voor ons onderzoek.'

'Natuurlijk, ja,' zeg ik, weifelend. 'Dat begrijp ik.'

'Sterkte en tot vanmiddag.'

'Tot vanmiddag.'

Ik rijd nog steeds achter de vrachtwagen, maar het lukt me niet om rustig te blijven doorrijden. Het is alsof ik in een landschap ben beland zonder ijkpunten: een bloedrode hemel, een zwarte ondergrond; geen bomen, geen gras, geen auto's, maar luchtbellen en vreemde hoekige zwevende objecten die ik nog nooit van mijn leven heb gezien en niet kan benoemen. Schokkerig stuur ik de auto naar de vangrail toe en breng hem tot stilstand op de vluchtstrook. Ik heb nog net de tegenwoordigheid van geest om de alarmlichten aan te zetten.

Uit pure stress begin ik op mijn nagels te bijten. Leon was op het feest eerder weg dan ik. Hoe laat? Ik weet het niet meer. Is hij meteen naar huis gereden? Ik heb geen idee, we hebben het er niet meer over gehad. Wist Leon waar John woonde? Dat is nooit ter sprake gekomen, maar hij heeft op het feest verschillende mensen gesproken, iemand kan het hem hebben verteld. Misschien mijn eigen vader wel.

Ik sluit mijn ogen en zie voor me hoe Leon John vastgreep en van zich af slingerde, de verbetenheid in die beweging, de plotselinge agressieve uitbarsting die me een heel andere kant van Leon liet zien. Een gewelddadige, explosieve kant.

Tegelijkertijd flitsen er beelden voorbij van Leon in Amsterdam. Zijn reactie op mijn bezoek aan John eerder die dag was ingegeven door pure jaloezie. Leon moest al uren voor ik thuiskwam hebben gehoord dat ik bij John was geweest. Toch begon hij niet met me te bekvechten of tegen me te schreeuwen. Geen mokkend stilzwijgen of verwijten. Niets van dat alles. Hij bleef rustig op de bank liggen en keek me niet eens aan. Hij gebood me om me half uit te kleden en de woorden die hij daarna uitsprak liepen in de verste verte niet in de pas met zijn handelingen.

Leon had alles onder controle, inclusief zijn eigen reactie. Elke handeling overdacht. Leon de regisseur.

Jaloezie.

Ik buig mijn hoofd en zie hoe mijn knieën trillen. Ik grijp ze vast in een poging ze stil te krijgen, maar mijn handen trillen al net zo hevig. Mijn hele lichaam huivert.

Leon heeft Debby en Edith ooit naakt aangetroffen in bad. Toen ik hem vroeg wat hij gedaan had met Edith, veranderde hij abrupt van onderwerp.

Een gruwelijk idee heeft voedingsbodem gevonden. Het wortelt met een ongekende snelheid en groeit en groeit, neemt bezit van me en laat me sidderen van afschuw.

'Laat het alsjeblieft niet zo zijn,' fluister ik, maar mijn stem klinkt schor en gebroken.

47

Mijn eerste ingeving na het telefoontje van Burghardt is om meteen rechtsomkeert te maken en naar het politiebureau te rijden. Ik kan toch aan niets anders meer denken; hoe sneller ik dat gesprek achter de rug heb, hoe beter. Toch rijd ik de afslag voorbij, ik weet niet waarom. Misschien is het makkelijker om mijn verstand op nul te zetten, en het dagschema af te werken alsof er niets aan de hand is.

De hele lange weg naar Mariannes huis probeer ik zo helder mogelijk na te denken, maar het zaadje dat Burghardt heeft geplant, gedijt uitstekend en is een duivelse symbiose aangegaan met Johns parasiet.

Tegen de tijd dat ik in de als kantoor verbouwde serre van Marianne plaatsneem en mijn doos met administratie op haar glazen bureau neerzet en voor haar uitpak, ben ik wonderwel iets gekalmeerd. Mijn hart bonkt niet meer als een bezetene en ik krijg het voor elkaar om een relatief rustige, misschien wel normale indruk te maken. Alleen ontgaat me vrijwel alles wat Marianne me vertelt. Het gaat over kilometervergoedingen, maar de clou van haar gedetailleerde uitleg blijft niet hangen.

Lola is voor de gelegenheid in een box gestald, waar ze het duidelijk niet mee eens is. Ze krijst regelmatig, haar hoge stem snerpt door de kale ruimte.

Buiten is een bleek zonnetje door het dunne wolkendek gebroken. Verderop in de polder regent het stevig. Ik zie de loodgrijze, verticale zuil uit de verte langzaam dichterbij komen.

'Heb je begrepen wat ik net allemaal vertelde?' zegt ze, als ze tegenover me plaatsneemt en me nog eens koffie inschenkt.

'Ik denk het wel.'

'Je moet het echt doen, hoor. Veel kilometers die je rijdt, ook die naar mij toe, zijn zakelijk. Je bent een dief van je eigen portemonnee als je die niet opvoert. Ik kan de kilometers niet naderhand zomaar raden of voor je invullen, dus dat moet je echt zelf doen. Als je de lijsten goed bijhoudt dan kan dat op jaarbasis behoorlijk in je voordeel oplopen. Buiten dat: je hebt er gewoon recht op.'

Ik knik en wil net mijn spullen weer bij elkaar pakken als de telefoon gaat.

'Ja,' hoor ik Marianne zeggen, tussen het geschreeuw van Lola door. 'Wacht even, Richard. Wat zeg je?'

Stilte. Ik zie haar gezicht betrekken.

'Meen je dat nou? Hoezo dan?'

Ze buigt haar hoofd en tekent met hakerige streken figuurtjes op een blocnote.

'Belachelijk... Hier sta ik echt van te kijken... Ja, je hebt gelijk. Vind ik ook... Ik zoek het even op. Heb je een minuutje?'

Ik leg mijn handen in mijn schoot en kijk toe hoe Marianne naarstig bladert in een agenda en aantekeningen maakt.

'Rich?' gaat ze verder. 'Luister. Deze maand zijn het er nog maar twee, maar je hebt voor het eerste kwartaal van volgend jaar acht opdrachten gepland staan, inclusief die... Ja... dat begrijp ik... Oké... ik heb... Natuurlijk. Ik doe nog niets.' Ze verbreekt de verbinding. Als ze me aankijkt maakt ze een wat nerveuze indruk.

'Problemen?' vraag ik.

'Dat was Richard, hij zit in Amsterdam bij Leon. Het gaat er heftig aan toe, ben ik bang.'

'Ik dacht dat Leon naar Antwerpen moest?'

Ze werpt fronsend een blik in haar agenda, alsof ze iets over het hoofd heeft gezien. 'Dat was vanochtend.'

'Maar wat is er dan aan de hand?'

'Leon heeft gezegd dat hij met onmiddellijke ingang wil stoppen met de opdrachtfotografie.' Afwezig bladert ze door de agenda. 'Dat kan natuurlijk niet. Dat kan hij niet maken.'

'Heeft hij veel opdrachten de komende tijd?'

'Zeker tien.' Ze draait aan een pluk haar die is losgekomen. Haar poppengezicht is strak vertrokken. Dan kijkt ze op. 'Weet jij hier meer van?'

Ik weet me geen houding te geven. Uiteindelijk zeg ik: 'Hij heeft het inderdaad tegen me gezegd, ja.'

'En je hebt hem niet tegengehouden?'

Ik haal mijn schouders op. 'Waarom zou ik? Het is zijn leven, zijn beslissing.'

Haar blik wordt ineens harder. 'Je begrijpt natuurlijk wel dat dit consequenties heeft.'

Marianne is de tweede vandaag die me op consequenties wijst. Door haar onverwacht felle reactie krijg ik ineens een heel ander beeld van haar. Geen zielig vrouwtje dat door haar egocentrische man in de polder is weggestopt, maar een leeuwin die pal achter haar echtgenoot staat.

'Consequenties waarvoor?' vraag ik.

Ze laat haar hand over mijn mappen en papieren gaan.'Hiervoor, onder meer. Ik doe dit omdat je Leons vriendin bent.' Dan snuift ze en strijkt een paar weerbarstige krullen van haar voorhoofd. Ze springen meteen weer terug. 'Maar vooruit. Het is nog niet zover. Laten we niet op de zaken vooruitlopen.'

Op een of andere manier krijg ik het gevoel dat dit de laatste keer is dat ik Marianne zie. De allerlaatste keer dat ik in dit huis, dit koude, onpersoonlijke huis, word verwelkomd. Als ik nog iets te vragen heb, moet ik het nu doen. Rechtstreeks, zonder verder nog te aarzelen vraag ik: 'Weet jij of Edith een verhouding had?'

Ze kijkt gealarmeerd op en knijpt haar ogen even samen. 'Wát?'

'Ik vroeg me dat af. Leon heeft iets in die strekking losgelaten. Hij ging er niet verder op door.'

Marianne herstelt zich snel. 'Dat ligt eraan wat je onder verhouding verstaat.'

'Wat bedoel je daarmee?'

'Edith was... Nou ja. Er gingen wel geruchten rond.' Ze kijkt me recht aan. 'Dat Edith wat makkelijker was op dat gebied dan de meesten van ons. Ze liep ook regelmatig naakt door het huis, of er nu iemand was of niet.'

'Geruchten zeg je?'

‘Zeker weten doe je dat soort dingen nooit.’

‘Heeft Richard het er nooit met jou over gehad? Ik bedoel... hij en Leon zijn nogal close, dus zou hij moeten weten hoe –’

Abrupt staat Marianne op. Ze schuift de kartonnen doos naar zich toe en begint demonstratief mijn administratie in te pakken. Als ze daarmee klaar is, duwt ze de doos in mijn handen. ‘Het lijkt me beter dat je nu gaat.’

48

Ik denk dat ik mijn verstand aan het verliezen ben. Of misschien is het al zover, ben ik allang knettergek geworden, compleet doorgedraaid. Helder nadenken lukt niet meer. De weg naar het politiebureau in de stad kan ik normaal gesproken dromen, ik ben er immers zo vaak langsgereden. Maar nu rijd ik de doodlopende straat drie keer voorbij voor ik het moderne, grote gebouw als zodanig herken en mijn auto op de parkeerplaats ervoor neerzet.

Ik kom binnen in een hoge en vrijwel lege hal en loop naar een balie, waar twee vrouwelijke geüniformeerde agenten in gesprek zijn. Een van hen kijkt op.

'Ik heb een afspraak met rechercheur Burghardt,' weet ik uit te brengen.

De agente pleegt een telefoontje en gebaart naar een bankje.

Nerveus ga ik zitten. Mijn hart roffelt achter mijn ribben. De seconden verstrijken zo traag dat het lijkt alsof ik in een vacuüm ben beland.

'Margot Heijne?'

Ik kijk op.

Het is de jonge vrouw met de getinte huidskleur die ik meteen herken als de collega van Burghardt. Deze vrouw heeft op mijn bank gezeten, in mijn woonkamer. Ze draagt haar haren nu los en werpt me een allervriendelijkste glimlach toe. 'Wilt u met me meelopen?'

Ik sta op en volg haar naar een gesloten deur. Ze haalt een pasje door een gleuf en gaat me voor, een lange, lichte gang in. Van de betrekkelijke rust in de hal is hier niets meer over. Hier en daar staat een deur open. Ik zie mensen rondlopen met mappen, praten in mobiele telefoons en in gedachten verzonken achter hun computers zitten. Sommigen in uniform, anderen niet. Er hangt een geur van koffie en vaag van een schoonmaakmiddel.

'Hier is het,' zegt ze, en opent een deur voor me. 'Charles?'

Burghardt staat op vanachter zijn bureau en loopt op me af. Zijn witte overhemd is lichtgekreukt en er tekenen zich donkere kringen af rond zijn bruine ogen.

Achter me wordt de deur gesloten. De agente blijft niet bij het gesprek.

'Dag, mevrouw Heijne. Fijn dat u vandaag al kon komen. Kan ik u koffie aanbieden?' Hij drukt me de hand. Een warme, iets te stevige handdruk.

'Nee, dank u. Ik heb vandaag al te veel koffie op.' Mijn stem klinkt hoger dan normaal.

'Thee of water?'

'Ja, thee graag, dank u wel.'

Hij verdwijnt de gang in en komt even later terug met twee plastic bekertjes die hij tussen zijn duim en vingertoppen laat bungelen. Hij zet er een voor me neer. 'Suiker?'

'Ja, graag.'

Burghardt rommelt in zijn la en legt twee verfrommelde zakjes suiker en een plastic lepeltje op het bureaublad neer. 'Alstublieft.'

Dan pas kijkt hij me aan, maakt hij werkelijk contact. Hij vouwt zijn handen voor zich op het bureaublad. 'Zo... daar zitten we dan. Hoe gaat het?'

'Niet best,' zeg ik naar waarheid. Mijn stem vibreert licht. Ik kijk naar mijn schoenen. Die zijn nodig toe aan een poetsbeurt. 'Ik weet gewoon niet meer wat ik moet denken.'

'Dat is begrijpelijk. Ik ga dit gesprek opnemen omdat ik het dan nog eens kan beluisteren. Gaat u daarmee akkoord?'

Ik knik en zie hoe Burghardt een recorder activeert.

'Waar het om gaat is het volgende,' begint hij. 'Als, en ik zeg met klem *áls*, uw ex-vriend geen zelfmoord heeft gepleegd, dan is de logische conclusie dat hij is vermoord.' Hij kijkt me indringend aan. 'Een moord die op een wel zeer listige manier is gepleegd. Het houdt in dat de moordenaar niet heeft gehandeld in een vlaag van woede, maar elke stap goed heeft overdacht. Het zou iemand moeten zijn die precies wist waar hij of zij mee bezig was. En het moet iemand zijn die hem kende.'

Ik schrik ervan. 'Waarom denkt u dat?'

'De afwezigheid van braaksporen, onder andere. Uw ex-vriend zou – als er überhaupt al sprake is van moord, ik hoop dat u dat in uw achterhoofd wilt houden – zijn moordenaar vroeg in de ochtend hebben binnengelaten. Zoals ik u vanmiddag door de telefoon al vertelde, zijn er geen sporen van geweld op zijn lichaam aangetroffen. Daaruit kunnen we concluderen dat er geen worsteling heeft plaatsgevonden. Maar de voornaamste reden is het motief. Een moord als deze wordt niet zomaar gepleegd. Er moet een reden voor zijn. Het is ons duidelijk geworden dat John van Oss geen schulden had, hij verkeerde voor zover wij hebben kunnen nagaan niet in dubieuze kringen. Geen verslavingen, een blanco strafblad. Zo komen we vanzelf terecht in de persoonlijke relatiesfeer, het enige vlak waarop uw ex-vriend mogelijk vijanden heeft kunnen maken. En ik ben geneigd te denken: gemaakt heeft.' Hij pauzeert om een slok van zijn koffie te nemen. 'Uw ex-vriend heeft een verhouding gehad met mevrouw Mieke Dingemans, die ten tijde van die relatie nog getrouwd was met Tom van Dijk. Met hen beiden hebben we uiteraard een gesprek gehad. Ze zijn weer bij elkaar, zoals u misschien weet.'

'Nee, dat wist ik niet. Ik heb ze al heel lang niet meer gesproken.'

'In elk geval waren ze in die betreffende nacht niet eens in Nederland, maar op rondreis in Egypte. Ze zijn pas vorige week thuisgekomen.'

'Daarom waren ze niet op de begrafenis,' denk ik hardop.

Burghardt negeert mijn opmerking. 'Dat in ogenschouw genomen, blijven er zover wij het nu kunnen bezien maar twee mensen over die én een motief zouden kunnen hebben, én in de gelegenheid zijn geweest. Enkele van uw familieleden hebben verklaard dat uw ex-vriend op de avond die voorafging aan zijn dood een flinke aanvaring heeft gehad met uw huidige vriend. Daarover zou ik graag meer willen weten. Ik zou graag uw kant van dit verhaal willen horen.'

Ik krab aan mijn wenkbrauw en kijk opnieuw naar mijn schoenen. Mijn hart gaat tekeer en er vormt zich een brok in mijn keel die dikker lijkt te worden. Ik kuch. En nog eens.

'U bent samen vanuit de woning van uw huidige vriend naar het feest gereden?'

Ik knik. 'Ja, met zijn auto. Leon wilde die avond niet weg. Hij was net teruggekomen uit Denemarken en hij was moe. Hij kende niemand op dat feest. Hij had er gewoon geen zin in.'

'Wat deed uw vriend in Denemarken?'

'Hij was daar voor een opdracht.'

Burghardt knikt. 'Oké. Ga door.'

'Uiteindelijk ging hij toch mee. Er waren heel veel familieleden die ik al lange tijd niet meer had gezien. Ik had misschien te veel gedronken en ben gaan dansen. Eigenlijk heb ik Leon de hele avond maar een beetje laten zwemmen.'

Ik kijk weer op. De rechercheur kijkt me onbewogen aan. 'Toen ik hem weer tegenkwam, was hij boos en wilde hij naar huis.'

'Op zich geen abnormale reactie,' zegt de rechercheur. 'En toen?'

Ik haal mijn schouders op. 'Ik wilde niet weg. Het was ook de manier waarop hij het zei. Hij vroeg het niet, het was eerder een commando. Leon kan soms dwingend zijn.'

Burghardt is gaan verzitten en kijkt me met toegenomen belangstelling aan.

'Ik bedoel dit niet slecht,' haast ik me te zeggen. 'Hij is ook heel lief, echt, ik –'

'Maakt u zich niet druk over wat ik misschien zou denken. Ik probeer me alleen maar een beter beeld te vormen van de avond, van uw vriend en uw relatie. Gaat u rustig door. We hebben alle tijd. Hoe vroeg… commandeerde Leon Wagner u precies met hem mee naar huis te gaan?'

Ik slik en hoest weer. Mijn keel is gortdroog. 'Hij pakte mijn arm vast en zei dat ik naar Helvoirt kon lopen als ik niet met hem meeging. Ik woonde toen nog bij hem in.'

'Nu niet meer?'

Ik schud mijn hoofd.

'Wat is daarvan de reden?'

'Het leek me het beste dat ik gewoon thuis bleef, voorlopig. Eerst eens alles voor mezelf op een rij zetten.'

'Heeft u Leon Wagner na die avond nog gezien?'

'Ja. Hij wil dat we weer bij elkaar komen.'

'Wilt u dat ook?'

Ik bijt op mijn onderlip. 'Ja,' fluister ik. Waarom begin ik nu te huilen?

'Oké, we gaan terug naar het feest. Uw vriend wilde dat u mee naar huis ging, u wilde blijven.'

Ik wrijf met mijn wijsvingers onder mijn ogen om de tranen weg te vegen. 'We stonden eigenlijk ruzie te maken toen John naar ons toe kwam en zijn armen om mij en Leon legde. Hij zei dat hij had gehoord dat we naar huis wilden en dat we niet zo ongezellig moesten doen. Ik kan het me niet meer precies herinneren, maar zoiets was het. John had denk ik niet in de gaten hoe gespannen de sfeer was.'

'Of misschien wel,' merkt Burghardt op. 'Had uw huidige vriend toen al contact gehad met John van Oss? Kenden zij elkaar?'

Ik schud mijn hoofd. 'Nee.'

'U zegt dat u de hele avond hebt gedanst en heeft bijgepraat met uw familie. Zou het mogelijk kunnen zijn dat Leon Wagner en uw ex-vriend elkaar eerder op de avond hebben gesproken, en dat er een woordenwisseling is geweest?'

Verward haal ik mijn schouders op. 'Dat zou kunnen... maar ik weet het niet.'

'Hoe was de reactie van Leon Wagner op die omhelzing?'

Ik sluit mijn ogen. Tranen glijden langs mijn wangen. 'Hij greep John vast en smeet hem tegen het buffet aan.'

'En daarna?'

'Hij zei dat ik mee naar huis moest gaan. Hij keek niet eens naar John. Het was een puinhoop. Ik wilde niet mee. Dus ging hij weg. Alleen.'

'Weet u nog hoe laat het toen ongeveer was?'

'Ik geloof rond elf uur. Maar ik weet het niet zeker.'

'U heeft verklaard dat u, toen het feest was afgelopen, met John van Oss naar zijn huis bent gegaan en gemeenschap met hem heeft gehad. Daarna bent u min of meer meteen vertrokken. Kunt u daar nog iets aan toevoegen?'

Ik kijk op. 'Wat zou ik eraan kunnen toevoegen?'

'Heeft u gepraat samen, en waarover? Heeft uw ex-vriend bij uw vertrek gedreigd om zichzelf iets aan te doen? Iets van die strekking?'

'Nee. Echt niet. Dat hebben meer mensen me gevraagd. Hij was alleen maar... onthutst. Hij zei dat ik niet zomaar weg kon gaan en dat ik niet midden in de nacht bij mijn ouders kon aankloppen.'

'Maar u ging toch?'

'Ja.'

'En uw ex-vriend kwam niet achter u aan? Hij probeerde u niet tegen te houden?'

Ik schud mijn hoofd. 'Hij bleef in de deuropening staan. Hij was ook niet aangekleed.'

'Wat droeg hij precies?'

'Zijn ochtendjas.'

Burghardt knikt en maakt een aantekening. Dan kijkt hij weer op. 'Wat heeft u precies tegen uw ex-vriend gezegd bij uw vertrek?'

'Dat ik niet meer van hem hield. Dat ik spijt had. Zoiets. En dat hij geen contact meer mocht opnemen.'

'Had u beiden veel gedronken?'

'Ja.'

'Wanneer werd het contact hersteld met uw huidige vriend?'

'Na de begrafenis... Precies een week na Johns begrafenis. Vorige week vrijdag.'

'Nam hij zelf contact met u op?'

'Nee, ik was bij een vriend van hem, die heeft een...' Ik kijk de rechercheur aan. Als ik nu zeg dat een vriend van Leon een nachtclub heeft, maakt het hem dan meer verdacht? '...een soort nachtclub, waarvan ik de inrichting aan het moderniseren ben. Ik was daar aan het werk toen Leon langskwam. Het was meer toeval, eigenlijk. Hij was zelf ook verbaasd om mij daar te zien.'

'Toeval...' zegt Burghardt, en kijkt me dan doordringend aan. 'Kon Leon Wagner weten dat u daar was?'

Uit Burghardts opmerking begrijp ik dat Leons bezoek aan Taco misschien wel helemaal niet zo toevallig was. Daar zit wel wat in. Leon en Taco zijn al jaren bevriend en mijn afspraak stond al een tijdje. 'Het zou kunnen,' zeg ik zacht.

'En daarna?'

'Hoezo?'

'Wat deed u nadat u Leon Wagner bij die vriend was tegengekomen?'

'Ik ben met hem meegegaan naar zijn bungalow.'

'In Amsterdam?'

'Nee, hij heeft twee huizen. De bungalow is in Helvoirt.'

'U bent daar gebleven?'

'Die nacht wel.'

'Waar heeft u het over gehad?'

'John. Alleen maar over John.'

'Hoe reageerde uw vriend daarop?'

'Met heel veel begrip. Hij zei dat ik het moest laten rusten. Dat de gedachte dat John vermoord zou zijn me gek zou maken. Dat is hem ook gebeurd. Zijn vriendin heeft een jaar geleden zelfmoord gepleegd. Hij heeft hetzelfde meegemaakt.'

Burghardt begint in een map te bladeren. Dan kijkt hij op. 'Edith Benschop.'

Ik knik.

Terwijl hij door de map blijft bladeren zegt hij zonder op te kijken: 'Mevrouw Benschop had een overdosis slaappillen en tranquillizers ingenomen waardoor ze buiten bewustzijn raakte en uiteindelijk verdronk in bad.'

'Zijn bad,' zeg ik zacht. 'Hij heeft haar daar gevonden. Ze was al twee dagen dood.'

Burghardt blijft maar bladeren en lezen. Kijkt me dan aan. 'Zou u uw vriend, Leon Wagner, omschrijven als een jaloers type?'

Er gaat een schok door me heen. Ik krijg geen woord uitgesproken en zit als bevroren naar de rechercheur te kijken.

'Geeft u gewoon maar antwoord. We zijn hier niet in de rechtbank.'

'Ja,' zeg ik, uiteindelijk. 'Maar hij –'

Burghardt onderbreekt me en blijft me bestoken met vragen.

Hij wil weten hoe Leon zijn jaloezie uit. Of hij me ooit pijn heeft gedaan of heeft mishandeld – nee, natuurlijk niet.

Ik probeer zo goed en zo kwaad als het gaat antwoord te geven en bij elk woord dat ik uitspreek, heb ik het idee dat ik Leon nog meer verdacht maak dan hij in Burghardts ogen waarschijnlijk al is. Ik besef ten volle dat ik hier tegenover een volslagen vreemde de meest intieme details uit mijn liefdesleven zit te bespreken. Zaken die binnenskamers zouden moeten blijven. Zaken die zich tussen Leon en mij hebben afgespeeld en die niemand wat aangaan.

Vervolgens zet Burghardt vraagtekens bij Ediths zelfmoord. Ik geef antwoord op zijn scherpe vragen, vertel hem alles wat ik mondjesmaat over haar te weten ben gekomen, dingen die Leon me pas na lang aandringen en in vertrouwen heeft verteld. Burghardt blijft doorgaan op de relatie tussen Leon en Edith.

Ik vertel hem over mijn vermoeden dat Edith een verhouding heeft gehad met Debby. Ik vertel hem dat Leon hen samen in bad heeft aangetroffen en wat zijn reactie daarop was. Ik vertel hoe Marianne reageerde op mijn vragen toen ik haar vanochtend bezocht. De woorden blijven maar komen en ze worden genadeloos geregistreerd door de recorder die tussen ons in op het bureau staat.

Het voelt als verraad.

Ik verraad Leon.

Ik moet tegenwicht geven. 'Leon is erg goed voor me,' zeg ik, en ik merk hoe zwak die woorden nu klinken. 'Liever dan John ooit is geweest. Ik...' Ik kijk op en zoek de blik van Burghardt, die met zijn vingertoppen tegen elkaar aan naar me zit te kijken met een ondoorgrondelijke blik. 'Ik hou van die man. Ik wil niet dat hij er iets mee te maken heeft.'

'Er wordt hier niemand beschuldigd. Heeft u een momentje?'

Burghardt staat op van zijn bureau en zet de band uit. Daarna verdwijnt hij de gang op en sluit de deur achter zich.

Ik pak mijn beker thee en drink hem in een paar teugen leeg. Het vocht is lauw geworden.

Pas na een minuut of tien komt de rechercheur terug. 'Mevrouw Heijne,' zegt hij, en drukt me de hand. 'Ik wil u bedanken voor uw openhartigheid. U kunt naar huis gaan, of wat u verder ook van plan was te doen vandaag. Het zou wel prettig zijn als u in de buurt bleef. Mijn kaartje had u al?'

Ik knik.

'Mocht u nog iets te binnen schieten, dan kunt u me altijd bellen. Zou u uw vriend vandaag nog spreken of zien?'

'Hij komt vanavond naar mij toe. We zouden wat gaan eten.'

Burghardt brengt een vuist voor zijn mond en kucht. 'Ik heb net gebeld met een collega in Amsterdam. Als we uw vriend snel kunnen vinden, en hij wil meewerken, dan zal hij door mijn Amsterdamse collega's worden overgebracht naar dit bureau voor verhoor.'

Mijn ogen worden groter. 'Wordt hij gearresteerd?'

'Nee. We hebben alleen wat vragen voor hem. Maakt u zich vooral niet druk. Het is alleen wel van belang, maar dat zult u begrijpen, dat u uw vriend niet opbelt of hem anderszins op de hoogte stelt.' Hij manoeuvreert me in de richting van de deur en houdt die voor me open. Wat hem betreft is dit gesprek beëindigd.

Ineens schiet het door me heen dat hij me iets niet heeft verteld. Iets wat erg belangrijk is. In de gang draai ik om. 'U zei zojuist dat er twee mensen overbleven,' zeg ik. 'Twee mensen die een motief zouden kunnen hebben en in de gelegenheid zijn geweest.'

Hij knikt en krabt over zijn onderarm.

'Wie is dan die andere?' vraag ik.

'Dat bent u, mevrouw Heijne.'

Ik ben niet rechtstreeks naar huis gegaan. Mijn auto heb ik achtergelaten op mijn vergunninghouderplek langs het kanaal en ik ben de stad in gelopen. Ik kan me niet herinneren hoe lang ik er heb rondgedwaald, doelloos, in die drukke binnenstad waar de eerste kerstversieringen al waren aangebracht en kerstliedjes uit de winkels klonken. Een vrolijkheid die niet in de pas liep met de inwendige storm die me voortdreef. Ik bleef maar lopen. De bleke winterzon zakte weg achter de hoge gebouwen en maakte geleidelijk plaats voor een sikkelmaantje dat zich maar zo nu en dan vanachter een dik wolkendek liet zien. Ik liep langs de winkels, door nauwe stegen en over pleinen, kwam uit bij een ophaalbrug aan de rand van de binnenstad, liep daar overheen, zodat ik in een oude woonwijk terechtkwam met kleine, op elkaar gepropte huisjes. Door de ramen zag ik mensen met een bord op schoot voor de tv zitten en languit op de bank liggen. Er was geen levende ziel op straat. De kou sneed door me heen. Ik draaide om en begon in de richting van mijn huis te lopen.

Het enige waar ik nog aan kon denken was aan Leon, die nu zou worden ondervraagd door Burghardt in dat onpersoonlijke politiebureau. Leon, die onder het felle tl-licht en met een plastic bekertje koffie of thee voor zijn neus opnieuw zijn verhaal moest doen over Edith, en wiens pas geheelde wonden gemeen werden opengekrabd door Burghardts scherpe, doelgerichte vragen. Zou dat terecht zijn? Zou ik zo verblind zijn door liefde dat ik alle tekenen die erop duiden dat Leon zowel zijn vriendin als John heeft vermoord, gewoonweg niet heb kunnen of willen zien?

Het is donker als ik de toegangsdeur van het appartementencomplex open. Ik probeer vruchteloos de lichtknop. Er moet een probleem met de elektriciteit zijn, het is niet de eerste keer dat het licht het niet doet. De hal is aardedonker. Op de tast vind ik de gladde trapleuning en loop voetje voor voetje naar boven. Vaag hoor ik geluiden uit de andere appartementen komen. Ergens staat een televisie aan en iemand is aan het oefenen op een piano, steeds hetzelfde deuntje. Boven aangekomen zoek ik mijn huissleutel. Mijn vingers trillen nog steeds als ik de sleutel in het slot steek en naar binnen loop.

Het volgende moment komt er iets voor me in beweging. Niet meer dan geritsel, een luchtverplaatsing, veroorzaakt door een manshoge, inktzwarte schaduw.

XII

Toen ik hier in de namiddag naartoe reed, herkende ik de woede die ik voelde maar al te goed. Daardoor reed ik op rustige stukken wat harder dan was toegestaan. Ik dwong mezelf me op mijn taak te concentreren. Dat lukte. Ik kreeg het voor elkaar om de auto beheerst door het drukke verkeer te sturen.

Eenmaal in haar appartement begon ik me af te vragen of het wel verstandig was om me zo te laten gaan. Ik ben niet overmatig goed voorbereid en dat zou betekenen dat ik zou moeten improviseren. Maar, bracht ik mezelf in herinnering, dat had ik ook gedaan met die vreselijke John, een improvisatie die me uitstekend is bevallen, zij het dan in strikt technische zin. Gevoelsmatig valt die moord namelijk in het niet bij die van Edith. Het gaf me bij lange na niet dezelfde mate van bevrediging. En dat is uiteindelijk toch wat me hiernaartoe heeft gedreven. Meer nog dan de woede, rancune, het dienen van algemeen nut... *Honger.*

Terwijl ik wachtte op haar thuiskomst bedacht ik dat ik geen beter moment had kunnen kiezen. Margot is kwetsbaar, ze staat bloot aan hevige emoties die haar tot een onomkeerbare, destructieve daad kunnen doen besluiten. Morgen kan alles anders zijn. Als ik wacht, dan kan het maanden gaan duren voor er zich weer zo'n kans voordoet. En ik mag mijn ogen niet sluiten voor de mogelijkheid dat er helemaal geen tweede kans komt.

Dat zou zonde zijn.

Vanaf het eerste moment dat ik Margot zag en haar bijzonder gekleurde ogen me aankeken, is ze niet uit mijn gedachten geweest. Dat licht zorgelijke lachje rond haar mond, dat lichaam van haar... Ze lijkt zoveel op Edith. Ik weet zeker dat het met haar net zo mooi zal zijn, nee: beter. De moorden op Edith en John waren bloedeloos. Nu gaat er bloed vloeien. Heel veel bloed.

Wat een heerlijk vooruitzicht.

Uren liep ik rond in haar appartement en doodde de tijd met het doorzoeken van haar leefruimten en persoonlijke spullen. Toch kon ik mezelf niet toestaan om me te veel te laten meeslepen door de opwinding die door mijn hele lichaam gierde. Het was een prematuur stadium, en ik had te maken met onzekerheden. Ze zou bijvoorbeeld samen met een kennis of familielid thuis kunnen komen. Vreemd genoeg bracht die mogelijkheid alleen maar prettige tintelingen teweeg. Ik had mijn vluchtwegen gepland. Ik vertrouwde op mijn kunnen. Er waren legio manieren om mezelf buiten beeld te houden en vervolgens een goed moment af te wachten om weg te sluipen – of juist toe te slaan.

Maar ze kwam thuis. En ze was alleen.

Ik hoorde haar voetstappen op de trap. Eén persoon. Ik hoorde haar de sleutel in het slot steken. Ik sloop naar de deur en wachtte af.

Precies zoals ik dacht is ze door de schok zo gedesoriënteerd dat ze in eerste instantie niet reageert. Verlamd van angst, een kortsluiting in het bewegingsapparaat. Wat een prachtige gift van Moeder Natuur, en meteen ook zo bruikbaar. Ik rol het plastic vliegensvlug verder af, om haar nek, schouders en armen, en duw haar naar de grond. Ze komt op haar rug terecht en trapt in het luchtledige, als een tijgerin in doodsnood. Ze heeft geen idee waartegen ze vecht, of misschien is het alleen maar een stuiptrekking. Ze kan niet ademen. Dat moet een uiterst onprettige ervaring voor haar zijn. Ze rukt met haar hoofd en probeert te schreeuwen, maar er komt geen geluid.

Ik laat haar enkele seconden begaan en kijk toe hoe ze haar armen los probeert te trekken. Haar vingertoppen klauwen over het plastic. Ze kan er niet goed bij en ze bijt nagels. Ze aait er alleen maar een beetje overheen.

'Blijf stil liggen anders moet ik je pijn gaan doen,' zeg ik. Dat is flauw van me. Ik ga haar sowieso pijn doen, maar dat weet zij niet. Ik wil een worsteling voorkomen.

Ze luistert niet. Ze blijft maar trappen en raakt nu de salontafel, die iets van zijn plaats verschuift. Haar mond vormt een schreeuw, die gedempt klinkt achter het plastic dat ze deels naar binnen zuigt in een poging lucht binnen te krijgen.

Goed. Even heb ik toegegeven aan het verlangen om haar te zien spartelen. Het is dan ook een prachtig gezicht. Nu moet ik handelen, om te voorkomen dat er iets omvalt, of ze op het idee komt om op de vloer te gaan stampen en daarmee de onderburen alarmeert.

Ik spring op haar en ga schrijlings op haar bovenbenen zitten. 'Nu ga je nergens meer heen,' hijg ik. Shit, wat is ze sterk. Veel sterker dan ik verwachtte. Ze zou nu toch zonder zuurstof moeten zitten, maar ze blijft woelen en haar lichaam draaien. Ik kan alleen maar respect opbrengen voor zoveel weerstand. Het maakt het nog veel mooier.

Ik duw mijn hand op haar voorhoofd om haar tegen de vloer gedrukt te houden. In mijn andere heb ik het mes vast. Een prachtig Italiaans scheermes dat ik zo'n jaar geleden voor het eerst zag. Of beter gezegd: ik zag voor het eerst de mógelijkheden ervan. Ik houd het vlak voor haar gezicht. 'Wil je ademen?'

Ineens verstart ze. Ik denk dat ze me begrijpt. Of misschien nekt het zuurstofgebrek haar nu wel.

'Dit gaat beter als je stil blijft liggen.' Uiterst voorzichtig prik ik de punt in het plastic onder haar neus. Een sneetje, heel klein, je kunt het amper zien. Meer geef ik haar niet. Haar eerste prioriteit moet zijn om adem te kunnen halen. Dan heeft ze geen tijd over voor gekkigheden.

Het werkt. Ze blijft stil liggen en concentreert zich op haar taak. Ze ademt in. Ze ademt uit. Het plastic maakt een fluitend geluid bij haar neus.

'Ik hoop dat je wil begrijpen dat je mee moet werken, omdat ik anders genoodzaakt ben je luchttoevoer dicht te plakken. Knik als je dat begrijpt.'

Ze knikt. Ze begrijpt het. Ze beweegt zich niet terwijl ik van haar af stap, de rol plastic onder de bank terugvind en die om haar benen heen afrol. Ze laat het allemaal gedwee toe. Inbakeren heet dit. Zoals wordt gedaan bij heel jonge baby's. Het geeft blijkbaar een prettig gevoel om zo strak ingepakt te zitten, als in een warme, beschermende baarmoeder.

Ik denk niet dat Margot het zo ervaart.

Haar handen, de enige lichaamsdelen die niet zijn ingepakt, steken ter hoogte van haar kruis uit het plastic. Ze grijpen niet meer om zich heen. Ze liggen daar maar, met die afgekloven nagels. Gelatenheid. Dat heb ik vaker gezien en het blijft een geweldig gezicht.

Ik ga weer schrijlings op haar zitten en zet mijn handen links en rechts van haar gezicht. Het puntje van haar neus tekent zich af als een wit dopje tegen het strakke plastic. Bij haar mond is het materiaal gecondenseerd. Haar ogen staan wazig. Ze ziet me niet scherp. Maar ze ziet me. Nu voor het eerst, vermoed ik. En ze verstart. Haar gezichtsexpressie wordt sterk vertekend door het plastic, maar ik herken de verbazing. Haar ogen worden groter, al worden haar oogleden voor een deel dichtgedrukt door het plastic en aan het zicht onttrokken door meeverpakte strengen haar. Nee, bij nader inzien: mooi is anders.

'Ik zou je kunnen zeggen dat het me spijt, maar dan zou ik liegen,' zeg ik. 'Om je de waarheid te zeggen: ik begin het nu pas leuk te vinden.'

Ze draait haar hoofd van links naar rechts en probeert weer te schreeuwen, maar het maakt amper geluid. Een paar laagjes plastic zijn zeer effectief.

'Het maakt het voor iedereen gemakkelijker als je meewerkt.'

Ik pak haar bij de voeten en trek haar over de houten vloer naar de badkamer toe. Het is nog geen zes meter, maar ik hijg ervan. Ze is werkelijk loodzwaar. In de badkamer draai ik haar op haar buik.

Daarna duw ik de stop in het bad en zet de hete kraan aan. Dat is noodzakelijk. Zonder warm water gaat het uren duren, misschien wel helemaal niet lukken.

Margot heeft een ouderwets klein zitbadje met een beige tint. Het ziet er een beetje smoezelig uit, al vermoed ik dat het van ouderdom is, niet omdat Margot het huishouden verwaarloost.

Ze ademt nog steeds met moeite. Het gebrek aan zuurstof maakt haar rustig. Erg rustig.

Ik grijp haar hoofd beet en leg het naar opzij. Er zit geen spierspanning in haar hals. Ze ademt wel. Ik voel de zwakke luchtstroom ter hoogte van haar neus. Ze is buiten bewustzijn.

Met grote krachtsinspanning krijg ik het voor elkaar om haar in het bad te werken. Ze zit er vreemd bij, die dikke, in plastic ingepakte vrouw die amper in haar eigen bad past. Haar billen zitten vrijwel klem in het diepste gedeelte, de bundel waar haar benen in verpakt zijn, steunt op het zitgedeelte. Zo kan ze niet verdrinken.

'Mocht je me kunnen horen, dan vind je het misschien leuk te weten dat dit scheermes van je lieve vriend is. Leons vingerafdrukken zitten erop. Die van jou gaan we er zo nog op zetten. Het moet natuurlijk wel zo echt mogelijk lijken. Uiteraard draag ik handschoenen. Maar dat zul je wel begrijpen.'

Ze reageert niet.

'Ik maak één arm los,' zeg ik, en ik snijd het plastic door en wurm haar arm uit de doorzichtige cocon die haar omsluit. Haar hand rust nu in het water, dat snel terrein wint. Nog een minuut of vijf en de kraan kan uit. Misschien al eerder. Het is een klein badje en haar lichaam vult het vrijwel volledig.

'Oké, daar gaan we dan.' Ik merk hoe de spanning bezit heeft genomen van mijn stem. Ik kan me niet herinneren hoe vaak ik dit in gedachten heb gedaan, me elk detail voor de geest heb gehaald tot ik een extatische toestand bereikte.

Ik zet de punt van het mes in haar pols. Haar huid is taai en geeft niet makkelijk mee. Het kan ook aan het mes zelf liggen. Het ziet er vlijmscherp uit, maar het is wat bot geworden. Leon heeft het waarschijnlijk al een hele poos niet meer gebruikt. Ik heb ernaar moeten zoeken vanmiddag in zijn badkamer. Als hij het had weggegooid, dan zou dat een slecht voorteken zijn geweest. Misschien had ik dan alles wel afgeblazen. Dit mes was deel van het plan. Deel van mijn fantasie. Ik loop er al mee rond sinds de moord op Edith: bad, scheermes. Ik vond het uiteindelijk in een toilettas onder in een kastje.

Ik duw het mes in haar hand en pers haar duim op het lemmet. Doe hetzelfde met haar vingers. Maak vegen. Duw het in haar andere hand.

'Mooi is dat, hè?' zeg ik, zacht. 'Jouw vingerafdrukken en die van Leon. Zo romantisch.'

Margot is volledig buiten bewustzijn. Ze komt zelfs niet bij van de eerste snee die ik maak. Het bloed gutst meteen naar buiten en veroorzaakt roze wolken in het water. Het lijkt veel, maar dat is gezichtsbedrog. Ik maak er nog een sneetje bij. Dieper nu, enigszins slordig. Klungelig zelfs. Dat doe ik met opzet. Natuurlijk weet ik hoe je polsen moet doorsnijden op een manier dat het snel afgelopen zal zijn. Maar ik wil niet dat haar zelfmoord in twijfel wordt getrokken. Ik moet me verplaatsen in haar positie. Ze is verward, ze wil haar leven beëindigen maar eigenlijk ook weer niet. Dus is het een schreeuw om aandacht en maakt ze er een rommeltje van. Ze prikt een beetje in haar vlees, schrikt van de pijn, van het bloed. Herstelt zich, snijdt opnieuw. Maakt een sneetje. Nog een. Nu dieper. Kartelig, bibberig.

Het zijn de details die het verschil maken.

Haar rechterpols is nu aan de beurt. Dezelfde methode, maar dan vele malen slordiger – de hand waarmee ze snijdt is al gewond en pijnlijk en bovendien is ze rechtshandig.

Nu vloeit het bloed vrijelijk uit haar lichaam, het wolkt door het water.

Ik buig me over haar heen en leg mijn hand rond een van haar borsten. Geplet onder het plastic, maar groot, vol, vrouwelijk. Ik aai de andere en voel een tinteling in me opkomen. Zou ik...?

Nee.

Later. Als ik thuis ben. Geen sporen achterlaten, geen improvisaties. Mijn geheugen is vele malen scherper dan het mes waarmee ik snijd. Ik kan het gevoel en de beelden keer op keer terughalen en ermee doen wat ik wil, op een veilige plaats en tijd.

Niet hier. Niet nu.

Nu kan ik alleen nog maar wachten. Wachten en kijken.

Dat plastic moet weg, het beperkt mijn zicht en verpest het plaatje. Ik snijd het los bij haar keel en trek het over haar hoofd. Zo is het beter. Haar gezicht is nu vrij. Net of ze slaapt. Net als bij Edith.

Ik draai de kraan uit en ga op de badrand zitten kijken naar het mooiste schouwspel dat ik ooit heb gezien. Dit is kunst. Ware kunst.

Toch voel ik de woede weer opborrelen. 'Je hebt Leon van me weggehaald,' fluister ik naar dat bloederige stilleven. 'Weet je dat zijn opdrachten tachtig procent van mijn inkomen uitmaken? Begrijp je dat ik zoiets niet kan laten gebeuren? Eerst loop je hem gek te maken met die ex van je, waardoor er geen land met hem te bezeilen valt. Dat probleem heb ik efficiënt opgelost, en nu vind je het nodig hem van me weg te rukken, net als je voorgangster. Maar dat is nu allemaal voorbij, Margot. Alles zal weer bij het oude worden. Leon is geen eenling. Hij zoekt mensen op. Geen massa's, zoals ik, maar slechts één. Daar richt hij zich op. Op die ene, speciale persoon met wie hij een sterke band voelt, voor diegene doet hij alles. Ik wil die ene zijn. Ik ken hem door en door, meisje. Als hij wordt teruggeworpen op zichzelf, komt hij automatisch naar mij toe. Als een mot naar het licht. Dan gaat hij precies doen wat ik hem opdraag. Hij zei vanmiddag dat jij niets met zijn beslissing te maken had, maar jij en ik weten wel beter, hè? Ik ken hem beter dan hij zichzelf kent. Al die zogenaamde wijsheden van hem... Het mag weleens gezegd worden: ze komen van mij. Hij heeft ze uit mijn mond opgetekend. Ik heb hem alles geleerd. Hij is mijn project, het beste tot nu toe. Ik heb hem gemáákt. Je had Leon moeten zien vanmiddag, toen ze hem ophaalden. Hij wist zich geen raad. Verdacht van moord...' Ik grinnik. 'Waarschijnlijk staat hij vanavond nog op vrije voeten, anders morgen wel. De arme kerel, hij heeft niets verkeerd gedaan. Maar jij, lieve Margot, kunt dat natuurlijk niet weten. Het is je allemaal te veel geworden. Voor jou eindigde het hier en nu. Je wilt niet verder in de wetenschap dat je lieve vriend een moordenaar is... Daarom ben ik hier. Noem het maar het lot. Dat klinkt wel mooi.'

Ze beweegt niet. Ze ligt daar maar stilletjes leeg te bloeden. Langzaam, heel gestaag. Het bad kleurt rood. Niet meer roze. Het is nu echt rood. Een prachtig, glorieus bloedbad.

Ik kan wel uren naar haar blijven kijken, maar helaas, ik moet nu weg. Mogelijk heeft ze met iemand afgesproken, staat haar broer of een vriendin zo meteen op de stoep. Ik kan niet nog langer blijven, het risico op ontdekking wordt te groot. Ze zal binnen nu en een halfuur sowieso dood zijn. En mocht ze nog bijkomen, dan is ze zo ernstig verzwakt dat ze het niet meer redt tot aan de woonkamer. Ze kan in elk geval niemand meer alarmeren.

Met tegenzin sta ik op en begin de rest van het plastic los te snijden. Ik prop alles in een plastic zak en doe er mijn handschoenen bij. Zeer nauwgezet let ik erop dat er geen rode druppels buiten het bad terechtkomen. Ik trek een nieuw paar handschoenen aan, neem een tweede plastic zak uit mijn overall en herhaal de procedure. Er mag geen bloed aan mijn handschoenen kleven, noch aan de buitenzijde van de zak. Ik trek mijn plastic overschoenen en mijn overkleding uit. Ook die verdwijnen in de zak.

Het mes laat ik in het water zakken.

Nog een keer kijk ik rond. Geen spettertje. Geweldig. Ik grijns naar mezelf in de spiegel.

Alles wat ik wil, lukt me. Ik faal niet. Nooit.

49

Het is alsof ik vanuit een gewichtloze positie naar beneden word gezogen, steeds zwaarder word en sneller daal, tot ik met een klap op mijn rug terechtkom en alles weer aan de zwaartekracht gehoorzaamt. En pijn gaat doen. Pijn in mijn armen. Mijn longen.

Ik voel een matras onder me, warm en gelachtig, een laken over me heen, net tot aan mijn borst.

En ik hoor. Ik hoor piepjes. Kleine, mechanische piepjes. Een zuigend geluid, ritmisch, traag, het komt ergens achter me vandaan. Voetstappen op linoleum, gedempte stemmen, verder weg.

Iemand zit aan me. Ik hoor iets ritselen boven mijn hoofd. Ik ruik chloor en wasmiddel.

Waar ben ik? Ik kan me niet herinneren hoe… Ik kan me niets herinneren. Jawel, toch. *O, nee… Nee!*

In een reflex open ik mijn mond en zuig lucht naar binnen. Mijn longen vullen zich met zuurstof. En opnieuw, als een zwemmer die na een diepe duik boven water komt. Nog een keer. Ik kan ademen. Mijn gezicht is vrij, niet meer bedekt. Niet meer dat vochtige plastic. Vocht… Water. Vaag staat me iets bij van water.

Ik beweeg mijn arm. Vrij. Mijn andere arm zit vast.

'Houd die arm stil, lieverd,' hoor ik een vrouwenstem zeggen. 'Niet aan trekken. Daar zit het infuus. Je hebt bijna twee liter bloed verloren.'

En dan een bekende stem, maar hij klinkt ver weg, alsof iemand door een holle buis praat, licht galmend. 'Margot? Doe je ogen open. Zeg iets.'

Er strijkt iets langs mijn huid, iets duns en hards. Druk op mijn bovenarm. Een hand op mijn hoofd. Iemand strijkt mijn haar uit mijn gezicht weg.

'Zeg iets.'

Ik knipper met mijn ogen. Alles is wit. Een verblindend wit licht en bewegende schaduwen, dichterbij.

Schaduwen.

Ik sluit mijn ogen weer.

'Zeg alsjeblieft iets.'

Ik wil niet. Ik wil terug naar de gewichtloosheid, terug naar het donker, waar ik niets meer hoef te horen, voelen en zien. Het donker waar niets is, geen angst of pijn of verwarring. Gewoon niets.

Een hand tegen mijn wang. 'Geef antwoord. Zeg iets. Margot, zeg iets.'

Ik open mijn ogen en sluit ze meteen weer. 'Pijn,' zeg ik zacht, en trek mijn gezicht in een grimas.

Een vrouwenstem zegt: 'Je krijgt zo meteen pijnstillers. Eerst moet je wakker worden.'

Ik val weer weg. Ineens, zomaar, zonder waarschuwing is alles donker. Is er niets meer.

'Margot!'

Ik sper mijn ogen open. Waarom laten ze me niet met rust? 'Laat me,' fluister ik.

Geritsel naast me, of boven me. Voetstappen.

Een mannenstem, van ver weg. 'Is ze bijgekomen?'

Naast mijn hoofd geeft een geduldige vrouwenstem antwoord. 'Zojuist.'

'Functies?'

'Normaal.'

'Kan ik Burghardt laten komen?'

'Wacht nog maar even.'

Bijgekomen?

Als ik mijn ogen tot spleetjes open en probeer te focussen, hangt er een vrouwengezicht boven me. Ze heeft een donkere huidskleur en grote, groene ogen die me geïnteresseerd aankijken. Ze draagt een witte jas waar een naamplaatje op zit. Ik kan het niet lezen. De letters zijn te klein en wazig.

Er verschijnt een gezicht naast haar. Leon. 'Lieve schat, ik ben me rot geschrokken. Waarom heb je –'

De verpleegster legt dwingend een hand op zijn arm en wisselt een blik van verstandhouding. Later, lijkt er uit die blik te spreken. Later.

Dat is goed, later is goed. Nu wil ik slapen.

'Je ouders zijn onderweg,' hoor ik Leon zeggen. 'Ze kunnen er elk moment zijn.'

'K... koud,' ik begin te huiveren.

Iemand trekt mijn rechterooglid op en schijnt er met een lampje in. 'Dat was kantje boord, mevrouw. Als uw vriend u niet had gevonden, dan was u er niet meer geweest. Het scheelde niet veel.'

Gevonden? Plotseling komt alles terug. Ik kwam thuis, na die lange, koude, eenzame wandeling. Ik deed de deur open en werd naar binnen getrokken. Er werd iets over mijn gezicht gewikkeld, waardoor ik niet meer kon ademen. Ik kwam op de grond terecht. Ik heb gevochten, heel hard gevochten. Maar het was zinloos. Hij was sterker. Hij! Het was... het was... 'Richard,' fluister ik. 'Het was Richard.'

'Wat bedoel je, lieverd? Doe nou maar rustig aan,' hoor ik Leon zeggen. Dan, zachter: 'Kan het zijn dat ze ijlt?'

Geen antwoord.

'Meneer Burghardt,' hoor ik de verpleegster met stemverheffing zeggen. 'Ik denk niet dat –'

Zware voetstappen komen dichterbij. 'Wie is Richard?'

'Mijn manager,' hoor ik Leon antwoorden.

Ik open mijn ogen weer. Burghardt. Leon. De verpleegster. Ze staan alle drie bij het bed en kijken me afwachtend aan. Hun gezichten draaien om elkaar heen als in een caleidoscoop.

'U heeft dit niet zelf gedaan?' vraagt Burghardt.

'Wat?' vraag ik. 'Wat... heb ik gedaan?'

'U bent in bad aangetroffen met beschadigde polsen. Heeft u dat niet zelf gedaan?'

Ineens word ik misselijk. Mijn maag trekt zich samen en er komt een golf zuur naar boven. Iemand ondersteunt me. Iets van metaal wordt onder mijn kin geduwd. De koude, scherpe rand drukt tegen mijn sleutelbeen. 'Kom maar,' hoor ik de verpleegster zeggen. 'Toe maar.'

Ik huiver van de vieze smaak in mijn mond. Er komt weer een golf, geplens onder me in het bakje. De verpleegster haalt een vochtige tissue over mijn gezicht.

'Richard,' zeg ik. Mijn stem klinkt zo zwak dat ik me nauwelijks kan voorstellen dat iemand me kan verstaan.

'Ríchard? Wat bedoel...' Leons stem.

'Ik wil dat u even op de gang wacht,' hoor ik Burghardt zeggen. 'Mijn collega blijft bij u.'

Ik hoor voetstappen die zich van het bed verwijderen.

Burghardt buigt zich over me heen. 'Weet je dat honderd procent zeker, Margot?'

Ik knik. 'Ja.'

'Je hoeft niet bang te zijn. Je kunt tegen mij zeggen wat er is gebeurd. Weet je zeker dat je je niet vergist?'

'Hij trok iets over mijn gezicht. Ik kon niet ademen.' Ik hoest hevig. Er drupt iets uit mijn neus. Iemand veegt het weg. 'Ik kwam op de grond terecht. Vanaf dat punt weet ik het niet meer. Het was Richard.'

Burghardt richt zich op en wendt zich tot iemand die bij de deur staat. Een lange, donkere schaduw. 'Wilt u even met me meelopen?'

De verpleegster zit nog steeds aan mijn bed. Ik zoek haar blik. 'Mag ik slapen? Ik heb pijn...' Dan pas dringt het tot me door wat de rechercheur zojuist zei. *Polsen.*

Ik druk mijn kin naar mijn borst. Mijn polsen zijn verbonden. 'Dat heb ik niet gedaan,' fluister ik, 'echt niet.'

'Ik geloof je,' zegt de verpleegster.

Dan wordt alles zwart.

XIII

Ik heb gefaald. Die schok is vele malen harder aangekomen dan ik ooit had kunnen vermoeden. Ik ben onzorgvuldig geweest, heb mezelf laten meeslepen.

Terwijl ik in het café schuin tegenover haar woning zat, en Leons Audi de hoek om zag scheuren, besefte ik dat ik het had moeten afmaken. Ik had de verkeerde methode gebruikt. Of misschien was de plaats niet goed, had ik haar ergens mee naartoe moeten nemen waar ze minder snel gevonden kon worden. Ik had er langer over moeten nadenken, meer en betere voorbereidingen moeten treffen.

Maar dat heb ik allemaal niet gedaan. Ik heb de honger laten prevaleren boven ratio.

Leon kwam hoogstwaarschijnlijk recht van het politiebureau, en dat ligt op nog geen kwartier rijden van Margots woning. Ik had verwacht dat de recherche hem langer zou vasthouden. Waar ik evenmin rekening mee heb gehouden, is dat hij na de ondervraging niet stilletjes zou afdruipen, maar haar ermee zou willen confronteren. Want dat is Leon: rechtdoorzee, loyaal, direct. Ik weet zeker dat hij mij als zijn beste vriend beschouwde, ook al kent hij me niet echt. Hij ziet alleen wat ik hem laat zien, hoort wat ik hem laat horen. Anderen zouden zeggen dat ik manipuleer. Ik noem het gezond verstand. En dat gezonde verstand heeft ertoe geleid dat mijn persoonlijke narigheid steeds redelijk beperkt is gebleven.

Tot dusver dan. Want terwijl ik in dat café zat, kwam ik tot het volle besef dat ik deze slag weleens kon verliezen.

Het was een kwestie van afwachten. Misschien was Leon te laat en kon hij niets meer doen. Ik bleef maar staren naar die toegangsdeur, en wachtte. Minuten verstreken en er gebeurde niets. Even speelde ik nog met de gedachte om ernaartoe te lopen en aan te bellen. Waarom niet? Ik was toch in de buurt... Misschien had ik kunnen helpen? Misschien had ik Leon zover kunnen krijgen om wat telefoontjes te plegen, hulp te gaan halen, terwijl ik me over haar zou ontfermen.

En tevens haar ademhaling zou stoppen.

Zulke idiote, wanhopige dingen gingen door me heen, terwijl de klok traag en sadistisch doortikte en die deur maar dicht bleef.

Er zou zo meteen een ambulance komen. Ik moest weten wát er op de brancard naar buiten werd gedragen. Een lijkzak? Of een stervende vrouw met haastig aangelegde infusen?

Vanuit deze positie zou de ambulance mijn zicht op de brancard wegnemen, dus ging ik naar buiten en posteerde mezelf op de straathoek. Daar aangekomen hoorde ik de eerste sirene. Al snel volgde de tweede.

Ik trok me terug in de portiek. Vijf, misschien zes minuten later kwam het hele gezelschap naar buiten. Niemand lette op mij, ze waren allemaal te druk bezig met hun werk. Maar ik zag wat ik moest weten.

Ze leefde.

Lang genoeg om te vertellen wat ze had gezien? Ik besloot deze keer niet meer af te wachten. Tijd was een luxe die ik me niet kon veroorloven.

Ik moest meteen actie ondernemen. Onmiddellijk.

Ik was er liever uit weelde naartoe gegaan. Nu was het uit noodzaak.

50

Mijn ouders en Dick zijn inmiddels weer naar huis. De verpleegster heeft Leon daarna dringend verzocht om hun voorbeeld te volgen, maar hij weigerde me alleen te laten. Na verschillende vruchteloze pogingen hem op andere gedachten te brengen, versoepelde haar houding. Ze bood hem een kop thee aan en even daarna werd er een extra bed de kamer op gereden. 'Wilt u wel gaan slapen?' zei ze, voor ze de deur tot op een kier achter zich dichttrok. Demonstratief werd het licht uitgedaan.

Leon schoof een kruk naast me en legde zijn ellebogen op het matras. In het donker luisterde ik naar zijn kant van het verhaal. Hij sprak de woorden zacht uit, fluisterend bijna.

Richard was bij hem geweest toen de politie hem ophaalde in zijn loft in Amsterdam. Leon en Richard hadden het 'ontslag' van Leon zo goed mogelijk uitgepraat en Leon had net telefonisch iets te eten besteld toen de politie beneden aanbelde. Ondanks zijn verbazing besloot hij mee te werken – hij had immers niets verkeerds gedaan. Richards reactie was stukken minder laconiek geweest. Hij bood meteen aan een advocaat in te schakelen en zette luidruchtig vraagtekens bij de reden waarom Leon op het bureau werd ontboden. Leon wimpelde zijn aanbod af en zei hem dat hij zou bellen zodra het achter de rug was.

Op het bureau had Burghardt hem de duimschroeven aangedraaid, hem geconfronteerd met pijnpunten uit het uitgebreide politierapport over Ediths 'zelfmoord' dat hij van zijn Amsterdamse collega's doorgefaxt had gekregen. Hij had vervelende dingen geroepen over John en mij, en daarbij informatie gebruikt die hij alleen maar van mij te weten had kunnen komen. Daardoor wist

Leon dat Burghardt met mij had gesproken, en had hij één en één bij elkaar opgeteld. De rechercheur bracht de vermeende verhouding van Edith en Debby ter sprake, en wreef het er nog eens in dat ik na afloop van de feestavond met John had geslapen. Burghardt was ervan overtuigd dat toen de stoppen bij Leon waren doorgeslagen – net als bij Edith. De overeenkomsten waren dan ook opvallend: ontrouw als aanleiding, jaloezie als motief, met een geënsceneerde zelfmoord tot gevolg. Burghardt peurde onder Leons pas geheelde wonden, sloeg er geen over, en druppelde er zoutzuur in. Vervolgens draaide hij de duimschroeven nog verder aan. Hij vroeg Leon of hij getuigen had die konden bevestigen dat hij na het familiefeest naar huis was gereden. Die had hij natuurlijk niet.

Toen ze hem uiteindelijk lieten gaan was bij Leon het kookpunt bereikt. Hij was van plan me te wurgen of uit het raam te gooien – zijn letterlijke tekst. Omdat hij ervan uitging dat ik hem niet zou binnenlaten, heeft hij meteen de sleutel gebruikt. Hij trof me letterlijk badend in mijn eigen bloed aan, met een nauwelijks voelbare hartslag. Bijna was hij ter plekke ingestort. Hij heeft me uit het bad gesleurd, zijn overhemd gebruikt om het bloeden te stelpen en het alarmnummer gebeld.

Ik ga verliggen en laat mijn ogen over Leon dwalen. Een warm gevoel overspoelt me en even, een fractie van een seconde, vergeet ik alles. Misschien is dit het lot, schiet het door me heen. Mijn moeder zegt altijd dat toeval niet bestaat. Mensen leren elkaar kennen om een reden. Elke nieuwe ontmoeting is onderdeel van een leerproces.

Misschien moest ik in Leons leven komen om hem een tweede kans te geven. Zijn leven is min of meer gestopt nadat hij Edith dood heeft aangetroffen. Hij bleef zichzelf verwijten maken, zo sterk dat hij alleen nog maar troost vond in een zelfopgelegde straf: stug doorgaan op een doodlopende weg die hem alleen nog maar verder afstompte en geen vreugde meer bracht. Leon kruiste op zijn beurt mijn pad op het moment dat ik was vastgelopen op alle vlakken. Hij wees me op nieuwe mogelijkheden die ik zonder hem nooit had gezien – of niet had aangedurfd.

Het licht is nu al uren geleden uitgegaan, maar Leon slaapt nog steeds niet. Als een donkere beschermengel houdt hij naast mijn bed de wacht. Mijn infuusvrije hand rust op de zijne. We hoeven niet meer te praten om elkaar door en door te begrijpen.

Leon heeft vanavond een gruwelijk déjà vu gehad. Hij zag mij liggen in de badkuip en dacht dat hij te laat was.

Maar deze keer was hij op tijd.

Mijn dank gaat uit naar
Annelies, Berry, Monique, Simon en
iedereen bij Ambo|Anthos.